D0537523

XXXX

VERS TIMBER HILL

JARDIN DE SIMPLES

LE HÊTRE POURPRE

BASSIN AUX POISSONS

VERGER

PORCHERIE

MANOIR DE CALDICOT

LA LICE

PONT

VERS WISTANSTOW

PISTE

TERRE ATTACHÉE À LA CURE

MERLIN

PREMIER CHAMP

HEADLAND   NINE ELMS

HAIE

HEADLAND

HUM L'INTENDANT

SECOND CHAMP

N E S O

GRAND CHÊNE

Arthur

La pierre prophétique

KEVIN CROSSLEY-HOLLAND

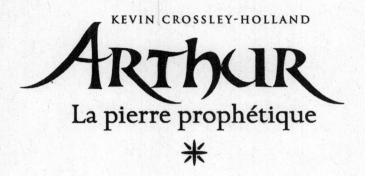

ARTHUR
La pierre prophétique

*

Traduit de l'anglais par Michelle-Viviane Tran Van Khai

Couverture illustrée par François Roca

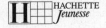

HACHETTE *Jeunesse*

Les bois gravés sont extraits de *Medieval Life Illustrations*,
(Dover Publications Inc.)

Cartes : Hemesh Alles

Ce livre a été publié, pour la première édition,
par Orion Children's Books,
une division de Orion House, Londres,
sous le titre *Arthur, the seeing stone*

Pour Nicole Crossley-Holland,
avec mon affectueuse reconnaissance.

LISTE DES PERSONNAGES

◆

À CALDICOT

SIRE JOHN DE CALDICOT

LADY HELEN DE CALDICOT

SERLE, *leur fils aîné, 16 ans*

ARTHUR, *13 ans, narrateur de cette histoire*

SIAN, *sœur de Serle, 8 ans*

LUC, *qui meurt âgé seulement de quelques mois*

NAIN (prononcer NAÏN), *mère de Lady Helen*

RUTH, *fille de cuisine*

SLIM, *le cuisinier*

TANWEN, *la femme de chambre*

OLIVER, *le prêtre*

MERLIN, *ami de sire John et mentor d'Arthur*

BRIAN, *journalier agricole*

CLEG, *le meunier*

DUSTY, *le fils de Hum, 7 ans*

DUTTON, *le porcher*

GATTY, *fille de Hum, 12 ans*

HOWELL, *garçon d'écurie*

HUM, *l'intendant*

JANKIN, *fils de Lankin, garçon d'écurie*

JOAN, *habitante du village*

JOHANNA, *la « sorcière »*

LANKIN, *le vacher*

MACSEN, *journalier*

MADOG, *jeune garçon du village*

MARTHA, *fille de Cleg*

WAT BEC-DE-LIÈVRE, *brasseur*

WILL, *fabricant d'arcs*

À GORTANORE

SIRE WILLIAM DE GORTANORE

LADY ALICE DE GORTANORE

TOM, *fils de sire William, 14 ans*

GRACE, *fille de sire William, 12 ans*

THOMAS, *affranchi et messager*

À HOLT

LORD STEPHEN DE HOLT

LADY JUDITH DE HOLT

MILES, *greffier*

Un messager à cheval

AUTRES PERSONNAGES

SIRE JOSQUIN DES BOIS, *chevalier des Marches galloises*

SIRE WALTER DE VERDON, *chevalier des Marches galloises*

FRÈRE FULK DE NEUILLY

LE MESSAGER DU ROI JEAN

Le roi RICHARD CŒUR DE LION

Le roi JEAN

ANIMAUX

ANGUISH, *cheval de sire John*

BRICE, *un taureau*

GREY, *une jument*

GWINAM, *cheval de Serle*

HAROLD, *un vieux taureau*

MATTY, *la brebis de Joan*

ORAGE ET TEMPÊTE, *deux chiens appartenant à Arthur*

PIP, *cheval d'Arthur*

SORRY, *cheval de Merlin*

PERSONNAGES APPARAISSANT DANS LA PIERRE PROPHÉTIQUE

(par ordre d'apparition)

Le roi VORTIGERN

L'homme au capuchon

Le roi UTHER

GORLAIS, *duc de Cornouailles*

YGERNE, *épouse d'abord de Gorlais puis du roi Uther*

SIRE JORDANS

SIRE ECTOR

KAÏ, *fils de sire Ector et écuyer*

SIRE PELLINORE

SIRE LAMORAK

SIRE OWAIN

WALTER, *chef saxon*

ANNA, *fille d'Uther et d'Ygerne*

L'ARCHEVÊQUE DE CANTERBURY

LE CHEVALIER AU TEINT ET AUX CHEVEUX CUIVRÉS

LE CHEVALIER DE L'ENCLUME NOIRE

ARTHUR, *jeune adolescent et roi*

Note de l'auteur et remerciements

◆

Il y a de cela quinze ans, j'ai conçu le projet d'intégrer les légendes du cycle arthurien dans le cadre d'une fiction, et je voudrais remercier ici Gillian Crossley-Holland, Deborah Rogers, Richard Barber, Nigel Bryant et James Carley, ainsi que mon père, Peter Crossley-Holland, pour les encouragements qu'ils m'ont prodigués aux tout premiers stades de ce long périple.

Écrire un ouvrage dont l'action se situe dans des temps très anciens implique un travail de recherche considérable, et j'ai eu la chance extraordinaire d'avoir pour belle-mère une éminente médiéviste. Non contente de me guider dans mes recherches, elle a bien voulu relire avec finesse et vigilance la première version de ce livre, et c'est à elle qu'est dédiée la première partie de cette trilogie.

Je suis aussi extrêmement reconnaissant à mes quatre enfants, Kieran, Dominic, Oenone et Eleanor, pour leur enthousiasme, leurs commentaires pertinents et leurs diverses contributions à ce livre quand il était encore en chantier. Par ailleurs, nombreux sont ceux qui m'ont fait avec beaucoup de gentillesse bénéficier de leurs compétences dans des domaines bien spécifiques : Ian Chance, pour ce qui touche aux armes et aux armures, Kathy Ireson pour la grossesse, Colin Janes pour les arcs et le tir à l'arc et enfin Carol Salmon pour la recette du boudin noir. Qu'ils en soient ici remerciés, ainsi que Cecil Dorr qui m'a permis d'assister à une « célébration » arthurienne, Abner Jones qui m'a prêté de nombreux ouvrages, Janet Poynton, qui m'a généreusement laissé l'été dernier la jouissance d'une maison où j'ai pu « faire retraite » pour écrire, Maureen West, qui a dactylographié le manuscrit avec célérité, et aussi les bibliothécaires de l'école d'Afton-Lakeland, dans le Minnesota.

Les magnifiques cartes qui figurent au début et à la fin de l'ouvrage sont dues à la plume de Hemesh Alles. Le lecteur verra que mon Caldicot imaginaire semble annoncer Stokesay Castle : il associe en effet des éléments empruntés à ce château avec d'autres, empruntés, eux, à Wingfield College, dans le Suffolk, où résident Ian et Hilary Chance. Les gravures sur bois qui illustrent cet ouvrage proviennent de divers manuscrits du Moyen Âge.

J'ai trouvé en Judith Elliott un éditeur magnifique, et aussi une amie. C'est elle qui m'a passé commande de cet ouvrage, dont elle a commenté en détail tous les aspects, et elle a su susciter autour d'elle de l'intérêt pour cette entreprise. Merci infiniment à vous, Judith. Enfin, je ne sais trop comment remercier mon épouse Linda. Linda, tu m'as aidé à rêver ce livre, tu as supporté mes humeurs pendant le temps de l'écriture, tu as relu les versions successives avec toute l'acuité de ton regard d'Américaine, tu m'as aussi aidé à trouver un titre pour les chapitres et à choisir les illustrations. Mon nom est le seul à figurer sur la page de couverture, mais je n'oublie pas les nombreuses autres personnes qui m'ont prodigué des conseils avisés et m'ont apporté leur soutien inventif.

Burnham Market, le 3 avril 2000.

1

◆

ARTHUR ET MERLIN

Tumber Hill ! C'est ma colline à moi, celle des esca-
lades-et-dégringolades-parmi-hêtres-et-ronciers !
Parfois, quand je suis debout là-haut au sommet,
j'emplis mes poumons d'air à craquer, et je crie très
fort, je crie !

J'ai sous les yeux la moitié du monde. Tout en bas,
presque exactement à mes pieds, je vois notre manoir,
la bannière écarlate qui danse, la rangée des ruches
au-delà du verger, la rivière qui brille. Je vois la chaumière où Gatty habite, je peux compter les paysans
au travail dans les deux champs.

Ensuite, ma vue se porte encore plus loin, au-delà
de Caldicot. Je plonge le regard dans les profondeurs
touffues de Pike Forest, et je scrute, dans le lointain,

les vastes étendues inconnues. C'est de là que viendraient les envahisseurs, c'est là que commence le
pays de Galles.

Lorsque je suis là-haut, tout en haut de Tumber
Hill, je songe parfois à tous ces gens, à toutes ces
générations, qui ont grandi sur cette terre et s'y sont
enracinés, aux journées, aux années qu'ils y ont passées... Ma grand-mère galloise, Nain, assure que le
bruissement des arbres est la voix des défunts et,
lorsque j'écoute les hêtres, j'ai le sentiment
d'entendre des esprits qui chuchotent – mes grands-
oncles et mes arrière-grands-tantes, mes arrière-
arrière-grands-tantes, et puis mes arrière-
arrière-grands-parents, de nouveau dans la fleur de
l'âge et me montrant le chemin à suivre.

Lorsque j'ai gravi la colline, cet après-midi, j'ai vu
que Merlin était déjà là, assis au sommet. Mes chiens
de meute, me devançant, se sont élancés et se sont
rués sur lui. Merlin a fait de son mieux pour les
repousser, en leur assenant des coups énergiques du
plat de ses mains tavelées, puis il s'est redressé péniblement en hurlant :

« Fichez-moi le camp, sales bêtes !

— Merlin ! ai-je crié, lui désignant du doigt le pic
du ciel, qui s'élevait majestueusement au-dessus de
nous. Regarde ce nuage !

— C'est justement ce que je faisais.

— C'est une épée d'argent. L'épée d'un roi géant !

— Jadis, il y avait un roi qui portait le même nom que toi.

— C'est vrai ?

— Et il reviendra.

— Que veux-tu dire ? Comment pourrait-il vivre à deux époques différentes ? C'est impossible !

— Qu'en sais-tu ? » m'a-t-il répliqué, et l'expression de ses yeux couleur ardoise était à la fois souriante et grave.

Je ne saurais dire exactement ce qui s'est passé ensuite. Ou plutôt, je ne sais pas de quelle manière la chose s'est passée, et je ne suis même pas absolument certain qu'elle a bien eu lieu. Tout d'abord, mon chien Tempête, une pierre dans la gueule, a bondi sur moi ; il était d'humeur joueuse. J'ai saisi la pierre dans ma main, et j'ai tiré dessus. Tempête s'est mis à grogner, et nous avons tiré de toutes nos forces, chacun de son côté. Avec son énergie, il m'a fait perdre l'équilibre, et j'ai glissé sur l'herbe broutée ras.

J'ai lâché prise et, quand je me suis retourné, j'ai vu que Merlin n'était plus là. Il n'était pas au faîte de la colline, il n'était pas non plus dans le petit bosquet de hêtres murmurants, ni derrière le vieux tumulus et le buisson de framboisiers sauvages. Il n'y avait aucun endroit où il aurait pu aller, et pourtant il s'était littéralement évaporé. J'ai crié à la cantonade :

« Merlin ! Merlin ! Où êtes-vous ? »

Merlin est un être étrange, et il m'arrive de me demander si par hasard il ne pratique pas la magie mais jusqu'à présent, jamais il ne m'a joué un tour pareil.

Ainsi perché sur la colline, j'ai senti soudain la tête me tourner très fort. Les nuages tanguaient et tourbillonnaient au-dessus de moi, et la terre se soulevait en houle sous mes pieds.

2

◆

UN TERRIBLE SECRET

« Je ne le répéterai à personne ! » ai-je promis.

Ma tante Alice a décapité une fleur d'un coup sec de la main.

« Allons bon ! Regarde-moi ce que j'ai fait ! s'est-elle écriée. Une pauvre fleur qui ne m'avait rien fait !...

— Je le jure par saint Edmond, je ne le répéterai à personne !

— Je n'aurais jamais dû te dire ça, a murmuré ma tante à voix basse, en tortillant une boucle de ses cheveux châtain clair, qu'elle a fini par rentrer sous sa guimpe[1]. Tu es trop jeune...

---

1. Ici, voile servant à couvrir la tête et encadrant le visage.

— Mais j'ai treize ans ! ai-je protesté.

— Il faut que tu essaies d'oublier complètement que je t'en ai parlé. »

Un bourdon, le premier de l'été, a surgi en vrombissant dans notre carré de simples, déplaçant énergiquement l'air de ses ailes étincelantes.

« C'est horrible, ai-je fait en secouant la tête.

— Il n'y a personne à qui je puisse me confier, a poursuivi Lady Alice. Si les gens venaient à découvrir la chose, il y aurait des problèmes épouvantables. Tu me comprends bien, n'est-ce pas ?

— Ça va aller, pour toi, et pour Grace et Tom ? »

Lady Alice a fermé les yeux, qui ont la couleur des noisettes mûres, et a pris une profonde inspiration. Puis rouvrant les yeux, elle s'est redressée en souriant.

« Il faut que j'y aille, sinon il va faire nuit avant que je sois de retour à Gortanore », s'est-elle contentée de dire.

Elle m'a pris les deux mains entre ses mains menues, elle a posé un baiser sur ma joue droite, après quoi elle m'a regardé d'un air solennel et, tournant les talons, elle a quitté d'un pas leste le carré de simples.

J'aurais bien voulu avoir le temps de lui raconter la manière dont Merlin a subitement disparu du sommet de Tumber Hill. J'aurais bien voulu aussi pouvoir lui demander si elle sait ce que mon père envisage pour mon avenir. Ce que j'espère très fort, dans ma tête et dans mon cœur, c'est qu'il a bien l'intention, comme je le crois, de faire de moi un écuyer, et de me placer au service de quelque châtelain. C'est là mon vœu le plus cher.

3

FACE AUX TAUREAUX FURIEUX

Ma mère me dit que me voilà assez propre pour qu'elle me permette de rentrer dans la maison, mais moi je sens toujours sur moi l'odeur horrible de la bouse de vache. Ma petite sœur Sian dit qu'elle aussi, elle la sent. Elle n'arrête pas de crier :

« Tu pues, Arthur ! »

Cet après-midi, mon frère Serle et moi sommes allés jusqu'à la lice, ayant revêtu au préalable notre cotte de mailles et portant chacun une lance.

« On fait trois fois de rang le tour ! Et cette fois-ci, pas de raccourcis ! » a annoncé Serle.

La lice est entourée d'une piste située derrière les buttes de tir à l'arc qui se trouvent aux deux extrémités, et il y a cinq obstacles à franchir : deux fossés, le premier peu profond, mais le second vraiment très profond, lui, avec des berges en pente abrupte, et celui-là est tout boueux ; après, une haie pas très haute faite de clayonnage[1], après encore, une cuvette avec des gravillons au fond et qui est presque toujours remplie d'eau ; et enfin, et c'est celui-là le pire des cinq obstacles, il y a une échelle raide à neuf barreaux, très espacés. On est obligé de monter d'un côté et de redescendre de l'autre.

Ce n'est pas facile de suivre la piste en courant avec la cotte de mailles sur le dos. Dès que je suis un peu déséquilibré, son poids m'entraîne encore plus sur le côté ou en avant. Alors, quand je tiens une lance, en plus... La mienne n'est pas lourde du tout mais, si je ne la tiens pas exactement comme il faut, elle traîne derrière moi ou oscille par-devant, ou alors la pointe va se ficher dans le sol.

Il faisait très chaud, et j'étais déjà en sueur avant même que nous ayons atteint le point de départ du parcours. Serle m'a gratifié de son sourire dédaigneux.

« Tu n'es vraiment pas doué pour ce genre d'exercice ! a-t-il fait. Avec toi, le bon Dieu a vraiment raté son coup ! »

Je lui ai montré les poings en guise de réponse, ce qui a eu pour effet de faire craquer et grincer ma cotte de mailles.

---

1. Panneau à claire-voie de pieux et de branches.

« Combien de mètres d'avance tu veux que je te donne ?

— Aucun, ai-je répliqué.

— Bon, parce que, de toute façon, c'est moi qui vais gagner !

— Arrête, Serle ! »

Ce qui l'a fait taire, c'est un puissant mugissement, au loin, suivi d'un cri aigu et de vociférations.

« Ça vient du champ en friche ! s'est-il exclamé. Vite, allons-y ! »

Chacun a aidé l'autre à enlever sa cotte de mailles et nous avons rebroussé chemin en courant. Nous sommes arrivés au pont de pierre, puis, redescendant jusqu'à l'église, nous avons traversé le pré communal, toujours au pas de course.

Wat Bec-de-Lièvre regardait par-dessus la haie ce qui se passait dans le champ en jachère, et il y avait là aussi Giles, Joan et Dutton, qui tenaient encore à la main leur faux et leur balai de genêt vert. C'est alors que j'ai vu à mon tour de quoi il s'agissait. Je ne sais trop comment, nos deux taureaux s'étaient retrouvés dans le même champ, et Gatty était là debout entre les deux bêtes. Je voyais qu'elle parlait à Harold, notre vieux taureau, mais je n'entendais pas ce qu'elle lui disait. Elle secouait sans arrêt la tête, et ses boucles blondes dansaient comme les vaguelettes d'une eau impatiente.

Wat Bec-de-Lièvre s'est mis à brailler de toutes ses forces :

« Gatty !

— Viens ici ! Sors de là ! » hurlait Dutton de son côté.

Harold, lui, ne manifestait pas le moindre intérêt pour Gatty. Il fixait Brice, l'autre taureau, d'un air furieux, et Brice le fixait, tout aussi furieux. Et puis tous les deux se sont mis à mugir et à gratter le sol de leurs sabots. Et alors ils ont foncé l'un sur l'autre. Leurs cornes se sont entrechoquées avec fracas, mais ils ont passé à toute allure en se frôlant sans se toucher, si bien que Gatty s'est de nouveau trouvée entre les deux.

« Regardez ! s'est écriée Joan. Harold est blessé à l'épaule droite ! »

Wat Bec-de-Lièvre s'est remis à crier :

« Gatty, non ! Attends que ton père arrive !

— Oui, mais les taureaux ne vont pas attendre, eux ! a répliqué Joan.

— Mais enfin où est-il, Hum ? Il était là à l'instant, dans le champ ! a repris Wat.

— Je l'ai vu enlever sa cotte. Vas-y, Dutton, va le chercher ! Moi je ne peux plus courir !... »

Dutton, après avoir lancé un coup d'œil à Gatty et aux deux bêtes, est parti à fond de train à travers le pré communal en appelant Hum à cor et à cri.

« Lankin aussi, il était là ! a ajouté Wat Bec-de-Lièvre.

— Je l'ai vu qui s'esquivait comme un voleur, a répondu Joan. Sournois comme une fouine, celui-là !

— Mais qu'est-ce qu'il fabrique ? Il devrait être ici en train de rassembler les vaches ! » a grommelé Wat.

Nous mettons toutes nos vaches à paître dans le champ en friche ; elles étaient là, bien tranquilles, à l'abri du danger ; certaines se tenaient à l'écart du troupeau, le regard embrumé, poussant de temps à autre un meuglement ; d'autres se bousculaient et frappaient le sol de leurs sabots, le tout accompagné de force pets.

Gatty, tournant le dos à Brice, est passée à côté de Harold, et s'est remise à lui parler. Puis elle a brandi la tunique bordeaux de son père, celle dont mon père lui a fait cadeau le jour où il a nommé Hum intendant du manoir de Caldicot. La vue du vêtement n'a pas été du goût de Harold. Les cornes en avant, il a chargé, et nous avons tous retenu notre souffle, horrifiés. Mais, au dernier moment, Gatty, sans cesser d'agiter la tunique, a fait un bond de côté. L'une des cornes du taureau l'a transpercée, et il l'a projetée à terre d'une brusque secousse de la tête. Gatty l'a aussitôt ramassée, elle a suivi Harold en courant et s'est placée à vingt pas devant lui.

« Mais qu'est-ce qu'elle fait ? s'est exclamé Giles, inquiet.

— À ton avis ? a répliqué Wat Bec-de-Lièvre.

— Elle essaie de l'attirer loin de Brice », ai-je expliqué.

Seulement, l'idée de Gatty n'a pas marché, parce que Brice n'avait pas la moindre intention de rester là en simple spectateur. Tout d'un coup, il est arrivé derrière Harold à toute allure, et lui a donné un magistral coup de corne dans la croupe. Harold a poussé un mugissement à ébranler les cieux, et je me suis alors rendu compte que Gatty n'arriverait jamais à séparer les deux bêtes toute seule.

« Serle, il faut qu'on l'aide ! ai-je dit à voix basse.

— Tu es fou ou quoi ?

— Mais enfin, il faut qu'on l'aide !

— Tu te ferais étriper proprement, et c'est tout !

— Peu importe, il faut qu'on y aille ! ai-je insisté.

— Ce n'est pas dans tes attributions, a objecté Serle. Ni dans les miennes.

— Je sais, mais il faut absolument que j'aide Gatty !

— C'est aux paysans de faire ça, m'a répondu mon frère d'un ton méprisant. Les châtelains et les pages n'ont pas à s'occuper des taureaux.

— Les châtelains et les pages sont de jeunes taureaux, si je ne me trompe, a murmuré une voix derrière moi.

— Merlin ! me suis-je écrié. Vous revoilà ! Gatty a besoin de nous ! »

Serle s'est contenté de se dandiner d'un pied sur l'autre, et il est resté obstinément planté sur place. C'est alors que j'ai senti dans mon dos la main de Merlin, qui m'encourageait doucement, d'une pression de la paume.

« Bon, eh bien moi j'y vais, alors ! » ai-je lancé bien fort.

Et, longeant la haie en courant, je suis allé jusqu'à la barrière, et j'ai pénétré dans le champ.

« Bravo, ça c'est bien ! m'a encouragé Joan.

— Fais attention à toi, Arthur ! » a hurlé Wat Bec-de-Lièvre.

Et puis voilà, palsambleu, que je me suis élancé en plein dedans – dans une grosse bouse de vache toute fraîche ! Mon pied a glissé, j'ai dérapé, et je me suis étalé en beauté, sur le dos, au beau milieu du tas malodorant.

Voyant ça, Harold a rappliqué sur-le-champ au petit trot pour inspecter les choses plus à loisir. Toujours étendu sur le dos, j'ai vu les filets de salive qui dégoulinaient de son mufle, et les pointes de ses cornes. C'est alors que Gatty s'est précipitée vers nous, en passant à côté du taureau.

« Relève-toi ! Vite ! » m'a-t-elle lancé, hors d'haleine.

Elle m'a aidé à me remettre debout et, immédiatement, Harold a baissé la tête et a pointé ses cornes droit sur nous.

Je crois bien que j'ai fermé les yeux. Après, j'ai entendu le tonnerre gronder, et j'ai senti son souffle, aussi. Lorsque j'ai eu le courage de rouvrir les yeux, le taureau nous avait dépassés sans nous toucher, emporté par son élan, et Wat Bec-de-Lièvre, Giles et Merlin applaudissaient à tout rompre.

« Bon, et maintenant, sauve-toi ! m'a crié Gatty.

— Non ! » ai-je hurlé.

Alors Gatty m'a regardé de ses yeux verts comme l'eau d'une rivière, et ils brillaient très fort, ses yeux.

« Allez, file, toi ! lui ai-je fait, en l'empoignant par les épaules.

— Bas les pattes ! » m'a-t-elle lancé en me gratifiant d'un sourire jusqu'aux oreilles.

C'est alors qu'elle a regardé la tunique de son père. Elle a repéré l'endroit où Harold avait fait un grand accroc, et aussitôt, tirant sur les deux bords du tissu, elle a déchiré le précieux vêtement en deux.

« Toi, tu t'occupes de Harold ! m'a-t-elle ordonné. Tu le retiens dans ce coin-ci du champ. Moi, je m'occupe de Brice ! »

Lentement, je me suis approché du taureau. Du sang coulait de son épaule droite, et de sa croupe aussi. Ses yeux étaient injectés de sang. Je me suis entendu lui dire :

« Allons, allons, Harold ! Tu viens ? »

Il m'a d'abord regardé, moi, puis la moitié de la tunique rouge que je tenais à la main. Et alors j'ai fait la même chose que Gatty. Pliant les genoux, j'ai brandi le vêtement en l'agitant devant lui et au moment précis où il fonçait droit sur moi, j'ai fait un petit saut de côté. Les spectateurs, de l'autre côté de la haie, se sont mis à applaudir frénétiquement en poussant des hourras.

« Vas-y, recommence !

— Allez, Arthur ! »

Pendant ce temps, Gatty, elle, est venue à bout de Brice en deux temps trois mouvements. Je l'ai vue attirer tout d'abord l'animal à l'autre bout du champ, après quoi, en agitant l'autre moitié de tunique sous le nez, elle a réussi à le faire entrer tout droit dans l'enclos réservé aux taureaux.

Aussitôt la porte refermée, elle m'a rejoint en courant à l'autre bout du champ.

« Allez, viens ! » m'a-t-elle lancé dans un souffle.

Mais à présent que Brice était dans son enclos, nous n'intéressions plus du tout Harold, Gatty et moi. Soufflant bruyamment par les naseaux, il nous a tourné le dos et s'est efforcé de regarder la blessure qu'il avait à l'épaule. Gatty et moi avons traversé le champ d'un pas mal assuré en direction de la barrière.

« Tu es... répugnant..., a-t-elle réussi à articuler, hors d'haleine.

— Dis-moi, comment se fait-il qu'ils se soient trouvés tous les deux ensemble dans le champ ?

— J'ai mal fermé l'enclos, et Brice est sorti comme un boulet de canon. Mon père va être furieux.

— Et le mien aussi... »

Gatty avait vu juste, et ce qu'elle craignait ne s'est pas fait attendre. Hum, Dutton sur les talons, est entré dans le champ au pas de course avant même que nous ayons fini d'échanger nos impressions. Il a été extrêmement contrarié en constatant que Harold avait été blessé, et il s'est fâché quand il a vu ce qui restait de sa précieuse tunique rouge bordeaux. En plus, il était furieux que Gatty se soit rendue coupable de cette négligence. Il a lancé un coup d'œil courroucé à Wat Bec-de-Lièvre, Dutton, Giles et Joan.

« Et vous autres, vous avez encouragé ces enfants, je suppose ! a-t-il fait.

— Mais non, nous avons encouragé les taureaux ! » a répliqué Merlin.

Hum a commencé par donner une bonne gifle à Gatty sur la joue droite. Après quoi, il a empoigné le balai vert de Dutton, a ordonné à sa fille de se pencher en avant, et il l'a frappée six fois à toute volée. Elle n'a pas pipé mot. Lentement, elle s'est redressée, le dos raide, et m'a regardé. Ses yeux brillaient d'un éclat humide. Et après elle a baissé la tête. Je voyais bien que Hum brûlait d'envie de me corriger moi aussi, mais apparemment il a changé d'avis, car il s'est contenté de me fusiller du regard.

« Je l'ai dit, à Arthur, de ne pas y aller ! a fait Serle. J'le lui ai dit ! »

Hum ne lui a pas adressé la parole non plus. Il nous a tourné le dos, qu'il a fort large, et s'est éloigné.

« Allez, suis-moi ! » a-t-il ordonné sèchement à Gatty, et celle-ci, la tête basse, l'a suivi lentement en boitillant.

« Ce type-là, alors ! a commenté Wat Bec-de-Lièvre d'un ton lugubre.

— Moi, j'aimerais bien le réduire en bouillie, celui-là ! a renchéri Dutton. C'est pas juste, ce qu'il a fait à Gatty, et avec nous non plus, il est jamais juste ! »

L'incident clos, je suis allé tout seul jusqu'au bief[1] du moulin. J'avais encore les jambes toutes flageolantes. Je me suis frictionné vigoureusement dans l'eau pour me débarrasser du plus gros de la bouse de vache, mais il en restait encore sur mes vêtements, et mes cheveux étaient tout poisseux.

Ma mère m'attendait dans la grand-salle du manoir, et je n'ai pas eu le temps de mettre un pied dans la maison que déjà elle m'enjoignait de sortir sur-le-champ.

« Allez ! a-t-elle hurlé. Ôte-moi ces vêtements ! File te nettoyer dans les douves ! Et astique-toi comme il faut, espèce de bousier puant ! »

Ça, c'est ma mère tout craché. Elle n'est pas galloise pour rien... Souvent, à l'entendre, on pourrait penser qu'elle est beaucoup plus en colère qu'elle ne l'est en réalité.

Je me suis donc mis nu comme un ver avant de me laisser glisser dans l'eau froide des douves. À ce moment-là, Sian et Tanwen, la femme de chambre de ma mère, sont arrivées, munies d'un plein seau d'eau savonneuse et de vêtements de rechange.

---

1. Tronçon de canal entre deux écluses, ou d'une rivière entre deux chutes.

« Lave-toi les cheveux ! m'a crié Tanwen. Et frotte-toi bien partout, hein !

— Espèce de gros bousier ! m'a lancé Sian, ravie. Elle est froide, l'eau, Arthur ? »

Le suif sentait mauvais, mais la cendre de bois, elle, sentait bon, et l'odeur de ce mélange était nettement plus appétissante que celle de la bouse gluante. Et pourtant, alors que ma mère m'a autorisé à rentrer, je sens de nouveau sur moi cette odeur infecte.

« Serle m'a raconté ce qui s'est passé, a commencé ma mère.

— Il le sait même pas, ce qui s'est passé ! ai-je répondu, indigné. Je vais vous raconter, moi ! »

Ma mère m'a coupé net :

« J'en ai entendu bien assez comme ça ! Tu t'expliqueras avec ton père. Il va te punir. Il te verra demain.

— Bien, mère...

— Serle me dit que tu as laissé ta lance et ta cotte de mailles sur la lice. Cours vite les chercher avant que la rosée du soir ne tombe.

— Allez, on y va tous les deux en courant ! a proposé Sian. On fait une course avec les pieds liés ! Oh là là, Arthur, ce que tu peux puer ! »

4

L'INDEX NOIR

À force d'écrire pour relater ces événements, j'ai la main gauche qui me fait mal, et le bout de mon index est tout noir.

Oliver, notre prêtre, dit que mon père tient beaucoup à ce que j'aie une belle écriture, et qu'il faut donc que je m'exerce une heure chaque jour. Lorsque je lui ai demandé quoi écrire, il m'a répondu :

« Mais voyons, c'est évident ! C'est absolument évident !

— Pas pour moi, ai-je objecté.

— Eh non..., a répliqué Oliver. Là où une personne ne voit qu'un vulgaire champ de chardons, quelqu'un d'autre a une vision du paradis.

— Que voulez-vous dire ? »

« — Nous lisons ensemble tous les matins quelques pages de la Bible, n'est-ce pas ? Aujourd'hui nous avons lu l'histoire d'Abner et de Ner, et puis celle d'Ishbosheth, de Joab et d'Asahel, qui était aussi agile qu'un chevreuil. Tu n'as qu'à recopier ce que tu as lu ce matin. »

Mais moi je n'ai pas la moindre envie de recopier l'histoire d'Abner et de Ner, pas plus que celle d'Ishbosheth, de Joab et d'Asahel, et en latin qui plus est. Ce que j'ai envie d'écrire, c'est ma vie à moi ici, dans les Marches, entre l'Angleterre et le pays de Galles. Et mes pensées à moi, aussi changeantes que les nuages. J'ai treize ans et j'ai envie de coucher par écrit mes craintes, mes joies et mes peines à moi.

J'entends des ronflements en bas, dans la grand-salle. C'est sûrement ma grand-mère. Quand elle commence à ronfler, le manoir tout entier en est ébranlé.

5

DU DEVOIR

« Mais si je n'étais pas allé à son secours, Gatty aurait pu se faire tuer !

— Peut-être bien, a rétorqué mon père. Mais primo, Arthur, ton devoir n'est pas de parler, mais d'écouter.

— Mais...

— Secundo, il ne sied pas à un page de cabrioler au milieu des bouses de vache. Tu ne dois pas te rabaisser ainsi. Et tu le sais.

— Mais personne ne bougeait le petit doigt ! Tout ce qu'ils faisaient, Wat Bec-de-Lièvre, Giles et Joan, c'était de brailler, mais ça n'aidait pas Gatty !

— Tu t'es mal conduit, a poursuivi mon père, mais pour des raisons louables. Je sais que tu ne voulais pas laisser tomber Gatty, et tu as fait preuve d'un très grand courage. Personne n'a envie d'entrer dans un champ pour aller affronter deux taureaux en furie. Mais il y a une chose que je veux que tu comprennes : ici, dans ce manoir de Caldicot, chacun a ses tâches personnelles. Quelles sont les tiennes ?

— Apprendre à jouter contre un adversaire et à parer ses coups, à lancer le poids, à lutter et à pratiquer tous les autres arts de la lice ; à habiller mon seigneur et maître, à servir à table, à découper la viande, et puis à lire et à écrire.

— Exactement. Personne ne peut s'initier à tous ces arts à ta place. De la même façon, Hum, Gatty, Wat Bec-de-Lièvre et chacune des personnes qui vivent sur les terres de ce manoir ont eux aussi des devoirs à accomplir. Et ils doivent pouvoir en répondre – devant moi, et devant Dieu.

— Oui, père.

— En fait, il en est ainsi pour tout homme, toute femme, tout enfant en ce bas monde : chacun a sa propre place, son propre travail, ses propres obligations. Si nous commençons à échanger nos rôles respectifs, comment nous y retrouverons-nous ?

— C'est donc mal, alors, de réagir en fonction de son instinct, de ses impulsions ?

— Eh bien, ma foi, nos instincts ne nous mentent jamais, mais il arrive qu'ils nous enjoignent de faire des choses que nous ne devrions pas faire. Et quant à ta langue, Arthur, c'est souvent qu'elle dit des choses qu'elle ne devrait pas dire ! »

Allant alors à l'autre bout de la pièce, mon père a remis en place, du bout de l'index de la main gauche, l'une des petites lattes de corne de la fenêtre, qui s'était mise de travers.

« La prochaine fois que nous irons à la chasse, Serle et moi, a-t-il ajouté, toi tu resteras ici. Ce sera ta punition, et l'affaire sera close. Voyons ! Cela doit bien faire un bon mois que tu ne m'as pas aidé à me vêtir... »

Joignant le geste à la parole, mon père a commencé à ôter ses vêtements. Après avoir défait les lacets de sa tunique, il a jeté celle-ci sur le lit, puis il a envoyé promener ses bottes. Ensuite il a enlevé sa chemise et roulé son haut-de-chausses en accordéon sur ses chevilles. Bientôt il s'est trouvé nu comme un ver, à l'exception de ses braies bouffantes.

« Alors voyons, te souviens-tu encore de l'art de vêtir ton seigneur ?

— Tout d'abord, je convie mon seigneur à se tenir debout près de l'âtre.

— Ou...

— Ou bien à s'asseoir près du feu.

— Bien, vas-y, alors.

— Seigneur, voudriez-vous vous mettre debout près de l'âtre ? ai-je commencé. À moins que vous ne préfériez prendre place sur ce tabouret ? Il fait plus chaud ici.

— Je n'ai pas froid du tout.

— Votre chemise, seigneur, ai-je fait, en la ramassant et en la remettant à l'endroit. »

Et je la lui ai tendue de manière à ce qu'il puisse y passer les bras sans peine pour l'enfiler.

« À présent, votre tunique rouge. Elle sent bon le frais.

— Et elle est encore entière, à ce que je vois, a ironisé mon père.

— Père, ai-je fait, Gatty a été vraiment très courageuse.

— Arthur !

— Puis-je lacer vos bottes, seigneur ?

— Non, Arthur. Tu n'as pas la tête à ce que tu fais. Et mon haut-de-chausses ?

— Oui, seigneur. »

Une fois terminée la séance d'habillage, je suis allé chercher le peigne et le miroir sur le rebord de la fenêtre, mais le peigne n'y était plus.

« Bon, eh bien, que vas-tu faire, alors ?

— Seigneur, auriez-vous l'obligeance d'attendre une seconde, le temps que je retrouve votre peigne ?

— Inutile. Je n'en ai pas besoin aujourd'hui, a fait mon père en se passant la main dans ses longs cheveux noirs. Mais c'est sûr qu'il nous faut un autre peigne dans cette maison !

— J'en ai taillé un pour Sian.

— Je sais, a-t-il dit en souriant. Mais ce qui est perdu se cache quelque part. Lors du prochain nettoyage de printemps, le fameux peigne montrera de nouveau les dents.

— Père, ai-je osé dire. Vous savez que j'ai maintenant treize ans ?

— Mais oui, bien sûr.

— Serle, lui, il en avait douze quand il est entré au service de Lord Stephen.

— Mais toi tu es à mon service.

— Oui, mais je veux dire, quand vous avez accepté qu'il aille chez Lord Stephen...

— N'en apprends-tu pas assez auprès de moi ?

— Si, mais ce que je veux dire... enfin... la plupart des pages entrent au service de quelqu'un dès qu'ils ont treize ans.

— Oui, c'est vrai, certains. Mais il y a aussi des pages qui deviennent écuyers de leur propre père.

— Mais Serle, lui, a quitté la maison...

— Tu n'es pas Serle.

— Est-ce que je ne pourrais pas entrer au service de Lord Stephen, moi aussi ?

— Il me semble qu'un des fils de Caldicot chez lui,

45

cela devrait suffire amplement, a répliqué mon père en secouant la tête.

— Il y a aussi des pages, parfois, qui entrent au service de leur oncle, n'est-ce pas ? ai-je insisté.

— C'est vrai.

— Alors, moi je pourrais entrer au service de votre frère...

— Sire William ? s'est exclamé mon père. Toi ?

— Pourquoi pas ?

— Il est beaucoup plus âgé que moi, a objecté mon père. Il a soixante-quatre ans. Et puis il passe la moitié de son temps loin de chez lui.

— Lady Alice serait ravie que je devienne l'écuyer de sire William. J'en suis sûr !

— Ah bon, tu en es sûr ? Ce n'est pas de son ressort. Un écuyer est au service d'un chevalier, pas d'une châtelaine.

— Mais... est-ce que je n'apprendrais pas encore plus de choses si je quittais la maison ? Oliver dit que les jeunes garçons apprennent mieux avec un professeur qu'avec leurs propres parents.

— La peste soit d'Oliver ! s'est écrié mon père, en détachant lentement ses mots, l'air peu amène.

— Pourtant...

— Ça suffit comme ça ! a conclu mon père d'un ton sans réplique. Pour l'heure, tu es page ici, dans ce manoir. Le moment venu, et la chose ne saurait tarder, je te ferai part de mes projets concernant ton avenir. »

6

◆

CŒUR DE LION

Nous avons appris aujourd'hui une mauvaise nouvelle. Juste avant le déjeuner, l'un des messagers à cheval de Lord Stephen est arrivé au galop. Mon père l'a invité à dire ce qui l'amenait, et il nous a annoncé que le roi Richard a été grièvement blessé. La flèche d'un soldat français lui a transpercé l'épaule gauche à la base du cou pour ressortir dans le dos. Nous l'avons aussitôt assailli de questions, auxquelles le messager s'est efforcé de répondre de son mieux.

« Dans le sud-est de la France, m'dame... un château au sommet d'une colline... Châlus... Je ne sais pas, seigneur... l'un des... du comte Aimar.

— Il se remettra ? a demandé Serle.

— Le Seigneur donne la vie et le Seigneur la reprend, a observé mon père.

— Lord Stephen dit que vous saurez ce qu'il convient de faire, a ajouté le messager.

— Mais naturellement, a répondu mon père. Nous allons allumer des cierges. Nous allons nous mettre à genoux et prier. Tous tant que nous sommes, jusqu'au dernier des serviteurs de ce manoir. »

Ma grand-mère Nain a pris une lente inspiration.

« Qu'y a-t-il, Nain ? s'est enquis mon père d'un ton un peu las.

— Mais qu'est-ce qu'ils ont donc, vos rois ? a fait ma grand-mère avec son intonation galloise chantante. Tout d'abord Harold. L'œil droit crevé par une flèche. Après, Rufus, cloué par une flèche, lui aussi, sur la selle de son cheval... et maintenant Cœur de Lion.

— Si le roi Richard meurt, la situation sera trois fois pire encore pour nous, a commenté mon père. À nouveau roi, nouveaux impôts. Rappelez-vous les sommes que nous avons dû verser afin que Cœur de Lion puisse partir en guerre contre Saladin pour conquérir le royaume de Jérusalem...

— Tu n'es pas anglais pour rien, toi ! s'est écriée ma mère, dont l'indignation flambait comme une chandelle qui n'a pas été mouchée comme il faut. Ton roi se meurt, et tu es là à parler d'argent !

— Je croyais que les Gallois ne portaient guère le roi Richard dans leur cœur, a-t-il répliqué en souriant.

— Sire William m'a appris un poème à ce sujet, a lancé Serle.

Vent chaud ! Drapeaux et bannières flottant !
Casques brillants, sabres étincelants !
Qui peut l'arrêter, notre Cœur de Lion ?
Jérusalem ! crie le nom de Cœur de Lion !

— Tu entends, John ? s'est exclamée ma mère. Ce n'est certes pas le roi que j'aurais souhaité, mais ses rugissements ont ébranlé les portes de la citadelle des Sarrasins !

— Ce dont son frère cadet serait bien incapable... Le prince Jean n'arrive pas à la cheville de son aîné, a commenté mon père.

— La chose est fréquente », a opiné ma mère.

J'ai senti les yeux de Serle posés avec insistance sur moi, mais je me suis bien gardé de lui rendre son regard.

« Il serait mille fois préférable que ce soit le neveu de Richard qui lui succède sur le trône ! a poursuivi mon père. Le prince Arthur !

— Arthur ! me suis-je écrié, surpris.

— Mais ce n'est encore qu'un enfant..., a-t-il repris. Je crains pour le sort de l'Angleterre, si c'est Jean qui hérite de la couronne. Et je crains plus encore pour notre sort à nous autres, les habitants des Marches. Les Gallois sont pareils à des chiens... Ils flairent de loin la moindre faiblesse.

— Ça alors, mais tu entends ça, Nain ? s'est récriée ma mère.

— Parle plus fort ! a fait ma grand-mère.

— John dit qu'il va y avoir des troubles.

— Des doubles ?

— Mais non, voyons, des troubles ! Des troubles du côté du pays de Galles.

— Les troubles, c'est toujours du côté des Anglais qu'ils viennent, a rétorqué vertement ma grand-mère. Ça fait des années et des années que ça dure ! Qu'est-ce que je dis, des générations ! »

Cet après-midi, le ciel s'est mis à mugir. Le jour s'est assombri, l'air a frémi, mais la pluie n'a pas réussi à tomber. Dommage, parce qu'il aurait fait moins lourd après.

Sur ce, Thomas, l'affranchi de sire William, est arrivé à son tour à cheval, et il a confirmé la nouvelle de ce matin. Il nous a fait un récit analogue, avec cependant quelques différences. Il nous a rapporté que le roi Richard était monté à cheval, accompagné d'une douzaine d'hommes, jusqu'au château qui se dresse au sommet d'une colline, qu'il était arrivé jusqu'à la herse, et qu'alors l'un de ses propres archers, qui couvrait son avance, avait tiré, évaluant mal la distance.

« Au lieu d'atteindre les soldats postés sur les remparts, a expliqué Thomas, la flèche a transpercé le dos du roi, ressortant par le cou. Non, non ! La flèche n'a pas été lancée par un soldat français, mais par un Normand ou un Anglais. Ce n'était pas un acte déloyal ! »

Laquelle des deux versions est la vraie ? Et d'ailleurs, y en a-t-il seulement une de vraie ? Oliver prétend qu'il vaut mieux consigner par écrit les messages importants. « Les écrits, affirme-t-il en bombant le torse, sont plus dignes de foi que les paroles, car certains messagers ont une imagination débridée, et d'autres une mémoire défaillante. »

7

MON COCCYX M'INQUIÈTE

L'os du bas de ma colonne vertébrale est légèrement saillant. Certains jours, il me fait mal ; d'autres fois, j'ai l'impression qu'il va transpercer la peau et s'allonger pour former une queue.

À l'église, il y a sur le mur un tableau qui représente Adam et Ève en compagnie d'un diable grimaçant. Ce diable a une queue aussi longue qu'une couleuvre. Il la tient dans la main gauche et la tortille entre ses doigts.

« Est-ce que tous les diables ont une queue ? ai-je demandé à Oliver.

— Oui, tous.

— Et les humains, ils peuvent en avoir une ? »

Le prêtre s'est raclé la gorge en secouant négative-
ment la tête.

« Non, jamais. Sauf si ce sont des diables qui ont
revêtu une apparence humaine.

— Et qu'est-ce qui se passe, dans ce cas ?

— Leur appendice diabolique grandit peu à peu,
jusqu'au moment où il leur devient impossible de dissimuler la chose.

— Et alors ?

— Alors... », a fait Oliver d'un ton sinistre, et il a
fait le geste de se trancher la gorge du bout de l'index
de la main droite. Ses yeux brillaient.

« Mais pourquoi donc, Arthur ? Aurais-tu une
queue, toi ?

— Non, quelle idée ! »

Pour commencer, il faut que je vérifie si mon coccyx allonge et en attendant, j'aurai intérêt à veiller à
ce que personne, absolument personne, ne découvre
ce qu'il en est. Et puis ensuite, il faut que je comprenne pourquoi, certains jours, il me fait mal,
comme aujourd'hui par exemple.

Hier soir, je nourrissais de sombres pensées que je
ne parvenais pas à chasser de mon esprit. Je me disais
que, personnellement, je me soucie comme d'une
guigne du sort du roi Richard. Au nom de quoi faudrait-il que je m'en soucie ? Car enfin, il n'aime pas
les Anglais. Il n'a mis les pieds que deux fois en
Angleterre, et il n'est même pas venu une seule fois
jusque dans les Marches. Tout ce qui intéresse Cœur

de Lion, c'est de nous extorquer de l'argent, toujours plus d'argent, à ce que dit mon père. Alors, s'il meurt, qu'est-ce que ça peut faire ?

Je n'en suis pas encore absolument certain, mais je commence à avoir la vague impression que c'est lorsque des pensées de ce genre me viennent à l'esprit que mon coccyx me fait mal. Mais si c'était exactement l'inverse ? Et si c'était la partie diabolique de moi-même qui fait naître en moi ces idées inavouables ?

8

◆

LE PETIT LUC ET LA TOURTE AU PIGEON

Le petit Luc a toussé et gémi de la tombée de la nuit jusqu'à l'aube ; ses cris plaintifs étaient aussi minces et aigus que le croissant de la lune à son premier quartier. Nous avons tous essayé tour à tour de le consoler, ma mère, Tanwen, mon père, moi, et même Serle, mais rien n'y a fait.

Mon père prétend que fort probablement, la nuit dernière, la moitié au moins des enfants du royaume d'Angleterre ont pleuré pour nous avertir de la mort imminente du roi Richard.

« Les bébés pressentent la naissance et la mort des grands de ce monde, a-t-il affirmé. Parfois, ils le manifestent par une effervescence soudaine comme on ne leur en a jamais connu, et parfois au contraire ils se replient profondément sur eux-mêmes. »

Serle, lui, pense que c'est ce temps bizarre, très chaud et humide à la fois, qui a provoqué les pleurs de Luc.

« Quand il fait ce temps-là, a-t-il déclaré, chacun se sent mal à l'aise. Même les chiens ont la queue entre les pattes.

— Balivernes ! s'est récriée Tanwen. Les bébés ne s'intéressent qu'à une seule chose, leur petite personne. Ce qui tracasse Luc, c'est quelque chose qu'il a dans le corps. Quelque chose qu'il a dû manger hier... »

Ma mère n'a pas donné son avis, mais je voyais bien qu'elle pensait à cette nuit, au début de l'année dernière, où le petit Marc s'est mis à gémir. Personne ne comprenait ce qui lui arrivait, et personne non plus ne parvenait à faire cesser ses plaintes. Aucune des potions de Johanna n'a fait le moindre effet, et il a commencé à dépérir sans qu'on puisse rien y faire.

Avec tout ça, nous n'avons guère fermé l'œil la nuit dernière, sauf Nain. On a au moins cet avantage-là, quand on est sourd. Peut-être est-ce là ce que voulait me signifier Merlin quand il m'a dit que toute chose porte en elle son contraire.

Malgré tout, ce matin, Slim, notre cuisinier, nous a rendu notre belle humeur en nous servant une tourte étonnante. Il avait donné à la pâte la forme d'un pigeonnier exactement pareil au nôtre, et ledit pigeonnier était couronné d'une plume plantée au sommet. Slim, s'inclinant devant mon père, a posé la tourte devant lui, sur la table.

« Sire John, je vous prie... »

Et voilà que, lorsque mon père a entamé la croûte, un grand remue-ménage s'est produit à l'intérieur de la tourte. Ma mère et Sian se sont levées précipitamment en poussant de petits cris aigres. C'est alors qu'un pigeon aux yeux roses a sorti prudemment la tête et s'est mis à battre des ailes. Nous avons tous été littéralement aspergés de petits morceaux de croûte, et le pigeon, lui, est allé prestement se percher là-haut, sur la galerie. Tout le monde a applaudi, après quoi Ruth, qui seconde Slim à la cuisine, a apporté la vraie tourte.

9

TUMBER HILL

Aujourd'hui encore, mon père a emmené Serle chasser avec lui, alors que moi, j'ai été obligé de rester à la maison sous prétexte que j'ai aidé Gatty à empêcher nos deux taureaux de s'entretuer.

Après avoir travaillé avec Oliver, j'ai sellé Pip et je lui ai fait faire dix fois de rang le tour de la lice. Sauf que je ne lui ai pas demandé de gravir l'échelle. C'est une chose qu'on ne devrait demander à personne, pas même à un cheval.

Mon oncle William m'a raconté un mauvais tour que lui et son intendant ont jadis joué à un de leurs voisins. Ils avaient hissé une vache dans le grenier à foin, puis fait disparaître la corde et la poulie pour lui faire croire qu'elle avait grimpé toute seule à l'échelle.

À son retour, le voisin s'était mis dans une colère noire parce qu'il n'y avait pas moyen de faire redescendre la vache, si bien qu'il avait dû se résoudre à la tuer et à la découper en quartiers là-haut.

Pendant que j'étais sur la lice, j'ai vu Gatty et Dusty avancer en titubant derrière les buttes de tir à l'arc, chargés de sacs de glands et de farine de haricots. Toujours à cheval, je me suis empressé de les rejoindre.

« Continue, Dusty ! a lancé Gatty. Je te rejoindrai après. »

Le garçon m'a gratifié d'un sourire jusqu'aux oreilles.

« Allez, vas-y ! » a répété Gatty, plus sèchement cette fois.

Mais Dusty n'a pas bougé d'un pouce, parce qu'il ne comprend pas ce qu'on lui dit, et qu'il est incapable de faire quoi que ce soit tout seul. Alors sa sœur l'a poussé, lui et son sac de farine de haricots, en direction de la porcherie, et moi je suis descendu de ma monture.

« Ça va, toi ? » ai-je demandé à Gatty.

Celle-ci s'est contentée de hausser les épaules.

« Pas plus mal que d'habitude.

— Parce que, quand même, il t'a frappée avec le balai de genêt...

— Ça fait moins mal qu'un bâton ! Des fois, c'est un bâton qu'il prend.

— Moi, mon père, il me donne des coups de branche de saule.

— Des fois aussi, c'est le fouet, a-t-elle ajouté. Mon père, il a un fouet.

— Sans toi, Gatty, un de nos deux taureaux se serait fait tuer !

— Oui, Harold...

— Exactement. Et je l'ai dit, moi, à mon père, comme tu avais été brave !

— Ton frère, il a rien fait, a-t-elle ajouté.

— Non, rien du tout. Nous on a séparé les taureaux, et on s'est fait punir. C'est Serle qui méritait une punition...

— Bon, faut que j'y aille, a fait soudain Gatty. Dusty, il est bon à rien quand on le laisse tout seul.

— Tu sais, notre expédition, je ne l'ai pas oubliée. On remontera la rivière, tous les deux. Cet été, on la fera, notre expédition !

— Et la foire, alors ? » a demandé Gatty en baissant les yeux.

Quand elle fait ça, elle est vraiment très jolie, parce qu'elle a de longs cils qui frémissent.

« Mais oui, ça aussi on le fera. On ira à la foire à Ludlow.

— Tu prendras une raclée...

— Et toi aussi, ai-je répliqué. Mais le jeu en vaut la chandelle ! »

À la fin de l'après-midi, je suis monté sur la colline en compagnie de mes chiens, Orage et Tempête. Dès qu'on a laissé derrière soi le verger et le hêtre pourpre, la terre commence à faire le gros dos. Gravir la pente me fait mal aux mollets et jusque dans les os des cuisses. Je suis toujours vainqueur de la colline, mais je me retrouve à chaque fois hors d'haleine quand j'atteins le sommet, parce que j'essaie d'y arriver en mettant le moins de temps possible.

La lumière était si vive et si éclatante qu'au loin, au-delà de Pike Forest et des vastes étendues inhabitées, je voyais des collines mauves. Et encore au-delà de ces crêtes mauves, je voyais – ou croyais voir – les sombres formes indécises des Black Mountains. Je ne suis jamais allé aussi loin que ça en direction de l'ouest ; mon père affirme qu'il serait dangereux de s'aventurer à cheval à cette distance dans les profondeurs du pays de Galles et que, d'ailleurs, il n'y a absolument aucune raison d'aller là-bas. Pourtant, chaque fois que je reste là debout, à contempler la vue du haut de Tumber Hill, je me dis que si, il y en a, des raisons pour y aller, et je sais qu'un jour je chevaucherai en direction de l'ouest ; je gravirai les collines violettes, je franchirai les Black Mountains et, une fois que je les aurai laissées derrière moi, j'irai au galop encore plus loin, jusqu'à atteindre le rivage de la mer, à l'ouest. J'aimerais bien que Gatty m'accompagne, mais je doute fort que cela soit possible...

Aujourd'hui, Orage a levé une hase[1], et il a même

---

1. Femelle du lièvre ou du lapin de garenne.

réussi à l'attraper. Quand il me l'a rapportée, elle poussait encore de petits cris aigus, alors je lui ai tordu le cou promptement. En rentrant, je suis allé l'apporter à Slim, le cuisinier.

« Et si tu faisais deux tourtes en forme de clapier ? ai-je suggéré. Dans l'une, tu mettrais la hase et dans l'autre le lapin blanc de Sian, bien vivant, lui.

— Jamais je ne sers deux fois la même pâtée aux cochons ! » m'a répliqué Slim fort peu courtoisement.

Pendant que Tempête et Orage couraient partout comme des fous, je me suis assis au faîte de la colline. J'ai pensé quelques instants à mon coccyx, puis à Serle. Quand il y a des gens, il fait mine d'avoir de l'affection pour moi mais, chaque fois que nous nous retrouvons en tête à tête, il est méchant. Quelquefois, il me tord le bras derrière le dos jusqu'à ce que je sois obligé de mettre un genou en terre, avec l'impression que mon bras va se casser tout net, mais ce qui me fait le plus mal, ce sont ses paroles. En plus, je sais qu'il rapporte, surtout à ma mère, et elle ne lui dit jamais rien parce qu'elle tient à lui comme à la prunelle de ses yeux.

Au bout d'un moment, j'ai commencé à me demander quels sont les plans de mon père pour mon avenir. Quels sont-ils donc, et pourquoi refuse-t-il de m'en faire part tout de suite ? Lorsque j'ai abordé le sujet avec lui, il n'a pas dit qu'il voulait bien que je m'engage au service de quelqu'un. Il n'a absolument pas promis que je pourrais un jour devenir écuyer. Est-ce parce que je ne suis pas assez doué pour les sports qui se pratiquent sur la lice ? Ou bien a-t-il un motif que je ne soupçonne même pas ?

En ce moment, tout est difficile dans ma vie mais, malgré tout, je me suis senti plus heureux en dévalant Tumber Hill à toute allure qu'en y montant. Cela m'aide, de me poser des questions, même si je ne connais pas les réponses.

Lorsque je suis arrivé en bas de la colline, j'ai vu que mon père était rentré de la chasse. Il était assis sous le hêtre pourpre avec Merlin. Mon père était au soleil, qui brillait d'un vif éclat, mais Merlin, lui, était constellé des pieds à la tête de taches d'ombre pourpres.

« Trop de soleil change aujourd'hui en demain, a déclaré Merlin. Et puis ça dessèche la cervelle. »

Je suis sûr que lui et mon père parlaient de moi car, dès qu'ils m'ont vu, ils se sont interrompus sur-le-champ.

« En voilà une belle hase ! s'est exclamé mon père.

— C'est Orage qui l'a attrapée ! »

En entendant son nom, Orage s'est mis à bondir dans tous les sens, et Tempête en a fait autant.

« Bien..., a fait mon père, signe qu'il commençait à s'impatienter.

— Je vous laisse, ai-je donc fait.

— Vous disiez donc, John..., a repris Merlin. Votre frère...

— Sire William ! me suis-je écrié.

— Arthur ! Combien de fois faudra-t-il que je le répète ? a lancé mon père sèchement.

— Je me disais...

— Je ne veux pas savoir ce que tu te disais. C'est à Merlin que je m'adresse, pas à toi ! »

C'est alors que Merlin m'a fait un clin d'œil. Ce fut si bref que je n'étais pas absolument sûr d'avoir bien vu.

« Bien, père.

— Il existe bien, quand j'y pense, un sortilège très ancien, a ajouté Merlin, qui a pour effet de faire disparaître les fils puînés...

— Humm !..., a fait mon père. Il faut absolument que vous me l'appreniez. »

De quoi donc s'entretenaient-ils lorsque mon arrivée a interrompu leur conversation ? Je ne pense pas que mon père puisse savoir ce que je sais, moi. Ce que m'a confié Lady Alice. Puisqu'elle m'a dit qu'elle n'en soufflerait jamais mot à personne...

10

LE ROI DORMANT

J'aime beaucoup les histoires que raconte ma grand-mère Nain. D'ailleurs, tout le monde les aime bien. Justement, hier soir, après le dîner, elle nous en a raconté une nouvelle.

« C'est l'histoire du Dragon ! » a-t-elle annoncé.

Le Dragon, c'est son mari, qui était un seigneur de guerre gallois, mais cela fait si longtemps qu'il est mort que c'est à peine, en fait, si elle se souvient de lui.

« Oh, non ! s'est récriée Sian. Raconte-nous une histoire de notre mère !

— Ou bien alors, a proposé Nain, je vais vous raconter l'histoire du roi dormant.

— Non, dis-nous la pire des choses que maman a faites quand elle était petite ! a insisté Sian.

— Non, le roi dormant, Nain ! Tu ne nous l'as jamais racontée, cette histoire-là ! » l'ai-je priée.

C'est alors qu'on a entendu frapper à la porte, et le loquet s'est soulevé.

« Merlin ! a lancé mon père. Nain va justement commencer une histoire...

— Comment donc le savais-je ? Je me le demande... », a fait Merlin.

Je ne sais pas non plus comment il avait deviné, mais effectivement cela arrive souvent.

« Je vais m'asseoir ici, à côté de mon jeune ami », et sitôt dit, sitôt fait, il a pris place à côté de moi.

Mon père était installé dans son fauteuil, et le petit Luc dormait dans son berceau. Les deux chiens étaient couchés sous la table, Tanwen et Sian étaient assises côte à côte sur le petit banc le long du mur, et Serle se faisait tout petit entre elles deux. Seule ma mère n'était pas là, sans quoi elle aurait probablement tout gâché, parce que Nain et elle passent leur temps à se chercher noise.

Ces trois dernières nuits, Luc s'est réveillé et s'est mis à gémir, si bien que ma mère est épuisée à force de rester là à le nourrir et à essayer de l'apaiser. Au dîner, elle n'arrêtait pas de bâiller et, aussitôt le repas terminé, elle s'est retirée dans la chambre après nous avoir souhaité bonne nuit.

« Bon, où en étais-je ? a demandé Nain.

— Vous alliez commencer ! a répondu mon père. Sian, assieds-toi donc par terre, vous êtes trop serrés sur ce banc, tous les trois ! »

Sian s'est laissée glisser aussitôt sur la natte de joncs, et Crachefeu, la chatte, est venue immédiatement élire domicile sur ses genoux en miaulant de contentement.

« Avant même que je sois née, a alors commencé Nain, il y avait un jeune garçon qui vivait ici dans les Marches, et voilà qu'un beau jour il s'en est allé faire de l'escalade.

— Où ça ? ai-je demandé.

— Il y a des gens qui disent que c'était à Weston, d'autres à Panpunton Hill. Selon moi, c'était à Caer Caradec. Et il a découvert une grotte qu'il n'avait jamais remarquée auparavant, et dans cette grotte s'enfonçait un long couloir sombre qui menait tout droit au cœur de la colline.

— Mais comment il pouvait voir, dans le noir ? l'a interrompue Sian.

— Qui raconte cette histoire ? l'a réprimandée mon père en se raclant la gorge.

— Il avait allumé une torche, évidemment, a répondu Nain, et alors donc, il s'est aventuré profond, profond sous la colline. Et voilà qu'arrivé à la moitié du long couloir, il a vu sou-

dain une cloche – une cloche énorme – qui blo-
quait le passage ; il a été obligé de ramper à
quatre pattes pour se faufiler dessous. Il a ainsi
poursuivi son chemin sous terre ; il faisait humide
et glacial, et le couloir allait toujours s'élargissant,
a continué Nain, étendant ses bras noirs et les
agitant comme un corbeau qui bat des ailes. Et
puis, tout d'un coup, voilà que le jeune garçon a
senti des courants d'air, et il est arrivé au sommet
d'un escalier de pierre qui descendait jusque dans
une grotte.

— Qu'est-ce que c'est, une grotte ? l'a interrompue Sian une nouvelle fois.

— Une espèce de grande salle en pierre. Et
savez-vous ce qu'il y a vu ? Eh bien, tout d'abord
il a vu qu'il y avait dans cette grotte une multi-
tude de bougies allumées puis, à ses pieds, il a vu
des hommes en armure. Il y avait là cent guerriers
endormis. Leurs corps allongés formaient un vaste
cercle, et au centre de ce cercle était étendu un
homme qui, lui, était vêtu d'or et de pourpre, et
qui tenait une épée dégainée.

— Le roi ! s'est écriée Sian.

— Il dormait...

— Qui c'était ? a fait Sian, impatiente.

— Le jeune garçon l'ignorait. Et encore à ce
jour, nul ne le sait. Certains le nomment le roi
dormant, d'autres le roi sans nom... Posant sa
torche par terre, le jeune garçon a descendu les

marches à pas de loup. Il s'est glissé sans faire de bruit entre les guerriers endormis et il a longuement contemplé le roi dormant... Celui-ci avait les paupières ridées, une bouche généreuse, il avait un demi-sourire aux lèvres... et la lame de son épée imposante était ornée d'arabesques.

« C'est alors que, à côté du roi, le jeune garçon a vu un énorme tas de pièces d'or. Alors il s'est penché et il en a pris une. Rien qu'une, voyez-vous. Puis il s'est de nouveau glissé prestement entre les guerriers endormis, et il a grimpé les marches de pierre. Mais voilà que sa torche s'était éteinte, et il n'y voyait goutte dans le couloir sombre. Il a avancé en s'égratignant les mains à force de longer les parois à tâtons, et puis voilà qu'il a heurté la cloche ! Le battant de la cloche s'est mis à osciller, produisant un son vibrant très grave.

« Aussitôt tous les guerriers de la grotte se sont éveillés en sursaut et se sont mis debout comme un seul homme. Ils ont gravi l'escalier de pierre quatre à quatre puis, toujours courant, ils se sont engagés à la poursuite du jeune garçon dans le couloir, en hurlant et en vociférant. "Le jour est-il venu ? criaient-ils en chœur. Le jour est-il venu ?" »

Et Nain, se levant, a agité une nouvelle fois les ailes noires de ses manches.

« Et le roi ? a demandé Sian. Et le roi, qu'est-ce qu'il a fait ?

— Je ne sais pas... il a continué à dormir, sans doute. Mais les hurlements et les vociférations des cent guerriers retentissaient tout le long du couloir souterrain. Le jeune garçon aurait bien voulu les arrêter, mais il ne connaissait pas les mots d'antan, voyez-vous. Il ne connaissait pas les mots magiques qui engloutissent tous les sons. Mais il savait du moins ce qu'il lui restait à faire ! Il voyait la lumière au bout du souterrain – l'espoir qui luisait comme une aiguille – et il a couru de toute la vitesse de ses jambes dans la direction de cette lumière. Les guerriers le poursuivaient toujours, il entendait le bruit de leurs pas et leur souffle puissant. Mais il a réussi à sortir de la caverne avant qu'ils aient pu le rattraper, et pas un seul d'entre eux ne s'est aventuré à la lumière du jour – pas même d'un seul pas. Si bien que, hors d'haleine et tout tremblant, le jeune garçon leur a échappé – et il tenait toujours la pièce d'or bien serrée dans sa main droite.

« Qui était donc ce roi ? Et qui étaient ces guerriers ? Étaient-ils des hommes des Marches ? Ou bien étaient-ils les guerriers anglais qui ont combattu contre les Saxons dans les temps anciens ? »

Après nous avoir posé ces questions, Nain a marqué une pause et a fixé sur chacun de nous ses yeux sombres.

« Et quand le jour viendra-t-il ? Quand les guerriers s'éveilleront-ils pour sortir de la colline au pas de charge ?

« Ce qu'il y a de sûr, c'est que le jeune garçon a rapporté la pièce d'or chez lui, et bien sûr il a raconté ce qu'il avait vu, et tous les hommes et les adolescents qui vivaient sur les terres de ce manoir ont gravi à leur tour le flanc de la colline, munis de torches embrasées. Mais le croiriez-vous ? Ils ont eu beau chercher, ils n'ont pas trouvé l'entrée du souterrain au fond de la caverne. Ni alors ni depuis. Ils ont cherché, cherché. Il était là et il n'était pas là... »

Nain a poussé un soupir puis, soudain, tendant le bras, elle a désigné quelqu'un dans la pénombre.

« Toi ! a-t-elle lancé.

— Qui ça ? a fait Serle.

— Moi ? a fait Sian en écho.

— Toi, jeune fille ! Comment t'appelles-tu ?

— Tanwen.

— Que signifie ton nom ?

— Feu blanc, a-t-elle répondu à voix basse.

— Parle plus fort !

— Feu blanc !

— En effet, c'est bien ce que veut dire ton nom. Oui, et il est dangereux de jouer avec le feu blanc...

— De quoi parlez-vous donc, Nain ? a demandé mon père, perplexe.

— Des noms, a répondu Merlin. Les noms ont un pouvoir...

« — C'est comme ça qu'elle finit, l'histoire ? a fait Sian.

— Oui, jusqu'au jour où le roi dormant s'éveillera !

— Ah ben, ça alors, Jésus Marie Joseph ! » s'est exclamée Sian, ce qui nous a tous fait rire.

11

DES MOTS POUR S'ENDORMIR

Ce qu'affirme Merlin est sûrement vrai. Les noms ont bel et bien un pouvoir.

Hier soir, je n'arrivais pas à m'endormir à force de penser à l'histoire que nous avait racontée Nain. Je me demandais qui était le roi dormant, quand il sortira avec ses guerriers de la colline, de quelle colline il s'agissait, et quels sont les mots magiques capables d'engloutir les sons. J'ai bien essayé de compter les nuages qui traversaient le ciel, dans ma tête, mais plus je comptais et moins j'avais sommeil. Même résultat lorsque j'ai compté les moutons sortant d'un enclos...

C'est alors que j'ai pensé tout d'un coup au nom Jack, et à tous les mots commençant par Jack que je connais. Il y a Jack Frost, le père Givre, qui gribouille et griffonne toutes sortes de dessins sur les fenêtres aux lattes de corne, et parfois même sur les murs extérieurs aussi. Il y a Jack-Daw, le choucas ; celui-là, nous ne le portons pas dans notre cœur, parce qu'il aide son ami Corbeau à piller notre blé en herbe. Et puis il y a Jack-Straw ! Ça, c'est un jeu auquel on joue souvent, Sian et moi. Ses doigts sont plus agiles et plus fins que les miens, ce qui fait que souvent elle me bat à plate couture. Et Jack-qui-avait-tué-un-géant ? J'aimerais bien avoir un bonnet comme le sien ! il lui suffisait de s'en coiffer pour connaître les réponses à toutes les questions.

Et enfin, il y a Jack-o'-Lantern, qui s'en va par les chemins à Halloween, avec son visage menaçant qui brille, et qui fait s'enfuir les sorciers et les sorcières, épouvantées. Jack-o'-Lantern. Son visage blanc qui brûle...

Il me semble que c'est à ce moment-là que je me suis endormi...

12

◆

MA COUSINE GRACE A LA FIÈVRE

Le messager de sire William, Thomas, est revenu aujourd'hui, toujours à cheval – celui qui nous a appris que le roi Richard a été touché par une flèche tirée par l'un de ses propres archers. Je me suis dit qu'il devait sûrement nous apporter des nouvelles du roi Richard, mais non, il venait simplement nous prévenir que Lady Alice et mes cousins, Tom et Grace, ne pourront finalement pas venir passer quelques jours chez nous la semaine prochaine, parce qu'ils sont malades tous les trois.

Ma tante nous a fait dire qu'ils souffrent tous d'une forte fièvre et qu'ils n'ont pas pu absorber une bouchée de nourriture depuis trois jours. Ils se bornent à boire du lait et une décoction d'écorce de saule en abondance. En apprenant la nouvelle, mon père s'est contenté de dire :

« Eh bien, je dois dire que cela ne me contrarie pas vraiment, parce que nous avons l'intention de tondre les moutons la semaine prochaine, si bien que Hum et moi, nous aurons de la besogne à abattre ! »

Mais moi, je suis très contrarié... J'attendais avec impatience la venue de Grace. Nous pensons tous les deux que nos parents ont l'intention de nous fiancer plus tard, et puis je lui avais promis de l'emmener jusqu'au sommet de Tumber Hill, et de lui montrer l'arbre où je grimpe, et qui est mon secret. C'est le moment de l'année où il est le plus beau, lorsque les feuilles de hêtre ont déplié leurs doigts, parce qu'alors, quand on est perché là-haut, on voit tout ce qui se passe, et personne ne vous voit.

Lorsque Grace et Tom viennent passer quelques jours au manoir, mon père me dispense de mes leçons et de l'entraînement au tournoi. Mais ça ne nous empêche pas d'aller quand même sur la lice. Chacun a le droit de choisir tel ou tel sport, et c'est Grace qui joue le rôle d'arbitre, et Sian la seconde.

Avec Serle, on est sûrs qu'il va forcément choisir la quintaine et c'est là que je suis le plus mauvais... Le sac de sable qui tient lieu de mannequin m'a si souvent frappé à la tête que je m'étonne qu'il ne m'ait pas encore mis la cervelle en bouillie. Tom, lui, c'est l'épée qu'il préfère comme discipline, et moi je choisis toujours le tir à l'arc, parce qu'il n'y a que là que je sais que j'ai des chances de gagner. Après, c'est le tour de Grace de décider ; la dernière fois, elle nous a fait tenir nos lances bien en équilibre à l'horizontale, viser, et courir vers l'anneau.

Il me tardait aussi de voir Lady Alice. Je voudrais être tout à fait sûr qu'elle n'a pas révélé notre secret à mon père parce que, s'il est au courant, ce n'est même pas la peine que je lui demande une nouvelle fois si je peux devenir l'écuyer de sire William, il refusera...

Tom et moi nous sommes livrés à un petit calcul surprenant. Serle a deux fois l'âge de Sian, puisqu'il a seize ans, et Lady Alice, qui est la seconde femme de sire William et la belle-mère de Tom et Grace, a le double de l'âge de Serle, mais sa peau est encore veloutée comme celle d'une pêche, et elle fait plus jeune que son âge. Et enfin sire William a exactement le double de l'âge de Lady Alice...

Thomas nous a appris que sire William s'est absenté. Personne ne sait où il est allé. En principe il est parti visiter le domaine qu'il possède en France, en Champagne, mais, pour ce qu'en sait ma tante, il se peut bien qu'en fait il soit au nombre des soldats qui assiègent la ville où le roi Richard a été blessé.

« Cet homme-là est incapable de rester chez lui quatre semaines d'affilée ! » a commenté mon père, qui a échangé un regard entendu avec ma mère, puis il a fait claquer ses doigts.

« Dites à Slim de vous donner de quoi vous restaurer avant de repartir ! a suggéré ma mère à Thomas.

— Fort bien dit ! a renchéri mon père. Et tu peux boire tout ton soûl de bière, aussi ! »

Je vois bien que mon père apprécie beaucoup Thomas et qu'il lui fait confiance et, à mon avis, il aimerait mieux qu'il travaille ici, au manoir de Caldicot, plutôt qu'à Gortanore.

13

SAVOIR ET ENTENDEMENT

Les versets de la Bible qu'Oliver me fait lire sont souvent fort fastidieux, et sa façon de parler ne l'est pas moins. Il lui faut deux fois plus de mots qu'à tout un chacun pour dire la même chose et, à l'en croire, il sait tout. Malgré tout, je trouve beaucoup de plaisir à ces leçons que je prends avec lui.

L'église du village ressemble à la caverne qui se trouve de l'autre côté de Tumber Hill. Même quand il fait très chaud dehors, il y fait toujours frais. Et quand il gèle dehors, dedans il fait un peu moins glacial. Il n'empêche que j'ai les doigts de pied qui s'engourdissent lorsqu'il me faut rester là assis dans la sacristie plusieurs heures de rang. Un jour où la leçon d'Oliver était absolument interminable, j'ai fait mine d'avoir des mouvements involontaires de la tête et de claquer des dents, et ça l'a quand même inquiété. Il a fini par refermer la bible et par me renvoyer à la maison.

Aujourd'hui, je lui ai apporté un lapin – c'est le second qu'Orage attrape ces jours-ci, et cette fois c'était un mâle – mais il m'a dit de le laisser sous le porche.

« Mais les corbeaux vont le manger ! ai-je objecté.

— Qu'est-ce qui montre que les lapins sont pleins de sagesse ? m'a demandé soudain Oliver.

— Bien que leur corps n'ait pas une grande force, ils creusent leur terrier parmi les rochers.

— Et les fourmis, qu'est-ce qui montre leur sagesse ?

— Elles non plus, elles n'ont pas beaucoup de force, mais quand vient l'été, elles font des provisions de nourriture pour l'hiver.

— Et les araignées ?

— Elles savent se servir de leurs pattes, et certaines d'entre elles s'élèvent au rang de courtisanes et demeurent dans des palais.

— Qui dit cela ?

— Le livre des Proverbes.

— Qu'est-ce qu'un proverbe ?

— Une formule destinée à donner à un jeune garçon la faculté d'apprendre et de comprendre.

— Exactement ! Et les deux choses ne sont pas identiques, n'est-ce pas ? Nous commençons par

84

apprendre un fait, et ce n'est qu'ensuite que nous comprenons ce que signifie le fait en question.

— Ainsi, Serle est mon frère, ai-je proposé comme exemple.

— Voilà un fait.

— Et mon frère, cela signifie diverses choses : méchant et gentil, ennemi et ami.

— Voilà qui relève de la compréhension du fait en question.

— Serle prétend que les fils cadets comptent moins que les aînés, ai-je poursuivi.

— Voilà qui n'est pas exact ! a répliqué Oliver, en se rengorgeant comme un coq qui vient de prendre son bain de poussière. Non, ce n'est pas exact du tout ! Nous naissons hommes ou femmes. Certains sont les premiers-nés, d'autres non. En fait, pour la plupart d'entre nous, nous ne sommes pas des premiers-nés ! Mais cela n'a de toute façon pas la moindre importance, car que nous soyons hommes ou femmes, premiers-nés ou non, aux yeux de Dieu nous sommes tous égaux.

— Cela, vous me l'avez déjà dit, mais ce ne peut être la vérité ! Il y a sur les terres du manoir quelques personnes riches, mais la plupart sont pauvres. Quelques-uns ont de quoi manger tout leur content, mais la plupart manquent de tout. Il n'y a pas là d'égalité !

— Souviens-toi de ce que dit la Bible... "Les pauvres sont toujours à Tes côtés..." Oui, Arthur, il en a toujours été ainsi et il en sera toujours ainsi. Ainsi va le monde. La pauvreté est voulue par Dieu.

— Comment peut-il en être ainsi ?

— Nous avons besoin d'un roi pour nous gouverner, n'est-ce pas ?

— Mais pas le roi Jean, dit mon père.

— Le pays a besoin d'un roi pour le gouverner, et le roi a besoin de Lord Stephen, par exemple, et de tous ses autres barons et seigneurs. Lord Stephen, lui, a besoin de ton père, sire John, et de tous les autres chevaliers. Et ton père à son tour a besoin des hommes et des femmes qui vivent sur les terres de ce manoir pour labourer, semer et moissonner. C'est la volonté de Dieu.

— Mais il n'y a pas là d'égalité, ai-je répété.

— Arthur, il peut se faire qu'un fils ait plus de dons que son frère, mais ce n'est pas une raison pour que son père le préfère pour autant. Il doit aimer également chacun de ses enfants. Ainsi en va-t-il de Dieu. Nous sommes tous égaux à Ses yeux. Mais allons ! Nous bavardons, nous bavardons ! Il est grand temps que nous passions à la lecture à présent ! »

Sur quoi Oliver a traversé la sacristie à grandes enjambées, en faisant passer par-dessus sa tête la lanière graisseuse à laquelle est suspendue sa clé. Évidemment ! Lui il n'a jamais à s'inquiéter de savoir s'il aura de quoi manger le lendemain ; il ne va jamais le ventre creux, même s'il doit souvent se contenter de bouillie d'avoine et de soupe de pois, et il a une terre qui va avec sa charge de prêtre, et en plus chaque serf doit lui donner la dixième partie de ses récoltes, et le dixième aussi de ses poulets et de ses agneaux.

Faisant tourner la clé dans la serrure de son vieux coffre grinçant, il a sorti la Bible.

« Au nom du roi Richard, m'a-t-il dit, tu vas aujourd'hui lire le psaume XX. Le psaume XX, puis le psaume XXI.

— Nous lèverons l'étendard, ai-je commencé, en latin d'abord, puis en traduisant le psaume, au nom de notre Dieu... Ceux-ci s'appuient sur leurs chars, ceux-là sur leurs chevaux ; nous, nous invoquons le nom de l'Éternel, notre Dieu. Eux, ils plient, et ils tombent ; nous, nous tenons ferme, et restons debout.

— Tu vois ? a fait Oliver. Si tu t'apprêtes à aller combattre l'ennemi, c'est une chose, les chars et les chevaux, mais cela ne suffit pas. Cela, le roi Richard le sait bien ! C'est ce qui lui a permis de vaincre Saladin à Arsur. C'est ce qui lui a permis de reconquérir pour nous le royaume de Jérusalem.

— Mais Saladin ne vénère-t-il pas Dieu lui aussi ? Les Sarrasins ne vénèrent-ils pas Dieu ?

— Ils vénèrent un faux prophète. Ce ne sont pas de vrais croyants. Les Sarrasins sont des infidèles.

— Pourtant sire William dit que pour les Sarrasins, ce sont les chrétiens les infidèles... les infidèles !

— Ils ne comprennent pas la Bible ! a rétorqué Oliver en poussant une sorte de hennissement méprisant. Ils ne la lisent même pas !

— Mais alors, les Sarrasins et les chrétiens ne sont donc pas égaux aux yeux de Dieu ?

— Certes non ! Bien évidemment non ! Aux yeux de Dieu, tous les chrétiens sont égaux. Mais tu peux être certain que la gueule béante de l'enfer attend d'engloutir tous les païens, les hérétiques et les infidèles !

— Pourtant, sire William a combattu contre les Sarrasins, à Jérusalem, et il ne pense pas comme vous... Il pense, lui...

— Sire William est un chevalier, pas un prêtre », a fait Oliver d'un ton sans réplique.

L'une des raisons qui font que j'aime beaucoup, malgré tout, les leçons que me donne Oliver, c'est qu'il m'autorise à argumenter avec lui, et ainsi je découvre des choses nouvelles. C'est comme d'escalader mentalement Tumber Hill : plus je monte, plus je découvre de choses, et plus j'en découvre, plus j'ai envie d'en découvrir d'autres encore.

« Combien de livres y a-t-il ? lui ai-je demandé alors.

— Où cela ?

— Dans le monde, en tout.

— Voyons, mon cher enfant ! Tu penses toujours que j'ai la réponse à toutes tes questions ! Eh bien, je ne sais pas, moi, disons, euh... Chaque église d'Angleterre possède sa propre bible...

— Mais non, je ne voulais pas parler des livres qui

disent la même chose, je voulais parler de livres différents !

— Cela, personne ne peut le dire ! a répondu Oliver avec un long soupir indulgent, en appuyant la paume des mains sur son estomac. Il existe des livres écrits en latin et en français, et puis quelques-uns aussi en hébreu et en grec... Je ne sais pas, moi ! Vingt de ces livres, ou peut-être même trente, ont été traduits en anglais, et j'ai entendu dire qu'un ou deux ont même été écrits directement en anglais...

— Sire William dit que les Sarrasins ont aussi des livres. Sur les astres, la médecine...

— Tu vois ! a fait Oliver en hochant la tête. Si seulement ils étaient chrétiens ! Non, Arthur, personne ne peut dire combien il existe de livres. Mais je te connais ! Tu ne te contenteras pas d'une pareille réponse ! »

Il s'est arrêté un instant en hochant lentement la tête.

« Je pense..., a-t-il repris, je pense qu'en tout, il doit bien exister plus de cent livres... »

Une autre raison qui fait que je prends plaisir à ces leçons, c'est que dans ma famille, à part moi, personne ne sait très bien lire. Mon père lit un peu, mais lentement, et ma mère ne sait pas lire du tout. Serle a eu des leçons quand il était au service de Lord Stephen comme écuyer, mais il ne lit pas aussi bien que moi, et il ne sait pas écrire.

Ma grand-mère Nain ne voit vraiment pas pourquoi il faudrait qu'un page apprenne à lire et à écrire.

« Ton père n'est pas allé beaucoup à l'école, m'a-t-elle dit. Et ton grand-père, le Dragon, non plus, ça c'est sûr ! Réfléchis à ce qui se passera si tu commences à compter sur l'écriture... Ta mémoire va diminuer très vite. Si une chose vaut la peine qu'on la sache, elle vaut la peine qu'on s'en souvienne ! »

Quand les gens deviennent très vieux comme ma grand-mère, ils n'aiment pas les changements. Ils ont tendance à toujours revenir à leur enfance, et à dire que la sagesse veut qu'on ne change pas le monde...

J'aimerais bien voir comment on fait les livres – comment on traite la peau : je sais qu'il faut l'écharner, la sécher, puis la polir avec de la pierre ponce et de la craie. J'aimerais aussi savoir avec quelles plantes sont fabriquées les différentes couleurs d'encre. Oliver m'a dit qu'il demandera à mon père s'il pourrait m'emmener visiter le prieuré de Wenlock. Il dit que là-bas il y a une salle spéciale où deux moines et deux novices travaillent jour après jour à recopier la Bible et puis d'autres livres aussi.

« C'est une tâche ardue ! m'a-t-il dit. Très ardue...

— Quelquefois, la main avec laquelle j'écris me fait mal...

— Alors, prie donc pour les copistes ! Le poignet leur fait mal, le coude leur fait mal, le cou leur fait mal, et le dos ! Leurs yeux larmoient et leur vue se brouille. Mais ne t'y trompe pas ! Chaque mot écrit ainsi à la gloire de Dieu est pareil à un coup de marteau sur la tête du diable. C'est ce que disait le bienheureux Bernard ! »

Ce que je n'arrive pas à comprendre, c'est pourquoi mon père tient tellement à ce que je lise et que j'écrive parfaitement. J'aime bien lire. J'aime bien écrire aussi. Et j'aimerais beaucoup voir les copistes à l'œuvre – mais je n'aimerais pas du tout ne faire que ça, au lieu de devenir l'écuyer d'un chevalier. Oui, écuyer, comme Serle, et plus tard chevalier, c'est ça que je veux devenir.

14

LES MONTE-EN-L'AIR

Un escalier part de notre grand-salle. Une volée en spirale de quatorze marches de chêne conduit là-haut, à la galerie.

Cette galerie est un endroit idéal où se poster si l'on veut être vu de beaucoup de gens. Lorsque les invités viennent à Halloween, vêtus de leurs déguisements, ou lorsque les villageois se pressent nombreux à Noël et que la grand-salle est pleine à craquer, mon père monte là-haut et il agite sa clochette avant de s'adresser à l'assistance. Il y a aussi parfois des musiciens qui vont s'installer sur la galerie pour jouer de leurs instruments et chanter. L'an dernier, il y en a un qui est monté là-haut à notre insu avec une cymbale et une baguette pendant que sa femme chantait une chanson qui racontait comment un chevalier sans foi ni loi avait séduit puis abandonné la fille d'un meunier.

« Honte à lui ! » s'est écriée la femme et, à ce moment précis, son mari, perché là-haut, a donné un retentissant coup de cymbale qui nous a tous fait sursauter violemment.

Mais la galerie n'a que soixante centimètres environ de largeur, si bien qu'il n'y a pas assez de place pour des danseurs ou des mimes.

Elle donne accès à deux petites pièces. Celles-ci sont comme des nids sous l'auvent d'un toit. Dans la première sont entreposés des fûts contenant du froment et de l'orge. Mon père juge en effet prudent de toujours avoir des réserves de nourriture dans la maison, au cas où les envahisseurs gallois viendraient effectivement un jour et où nous ne pourrions pas nous rendre aux cuisines ni dans la grange. Mais c'est que nos souris et nos rats n'ont guère de patience... Le repas que nous prévoyons pour le lendemain fait leur repas d'aujourd'hui.

« Allons-y, prenons, empiffrons-nous ! »

C'est ce que disent leurs petits cris aigus.

S'ils ont vent du triste sort qu'ont connu les monte-en-l'air qui sont venus un jour, les envahisseurs y réfléchiront à deux fois avant de tenter l'aventure. Il se pourrait même qu'ils décident que le jeu n'en vaut pas la chandelle... La chose s'est passée en novembre dernier. Juste avant le point du jour, les monte-en-l'air ont tenté de s'introduire dans notre chambre en passant par l'une des petites fenêtres. Seulement voilà, mon père les a entendus. Il s'est laissé glisser du lit sans faire de bruit et a empoigné son épée. Puis il est allé jusqu'à la fenêtre à pas de loup et s'est posté d'un côté, l'épée levée, prêt à frapper. Le premier des voleurs n'a pas plus tôt passé la tête par la fenêtre que mon père, d'un magistral coup d'épée, la lui a proprement tranchée.

« Vite ! » a fait une voix étouffée dehors.

Et le second des monte-en-l'air a poussé les jambes du premier, qui étaient encore agitées de soubresauts, si bien que le corps a suivi la tête et a chu sur le sol de la chambre.

« Allez, vite ! a fait une autre voix. Vite ! »

Alors le second monte-en-l'air s'est hissé sur le rebord de la fenêtre et a passé la tête à son tour. Mais, dans la pénombre, il a vu... et, sans demander son reste, il a tenté de se rejeter précipitamment en arrière. Malheureusement pour lui, ses compères, dehors, le tenaient fermement par les jambes et le poussaient par-derrière de toutes leurs forces. Alors le voleur s'est mis à pousser des hurlements et mon père a aussitôt frappé derechef.

« Sa tête hurlait encore après que je l'avais tranchée ! » nous a-t-il raconté après.

Moi je ne crois pas que ce soit possible, parce que nos soupirs, nos cris, nos pets, ce n'est pas autre chose que de l'air – l'air que nous respirons par la bouche et qui descend ensuite dans nos poumons. Merlin a dans un coffre un squelette auquel il ne manque pas un os, et un jour il l'a sorti pour m'expliquer tout ça.

Lorsque les voleurs qui étaient encore à l'extérieur ont entendu les hurlements horribles de leur complice, ils ont pris la poudre d'escampette, et nous ne savons même pas combien ils étaient. Toujours est-il qu'après ce fâcheux épisode, ma mère a refusé pendant longtemps de coucher dans cette chambre.

Les deux corps ont été enterrés dans la même fosse, dans le coin nord du cimetière, mais les têtes, elles, ont été enterrées dans un trou juste à l'opposé, dans le coin sud.

« Ainsi, nous a expliqué Oliver, leurs fantômes ne pourront pas venir vous tourmenter. »

Ensuite, Tanwen est allée à la cuisine demander à Ruth de venir l'aider, et elles ont sorti toutes les nattes en jonc de la chambre et les ont brûlées. Elles ont même lavé le sol de terre battue avec des serpillières humides. Après quoi elles ont apporté une provision de joncs fraîchement coupés et les ont étendus sur le sol en y entrelaçant des brins de romarin, de tanaisie et de thym. Et, enfin, mon père a demandé à Oliver de dire des prières pour purifier la chambre. Mais en dépit de tout cela, ma mère refusait absolument de dormir dans cette pièce. Elle a fait transporter le matelas du lit d'apparat dans la grand-salle, et c'est là qu'elle et mon père ont couché tout l'hiver. Par la suite, il a fait murer presque complètement les deux petites fenêtres de la chambre. Elles sont réduites à de véritables fentes à présent, et il n'y a que Sian qui puisse passer les poignets dans l'interstice.

La seconde petite pièce qui s'ouvre sur la galerie est vide. Les parois intérieures sont très friables. Il suffit que je les effleure pour être aussitôt saupoudré de poussière blanche. Par contre, le mur extérieur est en pierre, et souvent des moineaux entrent par l'ouverture de ventilation et donnent de petits coups de bec dans le mortier, parce qu'ils aiment bien le goût de la chaux. Dans les fissures qu'ils ont faites ainsi entre les blocs de pierre taillée se réfugient toutes sortes de menues créatures. Parfois, lorsque je suis assis sur le petit banc, dans l'embrasure de la fenêtre, j'entends tout autour de moi des frissons, des gazouillis, des grattements discrets, des vibrations légères, des bourdonnements et des bruits de petits becs qui picorent.

Ainsi, les murs sont fort animés et, au-dessus de ma tête, les énormes solives et le chaume du toit le sont tout autant. Des martinets et des hirondelles y nichent. Et puis des chauves-souris se laissent pendre des poutres... Le chaume est vieux et gris, si bien qu'il sent un peu le moisi, mais c'est néanmoins une odeur rassurante, qui contribue à apaiser la colère et à chasser la peur. Elle fait naître dans ma tête des pensées couleur d'été, et parfois elle me rend un peu somnolent. La plupart du temps, il règne dans cette pièce une température tout à fait agréable, car la chaleur monte de la grand-salle. Cependant en hiver, lorsque le vent souffle du nord, il siffle et chuinte dans le chaume et entre en rafales par l'ouverture de ventilation.

Lorsque notre vieux pommier s'est abattu, j'ai découpé à la scie un gros morceau du tronc. Gatty m'a aidé à le hisser jusqu'ici, et je m'en sers pour poser mon encrier. Et ainsi je m'installe là sur mon petit banc, dans l'embrasure de la fenêtre, les genoux relevés contre la poitrine ; j'ai juste la place nécessaire pour pouvoir me percher là, le dos appuyé d'un côté de cette espèce d'alcôve, les pieds contre l'autre. Voici ma plume d'oie, ma page de papier couleur ivoire. Cette pièce est mon bureau.

15

LE CHIFFRE NEUF

Merlin et Oliver se lancent parfois dans des polémiques, et il arrive qu'Oliver monte sur ses grands chevaux. Aujourd'hui, j'ai fait plusieurs fois le tour des douves en leur compagnie, et ils ont commencé par tomber d'accord que le chiffre parfait, c'est le chiffre neuf. Mais ils n'étaient pas du tout du même avis concernant les raisons de cette perfection.

« Enfin, voyons, Merlin, la raison en est absolument évidente ! Le Seigneur est notre Père, Il est le Fils et le Saint-Esprit. Trois en un et un en trois !

— Et trois égalent neuf ! a-t-il ajouté.

— Mais pas du tout, Merlin ! Trois ne peut pas être égal à neuf !

— *Constipatus !* a-t-il marmonné entre ses dents avec un geste d'impatience.

— Trois est le chiffre divin, et trois fois trois font neuf, a poursuivi Oliver, imperturbable. Neuf est donc le chiffre parfait. *Quod erat demonstrandum !* [1]

— Je commence à voir...

— Comment ça, vous commencez..., a répliqué sèchement Oliver, tout en se bouchant une narine avec l'index droit, et en soufflant énergiquement par l'autre narine.

— Je vais vous dire ce que c'est, neuf, a repris Merlin sans hausser le ton. Les neuf esprits, dont chacun possède un calice sans fond...

— Mais c'est pur blasphème, ceci ! l'a interrompu le prêtre, indigné.

— Nullement !

— Niez-vous l'existence du Christ ?

— Pas une seconde !

— J'aime autant ça !...

— Me menaceriez-vous ?

— Votre langue est votre propre ennemi, Merlin ! a lancé Oliver en le fusillant du regard.

— Ma langue est ma fidèle servante.

— Ce qui ne l'empêche pas de vous faire souvent courir des périls mortels... Il n'y a pas de place dans la demeure du Christ pour neuf esprits !

---

1. « Ce qu'il fallait démontrer (CQFD) », terme par lesquels on termine une démonstration théologique ou mathématique.

— Tel s'abreuve au calice de la poésie, a persisté Merlin, et crée des poèmes à notre intention. Tel autre s'abreuve au calice du chant, et nous ravit l'oreille par ses mélodies.

— Voilà de la bouse de vache à l'état pur ! s'est indigné Oliver. De la quintessence de bouse de vache, voilà ce que c'est ! Et vous le savez parfaitement ! »

Et tournant les talons, il s'est éloigné, furieux.

« Qui sont les autres esprits ? me suis-je empressé de demander à Merlin.

— Je te le dirai, Arthur, dans un proche avenir.

— Que voulez-vous dire ?

— Chacun de nous naît sous telle ou telle étoile, et cette étoile guide nos pas. En chacun de nous domine l'un des quatre éléments. Chacun de nous reste fidèle sa vie durant à un chiffre, et le temps est venu à présent pour toi de découvrir le chiffre qui est le tien... »

16

TROIS CHAGRINS, TROIS CRAINTES, TROIS JOIES

J'ai fait le compte dans ma tête : j'ai trois chagrins, trois craintes et trois joies, et donc mon chiffre, c'est peut-être neuf !

Mon premier chagrin, c'est Serle, qui est injuste et méchant avec moi. Mon second chagrin, c'est mon coccyx. Je suis presque sûr qu'il s'allonge. Et mon troisième chagrin, c'est le secret que m'a confié Lady Alice, et la douleur qu'elle en éprouve. Ce sont là les chagrins de mon cœur, de mon corps et de ma tête.

Ma première crainte, c'est que mon père n'accepte jamais de me laisser quitter la maison pour me mettre au service d'un chevalier. Je ne suis pas vraiment doué pour les disciplines de la lice, en particulier pour la joute. Et si mon père n'avait pas la moindre intention de me laisser devenir écuyer ?... Je sais que Grace m'aime bien, et j'espère que nos parents nous fianceront. Mais la troisième de mes craintes, c'est que mes parents veuillent la fiancer non pas avec moi, mais avec Serle.

Mes trois joies, à présent ! La première, c'est de vagabonder avec Gatty et avec mes chiens Tempête et Orage. Ce sont mes compagnons, et moi je suis leur chef. Ma seconde joie, c'est que je suis doué pour le maniement de l'arc de guerre. Dans cette discipline-là, c'est moi le meilleur, j'ai même battu mon père. Ma troisième joie enfin, c'est l'écriture et la lecture, et tout ce que j'apprends en conversant avec Oliver et Merlin.

17

LES DENTS DE MON CHIEN TEMPÊTE

Au moment où j'entrais dans la grand-salle, Tempête s'est précipité dehors, et j'ai vu des dents entre ses dents ! On aurait dit une rangée de pointes, comme les longues dents aiguisées de Black Annis, la sorcière.

J'ai rappelé Tempête et je l'ai forcé à ouvrir la gueule, et qu'est-ce qu'il a lâché ? Le peigne que j'avais taillé pour Sian, pour son anniversaire ! Je ne sais pas où il avait hiberné durant tout ce temps, mais j'ai félicité Tempête de l'avoir retrouvé et je suis allé le laver dans l'eau des douves. Et ensuite je l'ai redonné à Sian en lui recommandant de ne pas oublier de s'en servir.

« Sinon, lui ai-je dit pour plaisanter, Black Annis viendra la nuit te manger toute crue !

— Oh non ! Quand même, pas rien que pour ça, hein, dis ? » a fait ma petite sœur, effrayée.

18

JACK ET COMPAGNIE

Aujourd'hui, Slim nous avait fait du ragoût de mouton, et ma mère lui a reproché d'avoir eu la main trop lourde avec les épices.

« Je ne sens même pas le goût de la viande, s'est-elle plainte, ni celui des oignons. Je ne sens que la cannelle ! »

Par contre, elle a apprécié le flan au miel, et moi aussi. Au cours du déjeuner de midi, j'ai parlé de mes mots qui commencent par Jack.

« Et puis il y a Jack-o'-Lantern ! ai-je ajouté.

— Ah, mais oui ! s'est écriée ma mère. Et plus il est laid, mieux c'est !... » a-t-elle dit en plissant les yeux. J'aurais dû me souvenir que le petit Marc est mort l'an dernier le jour de la Toussaint, justement.

« Dis-nous-en d'autres, des mots comme ça ! m'a dit mon père.

— Je n'en connais pas d'autres...

— Eh bien moi, j'en connais un autre, a fait mon père, et toi aussi, Serle, en principe, tu dois le connaître !

— Bien sûr ! a lancé mon frère. Le mot jaque. Jaque tout court.

— Qu'est-ce que c'est ?

— Un jaque, m'a répondu Serle, c'est une sorte de tunique, mais sans manches. Il me semble que, le plus souvent, les jaques sont en peau.

— C'est vrai, a confirmé mon père. En peau ou en toile épaisse.

— Et il y a de petites plaques de métal cousues dans la doublure. Nous, on ne porterait pas ça. Ce sont les fantassins qui en portent, les gens d'armes...

— Très bien, Serle ! » a approuvé mon père.

19

L'ARMURE DE NAIN

Hier soir, étendu près de l'âtre dans la grand-salle, j'ai commencé à faire dans ma tête la liste des différentes parties dont se compose une armure. Juste à ce moment-là, Nain s'est mise à ronfler. Et c'est alors que j'ai assemblé ainsi les noms des diverses parties :

Et ses chaussures sont reliées à ses jambières,

Et ses jambières sont nouées à ses genouillères,

Et ses genouillères sont lacées à ses cuissots,

Et ses cuissots sont retenus par une courroie à sa cotte de mailles,

Et sa cotte de mailles est attachée à son couvre-nuque,

Et son couvre-nuque est fixé à son heaume,

Et son heaume est vissé à son nasal,

Et le nasal, c'est ce qui recouvre le nez de Nain !

20

◆

L'OBSIDIENNE

J'étais rendu à mi-chemin du sommet de Tumber Hill lorsque soudain j'ai entendu crier, et j'ai vu Merlin qui gravissait la pente à ma suite, chose qu'il n'a jamais faite jusqu'à présent.

Une fois que nous sommes parvenus tout en haut, il m'a demandé s'il m'était déjà arrivé de songer aux divers lieux où l'on traverse, les lieux intermédiaires.

« Vous voulez parler des gués ? lui ai-je demandé.

— Oui, il y a les gués. Et les ponts ! Et le rivage aussi, là où l'océan s'efforce d'engloutir la terre, et où la terre s'efforce d'assécher la mer.

— Je n'ai jamais vu la mer...

— Tu la verras, a affirmé Merlin. Regarde là-bas,

au-delà de Pike Forest. Là où finit l'Angleterre et où commence le pays de Galles.

— Tout tremble !...

— Exactement ! Les lieux intermédiaires ne sont jamais sûrs d'eux-mêmes. Ainsi le crépuscule, entre le jour et la nuit. Il est bleu et incertain.

— Le veille du Nouvel An aussi est un point intermédiaire, ai-je observé.

— Mais oui. Entre une année et une autre année. Et, cette année-ci, entre un siècle et le siècle suivant. »

Arrachant un brin d'herbe, et joignant étroitement les mains, il l'a mis, bien tendu, entre les articulations des pouces et, soufflant dessus, il en a tiré un bruit de sifflet.

« Et le roi se meurt, a poursuivi Merlin. Tu comprends ? Il va se produire d'étranges choses...

— Comment savez-vous que le roi se meurt ? » ai-je demandé.

Mais Merlin, au lieu de répondre à ma question, a dégrafé sa cape, puis il a extrait d'une poche intérieure un petit paquet enveloppé dans une étoffe poussiéreuse couleur safran. Il a déplié lentement le morceau de tissu.

« Qu'est-ce que c'est ? me suis-je enquis.

— Un cadeau. »

Dans l'étoffe, il y avait une pierre plate noire de forme quadrangulaire, d'une largeur un peu supérieure à celle de la paume ouverte de Merlin. L'une de ses deux faces était grumeleuse et mouchetée de blanc mais, quand Merlin a retourné la pierre, l'autre face était polie et luisante. Elle brillait d'un vif éclat au soleil.

Lorsque j'ai contemplé la pierre, j'y ai vu mon reflet. Elle était d'un noir absolu, profond, et parfaitement immobile. Un trou d'eau sans fond.

« C'est un miroir, ai-je observé.

— Pas exactement.

— Qu'est-ce que c'est, alors ?

— Un cadeau...

— À quoi ça sert ? »

Merlin s'est contenté de hausser les épaules.

« Quelle pierre est-ce ?

— Elle est faite de glace et de feu. Son nom, c'est l'obsidienne, a-t-il répondu.

— Obsidienne ?

— Il est temps que tu en sois le possesseur. Il est temps que je m'en sépare, a ajouté Merlin.

— À quoi sert-elle ? ai-je insisté.

— Cela dépendra de toi. Toi seul peux le dire. C'est comme pour ton chiffre...

— Neuf. Je pense que c'est neuf, mon chiffre, ai-je fait.

— Les choses sont ainsi, a ajouté Merlin. La pierre n'est pas ce que je dis qu'elle est. Elle est ce que toi tu y vois. »

Tournant et retournant la pierre plate entre mes mains, j'ai observé :

« Cette forme... Elle me rappelle quelque chose.

Des tas de choses... On dirait un peu un crâne de loup. Ou alors, regardez ! Les terres du manoir, leur disposition, là, en contrebas. Je ne sais pas trop. La grosse meurtrissure sur la face de la lune.

— Elle est à toi, a répété Merlin d'un ton solennel.

— Mais à quoi... ?

— La seule chose que je puisse te dire, a-t-il ajouté, c'est que, à compter de ce moment, ici au sommet de Tumber Hill, et jusqu'au jour de ta mort, jamais tu ne posséderas rien d'aussi précieux. »

Tenant la pierre bien serrée entre mes paumes, j'ai demandé :

« Et si elle se casse ?

— Elle ne se cassera pas, m'a assuré Merlin. Même si tu la laisses tomber ! Mais cette pierre, il faut que tu veilles sur elle comme sur un trésor. Nul ne doit savoir que tu la détiens...

— Pourquoi cela ?

— ... ni la voir ni savoir quoi que ce soit d'elle.

— Pourquoi cela ?

— Tu dois garder cette pierre pour toi tout seul, a poursuivi Merlin en souriant avec bonté, jusqu'au jour où tu découvriras la nature de son pouvoir. Jusqu'au jour où tu comprendras ce qu'elle représente. Sinon, elle ne te sera pas d'une grande utilité. Allons, viens... redescendons dans le monde terrestre ! »

Dans la pièce qui me sert de bureau, il y a des escargots, des araignées, des scarabées et des poux qui se logent dans presque tous les menus interstices, entre les blocs de pierre taillée. Cependant, il y a une fissure sans petit habitant, et qui fait deux pouces de largeur. J'ai donc décidé d'y dissimuler le cadeau que m'a fait Merlin.

Personne d'autre que moi ne monte ici. Et même si quelqu'un s'avisait de venir, il ne remarquerait même pas un petit chiffon poussiéreux fourré dans une fente du mur.

Ma pierre rugueuse-et-brillante ! Mon halo sombre ! Ma mystérieuse obsidienne !

21

LANCE ET ARC DE GUERRE

« Ce n'est pas fait pour être facile ! a déclaré mon père.

— C'est tout bonnement impossible, oui ! ai-je répliqué.

— Ton cousin Tom y arrive bien, lui, que je sache !

— Oui, père.

— Eh bien ! Il n'a qu'un an de plus que toi !

— J'y arriverais, si vous me laissiez me servir de ma main gauche...

— Pas question qu'un adolescent fasse quoi que ce soit de la main gauche, dans ce manoir ! Ce n'est pas normal, et tu le sais fort bien.

— Pourtant, comme ça, je pourrais !...

— Je vais te montrer encore une fois, a insisté mon

père. Les choses qui valent vraiment la peine ne sont jamais faciles. »

Sur ce, il s'est dirigé vers la ligne de départ tout en frottant la hampe de sa lance sur sa cuisse droite. Avant de se retourner, il s'est essuyé la paume de la main droite sur sa tunique, et a raclé la terre du bout du pied droit. Après quoi il s'est redressé, a plié le bras droit et, tenant la lance bien en équilibre, il est allé vers l'anneau. Au tout dernier moment, il a levé le bras gauche pour ne pas se laisser déséquilibrer, et il a lancé son arme en visant le centre de l'anneau.

« Palsambleu ! a-t-il crié, furieux, tout en dégageant son épaule gauche qui s'était prise dans l'anneau.

— Ça y était presque ! ai-je fait.

— Presque ne suffit pas ! Fais comme je dis, et non comme je fais ! Ne cours pas trop vite vers l'anneau, sinon tu n'arriveras jamais à tenir ta lance en équilibre. Mais ne sois pas non plus trop sur tes gardes, il ne faut pas que tes pieds accrochent le sol. Tu me suis bien ?

— Oui, père. Pourquoi vous êtes-vous essuyé la main sur votre tunique ?

— Pour qu'elle ne soit pas moite. Si on a la main moite, on n'arrive pas à empoigner fermement la hampe. Bon, alors, avant de lancer ton arme, tu dois faire pivoter complètement l'épaule gauche, si bien que tu cours vers l'anneau selon une ligne presque perpendiculaire par rapport à la cible, et tu dois garder les yeux dans l'axe de ton épaule gauche.

— Bien, père.

— Bon, vas-y, alors ! »

Six fois d'affilée, je suis parti en courant de la ligne de départ où se tenait mon père, puis six autres fois de la ligne qui se trouve de l'autre côté de l'anneau, mais peine perdue. Je n'ai pas réussi une seule fois à ficher l'engin dans l'anneau. Tout ce que je suis arrivé à faire, c'est, une fois, d'en effleurer le bord extérieur avec la pointe de ma lance, si bien qu'elle s'est mise à vibrer avec un bruit métallique au bout de la cordelette de soie.

« Tu ne te sers pas de ton bras gauche ! m'a reproché mon père. Lève-le pour ne pas te trouver déséquilibré au moment où tu vises avec le bras droit. Et puis courbe un peu les épaules.

— Oui, père. »

Il a fait une moue de désapprobation.

« Je ne sais pas si on arrivera un jour à faire de toi un écuyer..., a-t-il soupiré.

— Je vais m'entraîner, l'ai-je assuré. Je vous le promets.

— Bien, à présent, allons-y pour le tir à l'arc. Pour ça, tu es plus doué. Je ne comprends pas quand même pourquoi, si tu es capable de viser droit quand tu tires à l'arc, tu es incapable de passer ta lance dans l'anneau.

— Avec la main gauche...

— Arthur !

— Oui, père !

—· Bien ! Nous allons tirer trois séries de trois flèches. Ça me suffira pour voir comment tu te débrouilles. Après, il faudra que j'aille voir Hum. Grey, la jument, s'est remise à boiter, et Hum pense que peut-être il va falloir lui poser une attelle.

— C'est la troisième fois que ça lui arrive...

— Et c'est bien la dernière fois que j'achète un cheval à Llewellyn ! Foutu Gallois !

— N'empêche que ce sont les Gallois qui ont fabriqué les tout premiers arcs de guerre...

— D'où tiens-tu cela ?

— C'est toi-même qui me l'as dit !

— Eh bien alors, a rétorqué mon père avec une moue méprisante, méfie-toi, parce que ton arc pourrait bien ne pas tarder à être bancal, lui aussi !... »

Mon père est plus doué pour parler que pour écouter, et lorsqu'il dit que nous avons discuté telle ou telle question, ce qu'il veut dire, c'est qu'il a pris sa décision, et en pareil cas il est parfaitement inutile d'essayer de lui faire changer d'avis. Cependant, quand nous sommes tous les deux tout seuls, il m'écoute, effectivement. Et puis il rit. Il me raconte des tas de choses sur la vie d'un chevalier, des choses merveilleuses que personne d'autre ne me raconte.

« Non, il n'est pas bancal, mon arc ! ai-je fait en riant. Par contre, Serle dit qu'il est trop petit pour moi maintenant...

— Attends, je vais voir ça ! »

Et en effet, lorsque j'ai planté l'une des extrémités de la verge en terre devant moi, je la dépassais d'une demi-tête. En fait, j'aurais presque pu coincer l'arc sous mon menton.

« Mais oui, c'est vrai, il est beaucoup trop petit ! s'est exclamé mon père. Tu as donc tant grandi, cette année ?

— Est-ce que vous pourriez m'en faire faire un en bois d'if ?

— Tu sais bien que la loi l'interdit. Quand tu auras dix-sept ans...

— Mais Serle n'en a que seize !...

— Il est dans sa dix-septième année, a-t-il fait en soupirant, et quand tu iras sur tes dix-sept ans, toi aussi tu auras un arc en if, c'est promis. Enfin, quoi qu'il en soit, je vais demander à Will de te passer à la toise et de t'en tailler un. Et puis quelques flèches neuves, aussi – superbement empennées ! Qu'est-ce que tu en dis ?

— Merci, père !

— Ces buttes de tir, à quelle distance sont-elles l'une de l'autre ?

— Deux cent vingt pas.

— Exact ! Et alors, que se passerait-il si tu visais une cible beaucoup plus proche ? »

J'ai déjà essayé, en fait. Gatty et moi, on a essayé tous les deux, sauf qu'elle, elle n'avait pas assez de force pour bander l'arc suffisamment, et elle s'est émerveillée quand une de mes flèches a littéralement transpercé la porte de la grange. Alors, j'ai raconté cette anecdote à mon père.

« Exactement. On m'a raconté qu'un jour, des archers gallois avaient acculé douze cavaliers du roi Henri dans un cimetière. Les Gallois se sont servis de leurs arcs ; et certaines des flèches sont allées se ficher dans le plâtre des murs de l'église, et l'une a même transpercé la cotte de mailles de l'un des soldats anglais, lui transperçant aussi la cuisse. Et après la même flèche a percé sa selle, et son cheval a été blessé.

— Ça alors, par le sang de saint Sébastien !

— Eh oui, cela montre bien la puissance de ces arcs de guerre ! a conclu mon père.

— Et les Anglais, ils ont pu s'enfuir ?

— Non, pas cette fois-là... Sept d'entre eux ont été tués par des flèches, et les cinq autres blessés. Ensuite les Gallois les ont cernés et ont achevé les blessés au couteau de chasse. Bon, eh bien, vas-y, Arthur ! »

Ma première volée de flèches a mis en plein dans le mille, et la seconde a été tout à fait honorable.

« Toi, a déclaré mon père tandis que nous arrachions mes trois flèches, fichées en plein au milieu de la cible, et que nous ramassions les siennes dans l'herbe, tu saurais faire tomber une pomme de la tête d'un fils de roi sans toucher à un seul de ses cheveux ! »

J'en ai profité pour lui poser une question :

« Père, vous vous rappelez que je vous ai demandé si je pourrais entrer au service de sire William ? »

Mon père m'a regardé sans rien dire.

« Et vous avez dit qu'il a soixante-quatre ans et qu'il est absent de chez lui la moitié du temps...

— Oui, eh bien ?

— C'est cela que je voudrais faire.

— Ce qu'on désire et ce qui est souhaitable sont des choses qui ne coïncident pas toujours, a-t-il objecté.

— Est-ce que je ne pourrais pas entrer au service de sire William pour commencer ? ai-je insisté. Et si cela n'allait pas, je pourrais devenir page de Lord Stephen. C'est ce que Serle a fait, lui.

— J'estime qu'avec un de mes fils, Lord Stephen devrait s'estimer largement satisfait.

— Mais...

— Arthur, nous avons déjà parlé de cela. Je t'ai déjà dit que, le moment venu, et cela ne saurait tarder, je te ferai part de mes projets pour ton avenir. »

C'est alors qu'une pluie fine s'est mise à tomber – si fine qu'elle était presque invisible – et Hum est arrivé dans la cour d'un pas décidé.

« Excusez-moi, sire John. Un messager vient d'arriver.

— Que veut-il ?

— Vous voir, sire John. Il veut vous voir en personne, il ne veut dire à personne d'autre ce qui l'amène.

123

« — Nous allons rentrer. Tu es un bon tireur à l'arc, Arthur. Je vais demander à Will de s'occuper de te faire un arc neuf.

— Merci, père !

— Et puis aussi, vous m'aviez dit..., a ajouté l'intendant.

— Oui, Hum ? a fait mon père d'un ton peu amène.

— C'est Grey, elle boite, sire John.

— Dès que j'aurai vu ce messager, je passerai à l'écurie la voir. Attends-moi là-bas ! »

Si vraiment mon père ne veut pas que j'entre au service d'un chevalier, pourquoi donc ne le dit-il pas ? Peut-être ne veut-il pas que je devienne chevalier, après tout...

22

LE ROI EST MORT, VIVE LE ROI !

Le messager attendait dans la grand-salle, en compagnie de ma mère.

« Sire John de Caldicot ? s'est-il enquis.

— En personne. »

Le messager a levé la main droite, et j'ai vu qu'il tenait un disque de cire rouge. Dessus était gravé un chevalier montant un destrier au trot, et brandissant une épée.

« Le roi est mort ! Vive le roi ! » a-t-il proclamé solennellement.

Mon père a mis le genou gauche en terre.

« Vive le roi ! » a-t-il repris d'une voix forte.

Ma mère a incliné la tête.

« Vive le roi ! » a-t-elle murmuré.

Puis mon père m'a fait un signe de la main ; je lui ai répondu d'un signe de tête.

« Vive le roi ! ai-je dit à mon tour.

— Qui t'envoie ? a demandé mon père.

— C'est le roi Jean qui me mande, a répondu le messager en levant de nouveau la main qui tenait le disque. Le roi a dépêché sept messagers aux seigneurs des Marches, et voici son message : "Le roi est mort ! Vive le roi ! Le roi Jean ordonne à tous les comtes, barons et chevaliers d'Angleterre de prier pour le défunt, et l'archevêque du royaume, Hubert, ordonne que le prêtre de chaque paroisse d'Angleterre dise sept messes pour l'âme de feu le roi Richard. Le roi Jean ordonne aussi que toutes les cloches des églises du royaume soient assourdies jusqu'à midi dimanche prochain, et que l'après-midi de ce dimanche, elles se remettent à sonner."

— Est-ce tout ? lui a demandé mon père.

— "Le roi Jean, a alors poursuivi le messager, salue ses loyaux barons, seigneurs et chevaliers, qui sont les forces vives de son royaume. Il leur enverra d'ici la fin de ce mois un second messager, qui viendra rendre compte de l'état des finances du royaume d'Angleterre, et apportera des informations concernant de nouvelles lois sur les forêts. Vive le roi !"

— Ah..., a seulement fait mon père. Ainsi le pire est encore à venir... »

Puis il m'a regardé, les sourcils froncés.

« Tu verras, m'a-t-il dit. Le nouveau roi a commencé par faire fi des légitimes prétentions au trône du prince Arthur, son jeune neveu, et voici à présent qu'il s'intéresse à ses loyaux sujets...

— D'où venez-vous ? a demandé ma mère au messager.

— De Londres. J'ai chevauché trois jours durant avant d'atteindre le manoir de Lord Stephen. Ce dernier m'a ordonné de venir vous informer, ainsi que neuf autres chevaliers. Il m'a dit que vous m'indiqueriez comment aller jusqu'au manoir de sire Josquin des Bois.

— Vous n'y arriverez pas aujourd'hui ! a objecté ma mère. La nuit est presque tombée.

— Vous pouvez rester ici, a ajouté mon père. Toute personne qui pénètre ici avec des intentions paisibles est la bienvenue. Même le messager du roi Jean !

— Je vous remercie, seigneur !

— Mais où est Serle ? a fait soudain mon père.

— Je le croyais avec toi ! a répondu ma mère. Il doit être par là avec son nouveau faucon. Il passe son temps avec cet oiseau. »

Mon père a grommelé quelque chose entre ses dents.

« Et Tanwen, au fait, a demandé ma mère, où est-elle ? Je ne l'ai pas vue de tout l'après-midi...

— Serle passe un peu trop de temps à la chasse, ces temps-ci », a répondu mon père d'un air sombre.

Ma mère, en entendant ces mots, lui a pris le bras droit et l'a serré bien fort entre ses deux mains.

« Eh bien, en ce cas, c'est bien le fils de son père, me semble-t-il..., a-t-elle remarqué malicieusement.

— À cette différence près que Serle n'a que seize ans, a-t-il répliqué avec une moue de mécontentement.

— Oh, et Nain ! Il faut lui annoncer la nouvelle ! s'est exclamée ma mère.

— À quoi bon ? a objecté mon père. Combien de rois a-t-elle vu se succéder ? Stephen. Puis Henri, puis Richard. Et Jean, à présent ! Un roi de plus ou de moins, qu'est-ce que cela change pour elle ?

— Sire John..., a commencé le messager.

— Je vais faire un tour à l'écurie, a-t-il lancé sans l'écouter, se contentant de lui jeter un bref regard de dessous ses sourcils broussailleux. Oui, a-t-il fait d'une voix glaciale, oui, je sais... Je veillerai à ce que chacun ici, sur les terres de ce manoir, hommes et femmes, soit informé du message du roi. »

23

L'INDISPOSITION DU MESSAGER

Le messager du roi Jean n'est pas près d'oublier la visite qu'il nous a rendue. Pendant la nuit, il a fallu qu'il se lève à cinq reprises pour aller aux latrines. En fait, moi je ne l'ai entendu que lorsqu'il a poussé un juron qui a réveillé le petit Luc, sur quoi il a poussé un second juron.

« Brr, infect ! Par les tripes de Dieu tout-puissant ! » s'est-il exclamé.

Ce matin, il avait le teint gris comme la cendre.

« Mais que mangez-vous donc par ici, dans les Marches ? a-t-il fait.

— Ça va aller ? me suis-je empressé de lui demander. Slim, notre cuisinier, pourrait vous cuire des œufs durs, et mélanger les jaunes avec du vinaigre.

— Vous savez comment c'est quand on est comme ça..., a répondu le messager en gémissant. La première fois, ça m'a pris si brusquement que je me suis dit que je n'arriverais jamais jusqu'à là-bas – et dans le noir en plus... Et puis vos chandelles, elles n'éclairent rien ! Et puis la deuxième fois, j'avais des tranchées tellement fortes que j'étais plié en deux de douleur. Je me demandais par quel bout ça allait sortir ! Mais ce fut la troisième fois la pire... J'ai cru que j'allais me retrouver les entrailles à l'air.

— Comme Lip ! me suis-je exclamé.

— Comme quoi ?

— Lip, le guerrier gallois. Il savait tirer sur sa lèvre supérieure jusqu'à s'en recouvrir la tête, et la lèvre du bas, il la tirait jusqu'à son nombril. Comme une armure – pour se protéger de ses ennemis.

— Répugnant ! s'est écrié le messager. Et la quatrième fois, alors, j'eus l'impression d'être en train de brûler. De rôtir tout vif, littéralement ! J'en avais le souffle coupé. La cinquième fois, c'était comme du fromage blanc et du lait caillé... Et après, je frissonnais, je frissonnais, je ne pouvais pas m'arrêter... »

Il m'a regardé soudain avec une expression étrange et puis, le souffle coupé par l'angoisse, il a crispé les deux mains sur son ventre.

« Par les tripes du Seigneur ! » a-t-il soufflé et,
tournant les talons, il a quitté la pièce, moitié marchant, moitié courant.

24

UN ROI NE VAUT PAS TOUJOURS SON FRÈRE

« Quelle abomination ! s'est exclamé mon père. Ce messager ! Pire qu'un bousier !... »

Je lui ai tendu la cuvette, et il a plongé les mains dans l'eau, puis il a regardé les gouttes limpides couler jusqu'au bout de ses phalanges avant de retomber dans le récipient.

« Pas étonnant que le roi Richard ait déclaré qu'il serait ravi de vendre Londres tout entière – les bâtiments, la rivière, et toute la racaille qui traîne par là-bas. Il a dit qu'il vendrait bien volontiers tout ça si ça devait rapporter assez d'argent pour financer une nouvelle croisade. »

Mon père a pris le linge plié sur mon avant-bras droit et s'est essuyé les mains d'un air méditatif.

« Tu as vu comment il nous a traités ! Comme si nous étions des demeurés du fin fond des Marches !... Et tu l'as entendu ? Non mais, pour un peu, il m'aurait dit ce que j'avais à faire !

— John..., a soupiré ma mère.

— Et après ça, il passe toute la nuit à cochonner nos latrines !

— John... », a repris ma mère patiemment.

Mon père s'est alors retourné et il a vu que toute la famille au grand complet attendait, debout autour de la table.

« Je te remercie, Arthur ! m'a-t-il dit en remettant le linge sur mon avant-bras. Bien ! *Benedictus benedicat. Per Jesum Christum dominum nostrum.* Amen. »

Tout le monde a pris place et Slim nous a apporté aussitôt un grand plat couvert placé sur la desserte et l'a déposé devant mon père.

« De l'arbolastre ! a-t-il annoncé pompeusement.

— De l'arbolastre ! Vraiment ? s'est exclamé mon père. Se peut-il que nous mangions des mets aussi raffinés ici, dans les Marches ? Je pensais que nous ne mangions que... que... Dis-moi, Sian, quelle est la chose la plus répugnante qu'on puisse manger, d'après toi ?

— Des vers de terre ! a crié Sian. Moi, une fois, j'en ai mangé. Et puis non ! Des crapauds ! »

Et fermant le poing, elle a fait mine de lui faire exécuter un petit bond sur son tranchoir.

« Oui, c'est tout à fait ça, voilà ce qu'il était, ce messager ! s'est exclamé mon père. L'un des crapauds du roi Jean ! Oui, Helen, je sais... Je vous fais tous attendre. »

Et soulevant le couvercle du plat, il s'est octroyé une généreuse ration d'œufs brouillés au fromage parfumés aux herbes aromatiques, pendant que Slim prenait un autre plat sur la desserte.

« De fines tranches de viande froide, seigneur, a-t-il fait fièrement.

— Parfait, Slim, a approuvé mon père. C'est là un festin digne d'un roi ! Bien trop bon pour le roi Jean ! »

Il n'avait pas plus tôt fait un sort à son assiette – nous, nous venions à peine de commencer – qu'il s'est exclamé, indigné :

« C'était une véritable insulte que ce message ! Une insulte à feu notre roi Richard ! Pas un mot de louanges, pas un mot de regrets, rien ! Et pas le plus petit mot quant aux projets du roi Jean lui-même ! Faites sonner les cloches ! Et allons-y pour les cloches ! Nous prendrait-il tous pour des imbéciles, par hasard ?

— Sûrement, quand même, est intervenu Serle, le nouveau roi veut se gagner les bonnes grâces des barons, des seigneurs et des chevaliers... Il veut se faire aimer d'eux, sûrement...

— Si telle est son intention, a répliqué mon père, il serait bien avisé de s'exprimer sans détour, et de nous demander d'être francs et loyaux. Je n'ai pas besoin d'une couche de bave poisseuse !...

— Tu juges le roi d'après son messager, John..., a observé ma mère.

— Mais non, s'est-il obstiné. Je le juge sur ses paroles. Et ses paroles étaient pleines d'onction hypocrite.

— Beurk ! s'est écriée Sian. Il y a un ver dans ce fromage !

— Eh bien, jette-le par terre ! a fait ma mère.

— Oh, un autre ! a gémi Sian. Regarde !

— Eh bien, donne tout ça aux chiens, alors, et ne fais pas tant d'histoires !

— Là est toute la différence, a repris mon père. Voilà deux hommes, deux frères, comme des petits pois sortis d'une même cosse, et pourtant on ne saurait imaginer deux êtres plus différents que ces deux-là. Savez-vous pourquoi les hommes du roi Richard l'ont suivi jusqu'à Jérusalem ? Parce qu'il n'était pas hypocrite ! Rude ? Certes, ça il l'était, rude ! Mais jamais il ne leur a demandé de commettre un acte que lui-même n'aurait pas commis.

— Sire William m'a raconté, ai-je dit, ajoutant mon grain de sel, que le chef des Sarrasins...

— Saladin, a précisé mon père.

— ... que Saladin a fait porter une corbeille de fruits frais au roi Richard lorsqu'il a appris qu'il avait la fièvre scarlatine.

— Et voilà, a approuvé mon père. Ses soldats

l'adoraient et ses ennemis l'admiraient. Saladin a effectivement fait porter au roi Richard des grenades et des raisins, des citrons, et puis des concombres aussi – des fruits et des légumes rares, quasiment aussi précieux que des joyaux !

— Oliver dit que les Sarrasins vénèrent un faux prophète..., ai-je encore ajouté.

— C'est vrai.

— Et il dit aussi que la bouche de l'enfer attend Saladin pour l'engloutir.

— Cela, j'en doute ! a fait cette fois mon père. Saladin et Cœur de Lion ! C'est une guerre sainte que ces deux-là se livraient. L'un la nommait djihad, et l'autre croisade... Aux dires de tous, ce Saladin était un homme d'une grande noblesse de cœur. Il valait cent fois mieux que le propre frère de Richard... »

Mon père a alors lancé un regard à Serle tout en se curant les dents.

« Ce n'est pas la première fois, lui a-t-il fait remarquer, que celui qui est désormais notre roi dit à ses barons, seigneurs et chevaliers ce qu'il pense qu'ils souhaitent entendre... Il n'y a pas si longtemps de cela, il nous a fait à tous de fausses promesses, espérant ainsi succéder à son frère sur le trône, et ceci alors même que Cœur de Lion se battait au loin pour conquérir Jérusalem. Tu me comprends bien, Serle ?

— Oui, père...

— Les paroles du roi Jean ne sont pas toujours le

reflet de ses pensées. Et, par ailleurs, il dit une chose et il en fait une autre...

— C'est un inconstant, a renchéri ma mère.

— Lorsqu'un homme donne sa parole, a-t-il poursuivi, on devrait pouvoir y accorder foi. Mais il est impossible de se fier à la parole du roi Jean. Nos amis gallois ne vont pas tarder à flairer la chose...

— Ils vont nous attaquer ? ai-je demandé.

— Écoute-moi bien ! a répondu mon père. Si les Gallois peuvent trouver le moyen de conquérir une partie des terres des seigneurs des Marches, ils ne vont pas s'en priver, tu peux en être certain !

— Conquérir ? s'est indignée ma mère. Mais pas du tout ! Reconquérir, veux-tu dire ! Ces terres sont des terres galloises.

— Que se passera-t-il si le roi Jean, après avoir promis au comte de Hereford de lui envoyer des soldats pour le soutenir, manque ensuite à sa promesse ? Nous en serons bien vite informés, et les Gallois également. Et alors, nous serons tous en danger, Hereford, Shrewsbury, et même Chester, pour ne rien dire des petits châteaux et manoirs comme le nôtre !...

— Enfin ! a protesté ma mère, un léger sourire aux lèvres.

— Enfin, lui a répondu mon père, ta mère est galloise. Nain est galloise. Et ton grand-père, le Dragon, était un seigneur de la guerre.

— Roux ! a précisé Nain inopinément. Il était roux jusqu'à la racine des cheveux.

— La raison pour laquelle nous nous sommes mariés, votre mère et moi, a repris mon père, la principale raison pour laquelle nos pères à elle et à moi ont arrangé ce mariage, c'était pour que la paix puisse enfin régner dans cette région-ci des Marches.

— Est-ce que je serai obligée de me fiancer, moi ? a demandé Sian.

— Chchutt ! a fait ma mère. Ton père parle !

— Quand ça ? a insisté ma sœur.

— Je ne sais pas. Quand tu auras onze ans. Ou douze, nous verrons... Moi j'en avais douze.

— Beurk ! s'est-elle écriée. Je serai vraiment forcée de le faire ?

— Ça suffit, Sian ! l'a réprimandée mon père.

— Je pensais à l'époque que la moitié des Anglais étaient des ivrognes et l'autre moitié des voleurs. Oui, c'est ce que je pensais autrefois... »

Sur ces mots, elle a souri à mon père, lui a passé un bras autour des épaules et lui a posé un délicat baiser sur la joue.

« Les Gallois ont d'étranges croyances, a poursuivi celui-ci. Mais celles des habitants de la Grèce et de la Sicile sont encore plus étranges...

— Pourquoi ? a demandé Serle.

— Sire William s'est rendu dans ces pays avec Cœur de Lion, a expliqué mon père, et il a aidé le roi Richard à arracher aux ennemis sa sœur Jeanne, qu'ils avaient faite captive. En Sicile, ils avaient pris un grand nombre d'otages, et alors, vous ne devinerez

141

jamais la question que ces hommes ont posée à sire William ! Ils lui ont demandé où était passée sa queue ! Repoussant sa chaise et rejetant la tête en arrière, il s'est mis à rire à gorge déployée. Vous vous imaginez ça ! Ils étaient persuadés que tous les Anglais avaient une queue. Et les Grecs, eux aussi, croyaient cela ! Eh bien non ! les Anglais ont leurs travers comme tout le monde, mais ils n'ont point de queue ! Les seuls êtres à avoir cet appendice, ce sont ceux sur qui le diable a jeté son dévolu. Le Malin élit domicile dans leur tête et dans leur cœur et il rend leur corps monstrueux.

— Que leur arrive-t-il, ai-je demandé, anxieux, à ces gens-là ?

— Ils essaient de dissimuler leur queue ! Ils savent bien que si quelqu'un découvre la chose, ils seront traduits devant un tribunal, jugés et condamnés à périr sur le bûcher. »

25

DE GLACE ET DE FEU

Je vois très nettement mon reflet dans la surface noire de la pierre que m'a donnée Merlin. Ma mère dit toujours que, lorsque Dieu m'a créé, il Lui restait une petite boule d'argile, et alors Il l'a collée sur le bout de mon nez... Je la vois, cette boule, dans la pierre, et puis aussi mes oreilles rouges, qui sont plus décollées que celles de Serle et de Sian.

J'aime le contact de cette pierre, rugueuse et soyeuse à la fois, et j'aime aussi la façon dont elle se réchauffe en quelques instants entre mes mains. Mais à quoi peut-elle bien servir ? Et que voulait donc me donner à entendre Merlin lorsqu'il a dit qu'il était temps que j'en sois le possesseur, qu'il était temps qu'il s'en sépare ? « Jusqu'au jour de ta mort, jamais tu ne posséderas rien d'aussi précieux »...

Serle a toujours sur lui, dans une de ses poches, une pointe de flèche usée ; il prétend que, grâce à elle, il ne sera jamais blessé par une flèche. Et Oliver, lui, a toujours autour du cou une pièce de monnaie qui vient de Jérusalem, enfilée sur une lanière graisseuse à laquelle sont attachées ses clés. « Le pape en personne a béni cette pièce, affirme-t-il, c'est pourquoi je la garde sur moi nuit et jour. »

26

MERLIN

J'ai le sentiment d'avoir toujours connu Merlin. Il vivait déjà ici avant ma naissance, et lorsque je regarde son étrange visage sans rides, je me demande parfois s'il sera toujours là lorsque moi je ne serai plus de ce monde.

Il figure, Merlin, dans l'un de mes souvenirs les plus précoces. Je suis âgé de deux ans, à l'époque, d'après ma mère, et Merlin brandit un grand carré de soie doré. Lorsqu'il agite l'étoffe, elle ondule et flotte comme un drapeau ou une bannière. Ou encore un gonfalon ! Ce mot me séduit. Il est gonflé d'air. Je tends les bras pour essayer d'attraper ce morceau de soie, et l'étoffe effleure le bout de mes doigts. Je m'efforce à plusieurs reprises de l'attraper en poussant de petits cris aigus, mais tous mes efforts restent vains. C'est alors que Merlin m'enroule dans le tissu doré ; la soie brille et miroite, et j'ai beaucoup trop chaud, drapé là-dedans.

Tous les dimanches, ma mère invite Merlin à partager notre déjeuner, et je sais que Nain et elle l'aiment beaucoup. Mon père aussi, d'ailleurs, l'aime bien. Il l'écoute et lui demande même conseil. Parfois ils vont se promener tous les deux en devisant.

Merlin n'est ni un seigneur ni un chevalier, mais pas davantage un prêtre, un moine ou un frère lai. Il n'est pas non plus métayer, ni journalier, il ne travaille jamais sur les terres de mon père. Il n'est pas davantage intendant, pas plus que boulanger, brasseur de bière ni bedeau. Que fait-il donc, alors ? A-t-il toujours vécu à Caldicot, près du moulin ? Pourquoi ne parle-t-il jamais de sa mère ni de son père ? A-t-il des frères et sœurs ? Avec quoi peut-il payer la viande, les fèves et la bière pour ses repas ? Je m'aperçois que j'ignore pratiquement tout de Merlin.

« Voyons, la chose est évidente, Arthur ! a répondu Oliver en réponse à mes questions. Merlin a quelque chose à cacher, c'est clair !

— Mais quoi ?

— Je regrette de le dire, mais il cache quelque chose. C'est pour cela qu'il ne parle jamais de lui-même – de son enfance, de sa famille, de l'endroit d'où il vient. Les gens qui n'ont rien à cacher ne font pas mystère de tout cela…

— Mais qu'est-ce qu'il cache ?

— T'es-tu jamais demandé, m'a répondu Oliver, pour quelle raison Merlin préfère l'ombre à la lumière ? Que peut-on en conclure ? Certains prétendent qu'il serait le fils de sa propre sœur, a-t-il ajouté en baissant la voix.

— Que voulez-vous dire ?

— Voyons, réfléchis un peu, Arthur. Son père était son père, et sa mère...

— Qui raconte des choses pareilles ? me suis-je récrié, indigné.

— Et d'autres croient savoir que sa mère était une nonne...

— Mais les nonnes...

— ... et que son père était un incube !

— Qu'est-ce que c'est, un incube ?

— Un démon ! a sifflé Oliver entre ses dents. Un esprit mauvais ! Il vient pendant la nuit et pénètre les femmes dans leur sommeil.

— Mais vous, vous ne croyez tout de même pas ça ?

— Je ne sais trop que penser, Arthur. Mais parfois, quand j'entends les paroles qui sortent de la bouche de Merlin... Ses idées délirantes ! Ses dangereuses opinions ! »

Opinions... Oliver a craché ce mot avec une telle énergie qu'il m'a gratifié de force postillons.

« Merlin est un hérétique ! » a-t-il ajouté, emporté par son élan. Il ne respecte pas le dogme de la sainte

Trinité. Je vais te révéler quelque chose : ton père protège Merlin. Sans lui, la vie de celui-ci serait en péril.

— Vous voulez dire...

— Ce que je veux dire, c'est que les gens qui entretiennent des croyances fausses doivent reconnaître leurs erreurs. Sinon, ils sont maudits. L'an dernier, à Hereford, il y a une vieille femme qui est allée raconter à qui voulait l'entendre qu'elle était la Vierge Marie. Elle disait que son fils l'avait fait revenir sur terre afin qu'elle invite les gens à se repentir de leurs péchés.

— Et qu'est-ce qui lui est arrivé, à cette vieille femme ?

— Elle a été traduite devant le tribunal, a répondu Oliver d'un ton lugubre. Et après elle a été emmurée.

— Vivante ? me suis-je exclamé, horrifié.

— Eh bien oui ! Elle avait sali le nom de Notre-Dame. Et si ton père n'était pas là, tu peux m'en croire, Merlin connaîtrait un sort identique... Je ne vois vraiment pas quelles qualités lui trouve sire John... »

Jusqu'à cette conversation que j'ai eue avec Oliver, je ne me rendais pas compte à quel point il le hait. Se pourrait-il cependant que ce qu'il m'a dit soit vrai ? La propre sœur de Merlin et son père... ou encore une nonne et un incube ?...

Je crois que je questionnerai mon père à son sujet, et ma mère aussi, d'ailleurs. Et peut-être bien que Serle est au courant de quelque chose, qui sait ? Cela

ne vaut guère la peine de questionner Merlin directement, car il se contentera de sourire et répondra à une
question par une autre question, comme toujours. Je
ne pense pas pour ma part qu'il soit dangereux ni
maudit, mais il y a indéniablement chez lui quelque
chose d'étrange.

27

LA CLOCHE ASSOURDIE

Le messager du roi Jean nous a dit quand il est venu qu'il fallait que la cloche de notre église soit assourdie jusqu'à dimanche prochain. Oliver a donc grimpé dans le clocher pour emmitoufler le battant de la cloche dans une espèce de capuchon de cuir.

« Les colombes de ton père, m'a dit le prêtre, sont si écervelées qu'elles ont l'air de prendre mon clocher pour leur colombier. Elles l'ont entièrement couvert de blanc. Tout ça dégouline littéralement sur les murs et il a fallu que je monte l'escalier avec moult précautions tellement ça glisse. »

Ainsi donc, ce soir, lorsqu'Oliver a fait sonner la cloche pour les vêpres, le son semblait très lointain, comme étouffé par un épais brouillard.

« Si les souvenirs avaient une voix, a observé ma mère, les souvenirs tristes auraient le même son que les cloches quand on les assourdit... »

28

LE COLPORTEUR

Un colporteur s'est présenté au manoir hier après-midi. Il était venu à pied depuis le manoir de sire Josquin des Bois, ce qui fait une distance de quatorze miles.

« J'ai ici quelque chose pour chacun de vous ! » a-t-il annoncé.

Et fouillant dans les profondeurs de sa besace crasseuse, il en a extrait des bobines de fil de soie colorée, des aumônières en cuir, de petites pelotes à épingles, des fichus en lin, une ceinture de cuir noir, trois glands de fil d'or, et enfin deux bonnets de nuit.

« Voilà qui vous tiendra bien chaud, mesdames ! s'est-il écrié, et ce disant, il a coiffé ma mère d'un bonnet pointu d'un bleu pâle comme celui des bleuets, et Tanwen d'un bonnet brun-roux.

— Gogoniant ! s'est exclamée celle-ci, qui a souvent à la bouche des mots gallois bizarres comme ça.

— Seigneur Dieu ! s'est écriée ma mère à son tour, on nous prendrait pour deux farfadettes ! »

Et elles sont tombées dans les bras l'une de l'autre en riant. Ma mère a acheté les deux bonnets de nuit, ainsi qu'un petit pot d'onguent pour les seins douloureux. Et puis le soir, avant le dîner, mon père a jeté à son tour son dévolu sur un carreau d'argile où était dessiné un visage, un étrange visage, celui d'un homme aux yeux écarquillés, la tête en forme d'amande, avec une tignasse ébouriffée, une barbe hirsute, et en plus des feuilles qui lui sortaient des narines et des oreilles.

« Il est beau et horrible à la fois, a décrété mon père.

— Tout simplement horrible, oui ! a fait Sian.

— Il est les deux à la fois. Comme nous tous... Et puis, ce n'est pas tout : si vous changez de place, les yeux de l'homme suivent vos déplacements. Il ne vous quitte pas un instant des yeux. Toujours il vous regarde !

— Trois pence ! a fait le colporteur.

— Jamais de la vie ! s'est récrié mon père, indigné, après quoi il a marchandé, et a fini par acquérir le visage pour la modeste somme de un penny.

— Tu feras bonne chère chez nous, lui a-t-il dit,

et tu pourras passer la nuit dans la grange à foin si tu veux ! »

Le lendemain, à notre réveil, le colporteur avait déjà disparu, mais la chatte de Sian, Crachefeu, aussi... Elle n'est pas rentrée pour le déjeuner, chose qui ne lui est jamais arrivée.

« Pourquoi est-ce qu'il l'a emportée ? se lamentait ma sœur.

— À cause de sa fourrure blanche..., lui a répondu ma mère.

— Pourquoi ?

— Elle servira à faire une paire de mitaines. »

En entendant ceci, Sian s'est cogné plusieurs fois le front sur la table en poussant de véritables hurlements.

« Ça suffit comme ça, Sian ! » a fait mon père, excédé.

Mais ma mère a passé un bras autour d'elle, et ma sœur a enfoui son visage dans les jupes de maman.

Après dîner, Sian et Tanwen ont cherché partout la pauvre Crachefeu, même dans les écuries. Je les entendais qui l'appelaient, et Sian est allée demander dans tout le village si quelqu'un n'avait pas vu sa chatte.

« C'est parfaitement inutile..., a déclaré Serle.

— Mais non, Serle, lui a dit ma mère, il est possible en effet qu'elle ne la trouve pas, mais ce n'est jamais inutile d'essayer. »

Lorsque nous nous sommes retrouvés en tête à

tête, ma mère et moi, je lui ai posé des questions au sujet de Merlin.

« Il est venu s'installer ici peu de temps après ta naissance, voilà donc treize ans maintenant. Ton père a conclu un accord avec lui et a consenti à lui louer la chaumière qu'il occupe et des champs de fermage.

— D'où venait-il ?

— Merlin ne se confie guère..., a fait ma mère en secouant la tête.

— Et sa famille ?

— Je ne sais pas grand-chose de son histoire..., a-t-elle répondu en secouant de nouveau la tête.

— Oliver déteste Merlin. Il prétend qu'il est peut-être le fils de sa propre sœur. Ou alors d'une nonne et d'un incube !

— Honte à lui ! Ce sont là des paroles dangereuses, et il ne sait rien de tout cela, a répliqué ma mère en plissant les yeux.

— Tu l'aimes bien, Merlin, toi...

— Oui, et ton père et Nain aussi. Merlin est gallois, il est plein de sagesse, et puis il me fait rire.

— Moi aussi !

— Il a toujours eu beaucoup d'affection pour toi.

— Pourquoi ?

— Je ne sais pas. Tu passes ton temps à poser des questions impossibles !

— Mère, ai-je repris, sais-tu quels sont les projets de mon père pour mon avenir ? Il est bien d'accord, au moins, pour que je devienne chevalier, dis ? Il me laissera entrer au service de... »

Mais ma mère s'est contentée de ce bref hochement de tête dont elle est coutumière et qui ne signifie ni oui ni non, mais qui veut simplement dire qu'elle écoute avec beaucoup d'attention. Après quoi, écartant les doigts, elle a passé la main dans mes cheveux comme si elle me coiffait en arrière.

« Dis, il n'a pas un autre projet en tête, j'espère...

— Arthur, voyons... »

Et avec douceur mais fermeté aussi, elle a appuyé sa main chaude sur le haut de ma tête.

« Tu lui demanderas, dis, mère, tu lui demanderas, s'il te plaît, s'il veut bien m'en parler ? »

29

LE PETIT LUC

« Le don le plus précieux que nous fait la vie, m'a dit un jour Lady Alice, c'est la santé. » Elle m'a confié ce jour-là, qu'avant, les doigts de ses mains et ses orteils lui faisaient mal mais que maintenant elle a toujours une patte de lapin dans la poche, et que chaque jour elle se frictionne les articulations des doigts avec. Alors, quand Merlin m'a fait cadeau de ma pierre-de-glace-et-de-feu en me disant que c'est la chose la plus précieuse que je posséderai jamais, est-ce de la santé qu'il m'a fait cadeau ?

Si c'est vrai, alors j'aimerais pouvoir le partager, ce cadeau, avec le petit Luc. Aujourd'hui est le jour de son saint patron, mais il n'a pas arrêté de respirer fort en faisant des bulles et de gémir toute la matinée.

Saint Luc était médecin, et il devait jouir lui-même d'une bonne santé, car Oliver m'a dit qu'il a vécu jusqu'à l'âge de quatre-vingt-quatre ans mais, apparemment, il n'entend pas les prières que nous lui adressons pour mon petit frère.

30

LA MORT DU PAUVRE STUPIDE, LE COCHON

« Je vais venir t'aider, ai-je promis à Gatty. Ça m'est égal, ce qu'ils disent. »

Mais en fait, non, ça ne m'est pas égal du tout. Ça ne m'est pas indifférent, les mots blessants de Serle et les silences glacés de mon père. Ça ne m'est pas indifférent, que mon père ne me comprenne pas. Ça ne m'est pas indifférent, la manière dont les cils d'un cochon frémissent sans arrêt. Mais je trouve que ce n'est pas bien que Hum fasse exécuter toutes les tâches peu ragoûtantes par Gatty – comme de trocarder les vaches que la luzerne a fait gonfler, ramasser le délivre quand les vaches vêlent et puis déboucher les latrines, et c'est pour ça que parfois je lui propose mon aide.

Notre porcher Dutton a commencé par attacher une corde aux pattes arrière de notre cochon, qui s'appelle Stupide, et Stupide a soufflé et ronflé d'aise, croyant qu'il l'emmenait à la glandée. En effet, Dutton met toujours aux porcs de très longs licous en cette occasion, de crainte qu'ils ne s'enfoncent trop loin dans la forêt. Mais quand il a vu que Dutton et Giles le prenaient par le collier et l'emmenaient dans la direction opposée à la forêt, Stupide a deviné que quelque chose se tramait, et il a commencé à pousser des cris perçants. Il n'y avait pas moyen de lui faire traverser le gué alors, pendant que le porcher et Gatty tiraient sur sa longe de toutes leurs forces par-devant, Giles et moi on le poussait par-derrière, et on s'est tous fait tremper.

« Cornegidouille ! a juré Dutton. Quel maudit entêté ! Juste comme son frère ! Allez, pousse, Arthur ! Pousse ! »

Quand enfin nous avons réussi, les uns tirant, les autres poussant, à l'amener jusqu'à la cour, derrière la grange, le porcher a dit à Gatty de courir à la cuisine chercher le gros maillet et trois saladiers de bois.

« Et cette fois, tu traînes pas en route ! » lui a-t-il lancé.

Dès qu'il a vu qu'elle revenait, il s'est mis à genoux, il a empoigné fermement les pattes avant de Stupide, et il a essayé de le faire se mettre à genoux lui aussi. Giles s'est alors saisi du gros maillet.

« Allez, Stupide ! Fais ta prière ! » a soufflé Dutton.

Mais le cochon s'est débattu en poussant des espèces de couinements suraigus, et puis il a échappé à Dutton et a traversé la cour de la grange en trottant de toute la vitesse de ses pattes.

« La corde ! » a hurlé Dutton.

J'ai bondi sur la corde attachée à la patte arrière de Stupide, Gatty en a fait autant, et quand la longe a été tendue au maximum, on a tiré dessus brusquement, et le pauvre Stupide a été obligé de s'arrêter net.

« Bon ! a fait Dutton, le souffle court. Giles, t'es prêt ? »

Giles a poussé un grognement en guise de réponse. Quant à Stupide, il s'est mis à crier de plus belle. Il savait ce qui l'attendait ! Il n'est pas stupide à ce point-là...

Dutton s'est alors accroupi, il a tendu les bras en avant et a entouré les pattes avant du cochon, le forçant ainsi à s'agenouiller et sans perdre une seconde, Giles a brandi le maillet et en a asséné un coup formidable sur le sommet de la tête de l'animal. Stupide a poussé soudain un bref cri rauque qui ressemblait à un aboiement. Son groin, d'où le sang commençait à dégouliner, s'est affaissé sur sa poitrine, il s'est lentement mis sur son arrière-train, et la cour a soudain paru étrangement silencieuse.

Même quand tous ses muscles se sont relâchés,

Stupide est resté dans cette position, bien droit. Il était là comme ça, sur son arrière-train, et il s'est recroquevillé peu à peu sur lui-même. En le regardant, j'ai tout à coup pensé à cette vieille femme qui avait été emmurée vivante parce qu'elle se prenait pour la Vierge Marie. Est-ce qu'elle était vraiment vivante encore ? Est-ce qu'elle était debout ou étendue ? Je me le demande. À moins qu'elle ne soit morte assise sur son derrière, comme ce pauvre Stupide...

Dutton a lâché les pattes avant du cochon et s'est remis debout.

« Bon Gatty ! T'es prête ? »

Elle m'a donné un des trois saladiers.

« Bon ! » a fait Dutton encore une fois et, sortant son coutelas de son ceinturon, il a relevé le groin de Stupide, d'où le sang sortait en bouillonnant, et Gatty a placé son saladier juste dessous.

« Bon ! » a dit Dutton pour la troisième fois, et il a tranché la gorge de Stupide.

Le sang de l'animal a jailli brusquement, fumant, rouge coquelicot, et Gatty l'a recueilli, du moins une bonne partie, dans son récipient. Dès que celui-ci a été plein, moi j'ai mis mon saladier à mon tour sous la gorge de Stupide, et il n'a pas fallu longtemps pour qu'il se remplisse aussi à ras bord. Ensuite, le flux de sang est devenu plus lent et d'une couleur plus sombre. Avant même que le saladier que tenait Giles soit plein, il n'y avait plus qu'un filet de sang épais, puis un suintement pourpre.

Dutton a alors lâché le groin de Stupide.

« Brave bête ! » a-t-il fait en frottant les soies raides sur la tête du cochon, et les cils blond pâle de Stupide ont légèrement frissonné.

Alors le porcher l'a poussé du genou gauche, et Stupide a basculé et s'est retrouvé sur le dos, les quatre pattes en l'air.

« Bon ! Allez me porter ces saladiers à la cuisine avant que les mouches ne liquident le tout ! » nous a dit Dutton.

Gatty et moi avons pris chacun un récipient avec mille précautions.

« Attention, hein ! nous a-t-il prévenus. Si vous répandez une seule goutte, Slim vous étripera, et vous serez transformés en saucisses et en boudin ! »

À cette idée, il s'est esclaffé bruyamment.

« Il vous écorchera tout vifs ! a-t-il précisé. Non mais, regardez-vous, tous les trois ! Pleins de respect ! On dirait que vous célébrez la messe de Pâques, et que vous tenez le saint sacrement !

— Non, Dutton, ce n'est pas bien ! Tu ne devrais pas dire des choses pareilles !

— Non mais, qui c'est qui dit ça ? Ce gros et gras d'Oliver ? Tu reviens, hein, Arthur !

— Si Gatty revient, moi aussi...

— Encore heureux ! Il faut encore l'écorcher et le

débiter en morceaux, çui-là, on s'ra pas trop de quatre !

— On s'ra pas trop de quat', a repris Giles en écho.

— Oui, Giles ! a fait Dutton, railleur. C'est exactement ce que j'viens d'dire !... »

Gatty, Giles et moi avons donc traversé la cour à petits pas prudents, chacun portant son récipient plein de sang.

« C'est pour quoi faire, tout ça ? m'a demandé Gatty.

— Du boudin ! Slim ajoute du vinaigre et des épices au sang, et il fouette le tout avec un brin de romarin pour l'empêcher de cailler. Et puis après, une fois qu'il aura fini de saler tous les morceaux – le cou, les épaules, les côtes, le ventre, les reins et tout ça – il fera le boudin.

— J'en ai jamais mangé !

— Slim m'a dit qu'il compte le préparer pour Halloween, alors je mettrai un morceau de côté et je te le donnerai quand tu viendras avec tous les gens déguisés. À toi aussi, Giles, je t'en donnerai !

— Avec quoi qu'c'est fait ? a demandé Giles.

— Avec Stupide, essentiellement ! Et puis de la graisse et des épices. Et aussi des oignons. Après, on mélange tout ça, on verse le mélange dans les boyaux, et on le fait pocher. Slim m'a montré comment on fait. »

Serle a dû nous entendre, car il est sorti comme une

flèche de la cuisine et nous a accueillis sur le pas de la porte.

« Serle ! Mais qu'est-ce que tu fais là ? me suis-je écrié, surpris.

— Qu'est-ce que c'est que ça ? a-t-il demandé sans daigner répondre.

— Eh ben, c'est Stupide ! C'est son sang !

— Toi, avec ça ! Toi en train de faire des besognes de garçon de ferme !

— Arthur nous aide, m'a défendu Giles. Faut qu'on soit quat' pour faire ça !

— Ah bon, pas possible ! a fait Serle, s'avançant tout près de moi. Ça fait un moment que je te cherche partout. Où étais-tu passé ?

— Je viens de te le dire.

— Père nous attend. Il est au moulin.

— Pourquoi ? Il a besoin de moi ?

— De nous deux. C'est lui qui m'a dit d'aller te chercher.

— Mais pour quoi faire ?

— Je n'en sais rien ! » a répondu Serle, qui m'a alors donné un bon coup d'épaule.

Moi je me suis efforcé de retenir mon saladier, mais ça glissait ! Du sang a débordé, et puis voilà que le récipient m'a échappé des mains... Ma tunique et mes guêtres étaient tout éclaboussées, il y avait du sang partout !

« Espèce d'empoté ! a croassé Serle. Même pas

fichu de transporter un saladier plein de sang sans le laisser tomber !

— Vous avez vu tous les deux, hein, ce qui s'est passé ? ai-je dit, prenant Gatty et Giles à témoin.

— Ils t'ont vu le laisser tomber, oui, ce saladier..., a fait Serle en détachant lentement les syllabes. N'est-ce pas, vous deux ?

— Oui, monsieur ! s'est empressé de répondre Giles.

— Et toi aussi, Gatty, n'est-ce pas ? »

Elle a regardé Serle droit dans les yeux sans souffler mot.

« N'est-ce pas, Gatty ? » a insisté mon frère, cette fois en haussant la voix.

Et alors, au lieu de répondre, elle a trempé le petit doigt dans son saladier, puis elle a tendu le bras et a tracé sur mon front le signe de la croix. Je l'ai senti, ce signe, frais et mouillé, et qui en même temps se gravait dans ma chair comme une brûlure au fer rouge.

« Non mais qu'est-ce qui te prend ? lui a demandé Serle, interloqué. Sac à puces, va ! Comment oses-tu ? »

Gatty, toujours sans répondre, est entrée dans la cuisine, suivie de Giles.

« Allez, on y va ! m'a pressé Serle. Il nous attend !

— Une minute, il faut que j'explique ce qui s'est passé. Il faut que je dise à Slim !...

— Il n'est pas là !

— Ou alors à Ruth !...

« — Non ! Il n'y a personne ! »

Mais il mentait, je le savais, et il n'a pas pu m'empêcher d'entrer dans la cuisine. Tanwen était là. Debout de l'autre côté de la table, elle maniait un pilon qu'elle serrait si fort qu'elle en avait les articulations des doigts toutes blanches. Elle avait le visage empourpré.

« Tanwen ! me suis-je écrié. Ça va ?

— Allez, arrive ! » a insisté Serle d'une voix rauque.

Je l'ai donc suivi. C'était pourtant bien la dernière chose que j'avais envie de faire...

« Tu es couvert de sang des pieds à la tête ! a-t-il fait, moqueur.

— Laisse-moi tranquille !

— Combien de fois notre père t'a-t-il dit et répété qu'un page ne doit pas s'abaisser à faire de basses besognes ?

— Slim va être furieux... Oh, Serle ! Si seulement...

— Si seulement quoi ?

— Mais ça t'est donc égal ? Tu ne comprends donc pas ?

— Quoi ?

— Je sais très bien quels sont mes devoirs. Les disciplines du tournoi. L'écriture et la lecture. J'y passe beaucoup de temps tous les jours. Mais pourquoi faudrait-il que Gatty se retrouve avec toutes les besognes répugnantes sur les bras ?

— Pourquoi ? s'est récrié Serle, indigné. Parce qu'elle est... ce qu'elle est, pardi ! La fille de Hum. Gatty a ses devoirs, et toi tu as les tiens !

— C'est vraiment ce que tu penses, honnêtement ? Avec tes tripes ?

— C'est ce que tout le monde pense. Le Seigneur nous assigne à chacun nos tâches et devoirs sur cette terre. Et le premier de nos devoirs, Arthur, c'est de lui obéir. »

Nous avons longé un moment la rivière en silence, marchant tous les deux à la même allure.

« Qu'est-ce que tu faisais donc dans la cuisine ? Avec Tanwen...

— Rien du tout !

— Je ne te crois pas !

— Ça suffit, Arthur !

— Elle avait les joues toutes rouges et les yeux tout brillants.

— Je t'ai averti, Arthur... »

Voyant qu'il commençait à me menacer, j'ai deviné qu'il était nerveux.

« Ce n'est pas grave... Je ne dirai rien à personne !

— Il n'y a rien à dire !

— Bon, mais de toute façon, je ne dirai rien, promis...

— Ça c'est sûr, tu ne diras rien ! » a rugi Serle tout d'un coup.

Et il m'a de nouveau donné un coup d'épaule. Il m'a poussé si fort que j'ai trébuché et que je suis tombé dans le bassin de retenue du moulin. Lorsque j'ai refait surface, j'ai entendu Serle qui hurlait :

« Tu racontes des fadaises, et tu le sais ! Des balivernes ! »

Lorsque j'ai regagné le bord en me débattant de mon mieux dans l'eau, il m'a tendu la main, mais je n'ai pas voulu la prendre. Un sourire hypocrite sur les lèvres, il se tenait là, vêtu de son impeccable tunique beige clair. Et moi j'étais là en contrebas, tout dégoulinant, couvert d'une couche épaisse de vase, et encore tout maculé du sang du pauvre Stupide.

Ça ne m'aurait rien fait si Serle m'avait poussé dans l'eau pour rire, je lui aurais rendu la monnaie de sa pièce, un point c'est tout. Mais ce n'est pas du tout ça qui s'est passé. Ce n'est pas du tout en chahutant, comme dit ma mère, qu'il a fait ça, et c'est chaque fois la même chose. Pourquoi mon frère ne m'a-t-il jamais aimé ? Je me le demande... C'est lui l'aîné, et il a dix-sept ans. Il est écuyer et ne tardera pas à être fait chevalier, alors que moi je ne suis que page et que peut-être je ne deviendrai jamais écuyer. En plus, il a beaucoup plus de force que moi. Alors pourquoi est-ce qu'il passe son temps à se moquer de moi, à me donner des coups d'épaule, à me pousser ?

Jamais je ne pourrai lui confier un secret, parce que je sais qu'il ne le garderait qu'aussi longtemps qu'il le jugerait bon. Il ne sait rien du secret de Lady Alice, et jamais il n'en saura rien, d'ailleurs, parce que j'ai promis à ma tante que je n'en parlerais jamais à personne. Mais il y a une autre chose qu'il ne faut jamais qu'il sache, c'est mes problèmes avec mon coccyx, sinon je pourrais me trouver en danger. Et si je lui parle de mon obsidienne, elle pourrait perdre tout son pouvoir magique.

31

LA PIERRE PROPHÉTIQUE

Il s'est passé quelque chose de très étrange.

Je me suis réveillé au point du jour, et je me suis senti comme lavé. Je me sentais neuf. La boue et le sang d'hier, les mots de colère et les silences glacés, tout cela s'était évaporé. Sans bien savoir pourquoi, je me sentais prêt à toute éventualité. Je me sentais aussi affûté que le fil de la lame de mon couteau de poche lorsque je viens de l'aiguiser.

Dans la grand-salle il faisait bon, mais dans la pièce qui me sert de bureau, il fait toujours très frais. Je me suis donc emmitouflé dans mon peliçon, j'ai mis ma casquette en peau de lapin, puis je suis monté là-haut à pas de loup. La quatrième et la cinquième marches craquent, et la neuvième et la dixième aussi, ce qui fait que je grimpe l'escalier en évitant d'y poser le pied.

Une araignée avait tissé sa toile en travers de l'ouverture d'aération de la pièce, et elle frémissait, brillante. On eût dit de l'argent, ou peut-être même de l'or. J'ai plongé la main dans la crevasse poussiéreuse, entre les pierres du mur, et j'en ai sorti le paquet enveloppé du chiffon couleur safran. Depuis que Merlin m'a donné cette pierre, il ne se passe pas un jour sans que je fasse ce geste rituel.

J'ai commencé par réchauffer mon obsidienne entre les paumes de mes mains. Ensuite, j'ai gratté avec l'ongle l'une des taches blanches de sa face grumeleuse, sans réussir toutefois à la faire partir. C'est une pierre extrêmement dure. Mes ongles n'y laissent pas la moindre trace.

J'ai ensuite retourné l'obsidienne et j'ai plongé longuement le regard dans son éclat sombre. Cet œil profond qui jamais ne cille... Je l'ai contemplée longuement et, au bout d'un certain temps, j'ai eu le sentiment étrange que la pierre me rendait mon regard.

Au début, je n'y ai vu que ce que j'y ai toujours vu. Moi-même ! Mes oreilles, mon nez gros comme une patate. Ma casquette en peau de lapin. Et puis voilà que ma pierre s'est mise à luire. Lentement, les ténèbres se sont dissipées. Le jour s'est levé dans mon obsidienne.

Je vois un homme assis sur un talus herbeux. Il a une couronne sur la tête. Un autre homme est debout à ses côtés, mais je n'arrive pas à distinguer les traits de son visage, car il porte un capuchon gris perle.

« Creusez le sol ! fait cet homme d'une voix très grave. Creusez ! »

Je connais cette voix. J'en suis certain. Mais je n'arrive pas à me souvenir où je l'ai déjà entendue.

Au pied du talus se trouve un fossé peu profond. De nombreuses personnes s'affairent à en sortir de la terre et des pierres à l'aide de pelles et, petit à petit, le fossé commence à s'emplir d'eau. L'eau sourd du sol en abondance. Elle couvre les pieds des gens qui sont là, leurs chevilles, elle monte le long de leurs mollets, tant et si bien qu'ils ne peuvent plus continuer à creuser. Elle leur monte jusqu'à la taille.

« Drainez le lac ! crie l'homme au capuchon de sa voix grave. Drainez le lac ! »

Et alors tous les gens sortent en barbotant du fossé plein d'eau, avec force éclaboussures. Ils aménagent des canaux aux quatre coins, l'eau du petit lac s'écoule et la fosse se vide.

Au fond de la fosse, je vois deux grottes. Deux bouches sombres et béantes. De l'une d'entre elles sort un dragon aux écailles d'un blanc aussi pur que les pétales d'un lys. De l'autre émerge en se convulsant un autre dragon aux écailles aussi rouges qu'un sang rapide et jaillissant. Dès que les deux créatures s'aperçoivent, elles poussent des grognements sinistres. Elles soufflent par leurs naseaux et crachent l'une vers l'autre des torrents de flammes.

Au début, le dragon blanc force le dragon rouge à reculer jusqu'à ce qu'il se trouve tout au bord de la fosse boueuse. Du sang suinte entre ses écailles, et il est tout souillé de vase. Il grogne encore, sa poitrine se soulève puissamment. Mais soudain voici que le dragon rouge lève la tête vers le ciel et, poussant un véritable rugissement, il enveloppe le dragon blanc de flammes... Cette fumée ! Quelle épaisse fumée ! Je n'y vois plus rien, mais l'homme au capuchon, oui, j'entends de nouveau sa voix grave. Mais que dit-il donc ? Ses mots parviennent indistinctement à mes oreilles :

« ... le roi qui fut... et qui sera... »

Toutes les personnes qui assistent à la scène poussent de grands cris qui m'empêchent de comprendre ce que dit ensuite l'homme au capuchon.

C'est à ce moment que la fumée qui obscurcissait ma pierre a commencé à se faire moins épaisse. Elle s'est mise à dériver en volutes, et puis elle s'est totalement dissipée. Seulement le roi et l'homme au capu-

chon avaient disparu. Les dragons, les gens, la fosse
– tout avait disparu. Je ne voyais plus, de nouveau,
que ma propre image dans la pierre.

32

SEUL

Dès que j'ai eu fini de m'entraîner aux exercices de la lice, je suis remonté ici, dans mon antre. Il fait presque nuit à présent, ce qui veut dire que cela fait de longues heures que je suis là, assis sur ce siège, près de la fenêtre. En fait, j'ai l'impression d'y être assis depuis toujours.

Je sais que mes parents et Serle me trouvent bizarre parce que parfois j'aime bien être seul, mais j'ai besoin de temps à moi pour réfléchir. Pour noter ce que je pense et ce que je ressens.

« Tu passes la moitié de ton temps tout seul ! Tu n'es pas comme nous... », disent-ils.

Il faut que je parle à Merlin. Il faut absolument que je lui raconte ce qui s'est passé ce matin. Seulement, il est parti à cheval à la foire, à Ludlow, et l'an dernier il n'est revenu qu'au bout de quatre jours.

Je n'ai jamais entendu parler d'une pierre prophétique. C'est pourtant ce qu'elle est, mon obsidienne. J'ai regardé dans ses profondeurs. J'ai vu à travers son opacité. Et elle m'a parlé... Pourquoi est-ce arrivé aujourd'hui ? Était-ce dû à une façon particulière de la tenir ? Dès que je suis revenu ici, je l'ai tournée et retournée entre mes mains dans tous les sens, je l'ai tenue dans ma main gauche, puis dans la droite, puis dans les deux, mais j'ai eu beau scruter de nouveau ses profondeurs, elle est restée opaque et muette. Comment donc est-ce que je la tenais à ce moment-là, et me sera-t-il donné une nouvelle fois de voir dans mon obsidienne ? Pourquoi les dragons se battaient-ils ? Et qui était ce roi ? Qui était l'homme au capuchon ? « ... le roi qui fut... et qui sera... » Que signifie donc tout ceci ?

33

SOL FERTILE ET COQUILLES DE NOIX

De la gelée blanche ! C'est la toute première fois cet automne. Un courant d'air très frais a afflué par l'ouverture de ventilation, me baignant le visage et les mains. Le vent a soufflé dans les branches du hêtre pourpre, et des centaines de feuilles se sont mises à voltiger. Une véritable nuée, qui tombait en tournoyant, décrivant une trajectoire capricieuse. Des feuilles qui se noyaient dans l'air.

Certaines sont tombées dans le bassin aux poissons, comme elles le font toujours lorsque le vent souffle du nord. Cela contrarie fort mon père, car il se plaît à regarder nos perches et nos truites qui ondulent et nos petits poissons rouges qui explorent silencieusement leur royaume du bout du museau.

« Eux, ils ne le contredisent jamais, m'a dit un jour Serle. C'est pour ça qu'il les aime bien. »

Une fois que les feuilles sont presque toutes tombées, mon père engage deux habitants du village, Brian et Macsen, à la journée ; ils s'avancent dans le bassin jusqu'au moment où ils ont de l'eau jusqu'aux aisselles, et ils ramènent sur la berge, à l'aide d'un râteau, toutes les feuilles qu'ils peuvent. Mais, bien que des degrés aient été aménagés dans le bassin, le fond est inégal et glissant, si bien qu'en général il y a toujours un des deux qui s'affale dans l'eau.

Brian et Macsen ratissent aussi les feuilles qui tombent au pied de l'arbre. L'an dernier, ils en ont fait un énorme tas, et Sian et moi avons essayé de passer la nuit couchés dedans. Mais nous avons eu trop froid, finalement ; nous frissonnions sans arrêt, même en nous serrant bien fort dans les bras l'un de l'autre. Alors, quand la constellation du Cygne s'est mise à scintiller juste au-dessus de nous, et qu'Arcturus était déjà bas dans le ciel, à l'ouest, nous avons déclaré forfait et nous avons battu en retraite dans la grand-salle.

Par l'ouverture de ma tanière, j'ai regardé Sian, en bas, qui gambadait et faisait des moulinets avec les bras, et Nain qui la suivait clopin-clopant. Sian essayait d'attraper les feuilles qui tombaient du hêtre pourpre avant qu'elles ne touchent le sol, mais elle se faisait sans arrêt des croche-pieds à elle-même. Elle s'est retrouvée trois fois par terre !

Je ne sais pas combien de feuilles elle a réussi à

attraper au vol, mais suffisamment en tout cas pour en bourrer son oreiller et s'épargner ainsi les petits et gros rhumes pour tout l'hiver. Si seulement le petit Luc était assez grand, lui aussi, pour attraper les feuilles ! Tous les soirs, ma mère lui plonge les pieds dans de l'eau très chaude, et après elle le tient devant l'âtre, la plante des pieds tournée vers la chaleur, jusqu'à ce qu'il les ait bien secs. Ensuite, elle le frictionne avec de l'ail et des feuilles de géranium herbe-à-Robert. Malgré tous ses efforts, Luc continue à tousser et à frissonner, il geint durant la moitié de la nuit, et ma mère est très inquiète.

Et puis voilà que, tout d'un coup, par la fente d'aération, qui vois-je ? Merlin ! Merlin qui venait du verger, et qui était en train de manger une pomme ! J'ai aussitôt posé ma plume et je me suis extirpé de mon étroite alcôve. J'ai descendu l'escalier quatre à quatre et je l'ai rejoint devant la porte de la grand-salle.

« Merlin ! Où étiez-vous donc ?

— Là où je suis toujours !...

— C'est-à-dire ?

— En compagnie de moi-même.

— Je veux dire...

— Je sais ! a-t-il fait en souriant, et il a croqué une autre bouchée de sa pomme.

— Il faut absolument que je vous parle.

— Et c'est urgent, bien sûr !... » a répliqué Merlin, taquin.

Nous ne sommes pas entrés dans la grand-salle ; je l'ai emmené dans le carré de simples, au-delà du bassin aux poissons. Là nous étions absolument seuls. Nous nous sommes assis côte à côte sur la margelle du puits.

« Eh bien, allons-y ! a fait Merlin en soupirant, et il s'est mis à fredonner :

Voici que se fane la rose
Et flétrit le blanc lys,
Eux dont émanait jadis
L'odeur la plus suave
De l'été, cette suave rose...

— Merlin ! me suis-je écrié.

— Ces mangeuses de feuilles ! a-t-il observé d'un ton accusateur. Regarde-moi tous ces trous ! Sais-tu ce qu'il faut faire pour se débarrasser des chenilles ?

— Il faut que je vous parle !

— Il faut les emmener à l'église et les faire asseoir sur un chou ! a-t-il poursuivi, hilare, et les convier à assister à la messe... Demande à Oliver, tu verras ! Il sait tout ça, lui. Bien, Arthur... Qu'y a-t-il donc ?

— La pierre ! Mon obsidienne !

— Oui, eh bien ?

— Son obscurité... elle s'est dissipée !

— Ah ! a fait Merlin d'un ton solennel, et il a mordu dans sa pomme. Elle est vraiment très acide, cette pomme ! Elle a besoin de mûrir encore un peu sur une couche de paille...

— Elle s'est dissipée... Il y avait un roi. Du moins je pense que c'était un roi. Il avait une couronne. Et puis il y avait un homme avec un capuchon sur la tête. Et puis une foule de gens qui creusaient une fosse. Il y avait aussi des dragons, et ils ont commencé à se battre. Il y en avait un blanc et un rouge.

— Oui, a opiné Merlin. Le dragon rouge du pays de Galles – le pays de Galles et tous les habitants de Bretagne ! Le dragon blanc d'Angleterre...

— Ils se livraient un combat acharné.

— Et lequel a gagné ? m'a-t-il questionné.

— Je ne sais pas ! Les deux dragons ont ouvert tout grand la gueule et ont craché l'un sur l'autre des torrents de flammes. Mais la fumée m'a aveuglé ! Et, lorsqu'elle s'est dissipée, la pierre était redevenue sombre.

— Recommence au tout début ! » m'a enjoint Merlin.

J'ai repris mon récit depuis le début. Et je lui ai posé toutes les questions que je m'étais posées à moi-même. Qui était le roi ? Et qui était l'homme au capuchon ? Qui étaient les dragons, et pourquoi se battaient-ils ?

Merlin avait les yeux clos. Il ferme toujours les yeux quand il écoute attentivement.

« Des questions ! Toujours des questions !

— Qui était ce roi ? ai-je insisté.

— Et si je te répondais que c'était Vortigern ?

— Qui ça ? Où se trouvait son royaume ?

— Tu vois ! La réponse à cette question entraîne d'autres questions, et il faut que tu connaisses la réponse à ces autres questions avant que la toute première réponse ait un sens. Vortigern était roi de Bretagne.

— Quand ça ?

— Après que les Romains eurent laissé la Grande-Bretagne en paix. Et avant que les Saxons n'aient rompu cette trêve.

— Comment le savez-vous ?

— D'après une vieille histoire, une très très vieille histoire, ce Vortigern voulait bâtir une tour, une forteresse. Mais il n'y parvenait pas parce que, chaque nuit, la terre engloutissait les fondations édifiées la veille par ses maçons. Le roi eut donc recours aux bons offices d'un sage, et ce sage lui dit : "Creuse le sol !" Et lorsque les sujets du roi creusèrent le sol sous les fondations, une source jaillit...

— C'est exactement ça ! me suis-je écrié.

— Il y a de nombreuses questions qui sont comme des coquilles de noix, avec la noix encore dedans, a commenté Merlin.

— C'est aussi ce que dit ma mère.

— Nos paroles à tous se font mutuellement écho. Tu m'as demandé qui étaient les dragons, et pourquoi ils se battaient l'un contre l'autre. N'as-tu donc jamais entendu parler du dragon rouge du pays de Galles et du dragon blanc d'Angleterre ? Eh bien, dans les armoiries de Caldicot, sur l'un des quartiers figure un dragon rouge, à cause des origines de ta mère. Et Gallois et Anglais ont été ennemis de tout temps, non ? Parfois, ils se combattent et parfois ils lèchent leurs blessures en se préparant à reprendre le combat.

— Ah, je vois...

— Mais c'est là une chose que tu dois vérifier par toi-même, a ajouté Merlin. C'est ce que tu dois découvrir. C'est ce que je t'ai dit là-haut, au sommet de la colline.

— Mais vous m'avez expliqué, pour Vortigern et pour les dragons, et maintenant je comprends !

— C'est une bonne chose de connaître les vieilles histoires, et d'apprendre ce que disent les livres du temps jadis. Mais à quoi sert le savoir ? Il est sec comme les feuilles mortes ; il n'est d'aucune utilité si l'on n'est pas prêt à l'accueillir.

— Mais je suis prêt !

— Humm ! a fait Merlin, dubitatif, tout en laissant tomber son trognon de pomme dans le puits. Oliver t'a-t-il raconté l'histoire de l'homme qui semait des graines ? Il en éparpilla tout le long de la route et les oiseaux les mangèrent. Il en laissa tomber d'autres sur un sol pierreux, et elles ne tardèrent pas à se racornir. Il en jeta à la volée parmi des chardons qui poussèrent très vite et les étouffèrent. Cependant il y en eut quelques-unes que le semeur déposa dans un sol fertile... C'est ainsi, Arthur. Il faut que tu sois ce sol fertile. Il faut que tu te prépares.

— Je suis prêt, ai-je répété. Je veux l'être.

— Tu veux l'être, a lancé soudain mon père d'une voix forte. Et que veux-tu donc être ? »

Merlin et moi nous sommes levés tous les deux.

« Peu importe, a fait mon père en secouant la tête avec impatience tout en s'avançant vers nous. Ce qui m'importe, par contre, Arthur, c'est que je n'arrive jamais à te dénicher quand j'ai besoin de toi. Ce qui m'importe, c'est ton caractère désobéissant ! Tu n'es pas venu me rejoindre au moulin...

— Mais père, j'étais en route lorsque...

— ... et Serle m'a dit qu'au lieu de t'entraîner...

— C'est de sa faute, à Serle, si je n'ai pas pu venir ! ai-je répliqué avec une énergie farouche.

— Merlin ! a fait alors mon père en prenant la main droite de Merlin entre les siennes. Soyez le bienvenu, puisque vous voilà de retour !

— Je vous salue, sire John !

— Vous étiez à Ludlow, n'est-ce pas ? Il me tarde de vous entendre. Mais pas tout de suite ! Hum nous attend dans la grand-salle. Allez viens, Arthur ! »

Merlin m'a lancé un regard en haussant les sourcils.

« Et si tu ne te conduis pas comme il faut, a-t-il fait sans l'ombre d'un sourire sur les lèvres, je te changerai en chenille ! Et tu sais ce qui t'attend, à ce moment-là, n'est-ce pas ! »

Mon père a pivoté brusquement sur ses talons et j'ai quitté le carré de simples à sa suite.

« Les taureaux, pour commencer ! m'a-t-il lancé par-dessus l'épaule, et maintenant Stupide ! »

Il s'est arrêté net et a fait volte-face pour me dire :

« Non et non, Arthur ! Je ne veux pas de ça ! Je t'ai déjà rappelé quelles sont tes tâches.

— Mais je m'entraîne ! Et j'étudie avec Oliver, et j'écris tous les jours. Et d'ailleurs Serle doit avoir des tâches à exécuter dans la cuisine, lui, non ? Parce que je l'ai vu, dans la cuisine...

— Cesse de raconter des balivernes ! »

Une fois dans la grand-salle, mon père s'est installé dans son fauteuil et Hum et moi sommes restés tous deux debout devant lui, de l'autre côté de la table.

« Bien, voyons, Hum ! a fait mon père en agitant l'index de sa main droite, j'ai rappelé à Arthur quelles sont les tâches qui lui incombent. Il comprend parfaitement de quoi il s'agit. Il ne doit sous aucun prétexte travailler aux champs, pas plus que dans la porcherie ou l'écurie, ni nulle part ailleurs, à moins que je ne l'y aie autorisé.

— C'est ma Gatty..., s'est défendu l'intendant en secouant la tête.

— Non ! a répliqué mon père. Chacun de nous est responsable de ses actes. N'est-ce pas la vérité, Arthur ?

— Si, père.

— Je compte bien sur l'obéissance d'Arthur, a-t-il

continué. Et je compte sur toi, Hum, pour m'avertir s'il désobéit.

— Bien, sire John.

— Très bien ! a conclu mon père. Nous nous comprenons donc parfaitement, tous les trois. »

34

DÉSIR

Le vent est tombé, si bien qu'il ne fait pas trop froid dans mon bureau et que je sens de nouveau l'odeur que dégage le chaume du toit. Elle m'enveloppe les épaules comme une vieille cape informe et malodorante, mais confortable.

Nos moineaux ont donné des petits coups de bec dans le mortier. Ce matin, mon siège, dans la niche du mur, était couvert de menus débris et ma souche de pommier souillée d'une espèce de pâte blanche encore gluante. Mais Slim m'a donné une serviette à longs poils ; je vais l'accrocher au gros clou au-dessus de la petite ouverture lorsque je m'absenterai. Ça devrait empêcher les oiseaux d'entrer, normalement.

Presque dès l'instant où j'ai contemplé fixement les

profondeurs de ma pierre, l'obscurité s'y est dissipée. L'homme au capuchon ! Je l'ai vu apparaître une nouvelle fois. J'ai entendu aussi sa voix grave. Mais le roi n'était pas celui que j'avais vu la première fois. Vortigern... Et les gens n'étaient pas non plus ceux que j'avais vus creuser le sol et drainer le lac.

Cette fois-ci, ce sont des ducs, des barons et des châtelains ! Dans une grand-salle haute de plafond, chacun d'eux se tient debout, son écuyer à ses côtés, et beaucoup de ceux-ci n'ont pas l'air plus âgés que moi. Certains des seigneurs sont accompagnés de leur femme et de leurs enfants, et chacun d'eux attend le bon plaisir du souverain.

Celui-ci est grand et bien bâti. Il a le teint vermeil et une barbe blond-roux, mais il est chauve comme un œuf.

« Neuf filles ! s'écrie-t-il, s'adressant au baron agenouillé devant lui. Neuf filles, c'est bien cela ? Parles-en à mon sage conseiller ! Il connaît une poudre que l'on confectionne avec des poils de chenilles velues. »

Et sur ces mots le comte se relève, assez péniblement, et le héraut fait retentir sa trompette.

« Gorlais, duc de Cornouailles ! annonce un chambellan qui a un cou de volaille déplumée et une voix de stentor. Le roi Uther va maintenant accueillir le duc de Cornouailles et son épouse, Ygerne. »

Voici qu'un bel homme à l'imposante crinière sombre sort des rangs des courtisans, suivi par la plus belle des femmes de l'assemblée, qui marche à trois pas derrière lui. Elle a des yeux violets et sa lèvre inférieure est légèrement gonflée, comme si une abeille l'avait piquée. Ses épaules dessinent une harmonieuse courbe. Ygerne et le duc Gorlais, après avoir échangé un regard, s'agenouillent très lentement devant le roi.

Le roi Uther se penche.

« Gorlais », fait-il d'une voix dure, glaciale.

Ce dernier le regarde sans ciller.

« Soyez le bienvenu ici, duc. Joyeuses Pâques ! dit le roi.

— Joyeuses Pâques à vous, sire ! » répond Gorlais en inclinant la tête.

Le roi se penche de nouveau, et effleure le poignet de la femme de ses doigts couleur de sable roux.

« Et vous, Ygerne, fait-il sans élever la voix, je suis très heureux de vous voir. »

Mais elle garde la tête baissée. Elle est agenouillée à côté de son époux, et ses yeux ne croisent pas ceux du roi.

Le héraut fait retentir sept fois sa trompette, et aussitôt intendants, majordomes et marmitons entrent en scène, apportant plats et plateaux à foison. Il y a un intendant qui tient à bout de bras un paon rôti, dont les plumes ont été recourbées et fichées dans la chair. Un autre apporte une étrange créature dont la partie antérieure du corps ressemble à un chapon cependant que l'autre moitié est celle d'un cochon de lait. Et voici une autre bizarre créature, celle-ci a la moitié antérieure semblable à celle d'un cochon de lait, et l'autre celle d'un chapon !

Pendant le banquet, Gorlais, duc de Cornouailles, est assis à la gauche du roi et Ygerne, l'épouse du duc, à sa droite.

Voici de petits pâtés d'anguille ! Et encore un plat de viande entourée de queues d'écrevisses ! Du blanc-manger avec du poulet haché menu et des amandes pilées ! Plus le festin se prolonge, et plus le roi Uther, dédaignant de s'adresser à Gorlais, réserve toute son attention à l'épouse de celui-ci, Ygerne.

« Voici des poires à la cannelle et au miel ! s'exclame le roi. Douceur épicée ! »

Et en prononçant ces mots, il tourne pratiquement le dos à Gorlais et commence à poser ses pattes blond-roux sur la belle Ygerne, à qui il offre du vin, lui tendant dans son propre gobelet d'or. Mais Ygerne secoue la tête en signe de refus.

« Le bois est indigne de vous, lui dit Uther dans un hoquet. Vous ne sauriez boire dans un gobelet de bois. L'argent non plus n'est pas digne de vos lèvres ! »

La femme reste assise sans faire un mouvement. Elle ne regarde pas le roi.

« Je vous désire, Ygerne », poursuit-il.

Et soudain, voici que la brume envahit ma pierre ! Elle s'est levée comme la brume d'octobre qui tour à tour masque et dégage Nine Elms et Great Oak et Pikeside. Son blanc silence s'est étendu sur la face brillante de la pierre. Mais j'ai regardé quand même. J'ai continué à regarder. Et, au bout d'un long moment, la brume est devenue moins épaisse, et puis elle s'est complètement dissipée.

Le roi a disparu. Tous les convives ont disparu. Je ne vois plus que le duc Gorlais et son épouse Ygerne.

« C'est un scandale ! hurle Gorlais.

— Il m'a insultée, dit Ygerne, avec ses mots mielleux et ses mains audacieuses. Il m'a insultée en osant penser que je pourrais vous être infidèle.

— Il nous a insultés tous deux, reprend le duc d'un ton glacial.

— Si vous tenez à moi et à notre mariage, le prie-t-elle, emmenez-moi loin d'ici. Loin de Londres ! Loin de son banquet de Pâques !

— Je vais vous ramener chez nous, répond-il. Mais lorsque Uther apprendra notre départ, il sera furieux, vous pouvez en être certaine. Il nous enverra des messagers pour nous sommer de revenir.

— Que ferons-nous alors ?

— Nous les ignorerons ! Vous serez en sécurité à Tintagel. Rien ni personne ne peut vous atteindre, là-bas !

— Et vous, Gorlais ?

— Moi, je me rendrai à Castle Terrible et je m'y préparerai à soutenir un siège. Le roi Uther plantera son camp devant les remparts, il tentera de me faire sortir en me réduisant à la famine.

— Mon époux bien-aimé, s'attendrit Ygerne. Je vous attendrai... »

Soudain voici des vagues dans ma pierre ! Des vagues qui enflent et déferlent ! Je n'ai jamais vu la mer, mais j'ai vu le lac au pied de Gibbet Hill, les neuf vagues et leurs filles, se déployant, puis se repliant sur elles-mêmes, écumantes et étincelantes, et c'est exactement cela que j'ai vu dans mon obsidienne.

Des vagues blanches ! Elles se gonflaient, s'élevaient puis se brisaient et, lorsque le calme est revenu dans ma pierre, j'ai vu le roi Uther et l'homme au capuchon gris perle, assis tous deux dans la grand-salle, une grande coupe contenant des pommes et des noisettes posée entre eux.

« Je suis venu en aide à Vortigern, votre père, dit l'homme au capuchon, et je vous viendrai en aide aussi.

— Comment ose-t-il quitter la cour sans ma permission ? » demande le roi.

L'homme au capuchon soupire. Prenant une noisette dans la coupe, il la fait rouler entre le pouce et l'index.

« La crainte, fait-il enfin, la crainte et la colère peuvent rendre un homme très audacieux.

— Je suis fou de cette femme ! s'écrie le roi.

— Nous allons les suivre jusqu'en Cornouailles, répond l'homme au capuchon.

— Gorlais va l'emmener à Tintagel..., objecte le roi.

— Rien ni personne ne peut faire obstacle à la folle passion, l'assure son compagnon. Et la folle passion peut avoir des conséquences inimaginables. »

Le roi se lève.

« Je suis en feu, je brûle ! s'écrie-t-il.

— Je vous aiderai, l'assure de nouveau l'homme au capuchon gris perle.

— Gorlais ! menace le roi d'une voix sifflante. Cet homme est un véritable fléau ! Un abcès cornouaillais ! Je l'emmailloterai tout vif dans la bannière portant ses armoiries, et je lui peindrai une croix noire sur le front !

— Et moi, ajoute son mystérieux compagnon, je l'enterrerai à plus de mille mètres de profondeur dans le sol... »

35

◆

LE CONCOURS D'INSULTES

De la sacristie, je les entendais hurler de rire. Aussi, dès la fin de ma leçon d'écriture, je me suis empressé d'aller les rejoindre. Gatty était perchée sur le mur du cimetière, flanquée de deux garçons.

« Viens ! » a-t-elle crié.

J'ai donc traversé le cimetière en zigzaguant entre les tombes.

« Qu'est-ce qui se passe ?

— On fait un concours d'insultes ! m'a répondu Gatty, la mine hilare. Si tu veux, tu peux arbitrer. Le premier qui rit est perdant. »

Jankin et Howell ont le même âge que moi. Ils étrillent et pansent les chevaux et nettoient les écuries. Jankin et Gatty vont se fiancer l'année prochaine.

« Bon, alors..., a commencé Jankin et, se penchant en avant pour regarder son adversaire de ses yeux bleus brillants, il lui a lancé : T'es un champignon de couilles molles sur pattes ! »

Un éclair a passé dans le regard de Howell.

« Et toi, t'es une mouche à merde, un sac à morve !

— Cul pustuleux, crapaud baveux !

— Face de limace !

— Cul breneux, pète-en-l'air ! »

Le visage de Howell s'est littéralement fendu jusqu'aux oreilles, et il a eu une sorte de hoquet, mais il a réussi à s'empêcher de rire.

« ... 'spèce de fienteux mal torché !

— Et toi, Howell ! T'es qu'un gros tas de pâtée pour les cochons ! Asticot puant ! Flaquedalle gluant !

— Et toi, a-t-il répliqué, toi, Jankin, t'es qu'un fœtus poilu velu ! Soupe à la merde d'oiseau !

— Cul foireux !

— Vessie graisseuse ! Corbeau de malheur !

— Et toi, Howell ! T'es un... T'es une fouine pas maline ! Fleur de nave aux oreilles en chou-fleur ! »

Cette fois-là, Howell a agité la main en l'air, vaincu, en hennissant de rire.

« Bon, on s'arrête ! me suis-je écrié. Jankin, c'est toi qui as gagné ! Allez, à l'eau, Howell ! »

Nous sommes allés tous les trois en courant jusqu'à la mare. Là, l'adolescent est entré dans l'eau boueuse sans renâcler... et il s'est affalé à plat ventre dans la vase. Jankin a empoigné Gatty par les épaules, qui, ravie, poussait des petits cris aigus, et il l'a poussée dans l'eau.

« Allez, viens, on y va, Arthur ! m'a-t-il lancé.

— Non, il faut que j'aille m'entraîner sur la lice. »

Jankin a donc rejoint Gatty et Howell, me laissant là bien au sec sur le bord.

Les trois comparses sont restés un petit bout de temps dans la mare à se poursuivre en titubant dans l'eau boueuse, s'aspergeant à qui mieux mieux. Dès qu'ils sont ressortis, riant de bon cœur et tout dégoulinants, les deux garçons sont partis au petit trot.

« Va mettre des vêtements secs, je t'attends ! ai-je dit à Gatty.

— J'peux pas.

— Pourquoi tu peux pas ?

— Pasque j'en ai pas.

— Comment ça, t'en as pas ?

201

— Ben non, j'ai qu'ceux qu'jai sur l'dos. Ça fait rien ! »

Nous avons donc regagné notre perchoir, le mur du cimetière.

« Dis, quand tu as tracé le signe de croix sur mon front... tu sais, avec le sang de Stupide... »

Gatty a fait signe qu'elle s'en souvenait.

« Dis-moi... Pourquoi tu as fait ça ?

— Ben, j'avais vu Serle, c'qu'il t'avait fait. Il t'avait poussé exprès. C'est d'sa faute si t'as renversé le saladier plein d' sang !

— Oui, mais pourquoi le signe de la croix ?

— Une idée comme ça... J'me suis dit que t'étais un croisé, tu sais, comme ces croisés que tu m'as causé. Et Serle, lui, c'est un Sarrasin. »

J'ai entouré les épaules de Gatty qui était trempée comme une soupe.

« Merci, Gatty !

— Au fait, où c'est, Jérusalem ? J' le sais mêm' pas...

— Loin, très loin d'ici.

— Plus loin que Chester ?

— Oh là là, Gatty ! ai-je fait en éclatant de rire.

— C'est vrai, c'est encore plus loin ?

— Beaucoup, beaucoup plus loin ! Pourquoi tu me demandes ça ?

— Ben, pasque moi j'voudrais bien voir où il est né, Jésus. Et si on allait à Jérusalem, au lieu d'aller à la grande foire à Ludlow ?

« — Mais enfin, Gatty ! On ne peut pas y aller à pied, à Jérusalem !

— Mais si, j'peux !

— Mais non, voyons ! Seul un magicien pourrait ! Il y a une mer à traverser ! »

Gatty, baissant la tête, a contemplé le bout de ses pieds, déçue.

« J'savais pas ça... », a-t-elle fait d'une toute petite voix.

Et puis elle a reniflé, pris une grande inspiration... et elle a commencé à éternuer.

36

HALLOWEEN

Au début, il n'y avait que Nain et Sian avec moi dans la grand-salle.

Dès que le feu a commencé à crépiter et à cracher des étincelles orangées, Nain nous a dit, à Sian et à moi, d'asperger d'eau les roseaux disposés tout autour de l'âtre.

« Il faut que ça reste humide, nous a-t-elle recommandé.

— Dans ce feu, il y a le fantôme de ta chatte, Crachefeu, ai-je annoncé.

— C'est vrai ? s'est écriée Sian.

— Si tu regardes dans les flammes, et si tu fixes le feu jusqu'à ce que tu sentes que tes yeux te brûlent, peut-être que ce soir tu vas la voir.

— S'il n'y avait que cela à craindre..., a fait Nain. Cette nuit, les esprits sont de sortie, et puis aussi les sorcières, qui s'en vont rejoindre le Vieux Nick, à cheval sur leur manche à balai.

— Qui c'est, le Vieux Nick ? a demandé Sian.

— Le diable ! a répondu Nain. Vous avez bien mis les navets près de la porte ?

— Oui, Nain.

— Tu en as taillé un ?

— Oui, et Arthur aussi.

— Et il y a bien la bougie allumée dedans ?

— Oui, Nain.

— C'est ce qu'il faut. Je vais vous raconter ce qui est arrivé une nuit, la veille de la Toussaint... avant la mort de mon père. Notre petite femme de chambre, Gweno, mettait toujours le linge à sécher sur le mur du cimetière. Mais voilà qu'un jour, lorsqu'elle est venue ramasser les vêtements, elle a vu quelqu'un assis tout près sur une tombe, et qui avait sur la tête un bonnet de nuit blanc. Gweno a cru que c'était un gamin du village qui voulait lui faire peur. Et vous savez quoi ? Elle est allée droit vers lui, et elle lui a arraché le bonnet de nuit. "C'est pas la peine d'essayer de me faire peur !" lui a-t-elle lancé avant de s'enfuir à toutes jambes pour rentrer dans la grand-salle. Mais, lorsqu'elle a regardé le bonnet de plus près, elle a vu qu'il était tout sale et qu'il y avait plein de terre dedans, et il sentait la mort à plein nez. Et le lendemain matin, a poursuivi Nain en hochant la tête, le quelqu'un qu'elle avait vu était toujours à la même place, assis sur la pierre tombale. Il avait la tête penchée. »

Je sentais Sian qui se pressait tout contre moi, comme mon chien Tempête quand il veut que je m'occupe un peu de lui.

« Alors, mon père a dit à Gweno qu'il n'y avait qu'une seule solution, a repris Nain en brandissant sa canne. "C'est un spectre, lui a-t-il dit, et il faut absolument que tu ailles lui remettre son bonnet sur la tête, parce que sinon, il ne nous laissera pas en paix de toute l'année." La petite Gweno avait une peur bleue. Mon père l'a accompagnée jusqu'à la grille du cimetière, et alors elle est allée en courant jusqu'à l'endroit où se tenait le spectre, et elle lui a planté le bonnet sur la tête. "Tiens ! lui a-t-elle crié. Te voilà satisfait, à présent ?" Aussitôt, le mort a bondi sur ses pieds. "Oui, je suis satisfait ! s'est-il écrié. Et toi, Gweno, dis-moi, te voilà satisfaite ?" Et alors il a levé le poing et lui a assené un coup magistral sur la tête. »

La porte de la grand-salle s'est soudain ouverte toute grande avec un grincement, et Sian et moi avons fait un pas en arrière. Mais c'était seulement père et Serle.

« Il fait presque nuit, a annoncé mon père.

— Écoute ça, papa ! s'est écriée Sian.

— Pauvre petite Gweno !... a poursuivi ma grand-mère. Le mort lui a donc assené un grand coup de poing, et elle s'est écroulée par terre. Mon père a traversé le cimetière de toute la vitesse de ses jambes mais, le temps qu'il arrive, Gweno était déjà morte. Quant au spectre, il s'est laissé glisser dans la tombe et il a disparu.

— Oui, a dit mon père. Je l'ai déjà entendue, cette histoire-là. Oliver arrive.

— On voit les Sept Sœurs, a remarqué Serle.

— Qui ça ? a demandé Sian d'un ton anxieux.

— Les Sept Sœurs ! a-t-il répondu. Ce sont des étoiles, idiote !

— Et la Truie Noire circule par là, a ajouté Nain. On l'entend qui renifle et grogne.

— Qu'est-ce qu'elle fait ? a encore demandé Sian.

— Elle suit dans le noir les gens déguisés pour Halloween et elle leur mordille les talons ! C'est ça qu'elle fait ! Et Dieu vienne en aide aux retarda-taires ! La Truie Noire ne laisse jamais l'aube se lever sans avoir le ventre plein...

— Les lanternes ! s'est exclamée ma mère qui, sor-tant de la chambre, est entrée à ce moment-là dans la grand-salle. Elles sont bien allumées, au moins ?

— Mais oui, l'a rassurée mon père et, traversant la pièce, il a passé un bras autour des épaules de ma mère. Une lanterne pour chacun de nous. Et elles sont toutes allumées.

— J'étais en train de regarder dans le miroir..., a dit ma mère.

— Et qu'y as-tu vu ? a demandé Nain.

— Marc, mon bébé, a répondu ma mère à voix

basse. Je l'ai vu qui regardait par-dessus mon épaule gauche. Il faisait signe à quelqu'un. Et après, j'ai tenu le miroir près du visage du petit Luc, a-t-elle ajouté en regardant fixement mon père. Il n'y avait pas de reflet dans la glace. »

Et elle a aussitôt enfoui son visage contre l'épaule de mon père, et je voyais que tout son corps était secoué de frissons.

« Que la volonté de Dieu soit faite !... a dit doucement mon père.

— Ah non ! s'est écriée ma mère. Pas une fois encore ! Pourquoi exige-t-il cela de nous ?

— C'est à Oliver qu'il faut poser cette question. »

Mais lorsque Oliver a fait son entrée, ma mère avait déjà regagné sa chambre. Moi, personnellement, je ne crois pas que des êtres humains puissent deviner ce qui se passe dans l'esprit de Dieu, pas plus que de vulgaires taons ne sauraient lire dans l'esprit des humains. Personne ne peut savoir ce qui se passe dans l'esprit de Dieu. Pas même Oliver.

Mon père a salué le prêtre.

« Avez-vous vu Merlin, par hasard ? Dès qu'il sera là, les enfants pourront commencer à voir qui attrapera le plus de pommes dans l'eau avec les dents. Mais où est-il donc ?

— Oh ! Il doit être par là, en train de voler dans les airs ! » a répliqué Oliver.

Cette idée nous a tous fait rire, et Oliver lui-même a ri plus fort que tout le monde.

« En tout cas, moi j'ai apporté les escargots ! »
a-t-il annoncé, et, plongeant la main dans la poche de
son grand manteau, il en a sorti toute une masse,
agglutinés ensemble.

— Faites-moi voir ! s'est mise à piailler Sian.

— Je les ai posés sur l'autel et je les ai bénis, a-t-il
précisé. Chacun de vous doit en prendre un, sauf
vous, naturellement, sire John !

— Pourquoi ? a fait Sian.

— Et maintenant, mettez chacun votre escargot
sur le mur, et demain matin, les traces de bave vous
diront qui vous allez épouser.

— Seigneur Dieu ! s'est exclamée Nain.

— Mais comment ça se peut ? a demandé Sian,
intriguée.

— Tu verras d'après la forme des traces, évidemment. La bave dessinera la première lettre du prénom
de ton futur mari.

— Mais je sais pas lire, a objecté ma sœur.

— Alors Arthur te dira quelle lettre c'est. Ah Merlin, vous voilà ! Vous êtes là depuis longtemps ?

— Si c'est un O, cela veut dire Oliver, a dit ce dernier d'un ton moqueur.

— Voici votre escargot, Merlin !

— Qu'est-ce que c'est ? a demandé Merlin.

— C'est un escargot, Merlin, a répondu sèchement Oliver sans élever la voix.

— Ah bon, ce n'est donc pas une chenille ?

— Non.

— Mais vous allez le faire disparaître, cet escargot...

— Non, Merlin, je n'ai pas l'intention de le faire disparaître. Mais vous, vous allez le faire parler, cet escargot. Il va vous révéler le nom de votre future épouse.

— Vous allez vous marier, Merlin ? a demandé Sian.

— Certainement pas ! a-t-il répliqué. À moins que toi, Sian...

— Beurk ! s'est récriée ma sœur.

— Allez-y, Merlin ! a fait mon père. Mettez votre escargot sur le mur ! »

Mais l'animal a pris le parti de Merlin. Il a obstinément refusé de rester collé au mur, ni d'ailleurs à aucune surface.

Lorsque je suis allé inspecter les escargots ce matin, ceux de Sian et de Serle ainsi que le mien s'étaient à peine déplacés, mais celui d'Oliver, lui, avait laissé derrière lui un zigzag luisant, et celui de Nain avait dessiné des cercles concentriques à s'en donner le vertige, sûrement. Nain et Oliver ? Voyons, c'est impossible !

« Bien, a fait mon père. Je vais aller chercher les pommes. Liez-leur les mains, Merlin ! »

Et il lui a lancé un petit tas de bouts de ficelle, ceux que nous avons toujours utilisés, d'aussi loin que je me souvienne.

« C'est Merlin, plutôt, qui est pieds et poings liés, a lancé Oliver, avec toutes ses idées tarabiscotées.

— À quoi sert le cerveau ? a répliqué Merlin. Il y a des gens qui ont l'esprit subtil, et d'autres qui ont l'esprit simple, c'est tout ! »

Quand mon père est revenu dans la grand-salle, accompagné cette fois de ma mère, Serle, Sian et moi avions les mains liées dans le dos, et nous étions déjà à genoux devant la bassine d'eau.

« Très bien ! a-t-il dit en souriant. Et la bassine est bien pleine ! »

Alors ma mère a laissé tomber trois pommes dans l'eau, et aussitôt Serle, Sian et moi nous avons essayé de les attraper avec les dents, poussant du nez et du menton ; on s'éclaboussait, on s'étranglait, on s'étouffait, on haletait, on hurlait, on se bousculait, on se cognait la tête, on furetait comme des belettes, on refermait la bouche brusquement, on battait des cils, on toussait, à demi aveuglés, de l'eau plein les yeux, au bord de la nausée à cause de toute cette eau qui nous entrait dans les narines.

C'est Sian qui a réussi la première à attraper une pomme. C'est normal, parce qu'elle a des dents très pointues. J'ai été le second à y parvenir, si bien que Serle a été obligé de plonger toute la tête dans l'eau et de rester comme ça aussi longtemps que possible. Lorsque enfin il a sorti la tête de la bassine, il s'est ébroué comme un chien mouillé, et puis il s'est mis à rire de bon cœur.

« Bon, maintenant, a crié Sian, encore haletante, on joue à voir comment les épluchures des pommes vont retomber quand on les lancera en l'air !

— Non ! ai-je crié. On va voir quels dessins elles forment à la surface de l'eau du baquet ! »

C'est à cet instant que des coups énergiques ont été frappés à la porte.

« Les masques ! Voilà les masques ! » nous sommes-nous tous mis à crier en chœur.

Tous, même ma mère. Même ce pédant d'Oliver. Et Nain, bien qu'à demi sourde et complètement édentée, a agité sa canne en l'air.

« Détachez les mains des enfants ! » a dit mon père, tout en se dirigeant vers la porte.

Dès qu'il a enlevé la grande barre et ouvert la porte à deux battants, on a vu apparaître un gros nez. Et des dents aiguisées comme des crocs ! Et après on a vu des yeux au regard fixe, brillants comme de la cire, rouge vif, et des oreilles dressées en tissu. Sian s'est réfugiée derrière moi et a passé ses deux petits bras autour de ma taille. Tous les gens déguisés se sont alors mis à pousser des hennissements, sauf un qui, lui, hululait comme une chouette, et le cheval de la petite troupe est entré dans la grand-salle en galopant gauchement. On aurait dit que son corps était fait du même tissu que l'étoffe couleur safran dans laquelle est enveloppée mon obsidienne – et tout aussi sale d'ailleurs. Dessous se trouvaient deux hommes, l'un derrière l'autre, dont je ne voyais que les jambes.

Juste derrière le cheval se pressaient tous les gens déguisés, chacun muni d'une citrouille-lanterne à l'air mauvais. Certains hommes portaient des vêtements de femme, certaines femmes des vêtements d'homme, et il y avait aussi des garçons habillés en fille et des filles habillées en garçon. Toutes les femmes aux cheveux longs avaient relevé leur chevelure et l'avaient dissimulée aux regards, et tous sans exception s'étaient noirci le visage et les mains avec de la suie, tant et si bien que, au début, on ne savait plus du tout qui était qui. Chacune des personnes déguisées était devenue quelqu'un de différent, comme si chacun était prestidigitateur expert en métamorphoses. Je n'arrivais même pas à reconnaître Gatty ou Hum.

« Helen ! a lancé mon père d'une voix forte. Va dire à Slim que les masques sont arrivés. »

Slim était prêt. Il a immédiatement fait son entrée dans la grand-salle sur les talons de ma mère, suivi de Ruth, qui apportait de l'avoine pour le cheval, et une mince tranche de viande froide avec une bonne rasade de bière blonde pour chacun.

« Pour vous, sire John, ainsi que pour votre famille, a annoncé Slim, il y a du boudin noir.

— Fort bien, a acquiescé mon père. Et Merlin et Oliver en prendront également.

— Je vais le poser sur la table, sire John. »

J'ai gravi l'escalier jusqu'à mi-hauteur et, juché là-haut, je voyais toute l'assistance à la fois. J'ai regardé la scène et je me suis dit que les poutres maîtresses et le vieux chaume de notre toit abritaient en ce moment chaque homme, chaque femme et chaque enfant, tous ceux qui vivent sur les terres de notre manoir – enfin, en tout cas, tous ceux qui ont l'usage de leurs jambes ! Je m'y suis repris à trois fois pour essayer de compter combien nous étions dans la grand-salle, mais j'arrivais chaque fois à un chiffre différent. Quarante et un la première fois, puis trente-neuf, et enfin quarante-deux. D'après mon père, il y a en tout soixante personnes qui vivent sur les terres de Caldicot.

En regardant la foule qui se pressait dans la grand-salle, je me suis soudain souvenu de la salle de banquet du roi Uther, et de tous ces barons, seigneurs et chevaliers que j'avais vus en train de festoyer. Je me demandais si Uther et l'homme au capuchon ont effectivement suivi Ygerne et le duc Gorlais jusqu'en Cornouailles.

La première personne déguisée que j'ai reconnue, c'est Gatty, parce qu'elle m'a fait un sourire jusqu'aux oreilles. Et la seconde, ç'a été Tanwen, parce que j'ai vu Serle se faufiler juste derrière elle. Elle portait une espèce de chemise noire et un cache-col blanc, et je me suis dit que, à la lumière vacillante des bougies, elle n'avait pas tout à fait l'air d'une créature humaine. Ses yeux étaient luisants comme ceux des biches et sa peau si pâle qu'elle en était presque translucide. Je ne pense pas que Tanwen soit venue remplacer un enfant volé à ses parents ou quelque chose de ce style mais ici, dans les Marches, nous vivons tous entre deux mondes – c'est du moins ce qu'affirment Nain et Merlin.

Lorsque j'ai vu Slim revenir dans la grand-salle, apportant triomphalement le fameux boudin sur une clayette en menues branches de saule, je suis redescendu précipitamment de mon poste d'observation.

« Il n'y en a pas autant que je l'espérais, sire John..., s'est excusé Slim. Vous savez ce qui est arrivé, n'est-ce pas... »

Mon père a fait oui de la tête.

« C'est quand même du gâchis, ça on peut le dire, un beau cochon comme Stupide !

— Ce qui est passé est passé ! En tout cas, il m'a l'air délectable, ce boudin ! »

Dès que j'ai eu ma part, je me suis frayé un passage dans la grand-salle pour aller rejoindre Gatty.

« Voilà ! lui ai-je dit fièrement.

— Qu'est-ce que c'est ça ?

— Du boudin. Tu te souviens ?

— Ah ! C'est Stupide !

— Je t'avais dit que je t'y ferais goûter, et puis à Giles aussi !

— Et tu l'as fait, en plus ! » s'est écriée Gatty, qui avait l'air stupéfaite.

J'ai donc coupé ma part en deux, et elle a enfourné tout le morceau que je lui avais donné dans sa bouche, pour le recracher, je dois dire, quelques secondes plus tard.

« Beeerk ! » s'est-elle exclamée.

Elle s'est raclé la gorge, après quoi elle s'est passé la langue sur les dents de devant.

« Goûte-le, toi ! »

Elle m'a regardé prendre une petite bouchée, la mastiquer avant d'avaler enfin une partie de mon morceau de boudin.

« Tu vois bien ! Toi non plus, t'aimes pas ça !

— Mais si !

— Je vois bien que non, quand même ! »

Gatty disait vrai, bien sûr, mais il y a des fois où il est préférable de faire semblant. Par exemple, avant je m'efforçais de ne pas laisser voir que je détestais les rognons suants de graisse, et maintenant j'aime bien ça. Et puis aussi, la plupart du temps, je fais semblant de ne pas être blessé par les propos injurieux de Serle parce que sinon, il flairerait l'odeur du sang, et il essaierait de me faire encore plus mal.

« Où est Giles ? m'a demandé Gatty. Tu le vois, toi ? »

Mais avant que nous ayons pu le repérer dans la foule, mon père, accompagné d'Oliver, était monté là-haut, dans notre petite galerie, et il a agité sa petite cloche. Il a souhaité la bienvenue aux gens déguisés, après quoi il les a invités à chanter avec lui le chant des douze mois, comme il a coutume de le faire chaque fois que les personnes qui vivent sur les terres du manoir s'assemblent dans la grand-salle.

« Janvier ! a commencé mon père, et il a fait sonner sa cloche.

— *À ce feu nos mains nous réchauffons*, ont chanté en chœur tous les présents.

— Février », a poursuivi mon père.

Et il a fait sonner sa cloche une seconde fois.

« *De nos bêches avec ardeur la terre nous creusons.*

— Mars !

— *Les graines que nous semons le printemps fait pousser.*

— Avril !

— *À présent nous entendons au loin le coucou chanter.* »

Les paysans, toujours vêtus de leur déguisement, chantaient à présent à pleins poumons. Lorsque mon père a eu presque terminé l'énumération des douze mois de l'année, certains d'entre eux, pour tout dire, braillaient à tue-tête.

« Novembre !

— *Il est arrivé, le temps de tuer et de saler nos bêtes.*

— Décembre ! » a terminé solennellement mon père.

Et pour la douzième et dernière fois, il a fait tinter sa cloche.

« *Ils sont venus, le temps du repos et le temps de la fête !* » ont entonné en chœur les paysans.

À ce chant ont succédé force cris et applaudissements. C'est alors qu'Oliver, faisant un pas en avant, a levé la main.

« Nous savons qu'ils sont là, a-t-il dit. Ce soir ils nous entourent de tous côtés. Les ennemis de Dieu sont partout. Veillez à bien moucher la flamme de vos lanternes. Répétez après moi ces mots consacrés par l'usage ! »

Et il a commencé à psalmodier un chant, mi-prière, mi-incantation magique :

Jésus bien-aimé, veille cette nuit sur nos foyers,
Nos fenêtres et nos toits, nos murs et nos planchers,
Tandis qu'Halloween nous plonge dans l'obscurité.

Puis, étendant les deux mains devant lui, il a psalmodié à voix haute et claire :

Hors d'ici, Gurg !
Viens, Jésus !
Hors d'ici, Gassagull !
Viens, Gabriel !
Hors d'ici, Maledictus !
Viens, Benedictus !

Le soir d'Halloween, le diable rôde, monté sur le dos de son bouc, et il joue de la cornemuse, et toutes les créatures du Malin – les démons, les farfadets et les sorcières à cheval sur leur balai – sortent pour se joindre à lui. Lorsque Oliver a dit très fort les deux noms Gurg et Gassagull, j'ai senti que le diable n'était pas loin, et mon coccyx a commencé à me faire mal.

« Que les saints nous protègent ! a poursuivi le prêtre. Leur âme est entre les mains de Dieu, et le tourment de la méchanceté les épargnera. »

Après une courte pause, il a repris :

« Mes amis, dites avec moi les mots de la formule magique sur laquelle nous allons nous séparer. »

Tout autour de moi, les gens se sont mis à marmonner la formule en question et j'ai joint ma voix à la leur :

Ensemble nous sommes mais partir nous devons.
En Jésus-Christ notre Seigneur notre foi nous plaçons.
Puisse la Sainte Trinité
Nous garder de l'ennemi juré
Que sans le voir nous pressentons.

« Au nom du Père et du Fils et du Saint-Esprit, a terminé Oliver. Amen. »

Une fois cette cérémonie achevée, les masques ont quitté le manoir pour s'enfoncer dans l'obscurité. Leur cheval, avec ses yeux fous et ses dents pointues faites de vieux clous rouillés, les a précédés dans la nuit, cependant que chacun d'eux serrait fermement dans ses mains une lanterne à l'air courroucé.

« Allez, viens, le prêtre ! a lancé Merlin, "partir nous devons".

— Dormez en paix, vous tous ! a dit Oliver en nous quittant.

— Avec moi, il ne lui arrivera rien ! » a fait Merlin l'air hilare.

Nain s'est alors assise sur le petit tabouret près de l'âtre. Elle a poussé un profond soupir, et elle est restée un long moment à contempler les braises mourantes. Pendant ce temps, Serle sortait des coffres les draps et les couvertures pour Nain et pour lui, mais ensuite il a également sorti les nôtres, à Sian et à moi. C'est très rare qu'il fasse ce genre de chose ; par conséquent, quand il le fait, il a sûrement une bonne raison, mais je ne sais pas encore laquelle.

Avant de remettre la barre de bois en travers de la porte, mon père a vérifié que nos six lanternes étaient encore allumées, et il a déposé sur le seuil des victuailles et de la bière pour les trépassés. Ensuite, il a pris ma mère par la main et l'a emmenée dans leur chambre. Quand il a ouvert la porte, j'ai entendu un faible gémissement haut perché.

37

PASSION

Mon cœur bat à se rompre, comme si j'étais allé en courant tout du long depuis notre manoir jusqu'au sommet de Tumber Hill. Le roi Uther ! Ygerne ! Je les ai revus ! Et l'homme au capuchon gris perle aussi !

Ma pierre était absolument froide lorsque je l'ai sortie du morceau d'étoffe dans lequel je l'enveloppe. Mais au fur et à mesure qu'elle déroulait l'histoire sous mes yeux, elle est devenue chaude. Plus chaude que mon haleine.

Le roi écarte les bras, comme s'il était mis en croix.

« Ygerne ! crie-t-il. Ygerne ! Que le vent d'ouest entende ton nom ! Qu'il porte ma voix jusqu'à Tintagel ! M'entends-tu, Ygerne ?

— Voyons, Uther ! intervient l'homme au capuchon. Un peu de patience ! »

Cette fois encore, j'entends sa voix grave, aussi épaisse et onctueuse que de la crème. J'ai déjà entendu cette voix, j'en suis certain.

« Comment pourrais-je être patient ? répond sèchement le roi, en pressant avec force son poing droit couleur de sable dans la paume de sa main gauche.

— Je suis déjà venu en aide à trois rois de Bretagne, réplique l'homme au capuchon, et je vous viendrai en aide aussi. Bien ! Écoutez-moi, à présent ! Il faut que vous empêchiez le duc Gorlais de sortir de Castle Terrible.

— Je n'aurai pas de peine à le retenir ici durant un an et un jour. Mais à quoi bon ? Cela me rapprochera-t-il d'Ygerne ? Non, pas même d'un battement de cœur...

— Vous ne comprenez pas. Ce que je veux dire, c'est qu'il faut absolument que vous reteniez Gorlais prisonnier ici, c'est votre vie qui en dépend. Vos hommes ne doivent à aucun prix lever le siège pendant que nous nous rendrons vous et moi à Tintagel.

— Tintagel ! L'île est entourée de falaises qui tombent à pic dans la mer. Le seul moyen d'y accéder, c'est par un pont de rochers, et il est si étroit qu'il suffit de trois hommes pour le garder.

— C'est vrai..., reconnaît son compagnon. Aucun déploiement de force, aucune belle promesse...

— Alors, comment ? l'interrompt le roi.

— Si nul moyen naturel ne peut vous permettre d'arriver jusqu'à Ygerne, il vous faut avoir recours à un moyen surnaturel. Je vous l'ai déjà dit : rien ni personne ne peut faire obstacle à une grande passion.

— De quel moyen parlez-vous ? demande le roi Uther en tirant farouchement sur sa barbe.

— Si vous voulez que votre désir se réalise, répond l'homme au capuchon, il faut que vous me promettiez que j'obtiendrai aussi quant à moi l'objet de mon désir.

— Je le jure, s'empresse de répondre le roi, par saint Matthieu, saint Marc, saint Luc et saint Jean !

— Lorsque vous ferez l'amour à Ygerne, elle concevra un enfant. Cet enfant, il faudra que vous le remettiez entre mes mains afin que je l'élève comme je l'entends.

— Je le jure par tous les saints !

— J'honorerai cet enfant, et cet enfant vous fera honneur, ajoute l'homme au capuchon. Je vous aiderai, Uther, et j'aiderai votre enfant, qui fut et sera. »

L'homme ouvre alors la main droite ; il tient serrée au creux de la paume une petite boîte ronde en os. Il l'effleure doucement du bout des doigts.

« Cette boîte contient une drogue, dit-il. Peu de temps après que vous aurez absorbé cette substance, votre apparence se modifiera. Vous ressemblerez trait pour trait au duc Gorlais. J'en absorberai moi aussi, et je serai alors le portrait craché de sire Jordans, l'ami le plus intime du duc. Nous pourrons ainsi pénétrer dans l'enceinte de Tintagel.

— Ygerne..., fait le roi dans un souffle.

— Quand vous pénétrerez dans sa chambre, ne soyez pas trop prodigue de paroles... Je peux vous faire prendre l'apparence physique de Gorlais, mais je ne saurais vous donner ni son intelligence ni sa mémoire. Dites-lui simplement que vous vous languissiez d'elle et que, abandonnant le siège, vous vous êtes éclipsé pour la voir. Ne tardez pas à la rejoindre dans sa couche.

— Je vous entends bien...

— À présent, donnez l'ordre à vos hommes de continuer le siège. Et ensuite nous nous mettrons séance tenante en route pour Tintagel. »

Continuant à fixer ma pierre, j'ai vu alors le roi Uther et l'homme au capuchon priser la poudre magique, et j'ai vu qu'ils commençaient à se métamorphoser. Je les ai vus quitter le siège et galoper dans la nuit jusqu'à la forteresse de Tintagel, j'ai vu les gardes les laisser franchir le pont de rochers, car n'importe qui les aurait en effet pris pour le duc de Cornouailles et sire Jordans.

« J'attendrai ici, devant la chambre d'Ygerne », murmure l'homme mystérieux en faisant au roi un clin d'œil entendu.

Alors Uther frappe un léger coup à la porte et entre dans la chambre. Là, dans la lumière des bougies, se tient Ygerne, vêtue de sa chemise de nuit blanche rebrodée d'étoiles de soie, blanches elles aussi.

« Gorlais ! » s'écrie-t-elle, et elle s'avance vers Uther.

Celui-ci regarde Ygerne. Son cœur bat la chamade. Il a peine à respirer. C'est vrai qu'elle est belle ! Elle a le visage ovale comme une amande. Ses épaules nues et ses bras nus sont arrondis, pâles et minces comme de souples branches de saule.

« Je me languissais de vous ! lui dit Uther. Je me suis éclipsé, j'ai quitté le siège de Castle Terrible.

— Comment avez-vous fait ?

— Il faisait sombre. Venez ! »

Et Uther s'approche d'Ygerne. Il la prend dans ses bras...

L'espace de quelques instants, ma pierre est devenue étincelante. On aurait dit le ciel par une nuit d'hiver glaciale, plein de centaines, de milliers d'étoiles dont chacune serait aussi acérée qu'une épine, resplendissant d'un vif éclat. Puis il y a eu un éclair soudain, la pierre s'est trouvée baignée d'une lumière blanche, et j'ai entendu des chants d'oiseaux, un véritable chœur célébrant l'aube. Et j'ai alors vu de nouveau Uther et Ygerne, étendus côte à côte dans des draps soulevés par une tempête, encore endormis.

Mais voici qu'Ygerne fait quelques légers mouvements, et Uther aussi – tous deux en même temps, comme si chacun savait que l'autre s'éveille.

Uther ouvre un œil. Aussitôt il tend la main et se tâte le sommet du crâne, et je sais pourquoi... C'est que Gorlais a une superbe crinière de cheveux noirs, mais lui, Uther, est chauve, et il tient à s'assurer que la drogue continue à agir. Ygerne ouvre à son tour les yeux. Ils sont violets, de la couleur des petites violettes sauvages qui poussent à la lisière de Pike Forest.

« J'ai conçu un enfant de vous, murmure Ygerne. Mon corps me le dit. Nous aurons un fils, et ce sera un roi illustre. »

On entend soudain frapper énergiquement à la porte, et Uther et Ygerne se redressent sur leurs oreillers. L'homme au capuchon, qui ressemble toujours autant à sire Jordans, fait entrer deux messagers dans la pièce.

« Je suis désolé de vous déranger, s'excuse l'homme, qui secoue la tête en souriant, mais ces deux imbéciles insistent pour parler à dame Ygerne...

— Eh bien, de quoi s'agit-il ? demande Uther aux messagers.

— Le duc Gorlais !... s'exclame l'un des deux hommes.

— C'est vous, c'est bien vous ? s'écrie l'autre. Car enfin...

— Dites-nous donc enfin ce qui vous amène ! s'impatiente Uther.

— Dame Ygerne..., commence le premier messager. Nous sommes venus à cheval depuis Castle Terrible pour vous communiquer ce message : la nuit

228

dernière, notre seigneur, le duc Gorlais, a vu le roi Uther quitter le siège. Il a donc fait relever la herse, et il est sorti du château, accompagné de ses hommes. En dépit de leur petit nombre, ils ont donné l'attaque aux soldats du roi Uther. Et... Lady Ygerne..., conclut le messager, le duc Gorlais a été tué.

— Ah bien, tué, dites-vous ? réplique Uther.

— Et ensuite, ajoute le messager, les soldats du roi ont tué un grand nombre des hommes du duc, puis ils se sont emparés de Castle Terrible.

— Eh bien ! se contente de dire Uther, et il entoure Ygerne de ses bras. Je ne suis pas mort. Je suis même parfaitement vivant, comme vous pouvez le constater ! L'homme que vous avez laissé pour mort sur le champ de bataille est arrivé ici avant vous ! »

Il ferme les yeux et pousse un soupir qui vient du tréfonds de son corps.

« Néanmoins, ce sont de mauvaises nouvelles que vous m'apportez-là. À présent qu'Uther s'est rendu maître de Castle Terrible, il ne tardera pas à marcher sur Tintagel. Il sait qu'il lui sera impossible de pénétrer dans le château par la force, et il s'efforcera donc de nous contraindre à capituler en nous affamant. Il faut que je me rende sur les lieux aussi vite que possible, afin de rallier mes troupes et de faire la paix avec Uther. Sinon, les choses ne pourront que tourner encore plus à notre désavantage... »

Le roi fait alors un signe de la main droite ; les deux

messagers s'inclinent respectueusement, et l'homme au capuchon les fait sortir.

« Il n'y a pas une minute à perdre ! » s'écrie Uther, qui bondit aussitôt du lit et s'habille à la hâte.

Puis il prend encore une fois Ygerne dans ses bras.

« Je serai très bientôt de retour auprès de vous, lui promet-il. Et ce ne sera pas un mort que vous verrez, mais bien votre époux.

— Un garçon…, murmure Ygerne. Ce sera un roi illustre. »

38

D'ÉTRANGES SAINTS

Slim nous sert toujours du lièvre, le jour de la Toussaint.

« Et c'est un joli petit lièvre tout jeune, sire John,
a-t-il annoncé à mon père. Il n'a qu'un trou sous la
queue. »

Aussitôt le déjeuner terminé, Oliver a sonné la
cloche de l'église et toutes les personnes qui vivent
sur les terres de notre manoir sont venus à l'église,
chacune à sa façon. Certains marchaient, les enfants
couraient, certains se déplaçaient d'un pas mal assuré,
d'autres avançaient péniblement en s'appuyant sur
deux cannes. Hum et Gatty transportaient la vieille
maman de Hum sur une litière car, depuis qu'elle
s'est cassé le fémur, elle n'a plus jamais posé le pied

par terre. Giles et Dutton, quant à eux, faisaient la chaise à porteur pour Madog qui, lui, n'a jamais marché. Il a le même âge que moi, et tout ce qu'il sait faire, c'est rester assis toute la journée adossé au mur. Par moments il se tord de rire, il fait des bulles avec sa salive, et aussi des mouvements désordonnés avec les bras.

Oliver a commencé par attirer une nouvelle fois notre attention sur saint Edmond, représenté quatre fois sur le mur de l'église.

« C'est le patron de notre paroisse, nous a-t-il rappelé, et c'est le saint patron de l'Angleterre tout entière. »

Après quoi il a levé bien haut une petite boîte en os, semblable à celle de l'homme au capuchon – la boîte qui contenait la poudre magique.

« Voici les ongles de saint Edmond ! a-t-il proclamé solennellement. Ses ongles ont continué à pousser durant plusieurs années après sa mort, et le bedeau chargé de veiller sur la châsse du saint homme les coupait régulièrement. Prions saint Edmond, demandons-lui de se faire l'intercesseur de nos âmes ! »

Oliver a ensuite dit les prières que l'on récite le jour de la Toussaint, puis il a demandé à chacun de nous de dire à haute voix le ou les noms de nos saints préférés.

Serle a choisi Charles, patron des vergers de pommes, je ne sais pourquoi, quoique j'aie effectivement remarqué qu'il lui arrive parfois d'aller dans notre verger et de s'asseoir là, tout seul, sous un pommier. Slim a cité saint Laurent, qui fut rôti à la broche, et Gatty, elle, a choisi Isidore, le paysan, parce que sa faucille s'aiguisait toute seule. Nain a énuméré onze saints gallois dont je n'avais jamais entendu parler jusqu'à aujourd'hui : Tysilio, Cadac, Ffraid, Tanwg... les autres, je ne m'en souviens plus. Sian nous a tous fait rire, après, quand elle a invoqué Cushman, patron des fiançailles heureuses. Je crois bien qu'elle se demande encore si Merlin parlait sérieusement quand il lui a proposé de l'épouser.

Je suppose qu'Oliver pensait que j'invoquerais pour ma part saint Jean le Baptiste, parce que c'est le patron des écrivains. Mais j'ai cité le nom de l'archange Raphaël, patron des amoureux, puis celui de Gérard qui veille sur les femmes enceintes.

« Quel choix étrange, Arthur ! m'a dit ma mère au moment où nous quittions l'église. Pourquoi donc as-tu choisi ces deux saints-là ?

— Parce qu'ils m'intéressent... », me suis-je contenté de répondre.

Mais naturellement, je ne pouvais pas lui expliquer les choses en mentionnant Ygerne et Uther. Mon père m'a regardé, stupéfait.

« Toutes ces choses que tu sais ! a-t-il fait. Tu pourrais devenir clerc ! »

39

UTHER DÉVOILE LA VÉRITÉ

Je sais que je ne peux pas poser sans cesse à Merlin des questions sur ma pierre prophétique. Je sais bien qu'il faut que je réfléchisse par moi-même. Ma tête est pleine à éclater de questions. Existe-t-il un endroit qui s'appelle Tintagel, et où il y aurait une forteresse ? Et existe-t-il vraiment une drogue qui peut modifier votre apparence extérieure ? Ça, je peux le demander à Johanna, au village.

Lorsque l'homme au capuchon a déclaré : « Rien ni personne ne peut faire obstacle à une grande passion », je pense qu'il voulait dire par là que les événements de notre vie dépendent de notre détermination et de notre confiance en nous-mêmes. S'il en est ainsi, peut-être arriverai-je à convaincre mon père de me mettre au service d'un chevalier, même s'il n'en a pas la moindre envie.

Le temps, dans ma pierre, passe parfois plus lentement, mais parfois aussi plus vite que le soleil poursuivant l'ombre tout autour de notre cadran solaire. Quand je l'ai scrutée avec attention, cet après-midi, je n'ai pas tardé à constater qu'Ygerne était déjà enceinte de six mois. Le roi Uther et elle étaient désormais époux, et ils se trouvaient à Londres, assis tous deux dans l'immense salle où Uther avait donné son banquet.

« Votre bébé, dit le roi. De qui est-il, cet enfant ?...

— De qui donc, sinon de moi ? répond-elle.

— Ce que je vous demande, c'est qui est le père de l'enfant que vous portez dans votre sein. »

La reine Ygerne baisse la tête.

« Dites-moi la vérité, insiste Uther. Ne craignez rien. Quelle que soit la réponse, je ne vous en aimerai pas moins.

— Bien, je vais vous le dire, répond-elle après un moment d'hésitation. La nuit où mon époux, le duc Gorlais, a trouvé la mort, un homme est entré dans ma chambre, à Tintagel. Il ressemblait trait pour trait à Gorlais, et il parlait comme lui, aussi. J'ai cru que c'était lui – mon époux, revenu sain et sauf du siège de Castle Terrible. Je lui ai ouvert les bras.

— C'est la vérité. Ygerne, cet homme, c'était moi.

— Vous ?

— Je suis le père de votre enfant. »

236

Et alors j'ai entendu Uther relater à Ygerne comment l'homme au capuchon lui avait donné une drogue pour modifier son apparence, et en avait absorbé lui aussi afin de ressembler à sire Jordans. Ygerne commence par verser des larmes sur feu le duc Gorlais, puis elle sourit, soulagée... Elle pose les deux mains sur l'enfant dans son ventre, étreignant dans ses bras le monde entier.

« Notre fils ! s'exclame-t-elle.

— Seulement, j'ai fait une promesse, intervient Uther. J'ai promis à l'homme au capuchon que je lui confierais notre enfant afin qu'il l'élève comme il l'entendra.

— Ah, non, non ! s'écrie Ygerne.

— Il honorera notre enfant et notre enfant nous fera honneur. J'ai juré par saint Matthieu, saint Marc, saint Luc et saint Jean. »

40

CLERCS, COPISTES ET ARTISTES

« Qu'est-ce au juste qu'un clerc ? ai-je demandé à Oliver.

— Commençons par le commencement, veux-tu ? Il n'est pas question que ces chiens entrent dans l'église, et tu le sais parfaitement !

— Mais pourquoi ?

— Parce que ce sont des animaux.

— Eh bien, Serle aussi !...

— Ils n'ont pas d'âme.

— Si vous apportez des chenilles à l'église, pourquoi est-ce que je ne pourrais pas faire entrer Tempête et Orage ?

— Les chenilles, je les ai apportées pour les maudire, pour que nous en soyons débarrassés. Veux-tu donc que je maudisse Tempête et Orage ? »

J'ai donc rappelé mes deux chiens au pied, et je les ai chassés sous le porche. Après quoi, je leur ai lentement fermé la lourde porte de chêne au nez.

« À la bonne heure ! On laisse dehors les chiens et les sorciers ! Bien, Arthur, que voulais-tu savoir ?

— C'est quoi, un clerc ?

— Les clercs sont des penseurs. Ils bâtissent des passerelles entre nous et notre Seigneur.

— Ce sont des moines ?

— Ils enseignent dans des écoles cathédrales, parfois dans des monastères. Oui, ce sont des moines. Pourquoi ?

— Parce que mon père a dit que je pourrais devenir clerc. »

Oliver, se frottant vigoureusement le bout du nez, m'a regardé fixement avec des yeux ronds comme ceux d'un hibou.

« Ah bon, c'est vrai ?

— Il vous a parlé de ses projets pour mon avenir ?

— Non.

— Je ne veux pas devenir clerc.

— Tu as entendu parler de Pierre Abélard ?

— De qui ?

— Ou bien de Pierre Lombard ? De John de Salisbury ?

— Vous savez bien que non.

— Ils étaient tous des clercs renommés. Tu vois ! Comment peux-tu dire ce que tu veux ou ne veux pas devenir, alors que tu ne sais même pas de quoi tu parles ?

— Mon père connaît leur existence ?

— J'en doute fort...

— Bon, mais de toute façon, moi je ne veux pas devenir clerc.

— On dirait une motte de terre qui dit dans un souffle qu'elle ne veut pas devenir une étoile ! Ou bien un chat qui miaule pour dire qu'il ne veut pas être reine ! a rétorqué vertement Oliver. Allons ! Il est temps de nous y mettre.

— La semaine de la Toussaint n'est pas encore terminée, ai-je objecté.

— Et alors ?

— Alors, est-ce que vous allez me montrer les ongles de saint Edmond ?

— Je les ai montrés à l'église, hier.

— Allez-vous ouvrir la boîte ?

— Certainement pas ! a répliqué Oliver avec indignation.

— Bon ! Alors, est-ce que vous voulez bien m'expliquer les quatre peintures qui représentent saint Edmond, sur les murs ?

— Voilà une question plus intelligente ! »

Et, pivotant sur les talons, il m'a conduit jusqu'au mur nord de la nef.

« Plomb rouge. Malachite. Sels d'arsenic. Toutes sortes de couleurs !

— Pourquoi me dites-vous cela ?

— Je t'ai dit de prier pour les moines copistes, avec leur poignet et leurs épaules douloureux, leur dos et leur cou douloureux.

— Mais je prie pour eux !

— Est-ce pour cette raison que tu as invoqué... – qui était-ce donc ?

— L'archange Raphaël.

— Est-ce tout ?

— Et saint Gérard.

— Absurde ! Es-tu enceinte ?

— Non...

— Mais si. Ta tête est grosse d'idées que jamais elle n'aurait dû concevoir. Voyons ! Tu pries pour les copistes, tu devrais prier aussi pour les artistes – eux qui mélangent leurs pigments, qui décorent leurs manuscrits d'enluminures, qui nous dispensent l'enseignement sur les murs de nos églises. Pense à tout le travail que cela représente ! Il faut broyer et mélanger les pigments. Mettre en place l'échafaudage. Apprêter la surface du mur. Tracer en les piquant à l'aide d'un compas toutes les courbes, les cercles, et aussi les diagonales. Tout ceci avant même que l'artiste ait commencé à peindre. Et tout cela, a déclaré Oliver non sans emphase, *Pro Amore Dei et Sancti*

Edmundi – pour l'amour de Dieu et de saint Edmond ! »

Rejetant la tête en arrière, j'ai contemplé longuement, là-haut, les quatre Edmond, et ceux-ci m'ont contemplé à leur tour de leurs grands yeux paisibles depuis les hauteurs de la voûte.

« Qui a peint nos quatre Edmond ? ai-je demandé.

— Chose assez curieuse, un homme qui se prénommait Edmond..., a répondu le prêtre avec une moue. Un homme très étrange, d'ailleurs, si du moins c'était bien un homme... Il avait des cheveux qui lui descendaient jusqu'à la taille, et son corps tout entier était couvert de poils. Il poussait des grognements d'animal. Il mangeait comme un animal. Mais il peignait comme un ange.

— Vous le connaissiez ?

— Mon cher enfant ! Je ne suis pas assez vieux pour ça ! Nos Edmond remontent à quatre générations. Au temps où le père du père de ton père était petit garçon... c'est en ce temps-là qu'ils ont été peints.

— Je pense que vous pourriez être clerc, Oliver ! ai-je fait, dûment impressionné.

— Tu crois ? a-t-il répondu, les yeux brillants.

— Mais oui, tout à fait.

— Tu le crois ou tu le sais ?

— Oh, Oliver, je vous en prie ! Pas cet après-midi !...

243

— Tu fais bien tes exercices d'écriture ?

— Oui.

— Tous les jours ?

— Oui, Oliver.

— De la main droite ?

— Des deux mains, la droite et la gauche.

— Ce n'est pas parce que tu sais écrire qu'il faut pour autant négliger ta mémoire. Bien au contraire, la mémoire et l'écriture vont de pair. Il y a beaucoup de choses qu'il est inutile de noter par écrit, parce qu'on peut s'en souvenir sans peine.

— Oui, Oliver.

— Quelle différence y a-t-il entre longueur, profondeur et largeur ? Tu t'en souviens ?

— Imaginons qu'une lance transperce le sommet du crâne d'un homme et lui ressorte par le cul. Ça, c'est la longueur.

— C'est la mesure de la longueur, a rectifié le prêtre.

— Si la lance transperce le torse d'un homme et lui ressort dans le dos, ça, c'est la mesure de la profondeur. Et si elle pénètre par l'un des côtés de la cage thoracique et ressort de l'autre, ça, c'est la mesure de la largeur.

— Parfait, Arthur ! Ce sera tout pour aujourd'hui.

— Oliver ! Avez-vous entendu parler de Tintagel ?

— De quoi ?

— Tintagel.

— Qu'est-ce que c'est ?

— Oh, tant pis, ça n'a pas d'importance...

— Mais qu'est-ce que ça signifie, Tintagel ?

— Je ne sais pas... »

41

DE GRANDES BOUFFÉES D'AIR

« Oliver dit, Oliver dit..., a grommelé ma grand-mère.
Le problème, avec notre cher Oliver, c'est qu'il ne
laisse de place pour personne d'autre. Il ne voit que
lui-même.

— Comme Narcisse ! ai-je fait.

— Qui ça ?

— Narcisse. J'ai vu ça dans le livre d'Oliver sur
les Grecs. Il est tombé amoureux de son reflet dans
l'eau. »

En fait, notre prêtre ne ressemble nullement à Narcisse. Il n'est pas jeune, et le moins qu'on puisse dire,
c'est qu'il n'est pas beau. Je pense qu'il se fait valoir
de peur qu'on ne fasse pas attention à lui.

« Et le problème avec toi, Arthur, a repris Nain,

c'est l'écriture. Tu passes tout ton temps à lire et à écrire.

— Oliver dit...

— Et voilà, ça recommence...

— Mais j'exerce aussi ma mémoire, Nain. Je fais des exercices pour améliorer mon écriture et la lecture, et aussi la mémoire.

— Ah, pour ça, c'est bien utile ! a répliqué Nain avec brusquerie. Tu sais ce qu'il arrive chaque fois que tu notes quelque chose par écrit ? Chaque fois que tu donnes un nom à quelque chose ? Eh bien, tu lui enlèves de la force, à cette chose !

— Pourtant moi je pense...

— C'est moi ou bien c'est toi que tu écoutes ? Tu ne vaux pas plus cher qu'Oliver ! »

Agrippant le bord de la table, Nain s'est levée du banc où elle était assise. Puis elle est allée en boitillant jusqu'à la porte et l'a ouverte.

« Viens un peu voir ici ! Que dit le vent ? » m'a-t-elle demandé.

J'ai fermé les yeux et me suis efforcé d'écouter de mon mieux.

« Tu entends comme il chante la louange de Dieu ! s'est écriée Nain. Sur son chemin d'hier à demain... Les esprits dans le hêtre pourpre !... Les pierres qui bougonnent et rient sous cape... Écoute ! Il faut que nos mots à nous dansent comme tout cela. De grandes bouffées d'air, et non de l'encre séchée ! a-t-elle poursuivi en reniflant un bon coup avant de

me lancer un regard furieux. Oliver dit, Oliver dit...,
a-t-elle encore marmonné. Tu devrais bien apprendre
à rendre hommage au pouvoir qui est dans les choses.
Tu ferais mieux d'écouter plutôt Merlin ! »

Pauvre Nain ! Elle est à l'automne de sa vie, maintenant. On dirait qu'elle se voûte davantage chaque
jour, comme si elle rentrait petit à petit sous terre. Je
ne crois pas tout ce qu'elle raconte, mais comme je
voudrais l'emmener une fois jusqu'au sommet de
Tumber Hill, et regarder de là-haut à ses côtés le cœur
du pays de Galles ! Ce qu'elle dirait à ce moment-là,
je m'en souviendrais toute ma vie.

42

◆

L'ENFANT ADOPTIF

Ygerne geint. On dirait le petit Luc quand il est endormi ou somnolent, et qu'il ne sait même pas qu'il gémit.

« Laissez-moi le voir ! » supplie-t-elle.

Et elle insiste, avec une énergie farouche :

« Montrez-le-moi ! »

La sage-femme lui présente le bébé, et Ygerne tend les bras pour le prendre, mais Uther lève la main droite.

« Enveloppez-le dans une étoffe tissée de fils d'or ! » ordonne-t-il à la sage-femme.

Puis il s'assoit au bord du lit et regarde son épouse qui lui saisit alors le poignet droit et y enfonce ses ongles.

« Ce n'est pas ce que je souhaiterais..., dit le roi doucement. Je ne fais que tenir ma promesse. »

Le roi Uther quitte la chambre, le nourrisson dans les bras, et ma pierre l'accompagne. Il suit à grands pas un long couloir. Les lattes de chêne clair grincent. Sur les murs sont peints des chiens de meute et des loups, des lièvres et des chats, des hiboux, des merles noirs et bien d'autres oiseaux et créatures encore.

Voici que le nouveau-né se met à vagir, comme s'il savait qu'on l'enlève à sa mère.

Des pas, des cris... dans le couloir, les bruits sont renvoyés d'un mur à l'autre, du sol au plafond. Le monde entier est plein de battements de tambours, d'éclairs de lames de couteau. Le roi tire le verrou d'une porte et là, sur le seuil, l'attend l'homme au capuchon. L'espace de quelques secondes, les deux hommes restent silencieux, plantés là, chacun d'un côté du seuil.

« Ygerne... », dit enfin le roi.

Mais il n'achève pas sa phrase, car tout ce qu'il pourrait dire ne servirait de rien.

« J'ai dit que je vous viendrais en aide. Je n'ai jamais dit qu'il n'y aurait pas un prix à payer », rappelle l'homme.

Puis il regarde le bébé, enveloppé dans l'étoffe tissée de fils d'or.

« Le reverrai-je un jour ? demande le roi Uther.

— Il sera à l'abri de tout danger, répond seulement l'homme au capuchon.

— Ce n'est pas cela que je vous ai demandé. »

Le magicien regarde le roi et observe :

« Il y a des questions qu'il vaut mieux ne pas poser. Votre enfant va être adopté par un châtelain et son épouse. Ils vous sont loyaux, ce sont des gens droits et gentils. Ils ont eux-mêmes un fils, qui aura bientôt trois ans. La femme va le sevrer et elle allaitera elle-même votre enfant.

— Comment se nomment-ils ? »

À cette question, l'homme au capuchon ne répond pas davantage.

« Où ? Où emmenez-vous mon enfant ? demande encore Uther.

— Vers l'ouest, répond cette fois l'homme. Il a été conçu là où le ciel et la mer se rejoignent. C'est l'enfant des lieux intermédiaires, et je vais l'emmener dans le pays qui est le sien.

— Le pays qui est le sien ? interroge le roi, surpris.

— Ses parents adoptifs lui donneront un prénom et le feront baptiser. Ils l'élèveront, lui apprendront à habiller et à servir son seigneur et maître, à pratiquer la joute et l'escrime, et même à lire et à écrire. Ils le garderont chez eux jusqu'à ce qu'il soit âgé de treize ans, et je veillerai sur lui.

— Et ensuite ? » demande encore Uther, roi de Bretagne.

L'homme au capuchon prend l'enfant que le roi tient dans ses bras, et répond :

« J'irai le chercher lorsque l'heure sera venue. »

43

LES LIEUX INTERMÉDIAIRES

Lorsque l'homme au capuchon a annoncé au roi Uther que son fils était l'enfant des lieux intermédiaires, je me suis souvenu que Merlin m'a dit que ces lieux intermédiaires sont toujours des endroits hasardeux. Nos Marches, le rivage de la mer, le crépuscule, les ponts – ce sont tous des lieux ou des moments où se produisent d'étranges choses.

Mon crâne de loup ! En un certain sens, mon obsidienne elle aussi est une sorte de lieu intermédiaire : elle est entre moi et tout ce que j'y vois. Et Nain ? Elle aussi, elle joue le rôle d'un lieu intermédiaire, chaque fois qu'elle nous raconte des histoires du temps jadis.

À présent, sept semaines seulement nous séparent de la fin de ce siècle et du début du suivant. Je ne crois pas du tout qu'il va se produire des événements stupéfiants, comme si, par exemple, la moitié de l'univers tombait soudain dans le vide, mais j'ai le sentiment que les choses vont changer, sans vraiment pouvoir dire pourquoi.

« Si seulement le petit Luc pouvait guérir !... a dit ma mère. C'est le seul changement que je souhaite.

— Il nous reste encore de quoi manger, non ? s'est contentée de dire Gatty pour sa part, en suçant les articulations de ses doigts écorchés. Peut-être bien que les choses vont changer pour toi, mais pour moi, rien ne changera !

— Les choses sont très bien comme elles sont ! a déclaré Nain d'un air méprisant.

— De quels changements parlez-vous ? s'est enquis Merlin. À l'extérieur ou en vous-mêmes ? »

44

LA MALADIE DU PETIT LUC

Ma mère s'est assise ce matin, bien calée sur des oreillers, dans le grand lit nuptial, et elle a serré très fort le petit Luc contre elle pour qu'il ait bien chaud, pour qu'un peu de sa force de vie à elle lui soit communiquée.

« John et Serle se sont trompés, a-t-elle dit. Ce n'est pas à cause du roi Richard, ni à cause du temps, que le petit Luc criait de toutes ses forces. Tanwen a raison. Le mal, c'est en lui qu'il est : le petit Luc n'est né que pour mourir.

— Dieu est miséricordieux, a commenté Nain. Il montre combien sa miséricorde est grande lorsqu'il arrache un petit enfant à ce monde plein de folie.

— Luc souffre, a crié ma mère, et je souffre moi aussi ! Je sais que tout est ma faute. Je suis punie pour tout ce que j'ai fait. Pour tout ce que je n'ai pas fait...

— Enfin, John a du moins un héritier, a fait Nain pour la consoler. Tu lui as donné votre fils Serle ! »

Les larmes ruisselaient sur le visage de ma mère. Elle s'est penchée sur le petit Luc.

« Serle est vigoureux et en excellente santé, a continué Nain. De cela, tu devrais remercier le Ciel.

— Viens ici, Arthur ! » a fait ma mère d'une voix enrouée.

Puis, étendant une main, elle m'a attiré passionnément contre elle, et nous sommes restés ainsi un certain temps, blottis sur le lit d'apparat, le petit Luc entre nous deux.

Vers la fin de l'après-midi, elle m'a demandé de descendre de mon bureau, où j'écris ceci en ce moment, et de l'accompagner, car elle voulait aller consulter la sorcière du village, Johanna.

Je suis bien content qu'elle n'ait pas manifesté le désir que j'y aille tout seul. Je ne suis pas impressionné par l'espèce de moustache de Johanna, ni par ses favoris, et pas davantage par sa cahute, où règne une odeur fétide d'œufs pourris, mais ses brusques accès de rage me terrifient littéralement. Vous la voyez là, tout à fait normale et, la seconde d'après, elle vous foudroie du regard en poussant des hurlements.

« Demain est un jour funeste, a déclaré Johanna. Vous entendez, femme ! » a-t-elle aboyé sèchement.

Personne d'autre qu'elle n'oserait s'adresser à ma mère sur ce ton !

« Oui, a répondu celle-ci humblement.

— Vous allez donc faire ce que vous devez faire ce soir, avant minuit », lui a enjoint Johanna d'un ton sans réplique.

Elle a alors dit à ma mère de mélanger des feuilles séchées de bourse-à-pasteur avec du chèvrefeuille, et de réduire le tout en poudre.

« Vous mettrez cette poudre dans du vin rouge chaud, et vous ferez boire cette potion à Luc.

— C'est qu'il ne veut rien boire !... Ni de l'eau avec du miel dedans, ni de la bière blonde. Même mon lait, il refuse de le boire...

— Cette potion-ci, il la boira, a assuré Johanna. Ensuite, vous le déshabillerez, vous l'assiérez sur un tabouret percé d'un trou en son milieu, et vous draperez une étoffe autour de lui. Petit !

— Oui ? » ai-je fait, tandis que mon cœur faisait un grand bond dans ma poitrine.

Johanna m'a regardé d'un air farouche.

« Toi, tu feras ce que je vais te dire. Tu t'assureras bien que l'étoffe touche le sol. Tu allumeras alors un petit feu de charbon de bois exactement sous le trou dans le tabouret, pour que la chaleur pénètre dans l'enfant... Tu as bien compris ?

— Oui, Johanna.

— Mais non ! Tu ne comprends jamais rien ! »

« C'est une vraie harpie..., m'a dit ma mère dès que nous avons laissé derrière nous la cahute de Johanna, mais il y a des recettes qu'elle est seule à connaître !

— Je ne crois pas la moitié de ce qu'elle raconte !

— Elle m'a guérie de mon inflammation des mamelons...

— Tu disais, pourtant, que c'était saint Gérard qui t'avait guérie !

— ... et puis elle a aussi guéri les yeux de Nain, d'où du pus suintait.

— Tanwen aussi, elle en connaît, des recettes magiques !

— Oui, a acquiescé ma mère. Des sortilèges...

— Que veux-tu dire ?

— Rien, peu importe...

— Mère, ai-je alors commencé. Tu te rappelles que tu m'avais dit que tu parlerais à père...

— À quel sujet ?

— Au sujet de ses projets pour moi. Il a bien l'intention que je devienne écuyer, n'est-ce pas ? Il me laissera partir, bientôt ? Dis, il ne souhaite pas que je devienne prêtre, ni clerc, j'espère ? »

Une fois que nous sommes arrivés sur la passerelle qui permet de franchir les douves, ma mère a marqué un temps d'arrêt et, me posant les deux mains sur les épaules, elle m'a regardé droit dans les yeux.

« Arthur...

— Je ne veux devenir ni l'un ni l'autre, c'est impossible !

— Je parlerai à ton père, et je lui demanderai de te parler de tout ça. Mais pas ce soir... »

Puis elle s'est dirigée vers la grand-salle, et je l'y ai suivie.

45

DOULEURS

Johanna ne s'était pas trompée. Luc a effectivement avalé quelques gorgées du vin chaud auquel on avait ajouté de la bourse-à-pasteur et du chèvrefeuille, mais lorsque nous l'avons assis sur le trépied percé d'un trou au centre en le maintenant dessus bien droit et tout nu, et que nous avons ensuite allumé le feu de charbon de bois sous le tabouret, il s'est mis à hurler et a rejeté tout ce qu'il avait absorbé.

Un peu de la chaleur du feu a dû pénétrer dans son corps, et se diffuser partout. Mais ça non plus, ça ne lui a pas fait de bien. Le seul résultat, c'est qu'il s'est retrouvé avec le derrière tout rouge et tout irrité. Tanwen a donné à ma mère un pot d'onguent pour calmer les brûlures. La mixture dégage une odeur répugnante ; elle est faite avec de l'huile et des bousiers, et puis des têtes et des ailes de criquet. Lorsque ma mère a frictionné le derrière de Luc avec, il a poussé des cris horribles.

Mon coccyx a recommencé à me faire mal pendant que nous étions dans la cahute de Johanna, et la douleur n'a toujours pas disparu. C'est donc apparemment qu'il ne me fait pas mal uniquement quand j'ai des pensées condamnables, mais aussi lorsque je suis bouleversé ou que j'ai peur. Peut-être que je pourrais parler à Johanna de cette part diabolique de moi-même, au cas où elle aurait un remède pour ça. Mais je me dis que c'est trop risqué. Elle pourrait me dénoncer à mon père...

46

UNE CHANSONNETTE INJUSTE

Si votre bébé ne cesse pas un instant de gémir
Si sans arrêt il recommence à geindre et vagir,
Du vin et de la bourse-à-pasteur donnez-lui en potion,
Allumez un petit feu de bois sous son, sous son...
Prononcez une bénédiction ou une malédiction.
De Johanna suivez à la lettre les instructions.

Si votre bébé ne cesse pas un instant de pleurer
Et que vous ne savez plus à quel saint vous vouer,
Préparez-lui un onguent à base d'huile de poisson,
Ajoutez bousiers et ailes de criquet à cette lotion,
Puis faites chauffer cette mixture à gros bouillons.
Et après, dit Tanwen, enduisez-en le nourrisson.

S'il faut à votre bébé quelqu'un pour le veiller la nuit,
Prenez Sian. Vous ne pouvez trouver pis, non, pis
Que Sian, ma petite sœur, car c'est un vrai poison.
Toute la nuit elle voudra faire des batailles de polo-
chon.
Galipettes et contorsions, elle ne sait que faire le bouf-
fon.
Et voilà de Sian la bien curieuse médication.

Je sais que cette chansonnette en vers de mirliton est injuste – sauf ce que j'y dis de Sian, mais quelquefois il me vient comme ça une petite chanson en tête sans que je sache vraiment à quoi le début va me mener.

C'est un fait qu'il y a certaines herbes qui peuvent nous être bénéfiques, à condition de ne pas les cueillir le mauvais jour, parce qu'alors elles perdent leur pouvoir. Je sais aussi que Johanna et Tanwen connaissent plus de recettes de potions magiques que quiconque d'autre sur nos terres. Il est arrivé par le passé que Tanwen me donne un baume au citron qui fait tomber la fièvre, parce que ça fait transpirer beaucoup, et une fois elle a guéri mon mal de tête en me faisant prendre de l'herbe de la Saint-Jean.

Malgré tout, je crois que certaines de leurs recettes, à elle comme à Johanna, sont parfaitement inefficaces. D'ailleurs, c'est Tanwen elle-même qui me l'a dit.

« Tout ça, c'est du vent ! m'a-t-elle confié. Ça n'empêche qu'on en vend quand même à la grande foire de Ludlow. Les gens sont prêts à payer cher !

— Mais pourquoi ?

— Ils ont peur, j'imagine. Quand les gens tombent malades, ils prennent peur et, quand ils ont peur, ça les rend parfois complètement stupides. »

Lorsque Tanwen m'a dit cela, je me suis souvenu de ce que l'homme au capuchon avait dit au roi Uther après que le duc Gorlais et Ygerne avaient osé quitter le banquet qu'il donnait : « Oui, tout à fait stupides... Ou alors très audacieux. »

47

MON ARC NEUF

Mon arc tout neuf ! Il est superbe. Je sais qu'en principe je dois le laisser dans l'armurerie, avec la cotte de mailles de mon père, les épées pour s'entraîner, les fers de lance, et cetera, mais je l'ai apporté ici dans mon antre pour l'avoir sans cesse sous les yeux.

Will est venu l'apporter dans la grand-salle après le déjeuner, et en fait il est en bois d'orme, mais au début j'ai cru que c'était de l'if.

« Mais non, voyons, un arc en if, pas avant tes dix-sept ans, m'a dit mon père. Je te l'ai déjà dit. »

De toute façon, peu importe. Mon arc brille au soleil et à la lumière des bougies, et la verge me dépasse en hauteur de la longueur d'un doigt.

« Il va bientôt être aussi grand que son arc, a fait Will.

— Il a grandi de deux doigts en douze mois, a fait remarquer mon père.

— Je peux y mettre une corde ?

— Sans ça, je ne vois pas très bien à quoi il pourrait servir !... »

J'ai donc aussitôt fait un nœud coulant avec la corde de chanvre autour de l'encoche en corne du bas, puis j'ai posé l'arc debout sur le sol, appuyé contre mon cou-de-pied. Ensuite, j'ai empoigné fermement le milieu de la verge de bois, j'ai tendu le bras et attiré le haut de l'arc vers moi jusqu'au moment où j'ai réussi à faire passer la corde par-dessus. Délicatement, j'ai tendu la corde, qui s'est mise à vibrer après avoir émis un bruit de bouchon qui saute. Après, j'ai fait glisser ma main en douceur le long de la partie supérieure de la verge du côté le plus long, et je l'ai senti qui se courbait et se gonflait comme le ventre d'une femme enceinte.

« Je n'ai jamais rien vu de plus beau ! » me suis-je exclamé.

Will et mon père ont alors échangé un regard complice et ils se sont mis à rire tous les deux de mon enthousiasme.

« Avec cet arc, m'a dit mon père, tu pourras fournir une course d'un furlong. Assure-toi qu'il y a bien cette distance entre les buttes de tir.

— J'essaie tout de suite ?

— Attends un peu ! »

Il est allé dans la chambre et est revenu quelques secondes plus tard, portant un sac de lin de forme allongée.

« Tu vas avoir besoin de ceci... »

Il m'a donné le sac et, quand je l'ai ouvert, j'ai vu qu'il contenait les flèches les plus merveilleuses du monde. La hampe était taillée dans du bois de frêne de couleur claire, et les empennes étaient des plumes de paon moirées, vertes et bleues.

« D'où viennent-elles donc ? me suis-je écrié.

— Lord Stephen a un élevage de paons, et je lui ai donc demandé de bien vouloir me donner quelques plumes. »

Une par une, j'ai fait rouler chacune des flèches entre le pouce de ma main droite et mon index. Il y en avait dix en tout ! Chacune des empennes était attachée à l'âme de bois par un fil de soie rouge, et chacune des encoches était incrustée de minces bandes de corne. Les pointes étaient minces et très pointues et, là encore, je les ai pressées toutes, l'une après l'autre, contre la partie charnue de mon pouce. Lorsque j'ai fini par lever les yeux, mon père et Will étaient toujours là, debout, à m'observer.

« Est-ce que Will peut nous accompagner ? ai-je demandé à mon père.

— Allons d'abord jusqu'à la forêt. C'est bien cela, n'est-ce pas, Will ? »

Il a fait signe que oui de la tête.

« Pike Forest ? Pourquoi ?

— Le bois, il est v'nu de Pike, pas vrai ? m'a-t-il répondu. Quand on prend, on rend !

— N'importe quel archer ou arbalétrier te le dira, a renchéri mon père. Il ne faut jamais prendre sans donner en retour. Sinon, le bois se retournera contre toi ! »

Nous avons donc quitté la grand-salle tous les trois et, une fois le pont franchi, nous avons vu Oliver qui était occupé à ramasser des cailloux dans le lopin de terre rattaché à la cure.

« Venez donc avec nous à Pike ! » lui a lancé mon père.

Le prêtre a sifflé légèrement entre ses dents en levant les yeux vers le ciel. D'innombrables corneilles y volaient, tantôt s'élançant à la verticale, tantôt se laissant choir vertigineusement.

« Elles vont se rompre les os ! a fait Will. Sûrement qu'y a une tempête qui se prépare...

— À moins que... », a dit mon père, mais il a laissé sa phrase en suspens.

Nous avons gagné l'orée de la forêt. Nous n'avions plus sous les yeux que de l'humus, des racines enchevêtrées et du lierre. L'obscurité de la forêt s'étendait dans notre direction. Will a tiré une vieille flèche de son ceinturon et me l'a tendue.

« Donne-lui plutôt une des neuves ! a dit mon père. Mieux vaut ne pas défier le sort... »

Puis il a posé une main sur mon épaule.

« Attention ! Tu n'as pas d'épaulette. »

J'ai placé une flèche entre la verge et la corde de chanvre toute neuve, j'ai bandé l'arc en tendant la corde en arrière vers moi jusqu'à ce qu'elle soit en contact avec ma joue, et j'ai courbé légèrement le poignet pour que la corde ne vienne pas cingler violemment mon visage. Ceci fait, j'ai tiré la flèche vers le haut, et elle est allée s'enfoncer au cœur de Pike Forest.

« Voilà qui est fait ! a dit alors Will. Le bois a été rendu au bois. »

Me voilà donc désormais en possession de neuf flèches empennées de plumes de paon, et il se trouve justement que neuf, c'est mon chiffre.

« Bien ! Et maintenant, voyons de quoi tu seras capable sur la lice. »

Oliver a fait le signe de la croix au-dessus de mon arc et de moi-même.

« Que la paix soit avec toi ! *Pax tecum.* »

Et tout en s'éloignant, il nous a crié :

« Les pierres attendent leur maître ! »

Nous autres, mon père, Will et moi, lui avons emboîté le pas, et lorsque j'ai remercié Will d'avoir fabriqué mon arc, il s'est contenté de baisser la tête, gêné.

« Je sais bien qu'un bon arc ne suffit pas à faire un bon archer..., ai-je alors dit.

— Mais tu es déjà bon au tir à l'arc, m'a rassuré mon père.

— Et je sais aussi qu'un bon archer ne fait pas nécessairement un bon écuyer. Mais vous savez, père, avec mon arc tout neuf, je ferai des progrès aussi dans les autres disciplines de la lice !... »

48

◆

LE CŒUR GLACÉ

Lorsque j'ai sorti mon obsidienne de l'étoffe ce matin, elle était froide comme un morceau de glace. Je l'ai prise entre les paumes de mes mains jointes, et je l'ai frottée vigoureusement pendant un bon moment, mais rien n'y faisait, elle ne se réchauffait pas, et son éclat était comme terni.

Pourquoi refusait-elle de me montrer quoi que ce soit ? Quelle erreur ai-je commise ? Pourtant, je suis sûr que je l'ai enveloppée soigneusement, et que je l'ai tenue dans mes mains comme je le fais chaque fois, la face grumeleuse constellée de taches blanches pressée contre ma paume. À moins peut-être que le silence de ma pierre ne signifie quelque chose ?

Le cœur d'Ygerne est glacé. Son enfant lui a été

arraché, et je ne pense pas qu'elle le revoie un jour. Elle est tellement pétrifiée de chagrin qu'elle ne parvient pas même à verser de larmes.

49

LE BAPTÊME

Aujourd'hui encore, ma pierre avait cet aspect terni qu'ont par exemple les vieilles marmites de Slim. Je n'y discernais que ma silhouette, indistincte, je ne voyais ni mes yeux, ni mon nez, ni ma bouche. Mon écharpe enroulée autour de mon cou faisait paraître celui-ci aussi large que ma tête. Et en guise d'oreilles, je voyais les oreillettes de ma casquette en peau de lapin, qui faisaient saillie de chaque côté de mon visage. Si je n'avais pas su qui je suis, je ne me serais pas reconnu. En fait, je n'aurais même pas été certain que ce que je regardais était un être humain !

Durant un bon moment, j'ai tenu ainsi ma pierre entre mes mains jointes, comme hier, et lui ai communiqué la chaleur de mon sang. À cet instant, j'ai entendu des mots qui en émanaient. Ce devait être un prêtre qui parlait.

« Souvenez-vous des paroles de notre Seigneur, exhortait cette voix : "Demandez, et vous recevrez." Et il a dit aussi : "Cherchez, et vous trouverez. Frappez, et on vous ouvrira." Écoute notre prière, Seigneur. Fais que nous qui demandons puissions recevoir. Fais que nous qui cherchons puissions trouver. Ouvre la porte à ceux qui frappent. »

Au début, j'ai trouvé que la voix de ce prêtre ressemblait à celle d'Oliver. Mais peut-être est-ce tout simplement parce qu'il se plaît à répéter deux fois de rang la même chose, ou alors peut-être que les prêtres, quand ils disent des prières, se ressemblent tous. Au commencement, les mots semblaient venir de très loin, et j'avais beau continuer à tenter de réchauffer ma pierre, elle se refusait à me laisser voir quoi que ce fût.

« Seigneur, nous prions pour que ce bébé soit béni par l'eau des fonts baptismaux. Puisse-t-il être admis au royaume des cieux. »

Le prêtre tousse.

« Qui représente cet enfant ? demande-t-il.

— Moi », fait une voix très grave, que je reconnais aussitôt.

C'est l'homme au capuchon.

« Au nom de cet enfant, renonces-tu au diable, à ses pompes et à ses œuvres ?

— J'y renonce.

— Crois-tu à la Sainte Trinité ?

— Je crois.

— Seigneur, poursuit le prêtre, bénis cette eau. Qu'elle lave le péché. Que le vieil Adam présent en cet enfant meure et soit enterré. Que l'esprit vive et croisse en lui.

— Amen, répond l'homme au capuchon.

— Amen », reprennent en écho plusieurs voix.

Qui sont ces personnes ? Il doit s'agir de la mère adoptive et du père adoptif de ce bébé. De son frère aîné. De toute sa famille. Comme je voudrais arriver à les voir !

« Qui choisit le prénom de cet enfant ? demande le prêtre.

— C'est moi, dit encore l'homme au capuchon.

— Nomme-le ! » lui ordonne le prêtre.

Mais je n'arrive pas à saisir le prénom que l'homme donne à l'enfant à cause du bruit de l'eau qui gicle et des éclaboussures tandis que le prêtre plonge le bébé dans les fonts baptismaux, et puis le nourrisson hurle parce que l'eau – c'est le mois de novembre – est glaciale.

« Je te baptise au nom du Père et du Fils et du Saint-Esprit. Amen. »

50

MON NOM

Au déjeuner, mon père était d'excellente humeur, si bien que j'ai demandé la permission de parler.

« Qu'y a-t-il, Arthur ?

— Mon nom...

— Eh bien ?

— Qui l'a choisi ?

— Choisi ? Ton père, naturellement !

— Que signifie-t-il ?

— Comment ça, signifier ? Je ne sais pas.

— Parce qu'il y a des noms qui veulent dire quelque chose, ai-je insisté. Oliver m'a parlé des Rois mages. Il dit que Melchior signifie "roi de la lumière"...

— Et mon nom à moi, qu'est-ce qu'il veut dire ? a demandé Sian à son tour.

— Petite peste ! s'est écrié mon père. Qui t'a permis de parler ? »

Ma sœur a penché la tête sur le côté et elle l'a gratifié d'un large sourire édenté. Elle peut faire pis que pendre, elle s'en tire presque toujours à bon compte. Nain s'est tournée vers mon père.

« Ce garçon a raison ! Bien sûr que les noms ont une signification, vous le savez parfaitement. Toi, Helen, ton nom veut dire "celle qui est intelligente". C'est le Dragon, ton père, qui l'a choisi. Et John veut dire "celui qui est favorisé par la chance". Serle signifie "armure".

— C'est moi qui ai choisi ce prénom ! est intervenue ma mère.

— Quant à Tanwen, son nom veut dire "feu blanc", a continué Nain. Vous vous souvenez ?

— Et moi ? » a redemandé Sian.

À ce moment précis, Tempête et Orage se sont mis à aboyer, puis quelqu'un a tambouriné énergiquement à la porte. Mon père, Serle et moi nous sommes levés avec un bel ensemble.

« Qui est là ? a crié mon père.

— C'est moi, Thomas ! a répondu une voix étouffée. C'est Lady Alice qui m'envoie. »

Mon père a donc tiré le verrou, et Thomas s'est affalé de tout son long dans la pièce. On dirait vraiment une poule, avec son nez recourbé comme un bec et ses mouvements saccadés, et ce matin il avait l'air d'une poule toute trempée.

« Par les dents du diable ! s'est-il exclamé, en s'ébrouant énergiquement et en nous aspergeant tous de gouttes de pluie. J'ai jamais vu une pluie pareille ! Ça vous gèle, ça vous mord !

— Réchauffe-toi donc près de l'âtre, mon brave ! lui a proposé mon père. Tes vêtements ne vont pas tarder à sécher. »

Thomas nous a appris que sire William séjourne actuellement dans son manoir, en France, et qu'il ne sera probablement pas de retour d'ici Noël, mais Lady Alice, Tom et Grace souhaitent nous rendre visite, a-t-il ajouté.

« Parfait ! s'est exclamé jovialement mon père. Nous ne manquerons pas de sujets de conversation ! »

Il a donc été convenu que mes cousins arriveront dans dix jours et passeront trois nuits ici. J'en suis ravi. Je les aime beaucoup tous les deux et cela fait longtemps que je ne les ai pas vus, parce qu'au mois d'août ils étaient malades, et ils n'ont pas pu venir. Pendant leur séjour, je serai dispensé de mes leçons avec Oliver, et je pourrai me servir de mon arc tout neuf quand nous irons nous entraîner sur la lice. Et puis je vais enfin pouvoir montrer à Grace mon arbre secret, celui où je grimpe.

Serle est toujours plus gentil avec moi quand Tom et Grace viennent passer quelques jours chez nous, et quelquefois il nous fait tous rire. Il était très amical, et il a beaucoup ri, le soir d'Halloween, quand il est allé à la pêche aux pommes dans la bassine, et je n'ai pas oublié que ce jour-là il a sorti du coffre mes draps et mes couvertures, et ceux de Sian aussi mais, durant tout le mois d'octobre et aussi tout ce début de novembre, il s'est montré étrangement taciturne, et il lui arrive de se mettre en colère pour un oui pour un non. Je sais qu'il ne m'aime pas, mais on dirait qu'il n'aime vraiment personne, en fait.

Si je trouve un prétexte quelconque pour passer un moment en tête à tête avec Lady Alice, peut-être que j'arriverai à savoir si nos parents ont l'intention de nous fiancer, Grace et moi. Et puis aussi, je tiens à lui dire que j'ai gardé son secret, à propos de sire William, et je voudrais lui demander si elle-même en a parlé à quelqu'un d'autre que moi.

Je ne sais toujours pas ce que signifie mon nom, non plus. Le seul autre Arthur dont j'aie entendu parler est le prince de Bretagne, le fils de Geoffroi, le frère cadet de Richard Cœur de Lion.

« Geoffroi est mort voici treize ans de cela, m'a dit mon père, et il était plus jeune que le roi Richard, mais plus âgé que le roi Jean, ce qui fait que le jeune

Arthur pourrait légitimement prétendre au trône d'Angleterre, plutôt que son oncle Jean.

— Comment se fait-il, alors, que ce soit Jean le roi ?

— Il a usurpé la couronne... »

51

LE TERRIBLE HOOTER, ET PIS ENCORE...

La journée a été très mauvaise à cause de ce que Serle m'a dit – d'autant plus mauvaise qu'elle avait si bien commencé...

« Le froid pique, ce matin ! a annoncé mon père pendant que nous prenions notre petit déjeuner – un pain rond, du beurre et des harengs fumés. Aujourd'hui, nous allons commencer les comptes pour l'hiver, et Hum et moi n'allons pas chômer ! Mais toi, Serle, pourquoi n'irais-tu pas faire un tour à cheval avec Arthur ? Vous pourriez vous mettre en quête de Hooter.

— Qu'est-ce que c'est que ça, Hooter ? a demandé Sian.

— Hier matin, Will a dit à Hum qu'il l'avait

entendu qui se débattait dans ses chaînes avec un grand bruit de ferraille.

— Qu'est-ce que c'est, Hooter ? a répété Sian.

— Lorsque les Vikings ont débarqué en Angleterre, a répliqué mon père, ils ont amené Hooter avec eux. C'est un énorme chien noir. Il a de longs poils noirs, et il est plus grand qu'un loup – presque aussi grand qu'un poney, en fait. Ses yeux sont orangés. Le maître de Hooter est mort, il a été tué dans une bataille par les Anglais, à l'est de Hereford. Mais le chien, lui, est toujours vivant, et il cherche son maître en hurlant à la mort. »

Les yeux noirs de Sian étaient aussi grands et ronds que les fibules qui retiennent le bliaud[1] de ma mère.

« Joan a trouvé des empreintes..., a repris mon père.

— C'est quoi, des empreintes ? a fait Sian, curieuse.

— Des traces de pas. Tout le long des Headlands, entre Nine Elms et Great Oak. Hum est perplexe. Ce ne sont pas des traces de loup ni d'ours, et sûrement pas de sanglier non plus.

— Pourquoi est-ce qu'il faut que Serle et Arthur aillent à la recherche de Hooter ? a encore demandé Sian.

— Parce qu'il va venir manger nos poules et nos oies ! a répondu mon père. Peut-être même qu'il

_____

1. Longue tunique médiévale.

s'attaquera à nos moutons ! S'il est dans les parages, il faut absolument que nous le trouvions pour le tuer.

— Moi aussi, je veux aller à sa recherche !

— Ça suffit ! a répliqué mon père en faisant un geste brusque de la main, comme si les mots de Sian étaient de vulgaires mouches importunes. Si ça continue comme ça, jamais Serle et Arthur ne se mettront en route ! »

Jamais encore mon père n'a suggéré que nous pourrions aller chasser tous les deux, Serle et moi, sans un adulte pour nous accompagner. Je me sentais fier et un peu nerveux. Nous avons commencé par aller aux cuisines chercher des provisions. Slim était occupé à préparer le déjeuner de midi, mais Ruth a enveloppé plusieurs morceaux de mouton bouilli dans un torchon rêche et, dans un second torchon, elle a mis des gâteaux d'avoine. Elle a rempli deux bouteilles de bière blonde qu'elle est allée tirer à la barrique, elle a mis un bouchon dessus, et pour finir elle nous a donné à chacun une pomme et une poire.

J'aime beaucoup Ruth, et je pense qu'elle et Howell seront très heureux quand ils se marieront, l'année prochaine, parce qu'ils ont tous les deux un caractère tellement gai. Pourtant Tanwen, elle, ne les aime pas du tout. Elle m'a dit un jour que Ruth est une grande bouche, et qu'elle est incapable de garder des secrets.

À l'écurie, j'ai sellé Pip pendant que Serle sellait Gwinam, et nous avons mis nos vivres et la bière dans les sacoches accrochées à la selle. Serle a choisi une lance courte, et moi j'ai fixé à mon ceinturon mon carquois, avec mes flèches empennées de plumes de paon dedans, et j'ai mis mon arc tout neuf en bandoulière. Et nous nous sommes mis en route.

Nous nous sommes d'abord frayé un chemin dans les bois des Headlands, car nous voulions voir les empreintes de nos propres yeux. Elles étaient très grandes, et tournées vers l'extérieur ; elles ressemblaient plus à celles d'un ours qu'à celles de n'importe quel autre animal sauvage. Lorsque je suis descendu de cheval pour les examiner, j'ai senti un doigt glacé dans ma nuque, et ce n'était pas le doigt de Serle...

Le soleil n'avait pas encore fait fondre la gelée blanche tandis que nous poursuivions notre route, suivant le flanc de Pikeside pour gagner l'orée de la forêt. Nous chevauchions côte à côte, à très faible allure, à l'affût de signes quelconques. Tout autour de nous, dans la forêt, des oiseaux chantaient, des lapins détalaient en bondissant ; nous avons vu aussi un lièvre, et ce n'étaient partout que gloussements et froissements.

« C'est une bien étrange quête que celle-ci ! a déclaré Serle. On pourrait aussi bien chercher une des épingles à cheveux de maman dans une grange pleine de foin, ça pourrait durer comme ça éternellement ! Si au moins on avait emmené Orage et Tempête, peut-être qu'avec leur flair, ils auraient trouvé la piste de Hooter ! »

Mais quelle importance ? L'important, pour moi, c'était que nous étions là tous les deux à chevaucher de compagnie, et puis il y avait aussi le froid vif du matin. Serle, qui était tout à fait amical quand nous nous sommes mis en route, était de nouveau d'humeur maussade lorsque nous avons fait halte pour nous restaurer.

« Tu te rappelles ce qu'a dit Nain à propos des noms ? lui ai-je dit. De leur signification... Ce que signifie ton prénom à toi, Serle.

— Oui, et alors ?

— Je suis en train d'inventer une petite chanson sur maître lièvre :

Chat-du-bois, cerf-du-carré-de-choux-fleurs,
Tantôt tapi dans la haie, tantôt batifoleur,
Coi sur son derrière, soudain bondit et nous fait peur,
Moustaches frémissantes, petit nez renifleur...

— Les lièvres, ce sont des sorcières déguisées ! a fait Serle en m'interrompant.

— Je sais. Ça sera aussi dans ma chanson.

— Tu crois tout savoir, toi ! m'a-t-il lancé.

— Mais pas du tout !

— Mais si, c'est vrai !

— Plus je sais, et moins je sais.

— C'est censé vouloir dire quoi, ça ?

— Tout ce que je sais, c'est que je voudrais très

fort être comme toi ! Je voudrais être placé au service d'un châtelain. Je voudrais devenir écuyer !

— Ça montre bien que tu ne connais rien à rien, a rétorqué Serle, en enfournant une énorme bouchée de mouton.

— Qu'est-ce que tu veux dire ?

— Ce que je veux dire..., a-t-il commencé, mais il avait la bouche trop pleine pour pouvoir terminer sa phrase.

— Dis-moi, Serle, qu'est-ce que tu veux dire ? »

Il a mastiqué énergiquement la grosse bouchée de viande, et il a fini par réussir à l'avaler.

« Ce que je veux dire, c'est deux choses... Primo, tu n'es pas assez doué pour les exercices de la lice pour devenir un jour écuyer ou chevalier. C'est pas vrai, ça ? Tout ce pour quoi tu es doué, c'est le tir à l'arc !

— Mais je fais des progrès ! Je m'entraîne sans arrêt ! ai-je protesté.

— Un écuyer, ça se sert d'une épée ! a fait Serle d'un ton sans réplique. D'une épée et d'une lance, pas d'un arc et de flèches ! »

Sur quoi il a recommencé à s'empiffrer et à mâchonner sa viande avant de recracher un bout de nerf.

« Et la seconde chose, a-t-il déclaré, c'est que notre père n'a pas la moindre intention de te laisser devenir écuyer !

— Comment le sais-tu d'abord ? me suis-je écrié.

— C'est pourtant évident, non ? a fait Serle, un léger sourire sur les lèvres. Tu n'y as donc jamais réfléchi ? Un châtelain peut avoir deux fils, trois fils, dix fils, mais de toute façon il n'y a que l'aîné qui hérite du manoir...

— Mais...

— Réfléchis donc, Arthur ! Tout ce que tu peux espérer, au mieux, c'est une petite parcelle de terre, si je suis d'accord...

— Comment ça, si tu es d'accord ?

— Parce que, normalement, c'est à moi que tout reviendrait ! Tu veux donc réduire la taille du manoir de notre père ? Tu veux diviser les terres, c'est ça ?

— Mais...

— Hein, c'est ça que tu veux ?

— Mais non ! Non, jamais de la vie !

— Et comment veux-tu faire un beau mariage, si tu n'hérites pas de notre manoir ? Tu y as pensé, dis ? C'est tout bonnement impossible !

— Mais si, c'est possible !

— Mais non !...

— Mais Lady Alice a dit...

— Qu'est-ce qu'elle a dit ?

— Rien, peu importe...

— Tu es doué pour la lecture et l'écriture, Arthur, et tant mieux pour toi ! Tu n'as qu'à te faire moine, ou devenir prêtre, si tu veux !

— Sûrement pas !

— Ou pourquoi pas clerc, même ? Notre père a dit que tu ferais un bon clerc.

— Pourquoi me détestes-tu ? » lui ai-je demandé alors à mi-voix.

Nous sommes restés assis un certain temps sans rien dire. Tout autour de nous, les oiseaux chantaient et le soleil transperçait de ses lances la haute futaie.

« Tout le monde déteste les coucous, a fini par dire Serle, parce qu'ils pondent leurs œufs dans le nïd des autres oiseaux. Mais c'est moi l'aîné, et je suis plus fort que toi ! Je ne te laisserai pas me prendre ma place ! »

Sur ces mots, il s'est levé et a enfourché Gwinam et s'est éloigné au galop, me laissant avec Pip au beau milieu de Pike Forest.

Je suis resté longtemps assis là tout seul, et je me sentais tellement triste que cela m'aurait été bien égal que Hooter surgisse soudain du bois, en faisant ferrailler ses chaînes, et qu'il me dévore tout cru. De toute façon, je crois bien que Serle est plus redoutable que Hooter...

52

MA QUÊTE

Je me suis réveillé ce matin le cœur plein de tristesse à cause de cette conversation avec Serle, hier. J'avais le sentiment qu'une part de moi était morte, et que jamais plus je ne pourrais être heureux. Et puis j'ai commencé à me poser des questions. Est-ce vrai que mon père n'a aucune intention de me laisser devenir écuyer ? Pense-t-il que c'est de l'égoïsme de ma part, et que je veux affaiblir la puissance de son manoir ? Mais alors, si je ne deviens pas écuyer, est-ce que Grace et moi pourrons nous fiancer quand même un jour ? Et si mon père voulait que ce soit Serle qui l'épouse ?

Personne n'était encore éveillé. Je suis monté à

pas de loup en veillant à éviter les marches qui grincent. Dans la pénombre, je suis entré en trébuchant dans mon bureau. C'est une pièce nue et glaciale, je sais, mais je m'y sens chez moi. Je peux la réchauffer et la peupler de mes pensées et de mes sentiments, et aussi des histoires et des images que je vois dans mon obsidienne. Lorsque j'ai sorti le petit paquet de la fissure dans le mur, dans son étoffe safran, il s'est mis à briller dans la lueur de l'aurore. J'ai pris la pierre et je l'ai pressée tendrement sur mon cœur avec la paume de ma main droite. Je l'ai sentie qui devenait tiède, et alors j'ai regardé.

J'y vois un jeune garçon, seul. Il est à genoux devant une énorme pierre tombale, dans une clairière. Mais je ne vois pas qui c'est, parce qu'il a le dos tourné. Il reste ainsi un long moment agenouillé. Et alors je vois soudain l'inscription gravée sur la pierre tombale : « FRÈRE ».

J'entends un bruit de sabots, et deux chevaux arrivent au galop dans la clairière. L'un n'a pas de cavalier, l'autre est monté par un chevalier qui tient un écu noir orné d'une étoile jaune. Puis survient un second cavalier, lui aussi au galop. C'est l'homme au capuchon !

Le chevalier et l'homme au capuchon descendent tous deux de leur monture, et s'agenouillent de chaque côté du jeune garçon. Des tourterelles chantent leur mélodie rauque sur trois notes et des feuilles de couleur rouille tombent en tourbillonnant des chênes et des bouleaux.

« Comment t'appelles-tu ? demande le chevalier à l'adolescent.

— Arthur.

— C'est bien cela, dit le chevalier.

— Que signifie ce prénom ? le questionne le jeune garçon.

— Une chose et bien d'autres, répond l'homme au capuchon.

— Chacun de nous doit apprendre à assumer son nom avec le temps..., ajoute le chevalier.

— Quel est votre nom ? demande à son tour le jeune garçon au chevalier.

— Pellinore. Et je suis à la poursuite de la Bête-qui-hurle, répond celui-ci.

— La Bête-qui-hurle ?

— Cela fait maintenant dix ans que je l'ai aperçue pour la dernière fois, répond-il en poussant un soupir si profond que son torse se soulève. Cette créature a une tête de serpent et un corps de léopard, l'arrière-train d'un lion, et des sabots de cerf.

— C'est la créature la plus étrange qui existe en ce bas monde, commente l'homme au capuchon.

— Et le plus étrange, c'est le bruit que fait cet animal, ajoute le chevalier. Il n'est pas tellement grand, pas plus qu'un poney en fait mais, quand il hurle, on jurerait qu'il a dans le corps soixante chiens de meute qui donnent de la voix.

— Et pourquoi êtes-vous à sa poursuite ? demande encore Arthur à sire Pellinore.

— Parce que c'est ma quête.

— Qu'est-ce qu'une quête ?

— Un long périple, plein de mésaventures, de revers et de périls.

— Quelle est la destination de ce périple ?

— Ah ! soupire le chevalier. Voilà toute la question ! C'est cela que tu devras découvrir. Alors seulement tu pourras assumer le nom que tu portes.

— Chacun de nous a besoin d'une quête à poursuivre, ajoute son compagnon, et qui n'a pas de quête ne peut se trouver soi-même.

— Chacun de nous doit avoir un rêve qui illumine son passage en ce bas monde, dit encore sire Pellinore.

— Eh bien, Arthur, demande l'homme au capuchon de sa voix grave, quelle sera ta quête ? »

Alors les deux hommes prennent le jeune garçon chacun par un bras, et le relèvent. Ils s'inclinent devant lui, et lui confient les rênes du cheval sans cavalier. Puis ils enfourchent leur monture et s'éloignent dans les profondeurs de la forêt.

Arthur, demeuré seul, se retourne, très lentement, et alors je le reconnais...

Je suis Arthur ! Arthur-dans-la-pierre, c'est moi-même...

53

◆

FRÈRE

Mais comment se peut-il que je sois dans la pierre ?
Merlin m'a bien parlé un jour de magiciens capables
d'apparaître en deux endroits simultanément, mais il
ne peut s'agir de cela, car Arthur-dans-la-pierre et
moi, nous ne sommes pas véritablement la même personne, et puis je ne suis pas magicien.

En m'éveillant ce matin, j'ai tout de suite pensé à
Serle. Il est si injuste et si méchant avec moi... Je crois
bien que si je tombais malade et si je mourais, il serait
content. Est-ce donc pour cela que l'unique mot inscrit sur cette pierre tombale était « frère », en lettres
majuscules ?

Ou bien est-ce que ce mot y était gravé à cause de
Luc ? Il a perdu beaucoup de forces, et toutes les

potions de Johanna sont restées sans effet. Il se contente maintenant de miauler comme un petit chat, et je crois bien qu'il ne va pas tarder à mourir.

C'est extraordinaire, la façon dont ma pierre scintille d'étoiles crépitantes ! On dirait qu'elle est plus profonde que le lac qui se trouve au pied de Gibbet Hill ! Tout ce qu'elle montre, tout ce qu'elle dit, c'est vraiment extraordinaire ! C'est comme un univers dans mon univers.

54

ENTRE UNE RESPIRATION
ET UNE AUTRE RESPIRATION...

Je me suis brusquement mis sur mon séant.

Mon père était à genoux près de mon lit, et il tenait une chandelle dans chaque main.

« Luc se meurt, m'a-t-il dit à voix presque basse. Veux-tu aller réveiller Oliver ? Demande-lui de sonner le glas. »

J'ai enfilé prestement mon caleçon et mis mes chausses.

« Tu peux garder ta robe d'intérieur, a ajouté mon père. Ne remets pas la barre sur la porte quand tu reviendras, et va porter cette bougie dans notre chambre, à ta mère et à moi. Je vais aller réveiller Serle, Sian et Nain... »

Tout en traversant la terre rattachée à la cure d'Oliver, je voyais les étoiles – chacune aussi acérée qu'une épine de la couronne du Christ. Il a fallu que je frappe sept fois comme un sourd à la porte du prêtre, et le temps que j'arrive à le réveiller, j'avais réveillé aussi tous les chiens du village, et un certain nombre de chèvres en plus.

À mon retour, toute la famille – ma mère, mon père, Nain, Serle et Sian – était agenouillée autour du berceau, et chacun tenait une chandelle à la main. Sian caressait le front de Luc du bout de l'index de sa main droite.

« Petit frère, lui disait-elle. Ne meurs pas !

— Il meurt sans souffrances », l'a consolée Nain.

Ma mère a avalé péniblement sa salive et s'est penchée pour enfouir son visage contre le corps du petit Luc.

Nain avait raison. Luc ne se débattait pas, il ne gémissait pas. C'était simplement le battement du pouls de la vie qui était devenu à peine perceptible. Il a tendu simplement les deux bras en avant, les a levés et, entre une respiration et une autre respiration, il a cessé de vivre.

Nos chandelles brillaient dans la pénombre ; leur flamme ne vacillait même pas. Mais brusquement ma mère s'est convulsée et s'est mise à hurler, comme si une lance lui avait transpercé le corps. Elle s'est jetée de toutes ses forces contre mon père en arrachant des mèches de ses longs cheveux noirs.

« Arthur, m'a dit mon père, voile le miroir afin qu'il

ne puisse pas retenir Luc prisonnier. Là, sur le rebord de la fenêtre ! Et puis ouvre la porte de la grand-salle. Il faut qu'il puisse sortir sans encombre.

— Mon petit Luc chéri ! gémissait ma mère éplorée. Mon petit Luc ! Mon précieux trésor ! »

Mon père a tenté de l'attirer vers lui, mais elle s'est dégagée avec violence et s'est mise à se frapper la tête contre le sol en haletant de douleur.

« Mère ! a fait Serle d'une voix rauque. Mère, je t'en prie ! »

Les yeux de Sian, emplis de larmes, brillaient très fort.

« Pour moi, il n'est pas mort... », a-t-elle murmuré.

Nous sommes restés tous ensemble veiller le petit Luc toute la nuit. Lorsque l'aube s'est levée, mon père a envoyé Serle chez Brian et Macsen, qui habitent dans des chaumières non loin du manoir.

« Demande-leur de creuser la tombe. Ils savent à quel endroit... »

Ensuite ma mère et Nain ont fait la toilette mortuaire. La peau de Luc était d'un blanc bleuâtre, comme le lait après le second écrémage, et ses membres étaient déjà raidis. Je tenais sa main droite glacée entre les miennes, et j'avais envie de la serrer très fort, mais je n'ai pas osé, de peur qu'elle ne se brise.

Ma mère et Nain ont passé à Luc sa chemise de nuit neuve et des chaussettes de laine, et puis ma mère lui a mis sur la tête le bonnet bleu clair, couleur de bleuet, qu'elle avait acheté au colporteur. Après, elles l'ont enveloppé des pieds à la tête dans un linceul noir. Mais lorsque le moment est venu de l'emmener au cimetière, ma mère a refusé obstinément de s'en séparer.

« Non ! gémissait-elle. Il est à moi ! Ma vie ! Ma vie !

— Helen ! » l'a priée mon père, d'une voix douce mais ferme.

Et il s'est penché sur le berceau pour prendre Luc dans ses bras, mais ma mère s'agrippait à l'enfant avec l'énergie du désespoir, et je crois bien que mon père ne savait plus à quel saint se vouer.

C'est alors que Serle a entouré de ses bras ma mère et le petit Luc, et il est resté ainsi un long moment sans rien dire. Peu à peu, ma mère a perdu l'énergie qui l'animait et a réussi à dominer la violence de sa douleur. Elle s'est soudain affaissée, et il a fallu que Serle la relève. Puis elle a commencé à frissonner des pieds à la tête sans dire un mot et, doucement, mon père lui a enlevé Luc des bras.

Brian et Macsen avaient déjà creusé la tombe à côté des petits monticules de terre qui marquent l'endroit où nous avons enterré Marc l'an dernier, et Matthieu l'année d'avant.

« Le Seigneur est plein de miséricorde pour les enfants qu'Il enlève à cette terre, a dit solennellement Oliver. Ils sont vivants, mais ailleurs. Ce sont des anges au ciel. »

Ma mère a été de nouveau saisie de violents frissons, puis a éclaté en sanglots. Elle s'est penchée sur le petit Luc, enveloppé dans son linceul, qui reposait calmement dans les bras de mon père, et un flot de larmes chaudes a coulé sur lui.

« Un enfant, a ajouté le prêtre, est la chair de la chair de ses parents. Il est naturel que ceux-ci éprouvent de la peine lorsqu'il est ravi à leur affection. Mais il ne convient pas qu'ils le pleurent comme s'il n'existait pas une vie après la vie. Ceux qui pleurent la disparition d'un être cher font preuve d'une foi trop faible. »

Dès que mon père et Oliver ont descendu le corps de Luc dans sa minuscule tombe, Sian s'est avancée et a d'un geste preste laissé tomber quelque chose sur son corps.

« Qu'est-ce que tu as jeté ? a demandé mon père.

— Mes osselets...

— Pourquoi donc ?

— Peut-être qu'il en aura besoin ! »

Mon père a lancé un regard au prêtre, qui a haussé les épaules en signe de désapprobation, mais ce qui était fait était fait. On peut mettre des objets dans une tombe, mais il est interdit de voler aux morts ce qui leur appartient – même si ce n'est qu'un jeu d'osselets.

« Nous n'avions rien quand nous sommes venus au monde, a fait Oliver à Sian d'un ton fâché, et ce qui est certain, c'est que nous ne pouvons non plus rien emporter avec nous. Le Seigneur donne, et le Seigneur reprend. »

Se penchant alors, il a pris dans sa main une poignée de terre et nous a fait signe d'en faire autant.

« Nous remettons le corps de Luc à la terre, a-t-il dit en jetant la poignée de terre qu'il avait prise dans la tombe. Souviens-toi que tu es poussière, et que tu retourneras en poussière, s'est-il écrié, dans la certitude de la résurrection pour la vie éternelle. Heureux ceux qui meurent dans Notre Seigneur. »

Chacun de nous a alors jeté une poignée de terre à son tour sur le corps du petit Luc, et ensuite Brian et Macsen ont comblé la petite fosse avec de la terre meuble. Ils maniaient la pelle avec autant de douceur que moi ma plume.

« Arthur, c'est toi notre artisan en mots. Il faut que tu choisisses ceux qui seront gravés sur la pierre tombale de Luc. C'est bien ainsi que les choses doivent se passer, n'est-ce pas, Helen ? »

Ma mère s'est contentée d'incliner la tête en signe d'assentiment.

« Tu veux bien faire cela ? » m'a demandé alors mon père.

Je le ferai ; oui, je le ferai, pour Luc. Mais je ne veux pas que mon père me considère comme un artisan en mots, comme il dit. Je vais m'efforcer de lire moins bien et de moins bien réussir les exercices d'écriture qu'Oliver me donne à faire, et par contre je vais faire des progrès, des progrès extraordinaires, dans le domaine des exercices de la lice.

« C'est bien, ai-je entendu mon père dire pendant que je songeais à ceci, toi tu trouves les mots qui conviendront, Arthur, et je demanderai ensuite à Will de les graver. »

55

DES LIÈVRES ET DES ANGES

Serle a mal aux dents et l'haleine fétide. Il a une molaire abîmée, et Johanna affirme qu'il y a des vers dedans. La semaine dernière, elle a enduit la dent malade d'un baume fait de pétales de pervenche bleue broyés dans un mélange de miel et de vinaigre, mais le remède n'a pas agi. Après, elle lui a ordonné de se gargariser avec une gorgée de sa propre urine, puis de l'avaler, mais ça non plus ça n'a servi à rien. La douleur est encore plus forte aujourd'hui, et Serle passe son temps à gémir. Il pense qu'il faudra lui arracher la dent.

Ma mère raconte que, quand je faisais mes dents, quand j'étais petit, je m'agitais et hurlais tant qu'elle avait demandé à Johanna de trouver un remède.

Celle-ci lui avait dit de faire bouillir une cervelle de lièvre dans un peu d'eau, et de frictionner mes gencives avec cette mixture, et elle avait suivi la recette à la lettre.

Serle a raison : c'est vrai que les sorcières se changent en lièvres le jour. Hum prétend qu'elles viennent alors voler le lait des vaches, et que la mère de Wat avait vu un jour, alors qu'elle était enceinte, un lièvre entrer d'un bond dans la cuisine, et que c'est pour ça que Wat est né avec un bec-de-lièvre.

Mais ils peuvent aussi avoir des vertus bénéfiques, et pas seulement quand les bébés font leurs dents. Ma tante Alice, par exemple, jure ses grands dieux que la patte de lièvre qu'elle a toujours dans sa poche atténue les douleurs qu'elle a aux coudes, aux genoux et aux chevilles. Je veux mettre toutes ces histoires dans ma petite chanson sur les lièvres, et alors je pense que Serle l'appréciera.

Cet après-midi, Merlin est venu nous rendre une nouvelle visite au manoir. J'étais debout au milieu du gué, et j'essayais de trouver les mots qui conviendraient pour la tombe de Luc, lorsque je l'ai vu arriver ; il venait de l'est, et il montait Sorry, sa vieille haquenée. Il m'a aussitôt hélé :

« Ha ! ha ! Te voilà, Arthur des lieux intermédiaires !

— Où étiez-vous donc ? » lui ai-je crié à mon tour.

Je lui ai aussitôt dit ce qui était arrivé à Luc. Je lui ai tout raconté. Personne ne m'écoute comme lui. Il reste absolument immobile, et pose sur moi un regard paisible et affectueux. Il me donne le sentiment qu'il ne s'intéresse à personne et à rien au monde sauf à moi. Mais quand je lui ai rapporté les propos qu'Oliver a tenus à côté de la tombe de Luc, il a pris un air fâché.

« Les bébés ne deviennent pas des anges quand ils meurent ! s'est-il écrié. C'est contraire à ce que nous enseigne la sainte Église.

— Comment pouvez-vous le savoir ?

— Je me suis rendu à Oxford...

— À Oxford ! Pour quoi faire ?

— Je suis allé m'entretenir avec des clercs.

— Pourquoi ?

— Pourquoi s'entretient-on avec des clercs, en général ?

— Je ne sais pas..., ai-je répondu, hésitant.

— Eh bien alors, devine un peu !

— Pour apprendre leurs enseignements ?

— Et pour leur enseigner à apprendre, a répliqué Merlin avec un léger sourire. Quoi qu'il en soit, Oliver a tort. C'est un hérétique, et je ne manquerai pas de le lui dire.

— Mais alors, Luc ?... »

Merlin a posé longuement sur moi ses yeux bleus, sans ciller.

« Le temps, le lieu, la chair, la pensée, le sentiment, toutes ces choses sont nos amies mais aussi nos ennemies, m'a-t-il répondu. Luc leur a échappé. Il est en paix.

— Sian a dit que pour elle, il n'est pas mort, et qu'il ne le sera jamais.

— C'est vrai, a-t-il acquiescé, et cela c'est une autre forme de vie.

— Merlin, ai-je repris. Ma pierre !

— Et voilà une troisième forme de vie !...

— Je me suis vu dedans.

— Tu as vu ton reflet.

— Non ! Je me suis vu dans l'histoire qu'elle fait voir.

— Pas possible !... s'est-il exclamé d'un air plutôt satisfait.

— Qu'est-ce que cela signifie ? »

Merlin a fait une moue, la lèvre inférieure en avant.

« Je te l'ai déjà dit. La pierre n'est pas ce que je dis, moi, qu'elle est, mais ce que tu y vois, toi. »

— J'étais agenouillé au pied d'une pierre tombale, ai-je expliqué, et dessus il y avait un seul mot de gravé. "Frère", en lettres capitales.

— Frère..., a répété Merlin.

— Qu'est-ce que cela voulait dire ? Que Luc allait mourir ?

— Peut-être...

— Est-ce que ce mot me disait ce qui allait arriver ? Ou bien est-ce qu'il désignait Serle ? Était-ce parce qu'il me déteste et que je l'ai perdu, en tant que frère ?

« — Tu ne te souviens donc pas de ce que je t'ai dit, à propos des questions ?

— Quoi donc ?

— Qu'elles sont comme des coquilles de noix... qui renferment en elles leur propre réponse. Et si ta pierre essayait de te dire ce que tu as besoin de savoir, peu importe ce dont il s'agit...

— Je vois, ai-je fait lentement. Je crois que je vois. »

Sur quoi Merlin a tapé dans ses mains en regardant le ciel à l'aspect menaçant, et appelant sa jument, Sorry, il l'a enfourchée. Mais elle a refusé obstinément de bouger ne fût-ce qu'un de ses sabots. Il avait beau claquer de la langue, l'animal se contentait de hennir. Il lui enfonçait les talons dans les flancs, il lui assenait de bonnes claques sur la croupe, rien n'y faisait.

« Eh bien ma foi, a fait Merlin, résigné, cela ne me surprend guère. La distance qui sépare Tumber Hill d'Oxford n'est pas mince, et le chemin du retour est encore plus long ! Et, pour brillants qu'ils soient, tous ces clercs débitent tout de même force balivernes... Combien d'anges peuvent danser ensemble sur une tête d'épingle, hein ? Je te le demande !

— C'est de ce genre de questions que vous avez parlé ? me suis-je écrié, surpris.

— Oui, et puis nous avons aussi débattu de la question de savoir comment libérer une âme humaine prisonnière d'un miroir.

— Mais ça, c'est important !

— Et puis nous avons abordé d'autres sujets encore..., a poursuivi Merlin d'un air songeur.

— Lesquels ? Dites-le-moi, je vous prie.

— Est-il vrai que la religion chrétienne constitue un obstacle à une éducation parfaite ? »

Hochant d'abord la tête avec un air empreint de solennité, il l'a secouée ensuite en faisant un sourire jusqu'aux oreilles, comme un galopin malicieux.

« Ah oui, vraiment ! Tout compte fait, je préfère m'entretenir avec un clerc plutôt qu'avec quiconque ! s'est-il écrié avec conviction.

— Pourquoi ?

— Parce qu'il n'existe pas de plaisir plus grand que celui d'entrevoir la vérité... Et la vérité, c'est que la façon la plus lente de voyager, c'est de monter sur le dos de ce stupide cheval ! »

Il a alors mis pied à terre, et aussitôt Sorry a pris le chemin de l'écurie. Lâchant un juron, son maître s'est mis à son tour en route d'un pas pesant. Je les ai regardés jusqu'au moment où ils ont tous deux disparu de ma vue, puis je suis retourné barboter dans l'eau du gué, et je me suis remis à chercher tout en regardant l'eau les mots qui conviendraient pour Luc...

56

DE PLEINES MARMITES DE LARMES

Une troupe de petits enfants – des enfants et des bébés –, certains bien vêtus, d'autres en haillons, suivaient en courant un long chemin rectiligne. Ils couraient vers de gigantesques portes aux vantaux de fer, et je savais que ces portes étaient celles du paradis.

Tous les enfants, criant et riant, m'ont dépassé, à l'exception de trois d'entre eux, trois minuscules bébés, à la traîne loin derrière les autres. Ils n'arrivaient pas à courir, ils suivaient le sentier comme ils pouvaient, d'un pas mal assuré.

« Hé là, vous trois ! les ai-je interpellés. Pourquoi est-ce que vous ne pouvez pas courir comme les autres ? »

C'est alors que je les ai reconnus. C'étaient le petit

Luc, et puis Matthieu et Marc. Chacun a alors entrouvert sa cape pour me montrer une lourde marmite de métal pleine d'eau à ras bord.

« Ce sont les larmes de notre mère, m'a dit Luc.

— Les larmes qu'elle a versées pour nous, a précisé Marc.

— Leur poids nous empêche d'avancer », a dit enfin Matthieu.

Et mes trois petits frères, se détournant de moi, ont continué leur route en trébuchant, et je me suis dit que jamais ils n'arriveraient à atteindre les portes du paradis.

Voilà ce que j'ai rêvé.

57

LE ROI, MORT-VIVANT

La grand-salle du roi Uther...

Un chevalier et un écuyer sont à genoux près du lit du roi Uther, et ce dernier paraît beaucoup plus âgé que la dernière fois que je l'ai vu. Il a sous les yeux des cernes d'un brun jaunâtre, et il a l'air d'avoir beaucoup maigri ; sa peau maintenant trop grande flotte sur son corps. Le voici qui lève lentement les deux bras, comme s'il soulevait deux fers à repasser pesants.

« Moi, sire Ector, je vous jure allégeance, dit le chevalier, qui ressemble à mon père.

— Et moi, écuyer de sire Ector, Kaï, jure allégeance, dit à son tour l'écuyer, qui ressemble trait pour trait à Serle.

« — Tu es encore écuyer ? demande le roi.

— Oui, sire.

— Il est temps à présent que tu sois adoubé, déclare le roi. Et c'est votre seul fils ? » demande-t-il à mon père en le regardant.

Sire Ector et Kaï échangent un regard.

« J'en ai un autre, répond sire Ector, mais il est encore trop jeune.

— Quel âge a-t-il ?

— Il n'a que treize ans.

— Et puis il n'est pas encore expert dans les arts de la joute », précise Kaï.

Le roi se redresse sur ses oreillers.

« J'ai besoin de tous les adolescents de ce royaume, déclare-t-il. Vous savez comment m'appellent mes ennemis saxons ? Le roi mort-vivant. Oui, alors que ce sont Octa, Eosa et les traîtres qui leur obéissent qui me tuent, et non cette vieille maladie. Ils torturent mes hommes, violent mes femmes, réduisent mes enfants en esclavage ; ils mettent le feu à mes villages et à mes champs de blé. Ils détruisent le corps tout entier de mon pays.

— Vous pouvez compter sur notre soutien, répond sire Ector sans hausser la voix. Nous sommes des milliers.

— Et je prendrai la tête de cette armée, déclare Uther d'une voix rauque. Je vais demander à mon menuisier de me fabriquer une litière.

« — Ce n'est pas nécessaire, sire ! proteste mon père.

— On n'a rien sans rien..., réplique le roi Uther. Nous devons à tout prix combattre. Plutôt mourir d'une mort honorable que vivre dans le déshonneur ! »

Une petite fille aux cheveux aussi noirs que les miens s'approche alors du roi Uther.

« Père, lui dit-elle. Il est l'heure. »

Le roi acquiesce d'un signe de tête, et sire Ector et Kaï se lèvent et s'inclinent. Avant même qu'ils aient quitté la grand-salle, le vieux roi malade s'est assoupi.

58

LADY ALICE ET MON COCCYX

Lady Alice et mes cousins, Grace et Tom, viennent de nous quitter. Trois jours et trois nuits durant, le manoir de Caldicot a été empli de rires et d'animation, et il semble à présent bien silencieux.

La seule opportunité que j'aie eue de parler en tête à tête avec ma tante, c'est ce matin, à notre retour de l'église. Pendant que mon père allait aux écuries, accompagné de Grace et Tom, pour veiller à ce que les chevaux soient sellés comme il faut, j'ai demandé à ma tante si cela lui ferait plaisir de voir mon bureau.

« Tu as envie de me le montrer, et par conséquent j'ai envie de le voir ! » m'a-t-elle dit.

Comme le vent a soufflé sans arrêt du nord ces trois derniers jours, la pièce était très froide. Même son manteau rustique de chaume n'a pas réussi à retenir un peu de chaleur. Lorsque j'ai convié ma tante à s'asseoir sur mon petit banc, dans l'embrasure de la fenêtre, elle s'est emmitouflée dans son manteau orangé, puis elle a pris ma main droite entre les siennes.

« Comment peux-tu donc écrire, avec ce froid ? a-t-elle fait. Tes doigts ne deviennent pas tout bleus ?

— Quand je suis ici en haut, j'écris de la main gauche...

— Et cette main-là reste bien chaude, c'est ça, hein ? » a-t-elle dit en riant, et elle m'a pris la main gauche, cette fois.

Bien sûr, elle voulait seulement me taquiner, et pourtant je crois qu'elle disait vrai. Ma main droite est souvent glacée et raide alors que, même au plus fort des rigueurs de l'hiver, je n'ai presque jamais froid à la gauche.

J'ai songé un instant à faire voir mon obsidienne à Lady Alice mais lorsque Merlin me l'a donnée, il m'a averti qu'elle perdrait son pouvoir si je la montrais à quiconque, ou même si je mentionnais son existence. Mais je lui ai quand même montré quelque chose d'autre. Je n'en avais nullement l'intention, et je ne sais pas trop pourquoi je l'ai fait, sinon que c'est la seule personne adulte à qui je puisse confier un secret.

« Jurez-moi que vous ne direz rien à personne ! lui ai-je fait d'abord promettre.

— Je le jure, a répondu Lady Alice. Tu m'as juré

de garder mon secret, et moi je te jure de garder le tien.

— Même si c'est un secret terrible ? »

Ma tante a fait doucement oui de la tête.

« Parce que je crois que c'est quelque chose de terrible. En fait, j'en suis sûr !

— Parle, Arthur. »

J'ai regardé ma tante, avec ses boucles brunes qui s'échappent discrètement de sa guimpe, et ses yeux noisette très écartés, qui ne cillaient pas, et je me suis rendu compte alors que j'avais de la peine à respirer.

« Je vais vous montrer, ai-je fait d'une voix enrouée et, lui tournant le dos, j'ai relevé mon peliçon, j'ai rabattu mes chausses et j'ai montré mon coccyx à Lady Alice.

— Mon pauvre petit ! s'est écriée ma tante. Il faut que tu frictionnes ça avec un onguent ! »

Je lui ai alors raconté tout ce que j'ai entendu dire des êtres humains à qui il pousse une queue : ils sont pareils à des pommes pourries mises à mûrir au grenier et qui contaminent toutes celles qui se trouvent à côté, si bien que ces gens-là, il faut les exterminer en les jetant sur le bûcher ou en les noyant.

« Mais voyons, ça c'est un coccyx ! a rectifié ma tante. Ce n'est qu'un coccyx, ce n'est pas une queue ! »

Et elle a relevé mes chausses avec douceur et a rabattu mon peliçon.

« Vous en êtes sûre ?

— Ce sont des choses qui arrivent souvent. Peut-être que ta mère t'a laissé tomber, un jour, ou bien ta nourrice. À moins que tu n'aies fait une mauvaise chute. Tu n'es pas tombé sur la glace, ou bien d'un arbre ?

— Mais si ! D'un arbre !

— Eh bien nous y voilà ! Et tu t'es déplacé l'os du coccyx.

— Mais alors, pourquoi est-ce qu'il me fait mal, quand j'ai des pensées mauvaises ? Et c'est arrivé aussi quand le Vieux Nick est passé par là sur sa monture, le soir d'Halloween !

— Je crois que j'ai une explication. Certaines parties de notre corps réagissent plus rapidement que d'autres. Si ton coccyx a bougé, c'est qu'il est chez toi extrêmement sensible. C'est lui qui sent les choses en premier, et il les ressent en profondeur.

— Moi je croyais que c'était une queue qui me poussait... »

Ma tante a souri.

« Et mon secret à moi, tu n'en as parlé à personne ?

— Non, j'avais juré !

— Parce que sinon, cela causerait des catastrophes épouvantables. Tu le sais, n'est-ce pas ?

— Est-ce que sire William... enfin, je veux dire...

— Oh oui ! Sire William serait jugé et pendu haut et court... Et ce n'est pas tout ! Le roi disposerait à sa guise de notre manoir.

— N'ayez pas peur, je ne dirai jamais rien à personne.

— Ton respect des secrets m'est très précieux, a déclaré ma tante.

— Comme j'aimerais voir Grace et Tom plus souvent ! ai-je ajouté.

— Je connais tes désirs secrets. Tu voudrais être engagé comme écuyer. Et puis être fiancé... À Grace.

— Comment le savez-vous ? » me suis-je exclamé, stupéfait.

Ma tante a ramené les genoux contre sa poitrine avant de pivoter pour descendre de mon petit banc.

« Parce que tu n'en as pas parlé ! Et parce que tu as une mère et un père...

— C'est eux qui vous en ont parlé ? »

Lady Alice a tapoté sa cape orangée pour la défroisser.

« Allons, patience ! Tout ce qui vaut la peine vaut aussi la peine qu'on soit patient, non ? Peut-être te reverrai-je avant Noël, m'a-t-elle dit en souriant. Si sire William revient assez tôt, nous viendrons peut-être jusqu'ici à cheval, tous les deux.

— Pourquoi ?

— Parce que, a répondu ma tante, ton père et ta mère nous ont invités, tout simplement.

— Mais pourquoi ?

— Tu es encore pire que Tom ! s'est-elle écriée. Si je t'ouvrais en deux, je verrais que tout ton corps est bourré de questions ! »

Puis elle s'est approchée de moi et a posé un baiser sur ma joue gauche.

« Voilà ! Une fleur ! *Une fleur de souvenance*[1] !

— C'est quoi, une fleur de souvenance ?

— Il faut que tu apprennes le français pour me faire plaisir ! » a dit ma tante en me quittant.

Et voilà, maintenant ils ne sont plus là. La grand-salle est silencieuse et ce bureau où je me tiens très froid. Mais ma main gauche est toute tiède, et ma joue gauche encore brûlante.

---

1. En français dans le texte.

59

GRACE ET TOM

Ce que Grace a de plus charmant, ce sont sans doute ses épaules délicates, doucement incurvées, et ce qu'elle a de plus amusant, c'est son petit nez aplati. Mais ce que j'aime par-dessus tout chez elle, ce sont les lumières qui dansent dans ses yeux bleus, et la rapidité avec laquelle elle parle et bouge.

Lorsque je l'ai vue au mois de mai, je lui ai promis que je l'emmènerais tout en haut de Tumber Hill pour lui montrer où finit l'Angleterre et où commence le pays de Galles, et lui faire voir par où sont venus les monte-en-l'air qui ont voulu nous cambrioler l'an dernier, et puis aussi pour grimper avec elle à mon arbre favori. Et c'est bien ce que nous avons fait, mais pas comme je l'avais prévu.

L'après-midi du premier jour, Serle, Sian et moi avons escaladé Tumber Hill avec Tom et Grace, et les chiens, mais Serle n'était pas très loquace parce que Johanna lui avait arraché la dent cariée le matin, et que sa bouche le faisait encore souffrir. Il faisait froid et humide, si bien que quand Sian nous a demandé si nous voulions bien jouer à cache-cache, nous avons accepté, pour nous réchauffer.

Sian a été la première à se cacher, mais il ne nous a pas fallu grand temps pour la découvrir, à demi dissimulée seulement sous un tas de feuilles. Moi j'étais le dernier à me cacher et, pendant que les autres enfouissaient le visage dans leur houppelande pour ne pas voir et comptaient jusqu'à cent, j'ai couru entre les bouleaux jusqu'à la petite clairière verdoyante, juste sur l'autre versant de la colline, et j'ai grimpé lestement à mon arbre préféré. Il ne lui restait guère de feuilles qui m'auraient soustrait aux regards, mais le plus souvent, quand on cherche quelqu'un à cache-cache, on ne songe pas à regarder au-dessus de sa tête.

« Comment est-ce que tu as deviné ? ai-je demandé à Grace après l'avoir aidée à me rejoindre là-haut sur mon perchoir.

— J'y ai pensé tout de suite, a-t-elle répondu, encore hors d'haleine, parce que tu avais promis que tu me ferais voir ton arbre secret. »

Pendant que les trois autres nous cherchaient, avec les deux chiens qui galopaient de l'un à l'autre en aboyant comme des fous, nous avons parlé, Grace et moi. Elle m'a appris que Lady Alice, qui est en fait sa belle-mère, a commencé à lui apprendre le français, et moi de mon côté, je lui ai confié que j'allais m'arranger pour devenir moins bon en écriture et en lecture, au cas où mon père voudrait faire de moi un moine ou un clerc. Elle, elle m'a dit que Tom, lui, n'est pas du tout doué pour la lecture, et moi je lui ai parlé de la méchanceté de Serle, en omettant toutefois de mentionner ce qu'il m'a dit à propos de mon maigre héritage. Elle, elle m'a avoué qu'il lui arrive souvent de pleurer parce que ou bien son père est absent, ou bien il s'apprête à s'absenter, et moi à mon tour je lui ai révélé que je veux que mon père me place comme écuyer au service de quelqu'un, peut-être de sire William, mais je me suis gardé de préciser que cette perspective ne semble guère du goût de mon père.

« De toute façon, alors, je ne te verrais jamais, a fait Grace d'un ton plaintif, puisque mon père n'est jamais à la maison...

— Et qu'est-ce que ça lui fait, à ta belle-mère ?

— Eh bien, évidemment, elle doit se charger de toutes les tâches d'une châtelaine, et d'une bonne moitié de celles du châtelain, en plus. C'est elle qui tient les comptes et, cet automne, c'est elle aussi qui s'est chargée de toutes les tâches domestiques, plus curer les fossés, étendre le fumier, couper les roseaux et tout ça. Et alors, elle se sent très fatiguée, et elle pleure... »

Grace et moi sommes restés ainsi perchés dans mon arbre, à parler, parler sans fin, jusqu'au crépuscule, jusqu'à ce que nous sentions nos membres devenir aussi raides que les branches de l'arbre. Alors nous avons crié et appelé Tom, Sian et Serle, mais aucun des trois ne nous a répondu. Le silence régnait dans la clairière.

« Quelquefois, ai-je dit à Grace, on entend les esprits qui murmurent.

— Quels esprits ?

— Les voix des morts, dans les arbres. C'est du moins ce que raconte Nain.

— Tu pourrais graver le nom de Luc dans l'écorce de cet arbre, a suggéré Grace. Et alors il fera partie de l'arbre.

— Allez, viens ! On ferait mieux de descendre, maintenant ! »

Du sommet de la colline, je lui ai montré Pike Forest, mais au-delà il n'y avait qu'une obscurité grise, qui montait du sol et descendait du ciel. On ne voyait pas du tout les collines mauves ni les contours estompés des Black Mountains.

« Le pays de Galles n'est pas là, ai-je fait, et pourtant il est là...

— Il y a un mot pour ça, a répondu Grace en fronçant les sourcils.

— C'est un paradoxe, ai-je expliqué. Quelque chose qui semble se contredire soi-même.

— Toi, tu es un paradoxe ! a-t-elle répliqué en souriant, et elle m'a pris le bras un instant. Là sans y être, a-t-elle répété lentement. En ce cas, le pays de Galles, c'est une question de foi.

— Grace...

— Quoi ?

— Est-ce que tes parents vont te fiancer bientôt ?

— Je ne sais pas trop. Je crois qu'il en est question.

— Pas avec Serle ?

— Serle ! Sûrement pas ! Jamais je n'épouserai Serle, a répondu Grace avec une énergie farouche.

— Ça irait...

— Toi et moi, tu veux dire ?

— Oui.

— Je ne sais pas. Ce qu'il y a de sûr, c'est que tu n'es pas trop vieux pour moi !

— J'ai treize ans !

— Je sais, mais j'ai une cousine qui a été obligée de se marier avec un homme qui avait presque quarante ans et qui avait une haleine à tuer les mouches ! Ma mère avait douze ans quand ses parents l'ont fiancée, l'âge que j'ai, quoi, et sire William... et elle s'est interrompue un instant pour compter sur ses doigts... mon père, il avait quarante-quatre ans ! »

Les yeux de Grace lançaient des éclairs, et quand elle a secoué la tête, ses cheveux aussi ont lancé des éclairs et des étincelles.

« Le problème..., ai-je commencé.

— C'est quoi ? »

Je voulais lui rapporter les paroles de Serle, selon qui mon père n'a nullement l'intention de faire de moi un écuyer, et qui prétend en outre que, si je n'hérite pas d'un manoir, je ne pourrai sûrement pas faire un beau mariage – mais je n'ai pas osé, finalement.

« Allez, viens ! lui ai-je répété. La nuit commence à tomber. On va sûrement se faire gronder... »

Quand nous sommes arrivés au manoir, nous avons trouvé Serle, Tom et Sian assis tous les trois près de l'âtre ; la grand-salle était tout enfumée, et ils nous en voulaient de ne pas avoir crié plus tôt pour les appeler, et Serle a même dit qu'on avait gâché la partie.

« Ce n'est pas comme ça que ça s'est passé, Serle, lui a fait remarquer Grace. Nous on est restés cachés tant qu'il faisait assez jour pour que vous puissiez nous trouver. Mais vous, vous avez abandonné la partie et vous nous avez laissés geler dans notre coin ! »

Tout le temps du séjour de Tom et Grace, mon père m'a dispensé des leçons que je prends avec Oliver. Le lendemain de la partie de cache-cache, il a plu si fort toute la journée sans discontinuer que nous n'avons pas pu aller sur la lice, mais le matin du troisième jour, nous sommes sortis tout de suite après le déjeuner. Sian, elle, n'a pas eu le droit de venir, primo parce qu'elle a bavé exprès dans son assiette, et ensuite qu'elle a été très impolie avec ma mère, à qui elle a osé dire qu'elle ressemblait à un champignon vénéneux.

« Très bien, Sian, a fait mon père, en ce cas tu resteras ici toute la matinée à faire de la couture !... »

Ma sœur s'est mise à hurler, et ma mère et ma tante ont intercédé en sa faveur, mais il n'y a rien eu à faire.

« Il n'y a pas trente-six façons d'apprendre les choses, a décrété mon père, il n'y en a qu'une, et elle n'est pas toujours plaisante. »

Une fois sur la lice, c'est Serle qui a décidé le premier à quoi on allait s'entraîner, et il a choisi la quintaine, si bien que nous avons dû rebrousser chemin pour aller aux écuries. Moi j'ai sellé Pip pendant que Serle sellait Gwinam. Le cheval de Tom boitait, alors mon frère lui a proposé de lui prêter Gwinam quand ce serait son tour.

Lors de la première épreuve j'ai réussi à toucher le bouclier du bout de ma lance, mais le mannequin, ou plutôt le sac de sable, a pivoté si rapidement qu'il m'a heurté à toute volée le côté de la tête, et je suis tombé de cheval. Je n'ai pas participé aux deux épreuves suivantes parce que j'avais la tête qui tournait, alors Grace a décrété que j'étais troisième et dernier avec zéro point, et que Tom était second avec un point, alors qu'il n'a pas touché l'écu une seule fois. Et naturellement, c'est Serle qui a été déclaré vainqueur, avec deux points à son actif.

Lorsqu'est venu mon tour de choisir entre les divers exercices qui se pratiquent sur la lice, j'ai ouvert la bouche pour annoncer le tir à l'arc, et puis voilà que je me suis entendu dire l'épée.

« Tu choisis le combat à l'épée ? » a répété Serle, incrédule.

Le visage de Tom s'est lentement illuminé, il a souri jusqu'aux oreilles. Il sait que lui et moi sommes complices et que chacun fait tout ce qu'il peut pour l'autre. « Comme un frère », allais-je écrire...

« Tu es fou ou quoi ? m'a demandé Serle.

— Bien, prêt ! s'est écrié Tom, et, crachant dans la paume de sa main droite, il a dégainé son épée courte.

— Attendez ! a crié Grace. Mettez vos hauberts !

— Nos jaques, ai-je rectifié.

— Ici, les choses se décident à la pointe de l'épée, a observé Serle, avec un sourire de travers. Il ne s'agit plus de traits d'esprit ! »

Au début, Serle m'a battu ; après, Tom m'a battu aussi, comme toujours. Seulement, il a battu Serle aussi, par sept touches à quatre, et à un moment il a donné un coup d'épée qui a envoyé valser celle de mon frère.

Ainsi donc, après ces deux épreuves sur la lice, Serle et Tom se trouvaient à égalité avec trois points chacun, et moi je n'en avais encore aucun... C'était au tour de Tom de décider. Il s'est gratté la tête, a fait un large sourire, puis il a humecté son index droit avec sa salive, il l'a levé en l'air puis il a humé le vent, après quoi il a secoué la tête en soupirant.

« Allez, Tom, décide-toi ! » a fait Grace, impatiente.

Tom m'a fixé un instant de ses yeux bleus, encore plus lumineux que ceux de Grace parce qu'il n'y a pas de petites taches plus sombres sur l'iris.

« Je choisis le tir à l'arc !

— Le tir à l'arc ? Tu choisis le tir à l'arc ? a répété Serle. Ma parole, vous êtes fous à lier, tous les deux !

— Voilà qui est tout à fait chevaleresque, Tom ! » a approuvé Grace.

Son frère a baissé les yeux en grattant la terre du bout de sa botte droite.

« Chevaleresque ? Pas du tout ! a raillé Serle. C'est œil pour œil dent pour dent, plutôt ! »

J'ai prêté à Tom mon arc tout neuf et mes flèches empennées de plumes de paon, mais je l'ai battu sans mal quand même, et lui a battu Serle. Après la troisième épreuve, j'avais donc deux points, Tom menait avec quatre points, et Serle en avait trois.

Alors que nous étions tous les trois debout à l'extrémité du terrain où sont les buttes de tir, Gatty et son petit frère Dusty sont sortis de la porcherie, titubant sous le poids de deux sacs dégoulinants qu'ils portaient en travers du dos.

« Qui vous a donné la permission de prendre ça ? » a crié Serle.

En essayant de relever la tête pour regarder mon frère, Gatty a fait une embardée sur le côté.

« Arrête ! a-t-il crié de nouveau. Je te parle ! »

Lâchant son fardeau, elle s'est approchée de Serle. Sa joue droite et son cou étaient maculés de fumier. Dusty a laissé tomber son sac à son tour et il a emboîté le pas à Gatty.

« Qui vous a donné la permission de prendre ça ? a martelé Serle.

— J'sais pas..., a-t-elle répondu.

— C'est à nous, ce fumier ! C'est du vol ! »

Pour toute réponse, Gatty a fait non de la tête.

« C'est Hum qui a dit que vous pouviez prendre ça ?

— Oui, a-t-elle répondu.

— Tu ne pouvais pas le dire avant, non ? Eh bien, allez-y, disparaissez, alors ! »

Gatty m'a lancé un regard. Je sais qu'elle attendait que je dise quelque chose, mais non, je n'ai rien dit. Elle m'a regardé de nouveau et, quand elle s'est détournée, j'ai senti que tout mon sang me montait au visage. J'avais les joues en feu.

« C'est une amie d'Arthur... », a expliqué Serle à Grace et Tom.

Gatty, se courbant, a agrippé à deux mains le sac plein de fumier puis, d'un brusque mouvement d'épaule, l'a remis sur son dos. Mon cœur battait violemment dans ma poitrine.

« Il l'aide pour les travaux des champs, a ajouté Serle.

— Mais non, voyons ! s'est récriée Grace, et elle

m'a gratifié d'un sourire tout en mettant ses mains sur ses épaules graciles.

— Et puis aussi pour les travaux dans la cour de ferme..., a poursuivi mon frère.

— Arrête, Serle ! s'est exclamée Grace, quel taquin tu fais !

— Mais oui, il travaille aux champs et à la ferme, malgré l'interdiction formelle de notre père !

— Ce n'est pas vrai, n'est-ce pas ? m'a demandé Grace, les yeux écarquillés d'horreur.

— Et pourquoi faudrait-il que Gatty et Dusty – Gatty, Dusty, et puis Giles, Dutton, Brian, Macsen, Joan et tous ces gens-là exécutent toutes les tâches les plus basses ? ai-je enfin osé dire. Oui, c'est vrai ! Quelquefois, effectivement, je vais les aider. »

Tom avait les sourcils froncés. Il n'a pas fait de commentaire, mais je voyais bien qu'il se sentait mal à l'aise.

« Plus exactement, *j'allais* les aider, ai-je précisé.

— Mais maintenant, il a promis de ne plus aller faire de corvées de ce style aux champs, dans la porcherie ou à l'écurie, rien, quoi ! a ajouté Serle.

— Qu'est-ce que tu en sais ? me suis-je écrié.

— Mais ces tâches-là ne sont pas ton affaire, Arthur..., est intervenue Grace. Je ne comprends pas...

— Exactement ! a triomphé Serle.

— Peut-être que si, a repris mon frère, railleur. À

moins, en effet, que tu ne souhaites devenir intendant, comme Hum. Est-ce là ce que tu souhaites ?

— Tu ne comprends rien..., ai-je murmuré.

— C'est toi qui ne comprends rien ! a-t-il rétorqué. Ou alors tu comprends fort bien, mais tu préfères désobéir.

— Vous allez cesser de vous disputer, oui ? » a lancé Tom, qui avait l'air absolument furieux.

Serle m'a lancé un regard noir, que je lui ai rendu.

« En tout cas, a-t-il encore ajouté, vous avez pu voir quel ami fidèle il fait, Arthur ! Il n'a pas pipé mot ! Il n'a pas défendu Gatty. C'est dans le besoin qu'on reconnaît ses amis, n'est-ce pas ?

— Allez ! l'a pressé Tom. C'est à ton tour de choisir un exercice, Grace.

— Eh bien, ma foi, a-t-elle dit hésitante. J'allais choisir les jeux de mots...

— Ce n'est pas un art de la lice ! » a fait Serle.

Tom a secoué la tête, l'air navré.

« Qui a décrété qu'il n'y a que les arts de la lice qui doivent compter, dans cette compétition ? s'est entétée Grace.

— C'est pourtant le cas, a répliqué Serle.

— Et qui est le juge ?

— Toi, a-t-il répondu, cette fois sans hausser le ton.

— Et je décrète donc qu'on peut faire compter autre chose que les arts de la lice !

— Et si on s'entraînait à la lance ? a suggéré Tom. La dernière fois, on a fait ça !

— À quoi servent donc les exercices de la lice quand la courtoisie est absente ? a poursuivi Grace sans se démonter. Et puis d'ailleurs, il commence à pleuvoir, alors !... »

Dans la grand-salle, Sian faisait de la couture aux côtés de Nain, mais elle ne nous a pas plus tôt vus qu'elle s'est levée d'un bond, et Grace l'a serrée bien fort dans ses bras.

« Pauvre Sian, elle a été prisonnière toute la matinée !... s'est écriée ma cousine. Il faut qu'on fasse quelque chose pour la distraire un peu ! »

Grace nous a donc demandé de faire l'éloge de Sian en huit mots très exactement, un mot pour chacune des années de sa vie.

« Son éloge ? ai-je fait. On ne pourrait pas plutôt trouver des insultes ?

— Les insultes ne sont pas courtoises, a tranché ma cousine. Sian, si tu veux, tu seras juge avec moi.

— Sœur noire, sœur blanche, a commencé Serle, cheveux de jais, dents d'ivoire et vue perçante.

— Mais ça ne fait pas huit mots, ça ! a protesté Grace.

— Ça en fera huit quand j'aurai fait bouillir le tout ! s'est-il défendu.

— Et toi, Tom, à ton tour !

— Humm ! Que diriez-vous de ceci : Sian est la fille d'un champignon ?

341

— Sian est la fille d'un champignon... », a repris Grace d'un ton solennel, et nous nous sommes tous esclaffés à en avoir mal aux côtes, même Serle.

« Oui, mais ça ne fait que six mots, ai-je fait remarquer.

— Ce n'est pas difficile ! a braillé Tom. Sian est la fille vénéneuse d'un délicieux champignon !

— Et toi, Arthur, que nous proposes-tu ? a repris Grace.

— Vole, rossignol ! Fée ailée ! Cendrillon, papillon ! Rimailleuse escaladeuse !

— Qu'est-ce que tu en penses ? a-t-elle demandé à Sian.

— C'est ça qui me plaît le plus !

— À moi aussi.

— Et après, c'est ce qu'il a dit, Serle ! » à décrété Sian.

Ainsi, au terme de la quatrième et dernière épreuve, j'avais marqué quatre points, Serle quatre, et Tom aussi. Mon frère était le seul à être dépité.

Lorsque nous nous sommes rendus à l'église pour tierce, Grace m'a poussé du coude et m'a soufflé :

« Essaie de voir ce qu'il en est !

— De quoi donc ?

— De nos fiançailles !

— D'accord mais tu sais, mon père ne me dit jamais rien... »

Des petites lumières dansaient dans les yeux de Grace.

« Nous avons rarement l'occasion de nous voir, a-t-elle murmuré, mais ça ne nous empêche pas d'être comme le pays de Galles, l'un pour l'autre...

— Qu'est-ce que tu veux dire ?

— Une simple question de foi... »

60

♦

LE CINQUIÈME ENFANT

Nous ne sommes pas seulement faits d'argile, nous sommes aussi esprit.

Une fois cela dit, qu'est-ce qui importe le plus ? Mon prénom ? Le nom de ma famille ? L'amour que j'ai toujours eu pour ma famille et celui qu'ils ont toujours eu pour moi ? L'intérêt que je porte aux autres, à tous ceux qui vivent sur les terres de ce manoir ? Ou encore ma loyauté envers le roi ? Le fait que je sois anglais et sincère ?

Je pense sans cesse aux mots qu'il me faut choisir pour la tombe du petit Luc, et il y a tant à dire, ou si peu... Il me semble que ces mots doivent être courts et simples, car c'est ainsi qu'a été la vie de Luc. Il n'a vécu que dix mois...

CI-GÎT

LE PETIT LUC

CINQUIÈME ENFANT

DE SIRE JOHN ET

LADY HELEN

DE CALDICOT

NÉ ET MORT EN 1199

IL FUT MON FRÈRE

Est-ce que cela va ? Plus il me vient en tête de mots possibles, et plus c'est difficile de décider.

61

◆

LE FAUCON

Ma pierre était tout à l'heure semblable à la face cachée de la lune. Pourtant je n'avais pas envie de la remettre dans son étoffe et de la dissimuler dans la fente du mur, et je pense qu'elle a entendu mes prières silencieuses.

Je me suis vu, Arthur-dans-la-pierre, vêtu d'une cotte de mailles, coiffé d'un heaume, comme si j'étais un chevalier, et mon destrier portait un caparaçon qui descendait jusqu'à terre et une têtière verte, percée de deux fentes pour les yeux, et dont dépassaient ses longues oreilles.

J'ai tout d'abord cru que c'était Pike Forest que je voyais mais ensuite, j'ai discerné un château entre les arbres. Et alors qu'Arthur-dans-la-pierre s'approchait du pont-levis, deux cloches ont sonné. L'une avait un son qui me rappelait celui de notre église, un son grave et doux ; quant à l'autre, on eût dit un petit oiseau inquiet donnant l'alarme.

Un faucon prend son essor au-dessus de la cour du château, sa longue laisse traînant derrière lui, et on entend tinter ses clochettes. Il gagne le faîte d'un orme, et voilà que sa laisse se prend dans une branche. Le faucon tente de se dégager, il monte, redescend, tourne, toujours attaché à la lanière de cuir, et finit par se trouver littéralement ficelé à l'arbre.

Voici qu'une châtelaine sort du corps de garde et s'engage sur le pont qui enjambe les douves. Elle porte une cape de couleur orangée. C'est Lady Alice.

« Seigneur ! fait-elle, interpellant Arthur. Auriez-vous vu mon faucon ?

— Il est là-haut ! répond Arthur-dans-la-pierre, désignant la cime de l'arbre.

— Je l'avais au poing, j'étais en train de lui donner à manger, et voilà que sa longe a glissé de mon poignet. C'est notre unique faucon, c'est une femelle, elle est dressée pour attraper des hérons. Elle dort dans notre chambre... Qui que vous soyez, aidez-moi, je vous en prie ! me demande Lady Alice, qui me regarde d'un air apeuré.

— Je vais essayer, lui répond Arthur-dans-la-pierre, mais je ne suis pas très doué pour grimper aux arbres !... »

Je mets pied à terre et attache mon cheval à l'orme. Puis je défais la boucle de mon heaume, et Lady Alice m'aide à me préparer. Elle défait aussi la boucle de ma large ceinture et celle de mes deux baudriers, et dépose mon épée par terre. Puis elle dénoue les lacets des poignets de ma cotte de mailles, et m'aide à la passer par-dessus la tête.

« C'est que mon mari est si irritable..., s'excuse-t-elle. La perte de notre faucon serait aussi ma propre perte. Mon époux me tuerait ! »

Elle se baisse pour desserrer les courroies de mes jambières en mailles d'acier, puis elle agrippe l'ourlet de mon pourpoint matelassé entre ses mains menues.

« Levez les bras », dit-elle en faisant passer ledit pourpoint par-dessus ma tête.

Arthur-dans-la-pierre, à présent vêtu seulement de sa chemise de toile et de ses braies, empoigne la branche la plus basse et entreprend de grimper au grand orme. Et allons-y ! Il passe sans encombre du tronc à une branche maîtresse, et de celle-ci à la ramure.

Le faucon me contemple fixement de son perchoir, et moi, plus bas, je lui rends son regard. Plus près, plus près... Puis soudain je tends le bras et capture l'animal. Je tire alors sur une branche morte que je casse et y attache la longe du rapace, après quoi je laisse tomber le tout. La branche choit sur le sol, et l'oiseau de proie suit par force en battant des ailes.

Aussitôt un châtelain d'un âge avancé sort comme un fou furieux du corps de garde et, traversant le pont à grandes enjambées, il vient jusqu'à moi, au pied de l'orme.

« Je t'attendais, toi ! hurle-t-il. Descends, que je te fasse passer de vie à trépas !

— Vous ne pouvez tout de même pas occire un malheureux jeune homme sans défense ! » s'écrie Arthur-dans-la-pierre.

Sire William répond avec un rire caustique :

« Tu ne serais pas le premier !

— Donnez-moi mon épée ! Suspendez-la à la branche la plus basse !

— Descends de là, poltron ! » rugit sire William.

Je suis pour lors en équilibre sur une branche qui n'a plus de feuilles. C'est une branche morte... Absolument morte. Je me glisse tout d'abord sur celle qui se trouve juste au-dessous. Je tire d'un coup sec sur la branche morte, donne encore une bonne

350

secousse… et la voilà qui se brise net. Aussitôt je descends de l'arbre cette arme de fortune dans la main.

Les yeux de sire William sont rougis, ses sourcils broussailleux sont tout blancs, mais il est sec et encore très vigoureux. Arthur-dans-la-pierre, empoignant alors la branche morte à deux mains, se laisse tomber de l'arbre d'un bond en poussant un terrible hurlement.

Sire William y répond par un rugissement. Brandissant son épée, il tente de m'en assener un coup magistral, mais je parviens à détourner la lame avec ma branche d'orme, et au moment où sire William, déséquilibré, recule d'un pas, je fais appel à toutes les réserves de force de mes bras et de mes avant-bras pour tenter de l'atteindre en faisant un grand moulinet.

La branche heurte mon adversaire à la tempe et l'estourbit proprement. Je m'élance sur lui, qui gît sur le sol, je lui immobilise le poignet en le tordant et, au moment où sa main relâche sa prise, je m'empare prestement de son épée. Puis, alors qu'il tend le bras en s'efforçant de se relever, je brandis l'épée rutilante et tranche net la tête de sire William.

« Mon époux ! s'écrie Lady Alice, poussant un cri strident. Pourquoi l'avez-vous tué ?

— Il est mort, victime de sa propre traîtrise…, réplique Arthur-dans-la-pierre.

— Et sa traîtrise m'a blessée », murmure tout bas Lady Alice.

Deux cloches résonnent dans l'enceinte du château : l'une paisible, l'autre inquiète. Je sais parfaitement que les hommes de sire William peuvent surgir du corps de garde à tout moment. Je rajuste mes chausses et enfile mon pourpoint matelassé, puis ma cotte de mailles, et enfin je remets mon heaume. Lady Alice m'observe sans mot dire, puis elle s'étend aux côtés du corps de son époux, et sa grande cape orange les recouvre tous deux, telle l'aile d'un phénix. Son faucon se tient patiemment à ses côtés et fixe sur moi un regard courroucé.

Arthur-dans-la-pierre détache son cheval, l'enfourche et, tandis qu'il s'éloigne dans les profondeurs de la forêt de sa vie, toutes les images et tous les sons se retirent aussi dans les profondeurs de ma pierre.

Et voici que mon obsidienne ressemble de nouveau à la face cachée de la lune.

Que signifiaient toutes ces choses que j'y ai vues ? Pour quelle raison sire William voulait-il me tuer ? Et le caractère irascible de son époux mettait-il vraiment Lady Alice en danger ? Selon Merlin, nos questions renferment en elles-mêmes la réponse. Qu'est-ce donc, cela qu'il me faut découvrir ?

62

◆

UNE FÂCHEUSE MÉSAVENTURE

Sian est un vrai garçon manqué, et ça lui joue parfois de fort vilains tours.

Pendant le déjeuner de midi, ma mère lui a demandé de venir ensuite l'aider à faire du savon, parce que Dutton a tué trois moutons hier.

« Les moutons de Dutton !..., a chantonné Sian.

— Et quand nous aurons terminé, a ajouté ma mère, nous ajouterons du romarin et de la lavande pour le parfumer. Et après, il sera grand temps que Tanwen te lave les cheveux. Cela fait tout un mois qu'ils n'ont pas été lavés ! »

Sian s'est contentée de répondre à ma mère par un large sourire, mais dès que nous avons été autorisés à quitter la table, elle a traversé la grand-salle en gambadant et a ouvert tout grands les vantaux de la porte.

« Viens ici, veux-tu ! » lui a crié mon père, mais elle a fait la sourde oreille.

Nous avons échangé un regard entendu, Serle et moi. Si nous désobéissions comme ça, ni lui ni moi n'échapperions aux conséquences !

« Quelle petite…, s'est écrié mon père.

— Et en plus, elle n'a même pas mis son manteau ! a soupiré ma mère. Arthur, va la chercher, s'il te plaît !

— Je vais la ramener par la peau du cou !

— Et mets ton manteau !

— Oui, ta mère a raison ! a acquiescé mon père. Le temps est glacial, ce matin encore. »

Une fois dehors, j'ai crié plusieurs fois le nom de Sian, mais peine perdue. Elle n'était pas sur le pont, et elle n'était pas non plus en train de s'amuser à grimper à l'échelle, sur le parcours de la lice ; je suis donc allé voir si elle n'était pas dans l'écurie. Elle n'y était pas davantage, mais Gatty était là. Elle aidait son père à enlever le fumier mais quand elle m'a vu, elle a baissé les yeux et a donné un grand coup de balai dans l'infâme liquide, si bien que ça a giclé partout en éclaboussant le mur de l'écurie.

« Fais attention à ce que tu fais ! l'a gourmandée Jankin. Parce que sans ça, Hum me fera nettoyer les murs, en plus ! »

Gatty n'a rien répondu, mais j'ai compris qu'elle

avait agi de la sorte parce qu'elle était contrariée de me voir là. J'aurais dû prendre sa défense le jour où Serle s'en est pris à elle, sur la lice. Et puis je me suis dit aussi qu'elle était bien jolie, avec ses boucles blondes en désordre et ses joues vermeilles constellées de taches de rousseur et de fumier.

« Il aura qu'à nettoyer tout seul !... a-t-elle répliqué, en faisant gicler le fumier de plus belle.

— Vous n'avez pas vu Sian ?

— Non, a répondu Jankin.

— Quelle petite peste ! Je ne la trouve nulle part. »

Je suis allé ensuite en courant voir derrière le manoir. Elle n'était pas non plus dans la bergerie, ni dans le bosquet, ni dans le carré de simples. C'est alors que j'ai entendu un craquement sonore, puis un cri aigu qui venait de la direction du bassin aux poissons.

« Sian ! » ai-je crié de toutes mes forces.

Et j'ai gagné le bord du bassin de toute la vitesse de mes jambes en contournant la haie. Elle était au moins à dix pas du bord, et elle avait passé à travers la glace... Elle avait de l'eau jusqu'aux épaules, et elle s'agrippait tant bien que mal au rebord en zigzag de la mince couche de glace ; ses doigts étaient tout blancs.

« Arthur ! a-t-elle hurlé.

— Ne bouge pas ! ai-je hurlé à mon tour. Surtout n'essaie pas d'avancer !

— Au secours !

— J'arrive ! »

Je me suis approché du bassin, puis je me suis allongé à plat ventre sur la glace, et j'ai commencé à avancer, moitié glissant, moitié me tirant à la force des bras. J'ai regardé sous moi, à travers la pellicule de glace, jusque dans les profondeurs sombres qui attendaient de me happer ; j'ai vu les formes plus sombres encore des carpes et des truites qui se mouvaient silencieusement et voilà que, lorsque j'ai levé les yeux, Gatty était là ! Elle contournait en courant le bassin. Et une fois arrivée là, elle s'est mise à son tour à plat ventre sur la glace, et a commencé à ramper. Les hurlements de Sian ne cessaient pas. C'est Gatty qui est arrivée jusqu'à elle la première. Elle l'a empoignée par le bras.

« Calme-toi ! » a-t-elle dit d'un ton sans réplique.

Lorsque j'ai essayé d'attraper l'autre bras de Sian, une partie de la glace, autour du trou d'eau, s'est brisée, puis sous moi aussi la glace a cédé, et j'ai dû reculer prestement. Sian a recommencé à hurler de plus belle.

Lorsque j'ai tendu le bras vers elle une nouvelle fois, j'ai entendu la glace qui gémissait et pliait sous mon poids.

« Allez, vas-y ! Soulève-toi, Sian ! »

Elle a agrippé l'épaule de Gatty, puis mes cheveux. Elle faisait des efforts désespérés, elle geignait et voilà que, tout d'un coup, elle s'est glissée hors de l'eau, à plat ventre, toute dégoulinante, pleine de vase, en poussant de petits gémissements, comme si en quelque sorte elle s'était donné naissance à elle-même. Elle avait émergé des ténèbres dans la lumière, et nous étions, Gatty et moi, les sages-femmes, tandis que nous la hissions sur la glace qui s'incurvait sous notre poids.

Puis Gatty s'est de nouveau allongée sur la glace, et nous avons commencé à ramener Sian jusqu'à la berge.

« Mais comment as-tu deviné ? ai-je demandé à Gatty.

— Eh ben, j'ai trouvé, c'est tout ! a-t-elle répondu, hors d'haleine.

— Sans nous, elle se serait noyée ! »

Une fois sur le bord, Gatty a passé le bras gauche autour des épaules de Sian, moi je lui ai passé le bras droit autour de la taille et, à nous deux, nous l'avons ramenée, moitié marchant, moitié la tirant, jusqu'à la porte du manoir.

Ma mère n'avait sûrement pas pu nous entendre, et pourtant elle a deviné que nous arrivions, et elle est venue nous accueillir sur le seuil.

« Elle est passée à travers la glace ! lui ai-je annoncé.

— Vite, fais-la entrer !

— C'est Gatty qui lui a sauvé la vie !

— Vite ! Entre donc, Gatty !

— Y a pas d'mal ! a fait celle-ci en retirant le bras dont elle entourait les épaules de Sian.

— Sian ! l'a grondée ma mère, très fâchée. Vilain garçon manqué, petite sauvage que tu es !

— C'est Gatty qui l'a sauvée !... » ai-je répété.

Les boucles de Gatty étaient constellées de paillettes d'argent, sa lèvre inférieure saignait, et ses yeux vert d'eau étaient inondés de larmes.

63

LES BAIES DU DIABLE

Le roi Uther disait que ses ennemis saxons l'appelaient « le roi mort-vivant ». Et pourtant, il les a vaincus sur le champ de bataille, et leurs chefs Octa et Eosta ont trouvé la mort.

Dans ma pierre, j'ai vu quatre des rescapés saxons assis autour du feu dans une clairière. Un homme se lève, et je vois qu'il a eu le bras gauche tranché au niveau du coude.

« Bon débarras ! grommelle-t-il.

— Que le diable les emporte ! sacre un second, dont le front est barré d'une cicatrice en plein milieu.

— Et s'ils avaient été vainqueurs ? demande le troisième. Ils ne pouvaient pas se voir, ces deux-là !

— Octa aurait tranché la gorge à Eosta.

— Ou alors, c'est Eosta qui aurait poignardé Octa !

— *Nil de mortuis...* conclut, railleur, l'homme à la balafre.

— À ta santé ! réplique l'amputé.

— Ne jette pas d'ordures sur les morts, c'est ce que ça signifie, ces mots, reprend le balafré.

— Et que faisons-nous maintenant ? demande le troisième. Voilà la question... »

Près du feu, il y a un tas de toile à sac. Et voici que le tas en question commence à s'agiter, puis à émettre des grognements, et le quatrième rescapé se dresse sur son séant. Il a sur la poitrine une grosse broche d'or.

« Uther ne vivra pas longtemps, fait-il. Ses jours sont comptés.

— Comment ça, Walter ? lui demande le troisième.

— Il a gagné la bataille, oui ou non ? s'étonne le balafré.

— La bataille oui, mais pas la guerre ! réplique le dénommé Walter. Uther est vieux et malade. Son corps est affaibli, et la faiblesse sème des dents de dragon...

— Ça veut dire quoi ? demande l'amputé.

— Il suffit de planter un ennemi pour qu'aussitôt en surgissent cent, répond sentencieusement Walter. C'est fini, pour Uther, quoi qu'il arrive.

« — Surtout qu'il n'a pas de fils ! renchérit le troisième.

— Non, rien que sa fille.

— Comment s'appelle-t-elle ?

— Anna. »

L'homme balafré touche sa cicatrice, l'amputé bâille bruyamment. Une brindille fleurit dans le feu, pétales orange vif, puis se fane.

« Ses partisans sont prêts à s'entre-tuer, déclare le second. Ils convoitent tous la couronne.

— Bon, eh bien, on va leur donner un coup de main, d'accord ? propose Walter avec un large sourire réjoui.

— Comment ça ? » demande le troisième, perplexe.

Walter fouille dans la toile à sac, en extirpe une gourde de cuir, et avale une lampée du breuvage qu'elle contient.

« Beurk ! s'exclame-t-il. Un vrai tord-boyaux ! » Puis il regarde ses trois compagnons en plissant les yeux d'un air rusé.

« Eh bien ! On va dire à sept de nos hommes de se déguiser en mendiants...

— Ça, ça s'ra pas très difficile ! ironise l'un des autres.

— ... et de suivre Uther quand il retournera à Saint Albans, et de fouiner partout jusqu'à ce qu'ils trouvent le puits du roi.

— Je te suis, l'ami ! s'écrie le balafré.

— Et alors, ils n'auront qu'à réduire en purée une centaine de baies du diable et à jeter ça dans le puits, achève-t-il.

— Excellente, ton idée, Walter ! s'exclame le balafré qui, enthousiaste, applaudit. Voilà qui aidera le roi Uther à quitter ce monde pour un monde meilleur ! Et un certain nombre de ses chevaliers avec lui... »

64

LE MAUVAIS SANG

« Allez, vas-y ! a aboyé Johanna, dont les moustaches frissonnaient. Baisse tes braies ! »

Tournant le dos, je me suis donc exécuté. J'ai senti la respiration brûlante de Johanna sur la partie charnue de mon individu tandis qu'elle examinait mon coccyx.

« C'est une vraie horreur ! s'est-elle écriée. Une vraie horreur, tu comprends ça ?

— Oui, ai-je fait docilement.

— Mais non, justement, tu ne comprends pas ! »

Et la vieille femme a enfoncé énergiquement les pouces dans la chair de chaque côté de l'os.

« Une horreur ! » a-t-elle répété, et tout d'un

coup, appuyant de toutes ses forces, elle a percé la peau.

J'ai poussé un cri de douleur et me suis redressé brusquement, les yeux remplis de larmes.

« C'est un tour du diable ! s'est écriée Johanna. Par le bec du coucou ! Et puis quoi encore ? Il n'y a pas même un moignon !

— Vous m'avez fait mal ! me suis-je plaint.

— Il fallait ouvrir cette plaie, m'a-t-elle expliqué. C'est plein de pus ! C'est un coccyx tout ce qu'il y a de normal, mais ça ne guérira jamais tant que tout le mauvais sang ne sera pas sorti. Tu comprends, maintenant ?

— Oui, ai-je répondu d'une voix mal assurée.

— Laisse-moi cette plaie à l'air jusqu'à demain matin. Et ensuite, demande à Lady Helen de faire bouillir de la menthe sauvage dans du vinaigre d'alcool avec du miel et de la farine d'avoine. Il faut laisser bouillir le mélange jusqu'à ce que tout le liquide s'évapore, et après, tu appliqueras cet onguent sur la plaie. »

Les remèdes de Johanna n'ont servi à rien, pour le petit Luc, et je ne pense pas que cette recette de cuisine va me servir à grand-chose non plus... Mais malgré tout, je suis soulagé de lui avoir montré mon coccyx, parce que, en dépit des paroles rassurantes de ma tante, je me disais que, peut-être, il continuait à pousser. Pendant longtemps, ç'a été le deuxième de mes chagrins, le chagrin de mon corps.

Lorsque je suis rentré au manoir, Sian était près du feu, à croupetons, et elle pleurait à gros sanglots, parce que mon père venait de lui donner une bonne correction pour la punir de sa désobéissance de la veille.

« Et puis en plus, la glace est passée dans le sang de cette petite..., a dit ma mère. Elle renifle sans arrêt et elle ronflote comme un petit cochon. D'ici qu'elle aille nous faire de la fièvre !... »

65

L'ART D'OUBLIER

« Mais non, Oliver ! Je n'arrive pas à m'en souvenir !

— Je n'arrive pas, a répliqué le prêtre. Voilà qui n'existe pas !

— Mais si, c'est vrai, je n'y arrive pas ! Je sais bien que vous m'avez dit comment s'appelait le père de Sheba...

— Ce n'est pas moi qui te l'ai dit, c'est le livre de Samuel.

— D'accord, bon. Le livre de Samuel.

— Et plusieurs fois ! a insisté Oliver.

— N'empêche que je n'y arrive pas... »

Oliver, croisant ses bras grassouillets, a poussé un soupir. Il se laisse facilement berner, et je pense qu'il m'a cru.

« Et d'ailleurs, ai-je ajouté, quelle importance ?

— Je vois... Ainsi, le nom de nos ancêtres n'a aucune importance !...

— Évidemment que si ! ai-je répondu, en élevant un peu la voix.

— Mais que t'arrive-t-il donc aujourd'hui ? Tu ne te souviens pas même du nom de ton propre père, alors !

— Vous pensez toujours que je sais plus de choses que je n'en sais en réalité, ai-je protesté.

— Enfin, jamais il ne t'est arrivé d'oublier un nom jusqu'à présent ! a persisté Oliver, les sourcils froncés.

— Ma tête est pleine de noms. Je ne peux plus y faire entrer d'autres.

— Veux-tu que je te dise à quoi ressemble notre cerveau ? » a-t-il fait, levant un moment les yeux vers le plafond de la sacristie.

Hélas, au lieu d'y trouver quelque conseil venu du Ciel, il a reçu sur la tête un petit morceau de plâtre. J'ai éclaté de rire, et il s'est levé, s'est frotté les yeux tout en s'époussetant les épaules, après quoi il s'est rassis à la table, et la leçon a pu se poursuivre.

« Notre cerveau, a repris Oliver, est pareil à une vessie de porc. Plus nous le remplissons, plus sa capacité augmente.

— Si c'était vrai, ai-je contesté, certains auraient la tête beaucoup plus grosse que d'autres !

— Tu sais très bien ce que je veux dire... Le cerveau, c'est comme... l'utérus.

— Ou alors, c'est comme de gravir Tumber Hill, ai-je suggéré. Plus je monte, et mieux je vois.

— On pourrait dire les choses comme ça, a-t-il acquiescé. Mais au fait, pourquoi parlions-nous du cerveau ? Tu t'en souviens ? »

J'ai prétendu que non.

« Ah si, Bichri ! a lancé Oliver, triomphant, en gesticulant. Sheba était le fils de Bichri. »

66

♦

AMOURS CLANDESTINES

Quand je suis là-haut, dans mon bureau, j'entends parfois de petits cris aigus à travers le mur de la réserve : ce sont des souris impatientes qui s'attaquent aux barils de froment et d'orge. Mais après tierce, ce matin, j'ai entendu quelque chose de tout à fait différent.

Au lieu d'aller immédiatement prendre ma leçon avec Oliver après le déjeuner, je suis monté ici et au bout d'un certain temps, j'ai entendu deux voix. Un homme et une femme. Ils parlaient tout doucement, si bien que je ne saisissais pas leurs paroles, mais ce que je sais, c'est que la femme répétait sans arrêt quelque chose à l'homme, toujours la même chose, et qu'elle lui a demandé ensuite quelque chose sur un ton urgent et passionné. C'était le ton de la supplication.

Et puis après, j'ai entendu la porte de la réserve grincer. Comme une fine couche de glace qui craque... Je me suis levé prestement, et je suis arrivé juste à temps pour voir, par le panneau de ma porte qui est cassé, Serle et Tanwen debout dans la galerie. Ils s'étreignaient passionnément.

67

LES PORTES DU PARADIS

« Ce n'est pas une manière idéale de mourir... », dit le roi Uther.

Il est étendu sur son lit, au milieu de la grand-salle. Son visage est marbré de taches, et il a les mains croisées sur l'estomac.

« Existe-t-il une manière idéale ? lui demande l'homme au capuchon.

— Il y a des manières plus horribles que d'autres de mourir... Par exemple, mourir à un moment choisi par vos ennemis. »

Le roi agrippe son estomac à deux mains. Puis il tousse, faiblement.

« Mourir dans les affres de la douleur..., poursuit-il. Je suis glacé et brûlant à la fois...

— Vos ennemis, intervient le prêtre du roi, iront tout droit en enfer pour vous avoir ainsi empoisonné, tandis que vous-même mourez en paix. Vous vous êtes confessé ; vous avez reçu les derniers sacrements. Les portes du paradis vont s'ouvrir devant vous. »

Ygerne est présente, et aussi Anna. Elles sont assises l'une à gauche, l'autre à droite du roi, et lui caressent doucement les épaules et les bras. Je vois aussi sire Ector et son écuyer Kaï. Au bout d'un moment, le roi Uther tourne la tête vers eux.

« Où est votre fils cadet ? demande le roi à sire Ector.

— Il fait des études.

— J'ai besoin que chacun des adolescents et des hommes adultes de ce royaume soit ici en ce moment, déclare Uther.

— Nous vous vengerons, Sire, s'écrie Kaï. Nous repousserons les Saxons jusque dans la mer !

— Comment s'appelle ce jeune homme, votre cadet ? demande alors le roi.

— Arthur, répond sire Ector.

— J'avais un fils..., murmure Uther d'un ton rêveur.

— Il délire, intervient le prêtre. Une fille, Sire. C'est une fille que vous avez... »

Uther émerge des profondeurs de sa songerie.

« J'avais un fils », reprend-il, et on dirait qu'il parle d'un autre monde, ou d'un autre temps, un temps très lointain.

Alors Ygerne frissonne et éclate en sanglots. Le

prêtre pose une question à l'homme au capuchon, qui répond par un signe de tête affirmatif. Sire Ector et Kaï se lèvent et s'adressent à voix basse aux chevaliers et aux écuyers les plus proches d'eux et, en quelques instants, la grand-salle tout entière est un océan de murmures.

Le roi Uther rouvre ses yeux au regard voilé, et le murmure de la mer s'affaiblit, elle s'apaise.

« Je faisais un rêve, dit-il.

— Un rêve ? » demande l'homme au capuchon.

Le roi Uther a presque un sourire sur les lèvres.

« J'aurai un fils, déclare-t-il.

— Sire, reprend l'homme au capuchon de sa voix grave. Souvenez-vous ! »

Le roi Uther se tourne vers Ygerne, elle lui rend son regard, et elle est telle qu'elle était autrefois. Ses yeux sont violets, ses bras et ses épaules sont arrondis, pâles et minces, comme des branches de saule doucement incurvées.

« Sire, demande alors l'homme au capuchon, qui deviendra roi après votre mort ?

— Nombreux sont ceux ici présents, répond-il, qui voudraient me succéder, mais j'ai un fils qui est et qui sera.

— Vous entendez, vous tous ? s'écrie l'homme au capuchon, et un silence total règne soudain dans la grand-salle.

— Vous m'aviez fait une promesse, rappelle Uther.

— Je lui viendrai en aide comme je vous suis venu

en aide, lui répond l'homme au capuchon, en le regardant droit dans les yeux, et comme je suis venu en aide à trois rois de Bretagne avant vous. J'irai le chercher lorsque l'heure sera venue. »

Uther a fait un effort pour s'asseoir.

« Je bénis mon fils au nom du Seigneur, s'écrie-t-il à voix haute et claire. Je lui donne ma bénédiction. Qu'il revendique ma couronne après moi !

— Quel est son nom ? crie un comte dans l'assemblée.

— Et où est-il donc ? lance un autre.

— Qui est sa mère ? » questionne un troisième.

Et la mer de murmures s'enfle à nouveau. Le roi Uther lève les deux bras. Saisi de panique, la vue trouble, il parcourt la pièce du regard, puis tend la main vers Ygerne. Il frissonne, il claque des dents. Puis il se laisse retomber en arrière sur son oreiller, et demeure inerte.

Dans la salle soudain silencieuse, le prêtre se penche sur la dépouille mortelle du roi Uther et, du bout de l'index droit, il lui ferme les yeux.

68

◆

DES MOTS POUR LE PETIT LUC

Je suis allé me coucher hier soir en me demandant si le fils du roi Uther va revendiquer la couronne, et comment l'homme au capuchon va pouvoir l'aider si tous les barons, comtes et seigneurs qui convoitent le trône se dressent contre lui.

Et voilà que ce matin je me suis réveillé avec des mots pour le petit Luc tout prêts dans la tête. Il ne me restait plus qu'à les agencer dans le bon ordre et à tailler ma plume d'oie pour les coucher sur le papier :

Nommez-le fils. Nommez-le frère,
Cinquième enfant de son aimante mère.

Il naquit avec dans le sang des bulles d'air.
Dites, le voilà ossements, nom dans un cimetière.
Mais passants, sachez qu'il a trouvé le vrai lieu,
Le petit Luc est désormais auprès de Notre Seigneur
Dieu.

« C'est très bien, Arthur..., m'a complimenté mon père. Relis, veux-tu ? C'est ce que j'ai donc fait.

— Ce poème doit être placé au bas de la pierre tombale et, en haut, il faudra inscrire : "Ici repose Luc, fils de sire John et Lady Helen de Caldicot. Né et mort en 1199."

— Je vais demander à Will de graver cela, a dit mon père. Il aura besoin de ton aide.

— Père, ai-je alors demandé, avez-vous déjà entendu parler du roi Uther ?

— Non.

— Et toi, mère ?

— Non plus...

— Qui est-ce ? a demandé mon père, intrigué.

— Je ne sais pas très bien. Je me disais que peut-être vous sauriez, vous...

— Tu ne l'as pas inventé ? a suggéré ma mère.

— Non. Enfin, je ne crois pas...

— Au fait, Arthur, a soudain dit mon père, ta mère me dit que Gatty a sauvé la vie à Sian ?

— Oui, c'est vrai. Elle a risqué sa propre vie pour elle !

— Je vois... Eh bien alors, je suppose que nous devons lui être reconnaissants...

— Vraiment, John ! » a protesté ma mère.

69

DÉSESPOIR

Ygerne et l'homme au capuchon étaient au rendez-vous dans ma pierre ; ils se tenaient tous les deux debout sous un tilleul.

« La moitié au moins de ses barons et de ses seigneurs convoitent sa couronne..., dit Ygerne.

— Bien sûr ! lui répond son compagnon. Ne sont-ils pas des hommes ? »

Elle secoue tristement la tête.

« Dans ce cas, comment un adolescent âgé seulement de treize ans peut-il envisager de revendiquer la couronne, c'est ce que vous vous dites, n'est-ce pas ? Ygerne...

— Oui, en effet.

— Et vous vous demandez aussi comment je pourrais être de quelque secours à votre fils...

— Oui, répond-elle encore.

— Vous vivez dans ce monde, mais vous n'en distinguez pas tous les détails. Vous n'en voyez pas plus, de ce monde, que vous ne voyez de moi. Mais moi je vois ce que vous ne voulez pas voir !

— J'ignore jusqu'à son nom ! gémit-elle. Qui sont ses parents nourriciers ? Où vit-il à présent ?

— Là où finit l'Angleterre et où commence le pays de Galles, lui répond l'homme au capuchon. Il est votre fils-des-lieux-intermédiaires. »

Voilà qui est étrange ! C'est exactement ce que m'a dit Merlin, le jour où nous nous sommes rencontrés au gué du moulin : Arthur-des-lieux-intermédiaires.

« Vous doutez de ma parole, Ygerne... », reprend l'homme.

Alors, élevant la voix, il lui explique :

« Lorsque Vortigern a voulu édifier une citadelle, c'est moi qui lui ai conseillé de drainer le lac sous les fondations, et alors il les a vus de ses propres yeux, le dragon rouge et le dragon blanc, engagés dans un combat sans merci. C'est moi qui ai fait venir par mes sortilèges le Cercle des Géants d'Irlande en Angleterre, en voyant que l'armée des Bretons au grand complet était incapable de faire bouger d'un pouce les énormes blocs de pierre, en dépit de tout leur attirail de cordes, de haussières et d'échelles. C'est moi qui ai fait venir Uther auprès de vous, et qui ai fait en sorte que ce soir-là vous le preniez pour votre époux.

— Je sais ! s'écrie Ygerne. Et peut-être est-ce vous aussi qui avez tué Gorlais !...

— Non, ce n'est pas moi. Je donne, je ne prends pas, a répliqué alors son compagnon d'une voix glaciale.

— Pour donner à quelqu'un, réplique Ygerne, il est parfois nécessaire de prendre à quelqu'un d'autre.

— Chaque chose vient à son heure... À peine ce tilleul commence-t-il à perdre ses feuilles qu'il rêve déjà du printemps. Soyez patiente, Ygerne. Votre fils qui fut sera.

— Mes oreilles entendent vos paroles, répond-elle, mais non mon cœur. Comme je voudrais que vos mots me soient de quelque réconfort...

— Le doute est comme la rouille qui corrode le métal. De l'esprit, il gagne le corps et vous ronge.

— Je ne l'ai jamais vu depuis le jour de sa naissance, se lamente-t-elle. C'est mon fils, et je ne sais rien de lui !

— Rien ne naît du doute, ajoute encore l'homme au capuchon, sinon l'inaction et un surcroît de doute.

— Ne pouvez-vous donc comprendre ? murmure Ygerne. Mon époux m'a été enlevé, et je n'ai pas de fils. »

70

COUR D'ASSISES AU MANOIR

Je suis sûr que je n'arriverai jamais à m'endormir, ce soir. Je vais rester toute la nuit ici, emmitouflé dans cette peau de mouton. Avec cette chandelle allumée.

J'écrirai. Mes mots ne peuvent rien changer mais ils me permettent d'exprimer mes pensées, de comprendre. Cela vaut mieux que la rage, me semble-t-il. Mais si seulement les mots pouvaient être de quelque secours à Lankin ! Là-bas, dans l'obscurité. Oui, si seulement ils pouvaient l'aider, et aussi Jankin et Gatty... Si seulement la mère de Jankin n'était pas morte en couches l'hiver dernier, et le nouveau-né avec elle...

Bon, je reprends.

Aujourd'hui, c'était le 1er décembre, le jour où se

tient la cour d'assises au manoir – et cette journée a été la pire de l'année. Oui, la pire pour le père de Jankin, et la pire aussi pour notre manoir. Comment Jankin et sa sœur vont-ils pouvoir survivre à ce froid de loup, à présent ? Et comment Jankin pourra-t-il épouser Gatty un jour ? Jamais Hum ne donnera son accord à ce mariage. Comment Hum, Wat Bec-de-Lièvre, Howell, Ruth et Slim ont-ils pu ainsi jurer sur leur honneur des choses qu'ils savaient ne pas être vraies ? Comment la paix va-t-elle pouvoir revenir un jour dans notre manoir ?...

Des mots ! Encore des mots ! Mon père ne cesse de tourner en rond comme un lion en cage. Bon, je recommence encore une fois.

Aujourd'hui était donc la première journée des assises au manoir depuis mon treizième anniversaire, et chacun de ceux qui vivent sur ces terres est tenu d'y assister dès l'âge de treize ans.

Lord Stephen est arrivé dès hier soir, parce que c'est lui qui préside la session des assises, et il était accompagné de son greffier, Miles, et de deux serviteurs. Il nous a tous salués très chaleureusement, surtout Serle. Mon frère dit souvent qu'être écuyer de Lord Stephen lui plaisait beaucoup, parce que celui-ci le traitait en adulte, et qu'il n'était pas avare de compliments.

« Ce que tu fais n'aura pas forcément l'heur de plaire à tout le monde, lui disait-il, et ce que je fais n'a pas toujours l'heur de plaire à tout le monde...

Alors, autant que nous soyons au moins sûrs de nous ! »

Malgré tout, je croirais volontiers que Lord Stephen ne doit guère avoir plaisir à se regarder dans un miroir... Je suis déjà plus grand que lui, et mon père le dépasse d'une bonne tête. En plus, il a la vue courte. Il prétend qu'il peut compter les feuilles d'un arbre à plus d'un kilomètre de distance mais, de près, quand il regarde quelqu'un ou quelque chose, il cligne des yeux, les plisse et se recule un peu. Il est de surcroît fort corpulent – à dire vrai, il ressemble assez à un gros œuf moucheté. Mais il a un sourire très jovial, et une manière de parler autoritaire qui fait qu'il sait se faire écouter.

« C'est un renard matois ! m'a dit mon père un jour. Il fait mine d'être moins intelligent qu'il ne l'est en réalité. »

Ce matin, dès potron-minet, toute la maisonnée s'est rendue à l'église, et après la messe, Oliver et Merlin sont venus au manoir partager notre petit déjeuner. Hum et Gatty sont arrivés avant que nous ayons terminé, bien qu'en fait Gatty ne soit pas autorisée à voter, du fait qu'elle n'a que douze ans. Ainsi, le temps que la table soit débarrassée et que Lord Stephen se soit confortablement installé au milieu, mon père à sa droite, Hum à sa gauche et le greffier en face de lui, les gens se pressaient aussi nombreux dans la grand-salle qu'à Halloween lorsque, bravant la Truie Noire, ils étaient arrivés, grimés et déguisés. Mon père m'avait dit ce jour-là que soixante personnes vivaient sur les terres du manoir mais depuis lors, le petit Luc nous a quittés. Il en reste donc cinquante-neuf, dont quinze n'ont pas l'âge requis, plus sept autres qui sont incapables de se déplacer.

« Où est Cleg ? a demandé mon père.

— Il n'est pas là, seigneur.

— Je vois bien ! Et où est-il donc ?

— Le meunier a dû s'absenter, seigneur.

— Et Martha, où est-elle ?

— Elle aussi, elle a dû s'absenter, seigneur.

— Pour aller où ?

— Il faudra qu'ils s'en expliquent eux-mêmes, a fait Hum.

— Je ne vois pas comment, puisqu'ils ne sont pas là...

— Bien, une amende de deux pence à chacun, a tranché Lord Stephen, à moins qu'ils n'aient une excuse valable à fournir.

— Cleg le meunier a toujours une raison valable, a répliqué mon père sur un ton caustique, suscitant dans la grand-salle un murmure d'approbation. Il estime que les règles sont faites pour ne pas être respectées, de même qu'il triche en manipulant ses poids et mesures !

— Au point suivant de l'ordre du jour ! » a conclu Lord Stephen.

En fait, la suite, c'était la collecte de la dîme sur les œufs, qui concerne tous les foyers qui font de l'élevage de volailles, ce qui est le cas de tout le monde, naturellement. Encore après, le père de Ruth et celui de Howell ont fait une collecte pour les fiançailles de leurs enfants.

« À quand est fixé le mariage ? a demandé Lord Stephen à Ruth.

— Au mois d'avril, Lord Stephen.

— Non, a fait Howell tout fort, au mois de mars ! ce qui a fait s'esclaffer toute l'assistance.

— Eh bien, voilà qui commence bien ! a dit Lord Stephen en souriant. Suite de l'ordre du jour ! »

Une fois que Hum a fini de faire passer l'argent des diverses collectes au greffier, assis en face de Lord Stephen, les membres du jury ont eu à décider de la suite à donner à plusieurs plaintes déposées par mon père contre des villageois accusés d'avoir enfreint les lois du royaume. Brian et Macsen étaient accusés d'avoir pris au lacet des perdrix et des faisans dans Pike Forest, Joan d'avoir ramassé trop de bois mort, et enfin Giles d'avoir coupé du bois sur un arbre qui n'était pas mort.

Aucun d'eux n'a plaidé non coupable, mais lorsqu'elle s'est entendu condamner à payer une amende, Joan a demandé à Lord Stephen :

« Qui sont vos parents, seigneur ?

— Mes parents ! s'est exclamé Lord Stephen, interloqué.

— Enfin, vos tout premiers parents...

— Joan, est intervenu mon père, c'est Lord Stephen qui pose les questions, ici !

— Laissez-la parler, a fait ce dernier, et il a répondu à Joan : Adam et Ève. Ce sont mes premiers parents.

— Oui, et ce sont les miens aussi, a poursuivi Joan.

— Et que dois-je en conclure ?

— Je suis pauvre et vous êtes riche. Comment cela se fait-il, puisque nous avons les mêmes parents ? Pourquoi me jugez-vous du haut de votre majesté ?

— Joan ! l'a réprimandée sévèrement mon père.

— Vous-même et puis aussi sire John, à côté de vous, et Lady Helen, vous avez à manger plus qu'à votre suffisance. Moi je n'ai rien. Je n'ai pas même le droit de ramasser un peu de bois mort sans devoir payer une amende !

— Pike Forest appartient au roi, Joan, a répondu seulement Lord Stephen. Que ses lois soient clémentes ou sévères, il ne m'appartient pas d'en juger. Mais vous et moi n'avons pas le choix : il nous faut leur obéir.

— Et Adam et Ève, alors ! a-t-elle hurlé d'une voix stridente.

— Une amende d'un penny, a décrété Lord Stephen. Au suivant !

— Et qui juge le roi, alors ? a-t-elle continué, hors d'elle.

— Dieu juge le roi, a répondu Lord Stephen, comme il nous juge tous.

— Sans nous, vous ne seriez pas riches comme ça !

— Assieds-toi ! » a-t-il ordonné à Joan après avoir poussé un grand soupir.

Au début, l'atmosphère était bon enfant dans la grand-salle, mais l'explosion de colère de Joan a été comme le premier nuage sombre avant-coureur de l'orage, et après cet incident, chacun s'est montré moins ouvert, davantage sur ses gardes ; il y avait de la rancœur dans l'air...

Lorsqu'est venu le tour de Macsen, Lord Stephen a commencé par lui demander comment on pose des lacets pour attraper le faisan, sur quoi l'intéressé a proposé de l'emmener sur-le-champ à Pike Forest pour lui faire une démonstration, mais même cela n'a pas suffi à nous dérider longtemps.

« Je te condamne à une amende d'un penny, a annoncé Lord Stephen. Tu recommenceras quand même, je présume, Macsen...

— Je suppose que oui, seigneur », a reconnu l'auteur du délit.

Une fois que Lord Stephen en a eu terminé avec les diverses infractions aux lois du royaume, il a examiné une plainte déposée par mon père contre Joan, coupable d'avoir laissé sa vache venir paître dans le pré du manoir.

« C'est donc la seconde accusation, Joan..., a commenté Lord Stephen. Voilà une matinée qui commence mal !...

— Toutes les matinées sont pareilles...

— Bien, qu'as-tu à dire pour ta défense ?

— Rien ! a-t-elle lancé en fusillant mon père du regard.

— Voilà toujours quelque chose !...

— Si je ne peux pas nourrir ma vache, elle ne me donne pas de lait, et si elle ne donne pas de lait, nous on n'a rien à boire !

— Je vois, je vois..., a fait Lord Stephen qui, se tournant alors vers mon père, lui a murmuré quelque chose à l'oreille. Bien, Joan ! a-t-il repris d'un ton sans réplique. Tu feras une journée de travail en plus sur les terres de sire John avant Noël, et une seconde avant Pâques. Au suivant !

— Bah ! » s'est-elle contentée de dire, et les deux assesseurs de Lord Stephen l'ont reconduite à sa place.

Alors je me demande... Qu'est-ce qui se passerait si mon père ne disait rien lorsque la vache de Joan vient dans son pré manger du foin ? Est-ce que tous les autres se diraient qu'ils peuvent en faire autant ? Est-ce que Dutton laisserait son verrat venir lui aussi dans le pré ? Est-ce que Cleg le meunier tenterait de déplacer en sa faveur les jalons qui délimitent les terres de chacun ? Est-ce que Eanbald prétendrait qu'il ne peut pas payer la dîme ? Je suppose que oui... Et alors l'ordre public aurait tôt fait d'être bafoué par tous...

Il n'empêche que Joan a raison. Mon père est fort riche. Nous portons tous des vêtements de lin, il y a dans notre réserve des barils pleins de blé, et dans notre grange s'entasse le foin. Mon père ne peut-il donc trouver un moyen quelconque de venir en aide à tous ceux qui vivent ici, et dont il est responsable, afin que nul ne meure de faim cet hiver, et que nul ne se gèle les sangs parce qu'il n'y a pas assez de bois pour alimenter le feu ? Mon père n'est pourtant pas un homme impitoyable...

« Au suivant ! » a repris Lord Stephen.

Mon père a regardé Hum, et celui-ci, comme à regret, a levé les yeux vers lui.

« C'est Lankin..., a-t-il marmonné.

— Lankin ! a répété Lord Stephen. Avance ! »

Si Lankin se redressait, il serait grand, mais il est voûté et il marche en traînant les pieds, qu'il a plats. Ses cheveux sont noirs et de longueur inégale, comme si un rat avait passé par-là et les avait grignotés à petits coups de dents, et il a de petits yeux sombres. Quand il sourit, ses lèvres sont pincées et de travers.

Jankin ne ressemble pas du tout à son père. Lui il est toujours jovial et optimiste, tandis que Lankin n'est guère aimé, et il y a même un certain nombre de personnes qui le détestent cordialement parce que, selon eux, il vient pendant la nuit chaparder leur bois pour le feu et leur tourbe, et puis il vole leurs fougères sèches pour la litière de sa vache, et toutes sortes de choses de ce genre. Seulement, ils n'ont aucune preuve !

Martha, la fille du meunier, prétend que Lankin est un voyeur. Elle m'a raconté que, lorsqu'il travaillait à la journée au moulin, il l'a épiée par le trou de la serrure alors qu'elle était dans sa chambre, et qu'après il est entré et a essayé de lui caresser les seins. Mais je n'aurais su dire si c'était la vérité. Si c'est vrai, pourquoi n'en a-t-elle pas parlé à son père, Cleg, et pourquoi n'a-t-il pas porté plainte contre Lankin, alors ?

Un jour, Lankin s'est trouvé vraiment dans de sales draps. Il avait décoché un bon direct du droit en plein dans la mâchoire de Hum. Il y en a pas mal, parmi les habitants du village, à qui l'envie ne manque pas d'en faire autant, mais ce n'est pas pour autant qu'ils ont pris sa défense lorsque Hum a déposé plainte contre lui. Lord Stephen a ordonné qu'il reçoive vingt coups de corde à nœuds. Ça s'est passé durant l'hiver, il y a maintenant deux ans, et Lankin a failli passer l'arme à gauche.

Lord Stephen a légèrement cillé en regardant l'accusé.

« Quel est le chef d'accusation ? » s'est-il enquis.

C'est Slim qui avait porté plainte. Il accusait Lankin de s'être introduit dans les cuisines du manoir et d'avoir dérobé un gigot de mouton.

« Tu reconnais les faits dont tu es accusé ? lui a demandé Lord Stephen.

— Jamais d'la vie ! s'est-il écrié indigné. Ce n'est pas vrai, et il le sait ! »

Plissant les yeux, il a lancé un regard menaçant.

« J'étais occupé au moulin. Toute la journée, j'y étais, je travaillais à la journée chez Cleg.

— Qui est disposé à prêter serment ? »

Aussitôt, Ruth, Wat Bec-de-Lièvre et Howell se sont levés comme un seul homme.

« Je sortais de l'église, a commencé Wat, et je l'ai vu qui descendait les Headlands, et il avait le gigot caché sous son justaucorps. Je le jure.

— Il a les doigts crochus, a ajouté Howell. Tout le monde le sait !

— Au nom de quoi jures-tu, Howell ? a demandé Lord Stephen.

— Eh ben, mon chien, il l'a déterré, le gigot, c'est pas vrai ? En bas des Headlands, je le jure.

— Et toi, Ruth ?

— Lankin pue ! a-t-elle déclaré.

— Et alors ?

— Y avait son odeur dans la cuisine !

— Tu as senti l'odeur de Lankin ?

— Oui, dans la cuisine, quand je suis rentrée ! a persisté Ruth.

— Tu le jures ?

— Je le jure.

— De toute façon, a ajouté Slim à son tour, un mouton à trois pattes, ça s'est jamais vu ! Quand Ruth et moi on est sortis pour aller dans la grand-salle, y avait quatre pattes, et quand on est revenus, y en avait plus que trois !

— Tu le jures ?

— Je le jure.

— Bien, je vois..., a fait lentement Lord Stephen.

— Et toi, Hum ? » a demandé mon père. L'intendant s'est contenté d'un haussement d'épaules en guise de réponse.

« Eh bien ? »

Hum a pris une grande inspiration, puis il a secoué la tête.

« Vas-tu cracher le morceau, à la fin ? s'est impatienté mon père. Tu es mon intendant, que je sache !

— La vérité c'est que, a-t-il fini par dire, j'ai vu Lankin entrer dans la cuisine...

— Sale menteur ! a hurlé Lankin, je te mettrai la tête au carré, moi !

— Continue, Hum, a fait Lord Stephen d'un ton égal.

— ... et puis moi j'y ai pas fait trop attention, hein,

parce qu'avec toutes ces allées et venues au manoir tous les jours...

— Tu as vu Lankin entrer dans la cuisine, distu... » a repris Lord Stephen.

Hum a fait une moue tout en faisant un signe de tête affirmatif.

« Jure-le !

— J'l'ai vu ! a-t-il répété. J'allais à la grange à foin.

— Eh bien, jure, alors !

— Bon, eh ben, oui. Je le jure. »

Toutes les personnes de l'assistance ont retenu leur souffle. On aurait entendu une mouche voler.

« Menteur, salaud ! a dit simplement Lankin d'une voix blanche, atone.

— Il se trouve dans cette salle quatre membres du jury d'assises qui jurent que Lankin est coupable..., a conclu Lord Stephen. Qui serait maintenant prêt à jurer qu'il ne l'est pas ? »

Personne n'a bougé le petit doigt. J'ai parcouru la salle du regard, et je n'y ai vu que des dizaines de paires d'yeux.

« J'étais en bas au moulin ! a répété Lankin obstinément. Toute la journée, j'y étais, que j'vous dis ! Y a qu'à demander à Cleg !

— Il n'est pas là, a fait mon père.

— Lui il le sait, qu'j'étais au moulin ! Vous avez qu'à demander à Martha...

— Elle n'est pas là non plus...

— C'est toi qui t'es arrangé pour qu'ils soient pas

là ! a fait Lankin, s'en prenant violemment à Hum. C'est ça que t'as fait ! »

Hum a secoué la tête en signe de dénégation.

« Je te connais, moi ! C'est un coup monté contre moi !

— Mais non, Lankin...

— Et où ils sont tous les deux, alors ? Espèce de fumier, va ! »

Lord Stephen a levé lentement la main droite.

« Messieurs les jurés, a-t-il commencé de cette voix posée qui fait que tout le monde l'écoute, Slim porte une accusation contre Lankin, mais celui-ci nie. Ainsi que vous avez pu le constater, cinq personnes ont juré sur l'honneur qu'il est coupable. Personne, par contre, n'est venu jurer sur l'honneur qu'il est innocent... Chacun de vous dispose d'une voix pour le vote final, a-t-il rappelé en parcourant la salle du regard. Usez-en en votre âme et conscience. Votez devant Dieu. À présent, levez-vous si vous estimez que Lankin est coupable. »

Je n'avais vraiment pas le courage de regarder, mais je m'y suis obligé, et j'ai vu que plus de la moitié des villageois s'étaient levés, et pendant que Miles, le greffier, les comptait, ils ont commencé à parler entre eux à voix basse.

« Silence ! a fait sèchement Lord Stephen. Rasseyez-vous tous ! Et maintenant, qui vote en faveur de l'innocence de Lankin ? Levez-vous si vous votez qu'il n'est pas coupable.

— Qu'est-ce qu'on fait, quand on n'est pas sûr ? me suis-je alors entendu demander.

— Tu te lèves. Tout homme est présumé innocent tant que sa culpabilité n'est pas établie. »

Alors je me suis levé. Jankin s'est levé. Puis ma mère. Puis Dutton lui aussi s'est levé lentement en fixant sur Giles un regard furieux, ce qui fait que Giles s'est levé à son tour.

« Est-ce tout ? a demandé Lord Stephen, et il a levé les sourcils en regardant son greffier.

— Dix-sept, a fait celui-ci. Dix-sept voix le donnent coupable et cinq le donnent innocent. Les autres n'ont pas voté. »

Lord Stephen a longuement regardé Lankin, puis il s'est de nouveau tourné vers mon père et ils ont échangé quelques mots à voix basse.

« Le vol, a-t-il alors déclaré d'une voix assez forte pour que chacun, dans l'assistance, puisse entendre ses paroles, est un crime très grave. Le châtiment, c'est la pendaison. » Il a cligné des yeux et plissé les paupières avant d'annoncer : « Cependant, sire John m'a prié de diminuer ta peine, ainsi que la loi l'autorise à le faire – puisqu'il est ton seigneur, Lankin, et que le mouton était sa propriété. Lankin, la cour vous déclare coupable de vol, et je vous condamne en conséquence à avoir la main droite, coupable du larcin, tranchée au poignet. »

Lankin est resté silencieux. Dans l'assistance, personne n'a soufflé mot.

« Emmenez-le ! » a ordonné mon père.

Les deux assesseurs de Lord Stephen se sont alors levés et, empoignant Lankin sous les aisselles, ils l'ont emmené dehors séance tenante.

Mon père les a suivis, mais il ne m'a pas accordé un regard.

« Cette cour d'assises est suspendue, a déclaré Lord Stephen, jusqu'au premier jour de juin de l'an de grâce 1200. »

La salle s'est emplie d'un brouhaha confus ; un petit groupe de villageois s'est précipité vers la porte. Ils étaient tous impatients de voir mon père au moment où il sortirait son épée du fourreau.

Ma mère s'est alors levée à son tour. Elle s'est dirigée lentement vers Lord Stephen, et les a conduits, lui et son greffier, dans la chambre, si bien que Gatty, Jankin et moi nous sommes retrouvés tout seuls dans la grand-salle. Nous nous sommes blottis l'un contre l'autre, et nous nous sommes tenus embrassés. Jankin était secoué de frissons. Mais soudain il s'est dégagé avec violence et il a quitté la pièce en hurlant.

La moitié de la nuit s'est écoulée. La flamme de la chandelle a mesuré le passage des heures. Il se peut que Lankin ait bel et bien dérobé le gigot mais, même si c'est vrai, ce qu'ont fait Slim, Howell, Ruth et Wat Bec-de-Lièvre est mille fois plus grave. Ils ont divisé notre village en deux camps ennemis, et ils ont compromis pour toujours le mariage prévu entre Gatty et Jankin.

Comment peuvent-ils dormir sur leurs deux oreilles ? Et comment mon père peut-il dormir, lui aussi ? J'entends encore résonner les cris affreux de Lankin...

71

---◆---

DEUX PAPILLONS

« Vous ? s'exclame sire Lamorak, celui qui porte un écu bleu orné de vagues blanches horizontales.

— Vous, juge ? raille sire Owain, celui dont l'écu s'orne d'un lion écarlate. Vous pensez que vous pouvez nous juger ?

— Je le peux, déclare Arthur-dans-la-pierre.

— Rien ne vous autorise à être juge ! insiste sire Owain. C'est vous qui avez tout à apprendre de nous. Quel est votre nom ?

— Arthur.

— Arthur. Que signifie ce nom ?

— Je ne sais.

— Il ne sait pas ! s'indigne sire Owain.

— Mais j'ai treize ans, et je poursuis ma quête. Comme sire Pellinore.

— Jamais entendu ce nom ! fait sire Owain.

— Quelle est votre quête ? demande sire Lamorak.

— Je ne sais pas. Il faut que je le découvre.

— Vous ne savez pas grand-chose, se moque sire Owain.

— Je sais la différence entre le bien et le mal.

— Le bien et le mal sont rarement aussi contrastés que le noir et le blanc..., objecte sire Owain.

— Ou que le bleu et l'or ! lance sire Lamorak, et tous deux s'esclaffent.

— Chacun contient l'autre, ajoute sire Owain. Ce qui paraît bien comporte souvent une part de mauvais.

— Et vice versa, opine sire Lamorak.

— Et si vous nous jugez, Arthur, demande sire Owain, qui vous jugera, vous ?

— Dieu. Dieu nous juge tous autant que nous sommes.

— Mais qui nous croira ? objecte sire Owain. Qui donc nous croira, selon vous, quand nous dirons que nous avons été jugés par un tout jeune adolescent ? »

Je regarde tour à tour les deux chevaliers et m'adosse à l'arbre, à côté de moi.

« Fermez la main droite », leur dis-je.

Ils échangent un regard, puis ferment lentement la main.

« Maintenant, ouvrez-la. »

À l'instant précis où ils ouvrent la paume, deux papillons s'envolent – un bleu, qui s'échappe de la main de sire Lamorak, et un doré, de celle de sire Owain. Bouche bée, ils les regardent s'envoler dans la clairière en battant des ailes.

« Si quiconque met votre parole en doute, ou si vous avez tout simplement envie de voir un papillon aux vives couleurs par une sombre journée, vous n'aurez qu'à refaire ce geste. »

Alors les deux chevaliers mettent genou en terre devant moi.

« Je le jure, déclare sire Lamorak.

— Je le jure », déclare à son tour sire Owain.

L'image dans mon obsidienne se brouille et s'évanouit, mais à présent je sais qu'Arthur-dans-la-pierre possède des pouvoirs magiques. Est-ce l'homme au capuchon qui les lui a transmis ? Ou bien ces pouvoirs, les possédait-il en venant au monde ?

72

MERLIN ET L'ARCHEVÊQUE

Depuis le jugement de Lankin, il y a maintenant deux jours de cela, un malaise règne dans la maison. Je suis encore furieux contre mon père dans une certaine mesure, mais je me propose de lui demander s'il reconnaît que Joan avait raison de dire ce qu'elle a dit. J'aurais bien voulu pouvoir échanger quelques mots avec Gatty, mais Hum a l'œil sur elle en permanence. Slim et Ruth continuent à nous servir les repas dans la grand-salle, bien sûr, mais jusqu'ici tous deux ont soigneusement évité de croiser mon regard.

Ainsi donc, sauf à l'heure des repas, ou quand je m'entraîne sur la lice, ou bien que je me rends à mes leçons chez Oliver, je monte ici dans ma tanière, et j'y reste cloîtré jusqu'au moment où j'ai si froid que je claque des dents. Les mots que j'écris m'apaisent. Ma pierre me tient compagnie.

Je me demande si Merlin connaît des sortilèges... C'est bien possible. Car enfin, c'est lui qui m'a donné ma pierre prophétique, et il me semble bien qu'il s'était littéralement évaporé la fois où nous étions tous les deux au sommet de Tumber Hill, et puis il sait des tas de choses sur les noms, les nombres et sur les neuf esprits, et Oliver ne m'a-t-il pas dit qu'il y a des gens qui pensent que son père était un incube ? Le problème, c'est que Merlin ne répond jamais par oui ni par non. Chaque fois il ferme les yeux pour s'efforcer de trouver quelle est la question qui sous-tend ma question.

Je sais parfaitement, bien sûr, qu'un jeune adolescent n'est pas habilité à juger deux chevaliers, mais il n'empêche que sire Lamorak et sire Owain étaient grossiers et mesquins l'un comme l'autre. Ils ne s'intéressaient qu'à leur petite personne. D'ailleurs, le dernier chevalier que j'avais vu avant eux dans la pierre, c'était sire William, qui m'a sommé en hurlant de descendre de l'arbre, et qui avait bien l'intention de me couper la tête ! Malgré tout, j'y ai vu aussi sire Pellinore, qui poursuivait une quête... « Chacun de nous doit nourrir un rêve qui éclaire sa route en ce monde obscur », a-t-il déclaré.

Aujourd'hui, j'ai vu l'homme au capuchon dans mon obsidienne. Il était assis dans la sacristie d'une église où il s'entretenait avec un homme tenant une crosse d'or et coiffé d'une mitre en forme de poisson. Sur la mitre couleur or était brodée une croix, également couleur or, mais plus foncée, et je pense que cet homme était l'archevêque de Canterbury.

« Il n'y a personne pour nous entendre, a commencé l'archevêque, je parlerai donc sans détour. Il y a dans ce pays trop d'hommes à la tête enflée d'orgueil, qui pensent tous qu'ils sont dignes de porter la couronne.

— Le roi Uther leur a révélé l'existence de son fils, l'informe l'homme au capuchon. Avant de mourir, il a appelé sur son fils la bénédiction de Dieu, et il a déclaré qu'il devait revendiquer le trône.

— Oui, on m'a rapporté cela, poursuit l'archevêque, mais les barons et les seigneurs s'agitent, et non sans quelque raison, car les Saxons sont en train de rassembler de nouveau leurs troupes dans le nord et dans l'est du pays. Sous peu, ils passeront à l'attaque... »

L'homme au capuchon se contente de lui répondre par un sourire sans joie.

« Cela ne peut durer ainsi, reprend l'archevêque. Où est-il donc, ce fils ? »

Cette fois, son interlocuteur se borne à fixer du regard le plafond de la sacristie, et secoue la tête.

« Quel âge a-t-il ? demande alors l'archevêque.

— Treize ans, monseigneur.

— Ce n'est qu'un enfant ! »

Et l'archevêque donne un coup vigoureux de la main droite dans le vide.

« Ce royaume est en péril. La Bretagne a besoin d'un chef.

— Voici, monseigneur, ce que vous devriez faire, suggère l'homme au capuchon, et sa voix en disant ces mots est aussi sombre et onctueuse que la sauce des faisans que rôtit Slim. Dépêchez des messagers à chaque baron, seigneur et chevalier de ce pays. Mandez-leur de venir à Londres au moment de Noël, sans faute, et ceci dans l'intention suivante : s'agenouiller tous ensemble pour prier l'enfant Jésus en cette nuit de Sa naissance, et supplier le roi de tous les humains d'accomplir un miracle et de nous faire ainsi savoir à tous qui devrait être sacré roi de ce pays. »

L'archevêque plisse les yeux, fait rouler sa crosse d'or entre les paumes roses de ses mains, d'abord dans un sens puis dans l'autre, pensif.

« Un miracle...

— C'est ainsi que disent les chrétiens, lui dit son compagnon.

— Et vous, comment appelez-vous cela ?

— Bien des choses paraissent miraculeuses jusqu'au moment où on les comprend, répond gravement l'homme au capuchon, et il en existe de si merveilleuses qu'elles mériteraient d'être qualifiées de miraculeuses...

— Bien, en ce cas, je vais de ce pas dépêcher mes messagers », conclut l'archevêque.

73

LE GLAND

Ma pierre m'a encore fait voir quelque chose !

J'ai vu ce jeune adolescent qui porte le même nom que moi debout en compagnie de l'homme au capuchon sous le porche d'une immense église. L'homme au capuchon le regardait d'une manière étrange, l'œil gauche ouvert et l'œil droit clos.

« Pourquoi me regardez-vous ainsi ?

— Un vent de tempête va souffler du nord et de l'est. Il soufflera avec violence sur les arbres de la forêt. Bien des branches vont plier et se rompre. Mais dans une certaine clairière, un gland s'enfouira dans le sol, y prendra racine et deviendra un jeune chêne. Et alors tous les vieux chênes alentour s'inclineront devant lui, et tous les hêtres, les frênes et les ormes en feront autant.

— Est-ce une prophétie ?

— C'est une prophétie.

— Que signifie-t-elle ?

— Cela, il faut que tu le découvres toi-même », répond l'homme au capuchon, qui ferme alors l'œil gauche et ouvre le droit avant de s'éloigner.

Ma pierre est redevenue complètement noire. J'ai grattouillé un instant l'une des taches laiteuses de sa face rugueuse. Elles sont si nombreuses qu'on dirait les souris de la réserve. Un vent de tempête, un arbre-roi ?... J'ai lentement remis mon étrange pierre dans l'étoffe safran, et je l'ai une fois de plus mise à l'abri des regards dans la fente du mur.

74

L'ORTHOGRAPHE

« Comment orthographies-tu les mots ? m'a demandé Oliver ce matin.

— Je ne sais pas... Comme ils s'écrivent, non ?

— Mais parfois deux personnes prononcent le même mot différemment, tu ne l'as pas remarqué ?

— Pas vraiment... »

En fait, bien sûr que je l'ai remarqué ! Gatty et moi, par exemple, on ne prononce pas toujours les mots de la même façon. Mais, jusqu'au jour où mon père m'aura enfin fait part de ses projets pour mon avenir, j'ai bien l'intention de décevoir Oliver.

« Tiens, par exemple, ici, dans les Marches, nous disons "le lait", avec un son ouvert, alors qu'à l'est de Wenlock, les gens le disent avec un son fermé, "le lé", si bien qu'un même mot peut s'écrire de diverses façons.

— Ah, je vois...

— Et à la cour du roi, à Londres, les gens prononcent "le lè", comme s'ils parlaient du nez, et donc ils écrivent le mot comme ils le prononcent. Il y a autant d'orthographes possibles d'un mot que de manières de le prononcer.

— Je comprends...

— Et ce n'est pas tout ! a poursuivi Oliver, fier de son savoir. Un même son peut s'écrire de plusieurs façons.

— Ah bon ?

— Regarde ! a-t-il fait, et plongeant sa plume d'oie dans l'encrier, il a prononcé les sons tout en les écrivant : "Au", "o" et "eau", c'est le même son, n'est-ce pas ? Et de même "ain", "un", "in", "ein"[1], c'est pareil, c'est le même son !

— Oui, je vois...

— Il y a de nombreux mots qui ont des sons semblables. Des mots vêtus de diverses manières.

— Le langage est une chose complexe..., ai-je observé.

— C'est un monstre et une merveille à la fois ! s'est exclamé Oliver. Il est aussi affûté que les plus subtiles pensées que nous puissions concevoir, et aussi rudimentaire qu'un vulgaire gourdin ! Tu

---

1. Toutefois, ces sons ne se prononcent pas exactement de la même façon.

apprendras cela ! m'a-t-il dit en agitant sa main gras-
souillette.

— Les choses ne pourront aller que de pire en pire
pour moi...

— Mais comment peux-tu dire une bêtise
pareille ? Tu ne peux que t'améliorer ! Au fait, j'ai
une nouvelle pour toi !

— Une nouvelle ?

— Le père supérieur du prieuré de Wenlock m'a
fait parvenir une courte missive où il me dit que nous
pourrons être hébergés au monastère, dans le bâtiment réservé aux hôtes de passage, la semaine prochaine. Et tu pourras alors voir le scriptorium où les
moines copient les manuscrits et les ornent d'enluminures, et tu les entendras chanter les offices. Une
musique sublime ! J'ai parlé de ce projet à ton père,
et il m'a donné son accord. Qu'en penses-tu, hein ? »

Ce que je pense, c'est que je suis ravi de visiter le
prieuré de Wenlock, bien évidemment. Cela m'intéresse de voir comment se font les manuscrits, et j'ai
envie aussi d'entendre chanter les moines. Mais je ne
veux surtout pas que mon père ou Oliver le sachent,
sinon ils se mettraient peut-être dans la tête que je
suis fait pour devenir moine moi-même, ou clerc. Et
rien n'est moins vrai ! Je veux devenir écuyer, puis
chevalier, et je veux être fiancé à Grace.

75

L'INDULGENCE PAPALE

Voilà qui est fort étrange... Dans ma pierre, l'archevêque acceptait, sur le conseil de Merlin, de dépêcher des messagers à tous les barons, seigneurs et chevaliers du royaume pour les convier à se rendre à Londres et justement, voici que cet après-midi, un frère du nom de Fulk est arrivé à cheval au manoir et nous a dit qu'il accomplissait cette mission avec la bénédiction de l'archevêque de Canterbury.

Il s'est tout d'abord entretenu avec mon père, et celui-ci a ensuite chargé Hum de rassembler à l'église tous ceux qui sont âgés de plus de douze ans, et Oliver a sonné la cloche à toute volée. Lankin n'est pas venu, mais Cleg le meunier était là, et Martha aussi.

Jankin était là également ; il avait le visage très pâle, et il s'est assis à l'écart sur un banc.

Le frère est monté en chaire et a déclaré :

« Je suis venu jusqu'à vous de Neuilly, en France, et je suis porteur d'un message de Sa Sainteté le pape Innocent III en personne. Jérusalem est encore à ce jour aux mains des Sarrasins impies. Songez quelle doit être la douleur de Jésus ! Quel chagrin doit être le Sien ! Et voici que le pape a décidé de lancer une quatrième croisade afin d'exterminer définitivement les païens. Des centaines d'hommes, parmi les plus valeureux de France, ont déjà pris la croix, manifestant ainsi leur pitié pour cette terre au-delà de la Méditerranée. Ils ont fait le serment de Le venger, le roi de l'humanité, et de reconquérir la Ville sainte. »

Le frère, assenant deux vigoureux coups de poing sur la chaire, s'est alors écrié :

« Chassez les Turcs, à mort les infidèles ! Reconquérons Jérusalem ! Ayez pitié de la Terre sainte ! »

Il émanait une telle force et une telle émotion de ses paroles que l'assistance a fondu en larmes. J'ai regardé ma mère ; elle aussi avait les yeux emplis de larmes brûlantes, et je me suis souvenu qu'elle avait rappelé à mon père que Richard Cœur de Lion avait ébranlé les portes des Sarrasins par ses rugissements, et rapporté un fragment de la sainte Croix.

« Sa Sainteté le pape, a poursuivi le frère d'une voix forte, a accordé une indulgence, et votre archevêque m'ordonne de vous en informer. Tout homme qui prendra la croix, riche ou pauvre, serf ou homme libre, jeune ou vieux... tout homme qui servira Dieu au sein de l'armée pendant un an se verra accorder la totale rémission de ses péchés, et ceci quels que soient les péchés qu'il aura commis, durant toute sa vie, à la seule condition qu'il les confesse. Une rémission totale ! a-t-il répété, promenant son regard sur les fidèles rassemblés dans l'église. Gens de Dieu, prenez la croix ! Sire John, prenez la croix ! Dieu le veut ! »

Ma mère a lancé un regard en direction de mon père. Les larmes coulaient à flots le long de ses joues. Mon père n'a pas bronché, il a continué à regarder droit devant lui sans ciller.

« Je viens de chez Lord Stephen, à Holt Castle, a encore insisté le frère, et avant cela, je suis allé prêcher la croisade à Lurkenhope et à Knighton. Savez-vous ce qu'a fait une femme là-bas, lorsque son mari s'est levé pour prendre la croix ? Elle l'a agrippé par son ceinturon et l'a retenu. Et ce soir-là, alors qu'elle était couchée, elle a entendu une voix puissante qui disait : "Tu as empêché mon serviteur de me rejoindre, et pour cela, femme, ce que tu aimes le plus au monde te sera enlevé." Lorsqu'elle s'est éveillée le lendemain matin, elle a trouvé son nourrisson mort dans le lit, à ses côtés. Elle l'avait étouffé en s'allongeant sur lui. »

Le frère s'est interrompu un instant, puis a frappé une nouvelle fois du poing sur la chaire.

« Par saint Edmond, pour le salut de votre âme, levez-vous, prenez la croix ! »

Ces paroles ont déclenché le tumulte dans l'église. Wat Bec-de-Lièvre, Howell et Dutton se sont levés en agitant les bras, puis Brian et Macsen les ont imités et se sont mis à taper des pieds, et alors beaucoup de gens ont commencé à parler tous ensemble. Mais aucune des personnes vivant sur les terres du manoir n'est autorisée à partir en croisade à moins que mon père lui-même ne décide de partir et de se mettre à leur tête. Cependant il peut aussi, sinon, les dispenser de leur service et leur permettre de s'engager dans l'infanterie. Toutes les femmes y seront opposées, car elles auront peur d'aller le ventre creux. Comment pourraient-elles semer et faire les moissons, faire les foins et s'occuper des bêtes, une fois leurs maris et leurs fils partis ?

Mon père a laissé un certain temps les langues aller bon train, puis il s'est mis debout, a levé la main droite, et a remercié le frère d'avoir ainsi prêché en faveur de la croisade.

« Avant de pouvoir prendre ma décision, a-t-il ajouté, il me faudra m'entretenir avec Lord Stephen, ainsi qu'avec les autres seigneurs et chevaliers de notre région des Marches. Il se trouvera sûrement certains d'entre nous pour nous rappeler que, si nous nous mettons en route vers l'est pour gagner la terre sainte au-delà des mers, les Gallois eux aussi se mettront en route vers l'est, et ce sera pour ravir nos femmes et faire main basse sur nos châteaux et nos manoirs... Je vous ferai part de ma décision avant la fin de ce mois. »

Mon père n'a pas la moindre envie de prendre la croix, je le vois bien, et je sais que ma mère, elle, sera emplie de fierté s'il le fait, mais aussi de crainte, car jamais elle ne serait capable de tenir tous les comptes et d'organiser les tâches quotidiennes de chacun. À moins que dans ce cas peut-être Serle ne reste ici pour prendre toutes les affaires en main ? Ce serait terrible ! Sire William a déjà soixante-quatre ans, mais comme il m'a dit que les années qu'il avait passées en croisade étaient les meilleures de sa vie, peut-être bien qu'il prendra la croix. Pauvre Grace !

Peut-être n'y aura-t-il aucun changement, malgré tout... Nous ne sommes encore que le 5 décembre aujourd'hui mais, jusqu'ici, ç'a été assurément le mois le plus riche en événements effroyables, et le plus passionnant aussi, de toute l'année qui s'achève. Peut-être le mois tout entier va-t-il ainsi apporter son lot de joies et de chagrins parce qu'avec lui le siècle s'achève. J'ai remarqué que ma mère, Nain et Oliver y font constamment allusion. Ils sont pleins à la fois de doutes et d'espoir, et font maintes prophéties.

Lors de la session d'assises au manoir, les gens se retournaient les uns contre les autres, et certains ont même menti. Mais lorsque j'ai parcouru l'assemblée du regard, ici, dans l'église, et que j'ai vu chacun parler à son voisin avec animation, même Jankin, je me suis dit que c'était comme si nous formions à nous tous un seul corps, un corps meurtri, désireux d'être guéri de sa blessure, et de retrouver la paix et la bonne entente.

« Il existe certaines choses si merveilleuses, a dit l'homme au capuchon à l'archevêque, qu'elles mériteraient d'être qualifiées de miraculeuses... »

Aujourd'hui, la sainte à fêter est sainte Barbara. C'était une très belle jeune fille qui fut tuée par son propre père parce qu'elle s'était convertie au christianisme. Le lendemain de ce forfait, un éclair foudroya le père criminel. Je pense que c'était bien un miracle, cela. Mais lorsque ce frère du nom de Fulk est arrivé à cheval ce matin, et que nous avons dû nous asseoir sagement les uns aux côtés des autres sans qu'on nous ait demandé notre avis, nous tous qui sommes des créatures de Dieu, et lorsque nous avons entendu ses paroles, qui contribuaient à cicatriser la blessure de notre corps meurtri... oui, cela aussi, c'était une sorte de miracle !

76

◆

« RIEN » NE VAUT PAS LA PEINE
QU'ON LE CACHE...

Arthur-dans-la-pierre est debout dans la
même clairière en compagnie de sire Pellinore,
celle où nous nous sommes déjà rencontrés
lui et moi, et maintenant les mots que j'ai
écrits pour le petit Luc sont gravés sur l'énorme
pierre tombale. Passant sans hâte dans l'ombre et
la lumière, l'homme au capuchon se dirige vers
nous.

« Sire, dis-je à sire Pellinore, me ferez-vous chevalier ?

— Tu es bien jeune encore...

— Et après j'irai à cheval dans la forêt
jusqu'à la fontaine, et je donnerai un grand

coup dans le bouclier du chevalier de l'Enclume Noire qui la garde. Sans l'eau de cette fontaine, la tombe du petit Luc restera toujours nue. Mais dès que je l'aurai arrosée, des fleurs aux vives couleurs y pousseront tout au long de l'année.

— Le chevalier de l'Enclume Noire fait trembler toute la région des Marches, et tu es encore très jeune..., m'objecte sire Pellinore.

— Mais puiser de l'eau à cette fontaine est la première étape de mon voyage !

— Il n'est pas nécessaire que tu sois chevalier pour entreprendre ce voyage. Quel âge as-tu ?

— Treize ans.

— Il est trop jeune, tranche l'homme au capuchon. Il n'est même pas encore écuyer, et il ne peut être fait chevalier avant même d'avoir été écuyer. Savez-vous ce qui lui arrivera s'il chevauche jusqu'à la fontaine ? Le chevalier de l'Enclume Noire le mettra en pièces ! »

Sire Pellinore me regarde droit dans les yeux, et un coin de sa bouche se contracte sans arrêt.

« Faites-moi chevalier, seigneur !

— Eh bien, dans ce cas, me dit-il, mets-toi à genoux.

— Non ! s'interpose l'homme au capuchon.

— Les Saxons sont en train de réunir leurs troupes dans le nord, se justifie sire Pellinore. Nous avons besoin que nos adolescents deviennent des hommes, et que chacun d'eux se batte pour défendre le royaume de l'Ouest.

— Non ! répète l'homme au capuchon, sur un ton plus catégorique. Le faire chevalier dès à présent, c'est l'envoyer à une mort certaine.

— Je vous prie instamment de me faire chevalier, seigneur ! Je ne suis pas trop jeune ! Remettez-moi mon épée et mes éperons... »

À cet instant précis, j'ai entendu frapper doucement à ma porte. Aussitôt je me suis extrait de mon siège dans la niche du mur et, ramassant prestement l'étoffe safran, j'y ai caché mon obsidienne. La porte s'est entrouverte en grinçant sur ses gonds, et Lady Alice a passé la tête par l'entrebâillement.

« Vous ici ! me suis-je exclamé.

— Oui, c'est moi ! »

Je me suis alors souvenu qu'effectivement Lady Alice avait dit qu'il n'était pas impossible qu'elle vienne avec sire William nous rendre visite avant Noël. D'un pas léger, elle est entrée.

« Et que me caches-tu ainsi ?

— Rien...

— Rien ne vaut pas la peine qu'on le cache, a-t-elle fait de sa voix chantante, et elle a tendu la main vers le petit paquet jaune safran.

— Je n'ai pas le droit ! ai-je protesté. J'ai promis à Merlin... Enfin...

— Tu n'a pas confiance en moi, plutôt...

— Ce n'est pas ça, mais... »

J'ai enfoncé mon obsidienne dans la fissure entre les deux blocs de pierre, et un scarabée s'est sauvé à toutes pattes et s'est enfui dans la direction opposée.

Ma tante m'a pris la main gauche en souriant.

« Elle est tiède, comme d'habitude. Et comment va ton coccyx ?

— J'en ai parlé à Johanna, la sorcière du village, et elle a crevé l'abcès. »

Ma tante a plissé les yeux, surprise.

« Elle a dit qu'il y avait plein de pus dedans.

— Elle a dû te faire mal, alors ! a dit Lady Alice avec douceur.

— Et après ma mère a fait bouillir du vinaigre, du miel, de la farine d'orge et puis encore autre chose – je ne me rappelle pas quoi – et elle a frictionné l'abcès avec cette mixture.

— Mon pauvre petit ! Ses yeux noisette étaient vifs et brillants, et elle jouait avec une boucle de ses cheveux. Tu vois, je t'avais bien dit que je te reverrais peut-être avant Noël !

— Grace est là ?

— Non, il n'y a que sire William avec moi. Il est rentré de France il y a tout juste deux jours. Mais c'est lui tout craché, ça ! Dire qu'il va avoir soixante-cinq ans le jour de Noël, et il est incapable de rester inactif une minute !

— Mais quelle est la raison de votre visite ?

— Sire William et sire John ont besoin de parler de certaines choses...

— De quoi ?

— Tu es aussi insupportable que Tom ! a répliqué Lady Alice sèchement.

— Avez-vous déjà entendu parler de la fontaine magique, au milieu de la forêt ?

— Quelle forêt ?

— Je ne sais pas. L'eau de cette fontaine fait pousser des fleurs aux vives couleurs qui fleurissent saison après saison, toute l'année.

— Non, je ne sais pas. Par contre je peux te dire quoi faire si tu veux que des roses rouges fleurissent en plein cœur de l'hiver...

— Qu'est-ce qu'il faut faire ?

— En juin ou juillet, tu cueilles les boutons d'un rosier rouge, en t'assurant bien que tu laisses une longue tige. Tu les mets dans un petit fût, sans eau – un fût à bière ferait parfaitement l'affaire – et ensuite tu le scelles hermétiquement. Tu attaches une lourde pierre à chacune des extrémités, et tu le plonges dans le ruisseau. *Tu comprends ?*[1]

— Oui, je comprends.

— Et alors, au beau milieu de l'hiver glacial, tu pourras sortir le fût du ruisseau et prendre les bou-

---

1. En français dans le texte.

tons de rose. Tu les mettras dans l'eau, et ils ne tarderont pas à éclore.

— J'essaierai ! Dites, tante Alice, depuis votre dernière visite, Sian est passée à travers la glace, et elle est tombée dans le bassin, et Oliver a reçu un morceau de plâtre du plafond sur la tête !...

Lady Alice a secoué la tête en souriant.

« ... et puis il y a eu la session de cour d'assises, et c'était terrible ! Lankin était accusé d'avoir volé un gigot de mouton dans la cuisine du manoir, et dix-sept personnes ont voté qu'il était coupable, et on lui a coupé la main qui avait commis le vol, la droite, au niveau du poignet. Et encore après, le frère Fulk est venu prêcher pour que les hommes partent à la croisade. J'avais tant de choses à vous dire !

— Plus tard. Maintenant il faut que tu descendes dans la grand-salle pour saluer sire William. »

Et elle a rassemblé autour d'elle les plis de sa cape, pas celle qui est orange foncé, une autre, beaucoup plus épaisse et de couleur plus sombre, couleur de prune sauvage ou de prune de Damas, et elle est sortie sur la galerie.

« Qu'est-ce qu'il y a là-dedans ? a-t-elle demandé, en donnant un petit coup sur la porte du garde-manger.

— Du blé. Et puis, une fois, un homme et une femme... »

Lady Alice m'a lancé un coup d'œil, le sourcil levé, puis elle a souri.

77

UN COUP EN TRAÎTRE

On ne devinerait jamais que mon père et sire William sont frères ; ils ne se ressemblent pas un brin, et puis sire William est si âgé qu'il pourrait être le père de mon père. Ils sont à peu près de la même taille, mais mon père est très sec, alors que mon oncle a un corps massif, un vrai tronc d'arbre. Il a des cheveux blancs très épais et des sourcils blancs broussailleux, et son visage est tellement hâlé et buriné qu'on sait tout de suite qu'il a essuyé toutes sortes d'orages et vécu bien des mésaventures. Son œil droit est couvert d'une taie[1], si bien qu'il ne voit pas grand-chose de cet œil-

---

1. Tache blanche opaque située sur la cornée.

là, mais le gauche est plein de sagacité et ne perd rien de ce qui se passe.

Ma mère m'a dit un jour que les hommes et les femmes corpulents sont bien dans leur peau, et que c'est pour cela qu'ils sont accommodants et pleins de jovialité. Mais dans le cas de mon oncle William, c'est tout le contraire. Il a un caractère épouvantable, pas du tout comme mon père. Quand il s'emporte, il devient violent, et je sais que Lady Alice le craint, et moi, à cause de ce que je sais, j'ai peur pour elle moi aussi.

« Eh bien, Arthur, a fait sire William très fort de sa voix grave. Voyons voir, que je te regarde un peu ! Tu as pris une bonne tête, dis-moi !

— Cela fait un an que vous ne l'avez pas vu..., a dit ma mère.

— Et maintenant je ne le vois qu'à moitié. Maudit soit ce fichu œil ! »

Ma tante s'est approchée de sire William et a passé le bras sous son bras gauche.

« Ta tante a sans cesse ton nom à la bouche ! a aboyé sire William. Arthur par-ci, Arthur par-là... »

Reniflant bruyamment, il s'est tourné vers Lady Alice.

« John me dit que ce frère est passé ici aussi. Hier. »

Lady Alice a lancé un regard inquisiteur à ma mère, mais celle-ci a gardé les yeux baissés.

« Eh bien, Serle ! Et toi, que penses-tu de tout ça ?

Vas-tu partir ou préfères-tu laisser ces maudits Turcs fouler toute l'Europe aux pieds ? a demandé mon oncle.

— Je veux partir, sire William !

— Il est grand temps que tu sois fait chevalier ! À ce moment-là, tu pourras prendre tes décisions sans avoir rien à demander à quiconque. Quel âge as-tu ?

— Dix-sept ans, sire William.

— Et tu as terminé ton temps comme écuyer. Eh bien, John ! Que dis-tu de cette idée ? Deux frères et un fils ! »

Mon père a secoué la tête sans répondre.

« Je veillerai sur eux, Helen ! a fait sire William de sa voix de stentor. Pense donc, John ! La rémission de tous tes péchés !

— Et des tiens, William..., a-t-il répliqué.

— Et ce n'est pas tout ! Nous rapporterons un riche butin ! »

Sur quoi il a donné une claque si énergique sur le derrière de Lady Alice qu'elle en a eu le souffle coupé et qu'elle a fait sans le vouloir un pas en avant.

« Est-ce que je suis trop vieux ou bien trop jeune ? » a-t-il demandé de sa voix forte.

J'ai regardé ma mère, mais elle avait toujours les yeux baissés. Je sais qu'il arrive à mon père de la battre, mais jamais il n'aurait la grossièreté de porter la main sur elle devant des visiteurs. Et d'ailleurs, s'il s'y risquait, Nain lui rendrait probablement la monnaie de sa pièce !

« Et toi, Arthur ? m'a demandé mon oncle.

— Je partirai ! Je me ferai croisé. »

Sire William s'est raclé la gorge, puis il a craché sur les nattes de roseau.

« Les crevettes ont la vie courte quand elles se retrouvent en pleine mer...

— Je pourrais partir, si j'étais écuyer ! ai-je insisté, et j'ai senti les yeux de mon père posés sur moi, mais je ne lui ai pas rendu son regard.

— À ce que j'ai entendu dire, a repris sire William, aucun chevalier de par ici n'embarquera pour l'Orient, quoi qu'il en soit. Ce sont le comte de Champagne et le duc de Normandie[1] qui partiront, et peut-être les Germains. Peut-être aussi les seigneurs des Pays-Bas.

— Et Lord Stephen, il va partir ?

— Pas si Lady Judith a voix au chapitre ! m'a répondu mon oncle. De toute manière, il est plus à son affaire quand il préside un tribunal qu'il ne le serait dans une croisade, non ?

— Je n'en jurerais pas..., a fait mon père.

— Il n'y a pas d'appétit pour ces choses, dans notre pays ! a commenté mon oncle. Non, l'Angleterre n'enverra pas d'armée. Il n'y aura que quelques aventuriers à partir pour servir Dieu.

---

1. Cette région, cédée aux Normands par Charles le Simple par le traité de Saint-Clair-sur-Epte (911), était devenue anglaise avec la conquête de l'Angleterre par le duc de Normandie Guillaume le Conquérant (1066).

— Et pour se servir ! a rétorqué mon père. Ils s'en mettront plein les poches !

— Sais-tu te battre ? m'a demandé sire William.

— Je suis en train d'apprendre à le faire ! » ai-je répondu avec empressement.

Mon oncle s'est contenté de frotter pensivement les poils blancs qui frisent à la base de ses narines.

« Il y a quinze jours, Tom, Serle et moi, on a fait un concours, et...

— C'est ce que j'ai appris, en effet. Et Tom m'a dit que, sans Grace, il aurait pu le gagner, ce concours, et que d'ailleurs c'était un concours à la manque...

— C'étaient des jeux de mots, ai-je expliqué.

— Et c'est Arthur qui a dit les plus belles choses ! a fait Sian pour me défendre.

— Les chevaliers et les écuyers ne se battent pas avec des mots, a ajouté mon oncle, ni avec des arcs et des flèches, d'ailleurs ! C'est avec leur épée qu'ils se battent. Allez, viens par-là, Arthur ! Nous allons voir si tu es bon à quelque chose, avec ton épée. Nous avons le temps de voir ça avant que ton père et moi ne parlions de tout ça, n'est-ce pas, John ? »

Et sitôt dit, sitôt fait, sire William, tournant les talons, s'est dirigé vers la porte d'un pas martial. J'ai regardé mon père qui, lui, a regardé ma mère avant de répondre en soupirant :

« Tu ferais aussi bien d'y aller !...

— Allez, dépêche-toi ! a crié sire William, déjà dehors. Je t'attends !

— Je serai l'arbitre ! a décidé Serle d'office, avec un demi-sourire peu rassurant. Vas-y ! Je vais chercher des armures et des armes pour vous deux ! »

Tandis que mon oncle et moi nous dirigions vers la lice, il a soudain allongé le pas, tant et si bien que j'avais de la peine à le suivre, tout en marmonnant :

« Rien ! a-t-il dit d'un ton rageur. Rien ! Ou peut-être bien trop... »

Je me suis soudain senti fort mal à l'aise en sa compagnie, et j'étais impatient que Serle nous rejoigne le plus vite possible.

« Bien, l'épée, alors ! a lancé mon oncle. À moins que tu ne préfères la joute ?

— Non, sire William.

— C'est bien ce que je me disais...

— Tom n'a même pas réussi à toucher l'écu !

— Et toi tu as reçu le mannequin de sable de plein fouet... »

Dès que Serle est arrivé avec nos justaucorps et nos armes, sire William et moi avons tout de suite croisé le fer. Ensuite, bondissant en arrière, nous avons commencé à feinter.

« En garde ! » a aboyé mon adversaire, et il a foncé droit sur moi.

Avant que j'aie eu le temps de parer le coup avec mon bouclier rond, il m'a décoché une botte à la base du sternum.

« Un point pour sire William ! a annoncé Serle, ravi.

« — En garde ! ai-je crié à mon tour. En garde ! »

Et j'ai dirigé mon épée vers le cœur de mon adversaire, mais il a réussi à faire dévier le coup avec la lame de sa propre épée, et il a fallu que je l'esquive en bondissant de nouveau de côté.

C'était moi le plus leste de nous deux, et de loin, mais mon oncle maniait l'épée avec plus d'adresse si bien que, pendant un certain temps, aucun de nous deux n'a réussi à toucher l'autre. Cependant mon oncle commençait à avoir le souffle court et je me suis donc dit que, plus notre affrontement traînerait en longueur, et plus j'aurais de chances de l'emporter.

« Pax ! » a-t-il soufflé, laissant choir son bouclier et levant la main gauche tandis qu'il mettait péniblement le genou gauche en terre.

Il avait de la peine à respirer.

« Je me fais vieux !...

— Prêts ? nous a pressés Serle. Vous êtes prêt, sire William ? »

Je n'avais pas remarqué la chose tout de suite, mais mon oncle avait saisi son épée de la main droite et, au moment où il se relevait, il m'a porté une botte à l'épaule droite. Il ne m'a pas laissé le temps de faire passer le bouclier de mon côté gauche à mon côté droit, ni même de reculer d'un pas.

« Non ! » ai-je hurlé.

J'ai vu l'épée étincelante qui arrivait sur moi, puis j'ai entendu le bruit que faisait la pointe, toute mouchetée qu'elle était, en déchirant mon justaucorps de cuir.

« Coup défendu ! » a hurlé Serle.

Et alors j'ai senti le métal glacial qui traversait mon avant-bras droit comme une lame de feu, et la tiédeur humide de mon sang qui jaillissait à flots. Mon oncle a retiré brusquement son épée ; la douleur intense m'a arraché un cri, et je suis tombé à genoux.

« Allons bon, mon garçon ! s'est écrié sire William en arrivant vers moi d'un pas mal assuré et en me relevant. Je t'ai blessé ? »

J'ai levé les yeux vers son visage. J'avais l'impression que mes yeux allaient sortir de leurs orbites, et j'ai vu sire William tournoyer puis s'abattre soudain, comme une des toupies de Sian. Lorsque j'ai retrouvé mes esprits, j'étais allongé près de l'âtre dans la grand-salle, et ma mère et Tanwen étaient à genoux à mes côtés.

« Tu es revenu à toi ! s'est écriée ma mère, soulagée, et, fermant les yeux, elle s'est signée.

— Ça va aller..., m'a rassuré Tanwen. Mais quand même, hein, tu as perdu au moins la moitié de ton sang !

— C'était un coup défendu ! ai-je soufflé d'une voix qui n'était pas tout à fait la mienne.

— Et contre toi, en plus..., a dit ma mère sans élever la voix.

— Où sont-ils ?

— Ils sont partis...

— Lady Alice aussi ? »

Ma mère m'a fait oui de la tête.

« Il se fait tard, Arthur. Les complies sont finies. Et au fait, a-t-elle ajouté avec son étrange sourire empreint de tristesse, sire William a dit que tu manies remarquablement l'épée... »

Lorsqu'elle m'a rapporté ces mots, j'ai voulu lever la main droite, mais je n'ai pas pu, car j'ai aussitôt ressenti une douleur fulgurante dans l'avant-bras et dans l'épaule droite.

« Ne fais plus ça ! s'est écriée Tanwen, et elle a pris doucement ma tête entre ses mains fraîches.

— Essaie de dormir, maintenant..., m'a dit ma mère. Dors, repose-toi ! »

J'ai en effet dormi toute la nuit, et de bonne heure le lendemain matin, Johanna est venue dans la grand-salle. Elle a examiné ma blessure en grommelant entre ses dents ; elle m'a posé un cataplasme et m'a fait prendre une potion aussi. Ensuite, je me suis rendormi. Depuis, trois jours se sont écoulés, et c'est la première fois que j'ai eu envie de monter l'escalier pour venir me réfugier dans ma tanière.

De quoi donc mon père, ma mère, sire William et Lady Alice devaient-ils s'entretenir ? De Grace et moi, ou bien de Serle ? En tout cas, cela devait être fort urgent, car mon oncle n'est revenu de France que la veille du jour où ils sont venus nous rendre visite. Peut-être que Serle saurait... Je pourrais lui poser la question, mais je sais pertinemment qu'il ne me le dira que s'il sait que la réponse ne me fera pas plaisir !

Je me demande si, dans la pierre, sire Pellinore m'a adoubé chevalier, et si j'ai réussi à rapporter de l'eau de la fontaine magique. En tout cas, ce que je sais, c'est que Merlin avait raison, finalement : un page est trop jeune pour se mesurer à un redoutable chevalier.

78

PAS ENCORE...

Du sang et un liquide transparent comme de l'eau suintent encore de ma blessure, si bien que ma mère a décidé que je n'étais pas en état de faire le voyage jusqu'au prieuré de Wenlock avant le début de l'année prochaine. Oliver en a été fort contrarié, et lorsqu'il est venu me tenir compagnie dans la grand-salle, il n'a cessé de ressasser qu'il faudrait peut-être plusieurs mois avant qu'il soit possible de trouver une date pour un autre séjour là-bas, qu'allumer des cierges devant la châsse de saint Milburga et entendre les moines chanter aurait transfiguré la saison de l'Avent, et que notre visite aurait marqué un tournant capital dans ma vie. C'est très exactement ce que je redoute, ce qui fait que je me suis bien gardé de lui faire part de ma propre impatience de voir les moines copier et enluminer les manuscrits.

J'ignore toujours de quoi ont bien pu parler mon père, ma mère, sire William et Lady Alice, et Serle n'en sait pas davantage. Sian m'a dit qu'elle avait entendu Serle questionner ma mère, mais que celle-ci a répondu que cela n'avait absolument rien à voir avec lui. J'espère que c'est vrai...

Je voudrais poser des questions à mon père sur mon avenir. Je voudrais lui demander ce qu'il pense de Joan, et s'il est ou non d'accord avec ce qu'elle a eu le courage de dire à la cour d'assises. Et puis aussi, je voudrais savoir si Will a eu le temps de graver l'inscription sur la tombe du petit Luc. Mais cette fichue blessure m'a ôté une bonne partie de mon énergie, et de mon appétit aussi, d'ailleurs.

« Tu sais, sire William... c'était un coup interdit, ai-je dit à mon père.

— C'est scandaleux ! a-t-il répliqué, en fixant d'un air furieux l'autre extrémité de la grand-salle, qui était plongée dans l'obscurité.

— Mais j'étais plus agile que lui !

— Jamais de ma vie je n'ai entendu chose pareille ! a-t-il fait encore d'une voix courroucée.

— Je ne peux pas me servir de mon bras... ni pour écrire ni pour rien.

— J'en ai touché un mot à Oliver, je lui ai dit que, lorsque tu recommenceras tes leçons avec lui, tu pourras écrire de la main gauche pour le moment.

— Mais tu avais dit que ce n'était pas naturel...

— Nécessité fait loi !... »

Un messager envoyé par Lord Stephen est arrivé à cheval cet après-midi, mais je ne sais pas davantage ce qu'ils se sont dit, mon père et lui. Peut-être qu'il s'agissait de la nouvelle croisade, ou peut-être alors de la session des assises... Pauvre Lankin ! Sire William ne m'a pas tranché la main droite, à moi, du moins...

79

◆

LE MESSAGER DE L'ARCHEVÊQUE

En septembre, Sian et moi avons cueilli des prunelles tout embrumées mais, dès que nous les touchions, la brume bleue qui les recouvrait disparaissait, et elles brillaient d'un éclat pourpre très sombre, comme du sang coagulé.

C'est exactement à cela que ressemblait ma pierre prophétique lorsque je l'ai sortie du tissu ce matin. Je ne peux toujours pas fermer le poing droit, et pourtant cela fait six jours maintenant que sire William m'a blessé au bras, alors je l'ai simplement tenue à plat dans ma paume ouverte. Au bout de quelques instants, elle a commencé à tiédir, et la brume qui l'enveloppait s'est levée.

Il est encore tôt le matin, il fait soleil, et il y a de la

gelée blanche. Arthur-dans-la-pierre se tient debout sur les premiers contreforts de Tumber Hill, et il contemple, en contrebas, notre manoir. La pierre jaunâtre des murs brille dans le soleil hivernal, et le toit de chaume luit, sauf la partie verte et pourrie, qui a besoin d'être refaite. À sa droite – à ma droite – la terre fraîchement retournée près de la porcherie étincelle, et au-delà de la maison, les forêts de Nine Elms, Great Oak et Pikeside étirent comme des bras leurs frondaisons luisantes. Rien ne bouge.

C'est alors que je distingue un cavalier qui arrive vers moi de l'est, mais je ne parviens pas à voir qui c'est car j'ai le soleil en plein dans les yeux. Je dévale le versant de la colline, je dépasse le hêtre pourpre silencieux, puis le bassin encore gelé et, au moment où le messager franchit le pont, je suis déjà sur le seuil, hors d'haleine, pour l'accueillir. L'homme lui aussi est hors d'haleine, tout comme son cheval. Ainsi enveloppés de brouillard, nous avons tous trois l'air de fantômes.

Le messager est vêtu d'un manteau sur lequel sont brodées les armes de l'archevêque de Canterbury, la crosse d'or et la croix d'or plus foncée, et je m'empresse donc de le faire entrer dans la grand-salle. Sire Ector et son écuyer Kaï sont assis côte à côte près du feu qui fume.

« Palsambleu ! s'écrie le messager, il fait froid dehors, mais dedans il fait encore plus froid ! Vous, les gens des Marches, vous avez une santé de fer, par ma foi !

— C'est vrai, acquiesce mon père.

— C'est l'archevêque de Canterbury qui m'envoie. »

Aussitôt sire Ector fait sur son front le signe de la croix.

« Il faut un roi à notre pays ! poursuit le messager. Sans roi, cette nation est comme un navire sans gouvernail, qui tangue sur les vagues houleuses de l'hiver.

— Le roi Uther a un fils, intervient sire Ector, il a révélé son existence avant de mourir.

— Mais le prêtre qui l'assistait a dit que c'était faux, objecte Kaï, il a dit que le roi délirait.

— Mais Uther l'a affirmé haut et fort, insiste mon père. Il a appelé sur son fils la bénédiction de Dieu, et l'homme au capuchon a déclaré aux barons, aux seigneurs et aux chevaliers qu'il viendrait en aide à ce fils.

— L'archevêque de Canterbury est parfaitement au courant de tout ceci, réplique le messager.

— Et quel est donc le message dont il vous a chargé ? demande mon père sans élever la voix.

— L'archevêque a décidé de dépêcher des messagers auprès de chaque baron, seigneur et chevalier de ce pays. Il vous mande de vous rendre tous sans exception à Londres pour Noël.

— C'est dans très peu de temps ! se récrie sire Ector.

— Il veut que vous veniez tous autant que vous êtes vous agenouiller dans l'église Saint-Paul, pour prier l'enfant Jésus en cette nuit anniversaire de Sa naissance. Chaque baron, seigneur et chevalier devra implorer Jésus d'accomplir un miracle, et de nous donner ainsi un signe qui nous fera savoir qui est celui qui doit accéder au trône de Bretagne. »

Sire Ector fait un signe de tête afin qu'un serviteur conduise le messager à la cuisine.

« Vous pouvez boire du lait ou de la bière à satiété, lui dit-il, et manger autant de pain que vous le souhaitez, avant de repartir. »

Puis il se tourne vers la chambre en faisant signe à Kaï et à Arthur-dans-la-pierre de le suivre.

« Il est vrai, leur dit-il alors, qu'il faut un roi à la Bretagne... »

Faisant une moue qui fait ressortir sa lèvre inférieure, il pose alors la main droite sur l'épaule de Kaï.

« Kaï, lui dit-il gravement, tu es déjà venu avec moi rendre hommage à genoux au roi Uther. Cette fois-ci encore, il faut que tu sois présent à mes côtés.

— Merci, seigneur, répond-il en courbant la tête.

— Je n'ai pas oublié les paroles du roi Uther, reprend sire Ector. Il est temps que tu sois fait chevalier. Je t'adouberai moi-même dans l'église Saint-Paul. »

Kaï incline de nouveau la tête.

« Je vous remercie, seigneur. »

Et voici que sire Ector se tourne à présent vers moi et me pose à moi aussi la main – la gauche – sur l'épaule.

« Et toi aussi, Arthur, ajoute-t-il.

— Je vous demande pardon, sire Ector ?

— Tu es mon page, n'est-ce pas ?

— Oui, sire Ector !

— Et tu es désormais en âge de devenir mon écuyer.

— Oui !

— Eh bien, alors, voilà qui est dit ! Je veux que toi aussi tu m'accompagnes à Londres ! » conclut-il en souriant.

Mon père n'avait pas plus tôt prononcé ces mots merveilleux que mon obsidienne est devenue littéralement étincelante. Je l'ai sentie soudain glaciale dans ma main droite, comme si le vieux père Hiver lui-même l'avait touchée, glaciale comme le manoir et les champs gelés que j'avais vus l'instant d'avant.

Arthur-dans-la-pierre n'est pas moi. Nous nous ressemblons et nous avons la même manière de parler. Mais lui il a un pouvoir magique, et moi non. Il a tué sire William, moi pas... Au contraire, c'est mon oncle qui a failli me tuer !

Sire Ector et Kaï ne sont pas non plus tout à fait semblables à mon père et à Serle. Il se trouve qu'ils vivent ici, à Caldicot, mais ils sont aussi allés à la cour du vieux roi Uther, dont personne ici n'a jamais entendu parler, et qui n'a peut-être même jamais existé...

Et voilà que nous allons nous rendre tous les trois à cheval à Londres, ainsi que le veut l'archevêque de Canterbury. Seulement, en fait, moi j'ai été blessé et je ne peux même pas aller jusqu'à Wenlock...

80

---◆---

LE CHEVALIER À LA ROBE JAUNE

Ce matin de bonne heure, ma pierre m'a fait rire ! Elle m'a donné envie de donner des coups de poing dans le vide, mais je ne peux pas, car mon bras droit est encore extrêmement douloureux.

À la cour se presse une foule de chevaliers et de dames. Certains attendent d'être reçus par la reine Ygerne, d'autres boivent, assis à de longues tables, d'autres encore jouent aux échecs, et il y a un écuyer qui fait impatiemment les cent pas. C'est Kaï !

Soudain se produit un grand tohu-bohu à la porte de la grand-salle, et un chevalier armé de pied en cap entre, à cheval, tenant à bout de bras une robe de femme. Elle est d'un jaune terne, de la couleur d'une prune reine-claude mûre, et je vois que sur le devant

451

et les manches sont cousues des centaines de minuscules perles.

Le chevalier, toujours tenant la robe, descend de
sa monture, et se dirige à grandes enjambées vers la
reine.

« Il y a dans cette cour un chevalier du nom de
Laurin, dit-il à voix basse. Lors d'une joute, il m'a jeté
à bas de mon cheval, et il m'a envoyé vers vous pour
que vous fassiez de moi ce que bon vous semblera.

— Mais cette robe..., s'étonne Ygerne. Pourquoi
donc l'apportez-vous ici ? À qui appartient-elle ?

— À moi, répond le chevalier.

— À vous ?

— Oui, à moi.

— Vous portez donc des vêtements de femme ?
fait la reine, surprise.

— Mais oui. »

En entendant ces mots, un certain nombre de chevaliers et de dames dans l'assistance secouent la tête,
d'autres rient franchement.

« Qu'y a-t-il donc de si étrange à cela ? L'étrange
serait que je ne porte pas de robe.

— Vous êtes bien un chevalier ? s'enquiert la
reine.

— Lorsque je porte cette robe, je suis femme. Mais
lorsque je revêts mon armure, quiconque me pro-
voque ne pourra douter que je suis un chevalier. »

Cette fois, toute l'assistance s'esclaffe. Kaï se fraye

alors un passage à travers la foule, et examine le chevalier de très près.

« Ainsi Laurin vous a jeté à bas de votre cheval, lui dit-il de manière fort peu civile, en le toisant. Voilà une nuit qui s'est achevée sur un beau résultat !

— Kaï, le réprimande la reine, ceci n'est pas digne de vous !

— Laurin vous a fait mordre la poussière, c'est cela ? poursuit-il néanmoins. Cela n'a pas dû être trop difficile !... »

Le manque total de courtoisie de Kaï met la cour mal à l'aise, tout le monde est gêné. Certains des chevaliers commencent à se récrier, et les dames compatissent avec le pauvre inconnu.

« Kaï, reprend la reine, pourquoi ne pouvez-vous donc jamais tenir votre langue ?

— Parce qu'elle dit la vérité.

— Vous avez la langue vraiment trop bien pendue ! Vous n'avez aucune raison d'insulter cette femme.

— Je vous remercie, Votre Altesse, répond la cavalière, qui s'en prend alors à son tour à Kaï. Je vais vous faire ravaler vos paroles ! menace-t-elle.

— Et comment ? Par des baisers ?

— Je vous jetterai dans la rivière et vous ferai boire tant d'eau que vos entrailles seront inondées !

— Il ferait beau voir ! raille Kaï. Si quelqu'un est trempé, ce sera vous, gente dame ! Vous nagerez dans

453

votre propre sueur puante avant même d'avoir pu lever le petit doigt sur moi !

— À vos risques et périls !

— Kaï, vous êtes à vous-même votre pire ennemi, l'avertit Ygerne. Il y a un démon en vous ! »

Et se tournant vers la jeune femme, elle lui dit :

« Kaï vous a offensée, je vous autorise en conséquence à jouter avec lui. »

La cavalière, s'inclinant devant la reine, traverse la salle en faisant cliqueter son armure et enfourche son cheval.

« Vous êtes bien en selle, gente dame ? Vous êtes bien à l'aise ? » continue à railler l'impertinent.

Puis il passe à côté d'elle d'un pas martial et quitte la salle. Il revêt sa tunique de futaine et sa cotte de mailles, met son heaume et ses gantelets et enfourche à son tour sa monture.

La première fois, lorsqu'ils arrivent tous deux au bout de l'aire, ni Kaï ni la jeune femme n'arrivent à tenir leur lance en équilibre ; aucun des deux ne touche l'autre, et ils s'en vont au galop chacun à une extrémité de la lice. Mais lorsqu'ils se précipitent de nouveau au galop l'un vers l'autre, avec seulement entre eux une palissade de bois, la lance de Kaï atteint la cavalière exactement à la base du sternum – précisément à l'endroit où sire William m'a touché avant de me blesser. Mais elle est aussi solide qu'une colonne de pierre. Elle se tient bien droite en selle et regagne au petit trot l'autre extrémité de la lice.

Au moment où, pour la troisième fois, ils s'apprêtent à lancer l'un vers l'autre leur cheval au galop, Kaï pousse un véritable beuglement. Mais son cri n'émeut nullement la jeune femme ! Elle dirige avec force sa lance droit dans l'écu de Kaï, qui ne parvient pas à rester dans ses étriers. Son destrier s'arrête net et le cavalier bascule sur le côté et s'affale avec fracas sur le sol.

Sans perdre une seconde, la cavalière met lestement pied à terre et se précipite sur son adversaire, qu'elle remet sur pied, sous les applaudissements frénétiques des chevaliers et des dames.

Kaï tente alors de la frapper avec ses cubitières de métal et de la griffer avec ses gantelets tout en lançant des coups de pied désordonnés. Mais la dame ne lâche pas prise.

« Kaï ! lance-t-elle victorieuse. Je vous ai désarçonné ! »

Et la voilà qui entraîne le vaincu à sa suite, lui fait traverser la lice, et se dirige avec lui vers la rivière, et la foule des chevaliers et des dames leur emboîte le pas. Les hurlements de Kaï restent sans effet : la jeune femme, d'un grand mouvement de bras, le précipite dans l'eau la tête la première. C'est ainsi qu'elle lui fait ravaler ses grossières paroles, et le courant rapide emporte aussitôt l'écuyer.

Le jeune homme a bien de la peine à regagner la berge, mais lorsqu'enfin il l'atteint, nombreux sont les bras vigoureux qui se tendent pour l'aider. Il tousse et crache, l'eau de la rivière sort à flots de sa gorge et de ses poumons, cependant que la jeune femme le regarde avec un sourire réservé, comme intérieur. Elle a les yeux étincelants ; l'un d'eux brille d'un éclat farouche, l'autre d'une lueur très tendre.

« Vous voilà puni de votre insolence ! » murmure-t-elle d'une voix un peu rauque.

Si seulement Serle pouvait recevoir une bonne leçon comme celle-là, peut-être qu'il cesserait de se pavaner à Caldicot, et de jouer les fiers-à-bras... Peut-être qu'il cesserait d'avoir constamment des insultes à la bouche.

81

◆

LE SECRET DE TANWEN

Gatty et moi avons découvert quelque chose. C'est un secret qui ne pourra pas le rester beaucoup plus long-temps, parce qu'il grandit, et quand mon père et ma mère sauront la chose, ils seront furieux, et il y aura beaucoup de problèmes...

Cette année, l'hiver a montré si tôt sa tête blanche que déjà nos vaches et nos moutons manquent de nourriture.

« Moi aussi, la moitié du temps, j'ai faim ! m'a confié Gatty. Ça me ronge les entrailles, et ça me donne des crampes d'estomac. La faim, c'est comme les maux de dents, on y pense sans arrêt ! »

Après avoir consulté Hum à ce sujet ce matin, mon père m'a dit que cette année, nous avons plus de réserves de foin dans la grange que nous n'en avons eu depuis plusieurs années, et qu'il autorise donc chaque famille à en prendre autant qu'une personne peut en emporter à elle toute seule.

« Chacun aura ce qu'il peut porter, a-t-il dit. Ça ne nous privera pas, et eux, ça leur sera bien utile. Tu te souviens de ce que Joan a dit aux assises ? Si elle ne peut pas donner à manger à sa vache, la vache ne donnera pas de lait, et si la vache ne donne pas de lait, ils n'auront rien à boire, elle et sa famille. Je n'ai nullement envie que les habitants du village meurent de faim, a-t-il ajouté en secouant la tête. Nous manquons déjà de bras...

— Et puis la faim, ça fait souffrir ! ai-je renchéri d'un ton convaincu.

— Dans ce manoir, Arthur, m'a réprimandé mon père, les enfants gardent leur avis pour eux si on ne le leur demande pas ! Comment va ton bras ?

— Mieux...

— Bien ! Cela fait trop longtemps que tu es confiné ici. Et si tu allais dans la grange donner un coup de main à Hum ?

— Ce sont de basses besognes ! a fait mon frère.

— Pas du tout, Serle ! a répliqué mon père. Ce ne sont pas de basses besognes. Hum dirige les opérations, et Arthur lui prête main-forte, et tu le sais parfaitement.

— Bon, une besogne d'intendant, alors... », a-t-il persisté.

Il y avait foule dans la grange, et l'air était empli de poussière et de balle, et parfumé des odeurs de l'été. Gatty s'affairait à faire de petites bottes bien serrées. Brian était debout au sommet d'un monticule de bon foin, et il le lançait à la fourche à Macsen, en bas. Will le mettait en grosses bottes, et Dutton, quant à lui, s'efforçait de soulever sur sa tête et ses épaules un énorme ballot, le visage rouge comme la crête d'un coq. Johanna n'arrivait plus à retrouver son souffle, et j'ai vu Howell qui faisait un croche-pied à Martha, tant et si bien qu'elle s'est affalée la tête la première dans un tas de foin, et lui s'est laissé tomber sur elle en riant aux éclats. Ruth reniflait et crachait, et Slim éternuait sans arrêt. En fait, tout le monde éternuait ! Alors Wat Bec-de-Lièvre s'est dirigé vers la porte de la grange en tirant derrière lui une énorme quantité de foin, mais Hum s'est aussitôt précipité.

« Hé ! On a dit porter ! Autant que tu peux porter, pas autant que tu peux traîner derrière toi ! »

Wat, tout penaud, s'est contenté de lui faire un sourire jusqu'aux oreilles.

« Oreilles en chou-fleur, va ! lui a crié Hum.

— Hum, ai-je alors dit. Je peux t'aider, si tu veux.

— Tu te rappelles ce que ton père a dit ! m'a-t-il répondu en me fusillant du regard.

— Mais c'est lui qui m'a donné la permission !

— C'est toi qui as inventé ça, hein ?

— Mais non ! lui ai-je répondu, indigné. Tu n'as qu'à lui demander !

— Bon, d'accord ! Tu peux les surveiller, alors. Un chargement par personne, et c'est tout !

— Très bien !

— Et Gatty et moi on emportera chacun notre chargement...

— Non, un seul chargement, pas deux !

— Et qui c'est qui a dit ça ? a demandé l'intendant en approchant brusquement son visage trop près du mien pour mon goût.

— Je suis sûr que ce n'est pas ça que mon père voulait dire, tu as raison, ai-je concédé, fort mal à l'aise.

— C'est moi l'intendant, non ? Je ferai ce que je voudrai. De toute façon, du foin, il y en a assez, ici !

— Je sais, ai-je acquiescé, toujours aussi mal à l'aise.

— Tu ne vaux pas plus cher que les autres, toi !

a-t-il fait, furieux. La seule chose qui t'intéresse, c'est ta petite personne !

— Ce n'est pas vrai ! » ai-je protesté en élevant le ton.

C'est à ce moment-là que Joan s'est approchée de nous.

« Vous avez pas vu Matty ?

— Qui est Matty ?

— C'est ma brebis ! Elle passe tout son temps allongée par terre, à bêler, pour que je lui donne à manger. Elle a mêm' plus la force d'se lever...

— Oh, c'est terrible, ça ! ai-je dit, compatissant.

— Çui-là, il est bon quand il s'agit d'causer mais, au fond, il vaut pas mieux que les autres, tous pareils !...

— Laisse-le tranquille ! s'est interposée Gatty.

— Tiens, tiens, qu'est-ce qui se passe ? a demandé Joan, railleuse. T'aurais pas un p'tit béguin pour lui, des fois ?

— Sûrement pas ! a-t-elle répliqué, indignée, tout en enlevant des brins de foin accrochés dans ses boucles. Arthur, il est gentil.

— Bon, ça suffit comme ça ! a lancé Hum. Viens par ici, Gatty, que je te mette le foin sur le dos ! »

Une fois que Hum a eu fini à son tour de lier son chargement et qu'il est parti avec son fardeau, la grange a retrouvé son calme. Elle a secoué ses vieilles épaules ankylosées en poussant de profonds soupirs, et je savais que, avant la tombée de la nuit, toute la confrérie des souris et des rats s'en donnerait à cœur joie, et que tout ce petit monde bavarderait à qui mieux mieux en se remplissant la panse.

Il n'y avait plus que Tanwen et moi dans la grange, mais c'est alors que nous avons vu revenir Gatty.

« Allez, venez avec moi ! leur ai-je proposé. On va essayer de trouver du lait à la cuisine...

— Mais j'ai pas encore fait mon chargement..., a objecté Tanwen.

— T'auras qu'à le faire après ! » lui a suggéré Gatty.

Slim était déjà à l'œuvre ; il préparait de la pâte à frire, et comme il voulait qu'on débarrasse le plancher le plus vite possible, il nous a laissé prendre toute une casserole de lait bien crémeux, et même quelques tranches de viande froide par-dessus le marché !

« Je sais où on peut aller déguster ça ! » ai-je fait, et j'ai emmené Tanwen et Gatty dans le petit bâtiment aux murs de pierre qui se trouve juste derrière la cuisine.

« Tiens, je suis jamais venue ici ! » s'est exclamée Gatty, étonnée.

L'armurerie est un endroit tranquille comme tout. Les deux fenêtres sont munies de solides barreaux ; ainsi, si les Gallois reviennent nous attaquer, ils ne pourront pas faire main basse sur nos armes, en tout cas. Dans l'espace entre les deux fenêtres, l'armure de mon père est accrochée sur l'espèce de grand porte-manteau que Will a fabriqué tout spécialement, et au-dessus est comme perché son nouveau heaume, aplati au sommet. À des clous fixés tout le long d'un des murs sont accrochés des cervelières et des justaucorps, ainsi que la vieille cotte de mailles de mon père, qui est toute rouillée maintenant. La nouvelle ne lui descend que jusqu'aux genoux, et elle est fendue à la taille, ce qui lui permet de monter à cheval sans l'enlever.

« T'as vu tout ça ! » s'est émerveillée Gatty.

Et elle a passé doucement les doigts sur les mailles de la cotte puis les a fait glisser sur les plaques de métal. Après quoi elle a pris un haut-de-chausses en futaine sur une étagère, ce qui a semé la panique dans une petite colonie de cloportes. Les uns se sont roulés précipitamment en boule, d'autres ont battu en retraite dans la pile d'épaulettes en lainage, d'autres encore se sont enfuis de toute la vitesse de leurs pattes pour disparaître dans une fissure pleine de toiles d'araignée.

« Ben dis donc, c'est en quoi, ça ? m'a demandé Gatty, palpant le haut-de-chausses entre le pouce et l'index.

— Je ne sais pas, mais en tout cas c'est solide ! Ce sont les croisés qui ont rapporté cette étoffe d'El-Fustat, en Égypte. C'est pour ça que ça s'appelle de la futaine.

— Qu'est-ce que c'est, l'Égypte ? »

Mais avant même que j'aie pu répondre, Gatty, faisant pivoter sur ses gonds la lourde porte de chêne, a vu toutes les armes qui sont là en réserve : l'épée de mon père dans son fourreau, sa lance, qui mesure près de trois mètres cinquante de long, son écu, et toutes les armes dont nous nous servons, Serle et moi, quand nous nous entraînons sur la lice.

« Regarde-moi ça ! » a-t-elle soufflé, impressionnée.

C'était la plommée de mon père.

« Ça, c'est au cas où son épée se briserait, ai-je expliqué.

— Ça sent tellement le renfermé ici, s'est plainte Tanwen, que j'arrive même pas à respirer !

— Tu veux essayer une armure ? ai-je proposé à Gatty.

— Oh oui ! » a-t-elle fait, ravie.

J'ai regardé Tanwen en plissant les yeux.

« Non mais, tu me prends pour qui ? » a-t-elle fait, offusquée.

J'ai donc secoué la poussière d'une tunique en futaine que j'ai tendue à Gatty qui l'a enfilée par la tête, puis elle a passé les bras par le trou des emmanchures.

« En fait, lui ai-je fait remarquer, normalement on commence par le bas et on remonte le tout parce que, sinon, ça fait un poids trop important sur la tête, et on est déséquilibré.

— Allez, venez ! a fait Tanwen. On étouffe, là-dedans !

— Bon, maintenant, tu mets ça ! »

Et j'ai décroché du mur la vieille cotte de mailles.

« Je vais quand même pas mettre ça ! a protesté Gatty en riant.

— Et moi je ne peux pas la porter, ai-je constaté. Pas avec ce bras-ci, en tout cas. »

C'est donc Tanwen qui a tendu la cotte de mailles à Gatty qui, tendant le bras gauche, puis le droit, en arrière, a réussi à l'enfiler.

« Jésus, Marie, Joseph ! s'est-elle écriée, tout excitée.

— Chchutt !

— C'est pas aussi lourd que j'aurais cru, a-t-elle constaté. Du moins une fois qu'on l'a sur le dos. Le poids est réparti partout, on sent moins...

— Elle est beaucoup trop longue pour toi ! Elle traîne par terre, regarde...

— Il fait tellement étouffant, là-dedans ! a répété Tanwen. Je me sens... »

Et voilà qu'elle s'est affaissée sur le sol, les yeux fermés, et le visage très pâle.

« Tanwen ! Ça va ? » me suis-je exclamé.

Pas de réponse.

« Elle est tombée dans les pommes ! a dit Gatty. J'ai dans l'idée que je sais ce qu'elle a...

— C'est quoi ?

— Elle est enceinte !

— Enceinte ?...

— La semaine dernière, elle a vomi tripes et boyaux ! »

Les paupières de Tanwen ont frémi, puis elle a rouvert les yeux et nous a regardés fixement.

« Qu'est-ce qui m'est arrivé ?

— Tu t'es évanouie. »

Tanwen s'est redressée sur son séant.

« Ben ça alors, c'est la première fois que ça m'arrive... Oh, il fait glacial, ici ! a-t-elle dit cette fois en frissonnant.

— T'es enceinte ! lui a dit Gatty.

— Mais non !

— Tu peux toujours dire, tu l'es, enceinte ! »

Tanwen n'a pas répondu.

« Ça fait combien de mois ? » lui a-t-elle demandé.

Tanwen a appuyé sa tête entre ses genoux.

« D'après moi, ça doit faire quat' mois, a fait Gatty, du ton de quelqu'un qui n'est pas né de la dernière pluie. Tu pourras pas continuer comme ça longtemps, ça va se voir... »

Le nombre de choses que Gatty sait me surprend, parfois. Je ne crois pas que Grace saurait des choses comme ça...

Tanwen s'est remise debout, pas très solide encore sur ses pieds.

« Enlève ça ! a-t-elle ordonné à Gatty. On devrait pas être ici, normalement. Et d'ailleurs, j'ai horreur de ce trou ! »

Gatty a donc enlevé la cotte de mailles, qui est tombée mollement à ses pieds en tintant et cliquetant.

« Allez, viens ! a-t-elle dit à Tanwen en lui prenant le bras.

— Laisse-moi tranquille ! Et d'ailleurs, j'suis pas enceinte !

— Ma foi, sûr que si, tu l'es, enceinte !

— Ça vous regarde pas ! » a-t-elle répliqué farouchement, en nous gratifiant tous les deux d'un regard furieux.

Puis, ramassant un des gantelets de mon père, elle l'a jeté violemment par terre avant de sortir de l'armurerie comme une vraie furie.

« Et qui peut bien être le père ? a fait Gatty, perplexe. Ça, je me le demande bien !

— Je ne sais pas... »

Mais évidemment que je le sais... même si je préférerais de beaucoup ne pas le savoir.

82

◆

LE CADEAU DE NOËL DU ROI JEAN

Il ne reste plus que seize jours exactement avant la fin de ce siècle, et il ne s'écoule quasiment pas un seul jour sans qu'il se passe quelque chose d'important. Ainsi hier, dans l'armurerie, Gatty et moi avons découvert le secret de Tanwen, et voici qu'aujourd'hui est arrivé un messager du roi ; il était à cheval lui aussi, mais ce n'était pas le même que la dernière fois – celui qui passait son temps à jurer comme un charretier et qui avait cochonné les latrines.

Celui-ci nous a dit que dans tout le royaume, les barons, seigneurs et chevaliers du roi Jean laissent leurs métayers massacrer les animaux qui vivent dans les forêts et saccager les arbres et les sous-bois. Selon les nouvelles lois promulguées par le roi, mon père doit veiller à empêcher quiconque vit sur ses terres d'abattre les chênes et les frênes, ou même de couper les branches. Ces lois stipulent que chaque villageois doit verser à mon père une taxe d'un penny deux fois par an pour avoir le droit de ramasser du bois mort et que, même si cette condition est respectée, chaque personne ne pourra rapporter chez elle que cinq chargements – un au printemps, en été et en automne, et deux pour l'hiver.

Cinq chargements de bois en tout ! Comment les gens du village vont-ils pouvoir faire bouillir la marmite et se chauffer, avec ça ? Le roi Jean veut-il donc que son peuple meure de froid ? Et où donc Will trouvera-t-il du bon bois maintenant pour nous fabriquer des tables, des tabourets et des étagères ?

« Notre nouveau roi semble vraiment désireux de se faire aimer ! a remarqué mon père d'un ton sarcastique. Ces nouvelles restrictions ne sont pas justes...

— Il s'agit simplement d'appliquer à la lettre les lois promulguées par le roi concernant les forêts, a objecté le messager.

— Précisément ! Le roi n'obéit qu'à son bon plaisir, et c'est à présent son bon plaisir de décréter des lois iniques. »

Le messager a alors informé mon père que le roi Jean a l'intention de nommer un gardien pour surveiller chacune de ses forêts.

« Mais c'est moi, le gardien de Pike Forest ! a rétorqué mon père, furieux.

— Vous devrez répondre de cette forêt devant le gardien nommé par le roi... Désormais, vous lui verserez le montant intégral des taxes que vous aurez perçues, et chaque mois il viendra inspecter Pike Forest. Lui et le garde forestier en chef jugeront les affaires concernant tout délit commis contre les animaux et les arbres du roi. »

Mon père est en colère non seulement parce que les nouvelles lois édictées par le roi réduisent d'autant son autorité, mais aussi parce qu'elles seront cause de maintes souffrances supplémentaires, et que toutes les petites gens penseront que c'est lui qui en est responsable. Mon père est un homme autoritaire, c'est vrai, mais c'est aussi un homme équitable.

Le messager a alors brandi le document portant le sceau rouge circulaire du roi.

« Voici les mots du roi Jean ! a-t-il déclaré solennellement. Ses loyaux barons, seigneurs et chevaliers sont la force et la santé de son royaume, et le roi les somme de veiller à la stricte application de ses lois. »

Mon père a acquiescé d'un signe de tête, mais il n'a même pas offert à l'homme une collation de pain de seigle et de fromage, accompagnée de bière. Il s'est retiré dans la chambre sans plus de cérémonie. Ma mère a alors regardé le messager et lui a dit :

« Je suppose que vous vous restaurerez volontiers avant de reprendre la route !

— Je mangerais bien un cheval tout cru ! a-t-il répliqué.

— Au train où vont les choses, a observé ma mère, nos gens vont devoir manger de l'herbe... Ils seront obligés de manger même les poules qui leur donnent des œufs... Ces nouvelles lois sont très dures.

— Ce n'est pas moi qui les ai proposées ! s'est défendu le messager.

— Je sais bien...

— Je ne fais que les faire connaître », a continué l'homme.

Au dîner, mon père n'avait toujours pas décoléré.

« Je l'avais bien dit, que le pire était à venir, a-t-il rappelé, amer. Un gardien pour surveiller Pike Forest ! Et des taxes que personne ne peut payer ! »

Il a avalé une grande rasade de bière.

« Eh bien ! a-t-il conclu, pour ma part, je n'empê-
cherai personne de ramasser du bois mort ! Les gens
pourront en prendre autant qu'ils voudront !

— Mais... et le gardien, alors ? lui a demandé ma
mère.

— Qu'il aille se faire pendre ! a rétorqué froide-
ment mon père. Et au diable le cadeau de Noël offert
par le roi Jean à tous ses sujets d'Angleterre ! »

83

NEUF PRÉSENTS

J'ai beaucoup pensé à Tanwen, à son futur bébé, et à ce qui va leur arriver, à elle et à Serle. Et puis j'ai pensé aussi au roi Jean, avec ses nouvelles lois, à la manière dont toutes les pierres qui gèlent, dans les champs, se tassent sur elles-mêmes et grincent des dents sans souffler mot de leurs peines. J'ai pensé encore aux étoiles, qui sont parfois si lumineuses qu'on dirait qu'elles lancent des étincelles.

Et puis ce matin, Oliver et moi avons parlé de la cousine de la Vierge Marie, Elizabeth, qui s'est trouvée enceinte alors qu'elle avait cinquante ans passés, et de la signification des présents apportés à l'enfant Jésus par les trois Rois mages venus d'Orient. J'ai donc décidé moi aussi d'apporter des présents à

Jésus, neuf présents, parce que neuf est mon chiffre, et voici donc les neuf strophes que j'ai écrites pour lui :

Je t'apporte mon corps, mon enfant bien-aimé,
Mon chant qui mûrit, mon oreille charmée.
Ainsi chante Marie.
                    Alléluia !

Moi j'apporte une surprise – cette douce fragrance,
Avec amour concoctée, et puis espoir et patience.
Ainsi parle Elizabeth.
                    Merveille !

Avec moi arrivent cette lumière bleue et mes trilles,
Et puis des fidèles cheminant vers toi dans la nuit.
                    Rrr !

Ainsi chante l'étoile,
Et moi, mon doux agneau, pour toi j'apporte cette toi-
                                                    son,
Afin que chaudement ta maman lange son enfançon.
Ainsi parle Tom le berger.
                    Yan ! Tan !

Au lieu d'un mot, j'apporte le son du silence béant,
Je suis la dent que dans le temps jadis perdit un géant.
Ainsi semble parler la pierre.
                    Iyore !

Je t'apporte des volutes de brume et de gros rires gras,
Un bracelet tressé de poils bruns pour ton poignet droit.
Ainsi parle l'âne.

Hi-han !

Je t'apporte ma couronne et un rêve à mon sceau,
Des lois nouvelles, honneur, devoir et complots.
Ainsi parle le roi Jean.

Ce que c'est que de nous !

Ouvre la main, permets que je t'enfile ce tendre gant !
C'est amour que se nomme dans ma gorge ce doux chant.

Ainsi parle la colombe.

Rrouou-rrouou

Et moi, quel présent te donner ? C'est moi, ton cadeau !

De tout ce que je suis et tout ce que je serai, je te fais cadeau.

Ainsi chante chaque enfant.

Petit Jésus !

84

◆

L'ÉPÉE DANS LA PIERRE

J'ai déjà vu des lumières éclatantes, mais aussi éclatantes que celles que j'ai vues aujourd'hui, jamais. Le
soleil, quand il double d'argent l'envers des feuilles
frémissantes des aulnes, nos montagnes de pommes
fraîchement cueillies dans le verger, le fou que l'on
voit à la foire de Ludlow avec son chapeau jaune,
rouge et vert et des clochettes dorées qui tintinna-
bulent, oui, tout cela a un éclat dansant, mais ce n'est
pas un éclat profond ni durable, pas plus que celui
de notre jachère cet été, lorsqu'elle était toute constellée de coquelicots, de bleuets et de tremblantes fritil-
laires. L'éclat que j'ai vu aujourd'hui dans ma pierre
était d'une autre nature.

Chacun des chevaliers porte par-dessus sa tunique

et ses braies un manteau de lin beige clair. Sur le devant et le dos de ces manteaux est cousu un grand écu. L'un des écus ainsi cousus vole du vol ample de cinq aigles pourpres, un autre rugit par la gueule d'un lion lui aussi pourpre, un autre aboie de concert avec trois lévriers gris, et un autre encore nage de conserve avec un banc d'épinoches, roses et argentées. Il y a aussi un écu d'un bleu profond comme le ciel à minuit, où se détachent sept étoiles lumineuses, un autre écartelé en quartiers or et argent, avec une enclume noire au milieu, ce qui signifie peut-être que c'est l'écu du chevalier de l'Enclume Noire en personne. Des bandes terre de Sienne brûlée et des carrés couleur prune, des cercles gris étain et des triangles jaunes, du jaune tendre des feuilles juste avant qu'elles ne deviennent vertes, des freux formant un nuage d'un noir d'encre, des clés du bleu du ciel d'été, des croix rouge sang, un griffon couleur safran, un brun-roux comme la toison d'un renard... Jamais je n'ai vu un déploiement de couleurs et de motifs pareil à celui qui fait flamber tous ces écus.

D'après Oliver, les manuscrits enluminés du prieuré de Wenlock offrent un spectacle aussi fastueux, avec des marges et des pages entières décorées de couleurs impérissables, aussi somptueuses que celles du ciel lorsque le soleil va se coucher, avant que le crépuscule ne vienne les ternir.

Les chevaliers sont tous groupés dans la partie est du cimetière, ils ont tous le regard fixé sur quelque chose que je ne vois pas. Derrière eux se dresse une énorme église grise comme un pigeon ramier. Je sais le nom de cette église, c'est l'église Saint-Paul, à Londres.

Et voici que soudain je vois ce que les chevaliers regardent aussi fixement. C'est une épée ! Une épée sans fourreau, enfoncée jusqu'à la garde dans une enclume de pierre et placée sur un énorme socle de pierre taillée. Cette pierre, c'est du marbre, et une inscription en lettres d'or y est gravée :

CELUI QUI RETIRERA CETTE ÉPÉE
DE CETTE PIERRE ET DE CETTE ENCLUME
SERA LE SEUL VRAI ROI DE TOUTE LA BRETAGNE

L'archevêque de Canterbury, vêtu de gris tourterelle, d'or et d'écarlate, sort à pas lents de l'église, et aussitôt certains des chevaliers se pressent à sa rencontre et le guident jusqu'à l'épée fichée dans la pierre.

« Elle n'était pas là et elle est là, déclare solennellement l'archevêque. Puisse-t-il en aller ainsi de notre souverain. Que celui qui fut vienne... »

Nombreux sont les chevaliers qui font cercle autour de l'énorme socle de marbre, chacun désirant ardemment être le premier à tenter d'arracher l'épée à la pierre. L'archevêque lève sa crosse dorée, et le vent du nord, glacial, applaudit et administre en même temps un soufflet à chacun des membres de l'assistance. Les vêtements sacerdotaux s'animent de rides et de vaguelettes, et les surcots de lin des chevaliers dansent et bondissent. Quel tumulte coloré dans le cimetière ! Une violente mêlée de gris-vert, de grenat, d'or, de vert tendre comme les feuilles de hêtre, et puis des langues de flamme, un véritable déferlement de couleurs, un océan rudement malmené par le vent.

« Je vous enjoins tous, déclare alors le prélat, haussant la voix pour se faire entendre malgré le vent qui forcit, d'entrer dans cette église. Nul d'entre vous ne doit porter la main sur cette épée avant que nous n'ayons tous prié à genoux. Nous devons demander à l'Enfant Jésus d'accomplir un miracle, Le supplier de nous désigner à tous le vrai roi. »

85

DU COUTEAU À DÉCOUPER
À L'ÉPÉE DANS LA PIERRE

« Mais oui ! s'est exclamé mon père. Nous aurons des bécasses, des alouettes et un cygne.

— Un cygne ! me suis-je écrié. Nous n'en avons pas mangé depuis Noël dernier !

— Et puis une hure de sanglier, tu n'as pas oublié, n'est-ce pas ? »

Ravi, j'ai poussé des cris de joie et j'ai entonné une petite chanson de ma composition dont les mots ont résonné dans la grande chambre :

Soyez tous les bienvenus sous le toit de cette maison !
Ici trouverez propos choisis, excellente chère,
Meilleure que jamais n'en rêva pauvre hère.
Sur des chansons nous nous quitterons.

Qu'on apporte céans de ce festin le premier mets !
Une hure de sanglier réjouira votre palais
Avec sa subtile sauce à la moutarde épicée.
Sur des chansons vous nous quitterez.

« Très bien ! a approuvé mon père avec un sourire. Mais ceci n'est point une leçon de chant !

— Oui, je sais, père. Mais je sais aussi un certain nombre des mots qui désignent la manière de découper le gibier à poil et à plumes !

— Bien alors, que dit-on pour les perdrix ?

— On lève les ailes.

— Oui, c'est cela. C'est exact. Et les pigeons ?

— On déjointe les cuisses, père.

— C'est bien, Arthur. Et les poules ?

— On lève l'abattis.

— Excellent. Et les chapons ?

— On... on lève les magrets ?

— Ah non, ça on peut le dire pour les canards. On lève le paletot des canards, mais on déjointe et lève les chapons. Et les lapins ?

— Je ne sais pas, père...

— Bon, eh bien, on les désarticule. On dit cela parce qu'ils ont quantité de tendons et de nerfs. Les volailles, le gibier à poil, les poissons, pour chaque espèce il existe un mot différent pour désigner la manière de les découper.

— J'adore les mots ! » ai-je alors lancé.

Mais j'ai aussitôt regretté de l'avoir dit...

« Seulement Oliver dit que je suis lent pour la lecture et encore plus lent pour l'écriture..., me suis-je empressé d'ajouter.

— Bon, et pour les brochets, alors, que dit-on ? » m'a encore demandé mon père.

À cet instant précis, ma mère a ouvert la porte à toute volée.

« John ! Viens me rejoindre tout de suite, veux-tu ! » a-t-elle lancé à mon père tandis qu'elle s'approchait de nous d'un pas pressé.

« On les filète, a terminé mon père avant de fermer les yeux en prenant une profonde inspiration.

— Que se passe-t-il, Helen ?

— Arthur, toi, va dans la grand-salle ! J'ai besoin de parler à ton père

— On les filète ! a-t-il répété.

— Merci, père », ai-je dit en m'inclinant devant lui pour prendre congé.

Il n'y avait personne dans la grand-salle, sauf Sian, qui avait pris un morceau de charbon de bois dans l'âtre et s'amusait à se noircir consciencieusement les ongles.

« Après, je ressemblerai à la sorcière ! m'a-t-elle dit en guise d'explication.

— À Black Annis, tu veux dire ?

— Oui, et je te mangerai tout cru !

— Mais où ils sont, tous les autres ?

— Ben, moi, quand je suis rentrée du jardin, Tanwen, elle était allongée près de la cheminée et elle pleurait très fort. Mais quand je lui ai demandé pourquoi, elle est partie en courant.

— Et Serle, où il est ?

— Maman et lui, ils se disputaient, là-haut, dans la galerie.

— À propos de quoi ?

— Même que Serle lui a crié dessus, à maman ! Et puis après il a descendu l'escalier comme un fou, et y avait maman qui lui criait de revenir.

— Et Nain, où est-elle ?

— Je n'en sais rien. Dis, Arthur, est-ce que les ongles de pied des sorcières sont noirs aussi ? »

J'ai attendu un certain temps dans la grand-salle, mais mon père et ma mère sont restés claquemurés ensemble derrière la porte de la chambre, qui ne laissait filtrer aucun son. Ainsi donc, une fois que Sian a eu fini de se faire les ongles de pied tout noirs et qu'elle m'a eu dévoré tout cru, j'ai enfilé mon lourd manteau, j'ai mis ma casquette en peau de lapin, et je suis monté ici, dans mon bureau.

J'étais impatient de voir lesquels des chevaliers allaient essayer d'arracher l'épée de l'enclume et, dès que mon obsidienne s'est réchauffée, elle m'a laissé voir la scène.

Le cimetière baigne dans une pénombre verte, et le lierre qui recouvre les pierres tombales est humide et luisant.

« Bien, allons-y ! fait d'une voix de basse un chevalier au visage aussi plat qu'une bêche, vêtu d'un sur-cot barré de deux bandes écarlates. Je suis fort comme deux hommes robustes ! Je vais essayer ! »

Il monte sur le socle de marbre, empoigne l'épée par le pommeau et par trois fois s'escrime à l'arracher à l'enclume.

« Je n'arrive pas à faire bouger d'un pouce cette maudite épée ! finit-il par dire avec un reniflement rageur.

— Eh bien alors, laisse-moi la place ! » lui lance un chevalier au visage cuivré et aux cheveux couleur de cuivre, et dont l'écu cousu sur le surcot s'orne de trois châteaux forts.

Et le voilà qui grimpe à son tour sur le socle de marbre.

« Écarte-toi ! crie alors le chevalier à l'Enclume Noire. C'est moi qui suis destiné à devenir roi ! »

L'archevêque regarde douze barons, seigneurs et chevaliers tenter successivement de faire sortir l'épée de l'enclume, et échouer l'un après l'autre.

« Aucun d'entre vous n'est notre vrai roi, déclare-t-il. Celui que nous cherchons n'est pas parmi nous.

— Mais d'ailleurs, cette enclume, d'où est-elle venue ? s'enquiert le chevalier à la face plate comme une bêche.

— Elle n'était pas là et elle est là, se contente de répondre le prélat. C'est un événement merveilleux. Et lorsque l'épée sera arrachée à la pierre, ce sera un miracle. L'Enfant Jésus nous montrera qui est notre nouveau souverain lorsque l'heure sera venue.

— Permettez-moi d'en douter..., rétorque un chevalier dont l'écu cousu sur le surcot est à fond blanc parsemé de points roses, ce qui lui donne l'air d'avoir la rougeole.

— Vous avez été les premiers à arriver jusqu'à Londres, lui objecte l'archevêque, mais il y a encore des centaines d'hommes en chemin vers la capitale. Dix d'entre vous doivent monter la garde ici de nuit comme de jour. Que chacun soit mis au courant de l'existence de cette épée, et que tout homme qui le souhaite soit admis à tenter de l'arracher à la pierre. Tel est mon conseil.

— Amen ! répondent en chœur les chevaliers.

— Et que nul de ceux qui sont présents ici ne rentre chez lui, poursuit l'homme d'église. Organisons donc une joute et un tournoi le jour du Nouvel An ! À cette date, je pense que nous saurons qui est notre vrai roi. »

Puis l'archevêque et les chevaliers se sont évanouis dans les profondeurs de ma pierre noire ainsi que s'évanouissent des étoiles dans un ciel qui pâlit avec l'aube.

Je suis resté assis encore un certain temps sur mon petit banc dans l'embrasure de la fenêtre en serrant bien fort mon pauvre bras droit et mon épaule encore douloureux. Moi je pense que c'est sûrement l'homme au capuchon qui a transporté par quelque artifice de magie ce bloc de marbre, ainsi que l'épée et l'enclume, dans le cimetière de l'église Saint-Paul, puisque c'est lui qui a conseillé à l'archevêque de convoquer à Londres tout le ban et l'arrière-ban des barons, des seigneurs et des chevaliers. Mais où est-il donc passé ? Il ne se trouvait pas dans la foule, au cimetière.

Je sais que l'homme au capuchon a promis au roi Uther de venir en aide à son fils et d'aller le quérir lorsque son temps serait venu, mais même si ce fils gagne Londres à cheval, il ne sera pas autorisé à tenter d'arracher l'épée, du moins je ne le crois pas. Il n'est pas assez âgé encore pour être fait chevalier. Peut-être n'est-il même pas encore écuyer...

Lorsque je suis redescendu dans la grand-salle, Nain s'y trouvait, et elle était toute seule, et alors elle m'a expliqué pourquoi ma mère avait ainsi brusquement interrompu la leçon que me donnait mon père sur l'art de découper le gibier.

« Voilà que tout d'un coup Tanwen s'est trouvée mal, là, sous nos yeux, m'a-t-elle confié. Et lorsqu'elle est revenue à elle, elle s'est mise à sangloter, et elle a fini par nous avouer qu'elle attend un bébé, et qu'elle est enceinte de quatre mois. »

Moi je n'ai pas soufflé mot à Nain de ce qui s'était passé dans l'armurerie. Il est parfois préférable de garder pour soi certaines informations que l'on possède...

Ma grand-mère a reniflé bruyamment et s'est raclé la gorge avant de cracher sur la natte de roseaux.

« Beurk, c'est répugnant ! a-t-elle fait. J'ai constamment la bouche pleine de saletés. Dis-moi, tu te rappelles le jour où Serle était bien serré contre Tanwen sur le banc ? "Tanwen signifie feu blanc, voilà ce que je lui ai dit ce jour-là, et c'est dangereux de jouer avec le feu blanc." Je le savais, ce qu'ils manigançaient, tous les deux...

— Qu'est-ce qui va se passer, à présent ? lui ai-je demandé.

— Quelle pensée ? a-t-elle repris, perplexe.

— Mais non, Nain, je ne te parle pas de pensée ! *Se passer* ! Qu'est-ce qui va *se passer* ?

— Articule donc comme il faut ! Eh bien, ta mère ne va pas pouvoir garder Tanwen à son service. Quelle petite traînée, celle-là !

— Mais non, ce n'est pas vrai du tout ! ai-je protesté.

— Helen dit qu'elle va demander à Ruth de la remplacer comme femme de chambre.

— Mais il n'y a pas qu'elle, dans cette affaire ! Il faudra que mon père l'aide à subvenir à ses besoins... »

Nain s'est contentée d'émettre un vague grognement.

« Et Serle ? » ai-je poursuivi.

Nain, creusant les joues, a fait :

« Il devra faire pénitence.

— C'est tout ?

— Voyons, a-t-elle ajouté en soupirant, comment ton père pourrait-il le faire chevalier maintenant ? Ce n'est pas possible. Pas tout de suite... Et dire qu'il allait le faire chevalier le jour de Noël !

— Ah bon ! Mais je ne savais pas ça ! me suis-je exclamé.

— Quel idiot, ce garçon ! a commenté Nain. Et toi, mon petit, a-t-elle ajouté sèchement, veille à ne pas être le prochain à te mettre dans ce pétrin ! Bon, où en étais-je ?

— Tu parlais du châtiment qui attend Serle.

— Ton père va lui enlever son faucon... Et puis je ne sais pas quoi encore... J'ai toujours dit à Helen qu'elle n'était pas assez sévère avec lui. Et ton père aurait dû lui donner plus souvent une bonne correction !

— Pauvre Serle !

— Tout ceci n'augure rien de bon..., a conclu Nain en reniflant. Lorsque je serai morte et enterrée et que les vers me rongeront les chairs, cet événement sera encore cause de problèmes dans ce manoir. Rappelle-toi ce que je te dis là... »

Le soir d'Halloween, Serle avait pourtant ri beaucoup, et il s'était montré très doux et gentil lorsque le petit Luc est mort, mais c'est vrai que ces dernières semaines, on aurait dit qu'il en voulait à tout le monde, et il lui est arrivé d'être méchant avec moi. Par exemple, il a dit à Tom et Grace, mes cousins, qu'on ne peut compter sur mon amitié que quand tout va bien, et il m'a traité de coucou voleur de nid, et il a même ajouté que mon père ne veut pas du tout que je devienne écuyer. Et puis il m'a lancé à la figure à ce moment-là qu'il me haïssait. Mais, à présent, je comprends tout. Depuis que Tanwen lui a appris qu'elle attend un enfant de lui, ce pauvre Serle doit être contrarié et tourmenté. Il aurait quand même pu s'en ouvrir à moi...

86

◆

EN ROUTE POUR LONDRES

Arthur-dans-la-pierre monte Pip, sire Ector son cheval Anguish et Kaï l'écuyer monte Gwinam. Merlin,
qui monte Sorry, est aussi du voyage.

« Je ne peux promettre de vous accompagner
jusqu'au bout, annonce Merlin. Mais j'irai du moins
jusqu'à Oxford avec vous. »

Jamais je n'ai vu Kaï aussi heureux.

« Ce sont les derniers milles que je parcours en tant
qu'écuyer, m'explique-t-il. Mon père dit qu'une fois
arrivés à Londres, il me fera chevalier.

— Ça ressemble à quoi, Londres ?

— Ça ne ressemble à aucune autre ville, me
répond mon père. Tu vas voir !

— À quoi veux-tu ressembler, toi ? me demande

Merlin. C'est la première question que tu dois te poser. »

Cent soixante milles interminables séparent Ludlow de London Bridge, et je n'ai encore jamais suivi fût-ce un seul mille de cette route. Celui où nous chevauchons en ce moment est tout plat, et apparemment le suivant va être tout aussi plat. Un peu en contrebas, trois ormes lancent des signaux mais sinon, il n'y a pas d'autres arbres par ici, rien que des buissons et des broussailles.

Derrière notre petit groupe de cavaliers, un énorme nuage sombre semble se déverser à rebours. On dirait une tour grise, garnie de tourelles et surmontée d'un clocheton, ou bien une galerie de mine de charbon qui tournerait lentement sur elle-même dans les airs. Nous poursuivons notre route, mais le nuage noir galope plus vite que nos montures et ne tarde pas à nous rattraper. Des gouttes semblables à d'énormes ampoules s'écrasent sur la piste cavalière, soulevant de petits tourbillons de poussière. Sire Ector, Kaï et moi serrons autour de nous les plis de nos amples manteaux de voyage et rabattons la capuche sur notre visage. Merlin, quant à lui, se couvre la tête de son capuchon en tissu mou.

87

NOËL

Je vis en ce moment dans deux mondes à la fois.

Dans ma pierre prophétique, je chevauche en direction de l'est. Des centaines de chevaliers sont en route pour Londres. Kaï y sera bientôt adoubé. Et pendant ce temps, dans le cimetière de l'église Saint-Paul, dix chevaliers continuent à monter jour et nuit la garde auprès de l'épée fichée dans l'enclume.

Mais ici, à Caldicot, on s'apprête à fêter Noël !

Il ne m'est pas possible de coucher ici par écrit toutes les choses, aussi bien douces qu'amères, qui ont eu lieu durant ces trois derniers jours, sinon Oliver me reprochera de gaspiller du parchemin et puis d'ailleurs, il fait encore plus froid que d'habitude dans mon bureau. Même ma main gauche est glacée et ankylosée.

Le matin de Noël, après la messe, Hum est entré d'un pas majestueux dans la grand-salle, soufflant dans sa cornemuse tout en jouant du tambourin. Slim le suivait, tenant bien haut la hure de sanglier placée sur un plat d'argent, et aussitôt tout le monde s'est levé et s'est mis à chanter la petite chanson que j'ai inventée :

Qu'on apporte céans de ce festin le premier mets !
Une hure de sanglier réjouira votre palais...

Enfin, à vrai dire, tout le monde ne chantait pas. Nous étions quarante-neuf convives en tout, et il y en avait un certain nombre qui beuglaient, d'autres qui gazouillaient, et les tout-petits, eux, ont continué à pleurer à qui mieux mieux.

Le soir de Noël, ma mère, Ruth, Sian et moi avons coupé autant de houx, de lierre, de gui, et de branches d'if que nous pouvions en transporter, et nous avons décoré toute la salle. Les clous rouillés où l'on accroche les feuillages étaient encore en place aux murs, solidement enfoncés dans le mortier – et dire que je ne m'étais même pas aperçu de leur présence depuis Noël dernier ! Après, chacun de nos métayers a traîné jusqu'à la grand-salle une énorme bûche de Noël afin que le feu brûle dans la cheminée durant douze jours et douze nuits sans discontinuer. Brian et Macsen, aidés par mon père, les ont empilées devant la porte de la salle en attendant.

Pendant la messe, Oliver nous a dit que le cœur de chacun est un berceau qui attend son petit hôte, et que Jésus doit naître en chacun de nous en cette nuit de Noël. Je l'ai déjà entendu utiliser cette comparaison, et cette idée me plaît. Puis il a évoqué la croisade qui se prépare, et il s'est mis à vilipender les Sarrasins, enfonçant énergiquement son poing droit dans la paume de sa main gauche pour ponctuer sa diatribe.

Je sentais que mon père commençait à s'impatienter, et puis je l'ai vu soudain regarder ma mère en roulant des yeux, et alors – je sais que ce n'est pas bien... – moi je me suis retourné et j'ai regardé Gatty en roulant des yeux comme mon père et, lorsque je me suis retourné à nouveau, presque tous les fidèles assemblés dans l'église roulaient des yeux et se tordaient de rire.

Ah, oui ! et puis la famille au grand complet, même ma grand-mère Nain, a pris un bain chaud dans la grand-salle avant le jour de Noël, ce qui fait que pendant trois jours, Ruth et Martha ont eu fort à faire pour aller chercher de l'eau, apporter les seaux dans la cuisine et faire chauffer des chaudrons dans l'âtre. Ah, et puis encore ceci : mon père a fait cadeau d'une miche de pain blanc à chacun de ceux qui avaient pris place au banquet. Et j'allais oublier, à la fin du repas, mon père, Giles et Joan n'ont pas manqué de se poser des devinettes, connues aussi bien que nouvelles, comme ils ne manquent jamais de le faire.

« Qu'est-ce qui ressemble le plus à un étalon ? a commencé mon père.

— Une jument ! a répondu Joan du tac au tac. Qu'est-ce qui pousse la racine en l'air et la tête en bas ?

— Une chandelle de glace ! a lancé aussitôt mon père. Qu'est-ce que je garde dans ma poche mais que vous jetez par terre, vous ?

— De la morve ! a fait Giles. De la morve dans votre mouchoir. Qui fait tout le tour de cette salle en laissant ses gants sur l'appui des fenêtres ?

— La neige ! a crié Joan. Et celle-ci, vous la connaissez ? Quel animal a la queue entre les yeux ? »

Mon père et Giles se sont consultés du regard en fronçant les sourcils d'un air perplexe.

« La queue entre les yeux..., a repris mon père. Quelqu'un connaît la réponse ?

— Crachefeu, la chatte ! a répondu Sian, surprenant tout le monde. Crachefeu, elle faisait ça, des fois ! Je l'ai vue comme ça quand elle faisait sa toilette !

— Sian ! » s'est exclamée ma mère.

Et alors tout le monde s'est mis à rire, et Dutton est passé d'un pas lourd derrière les convives assis sur les bancs, assenant à chacun en manière de plaisanterie de bons coups avec la vessie du pauvre Stupide, le cochon, qu'il avait remplie de pois chiches qui bringuebalaient dedans à grand bruit.

« Allez, encore une ! a fait Giles. Combien de queues de veaux faut-il pour grimper de la terre au ciel ?

— Une seule ! a braillé Joan. Une seule, à condition qu'elle soit assez longue.

— Et la toute dernière, cette fois ! a lancé mon père. Quel est le plus précieux fardeau qui ait jamais existé, et qui le portait ? »

Mais avant même que Joan, Giles ou quiconque ait eu le temps de proposer une réponse, la porte s'est ouverte brusquement, et un loup-garou est entré en titubant dans la grand-salle. Il avait autour du cou une guirlande de romarin, et des touffes de poils noirs hérissés garnissaient aussi le dos de ses mains, ses avant-bras et ses mollets. Il était vêtu d'une peau de mouton – je me suis demandé si c'était celle de la pauvre Matty – et tandis qu'il traversait maladroitement la salle, désignant ma mère du doigt, il proférait des mots et des syllabes bizarres :

« Je, je, glim, glim-grime, toi, sein, bitysein, toi, unna, tinna, toi, Henna, Helen, dara, dick ! »

Ma mère a fait mine de ne pas savoir que cette créature fantastique n'était autre que Wat Bec-de-Lièvre. Elle s'est mise à pousser des cris aigus au moment où, grimpant sans se gêner sur la table, il a rampé vers elle, tendant ses mains velues comme pour se saisir d'elle. Alors, mon père a entouré ma mère de ses bras, et Dutton a gratifié Wat d'un coup si énergique avec la vessie de porc qu'il est tombé en arrière, en plein sur les genoux de Johanna, et tout le monde a poussé des hourras de joie.

Et puis aussi, nous avons dit toutes les prières du temps de Noël et nous avons savouré les sucreries traditionnelles, échangé les plaisanteries de saison, joué aux jeux et chanté toutes les chansons qui relient entre eux les Noëls successifs comme une chaîne de fleurs d'hiver – jasmin jaune étoilé et ellébore, pommier de paradis et romarin –, en sorte que chez nous, dans la grand-salle de ce manoir des Marches galloises, nous faisions tous partie de cette histoire qui a commencé avec la naissance de Jésus et ne s'achèvera qu'au jour du jugement dernier.

« Je la connais, la réponse ! a soudain beuglé Oliver.

— Mais quelle est la question ? lui a demandé Merlin. La connais-tu, la question, Oliver ?

— Je sais quel est le précieux fardeau. La réponse, c'est sûrement l'Enfant Jésus et sa mère, Marie, et l'âne qui les portait sur son dos. C'est sûrement ça, la réponse !

— C'est en effet la bonne réponse, a dit mon père en souriant.

— Ah ! s'est écrié le prêtre, qui s'est littéralement illuminé.

— Et la devinette à propos du dieu, alors ? a fait Nain.

— Que disiez-vous, Nain ? lui a demandé mon père.

— Celui qui avait été emmené en barque loin de ce bas monde.

— Dieu ? » a suggéré Oliver.

Nain a secoué la tête en reniflant d'un air méprisant, et elle a commenté :

« Mieux vaut ne rien savoir que savoir peu. »

Maintenant que j'ai treize ans, je me rends compte que, même si ce Noël-ci était pareil à tous ceux d'avant, il n'était pourtant pas tout à fait semblable, et je tiens à noter les trois choses qui l'ont rendu différent des autres.

Le jour de la saint Stephen, il faisait très beau et très doux, si bien que presque tous ceux qui vivent sur les terres du manoir sont venus sur la lice pour participer aux jeux, mais moi je n'ai pas été autorisé à le faire parce que mon bras droit est encore assez douloureux.

Il y a eu trois combats de coqs, et c'est celui de Will qui a gagné. C'est Cleg le meunier qui l'a emporté à la lutte, ce qui ne m'étonne guère, étant donné qu'il dépasse tout le monde d'une bonne tête, et que son torse est aussi large que le poitrail d'un cheval de trait.

Ensuite a eu lieu le concours de saut en longueur. Mon père a tendu par terre une corde entre deux piquets, et chacun devait se mettre derrière pour prendre son élan ; pendant ce temps, Gatty et moi on a enfoncé des petits bâtons dans le sol dur pour pou-

501

voir repérer jusqu'où chacun sauterait. C'est Johanna qui a sauté la première, et elle est retombée à une distance ridicule, moins qu'une enjambée de mon père quand il marche à grands pas, ce qui a déclenché l'hilarité générale. Sian a fait un bond d'un mètre cinquante à peu près, Serle a franchi un peu plus de quatre mètres. Pendant un certain temps, Hum a mené, avec un saut de cinq mètres à peu de chose près. Oliver, relevant sa soutane, a pris son élan, mais il s'est arrêté net avant même de sauter parce que ses genoux lui faisaient mal.

« Eh bien, alors maintenant, a lancé mon père, au tour de Merlin !

— Non, non ! a protesté celui-ci.

— Si ! a crié Sian.

— Allez, un saut de croyant ! a insisté Oliver.

— Allez-y, Merlin ! l'a encouragé ma mère, en souriant et en tapant dans ses mains.

— Bien, d'accord... », a-t-il fini par dire.

Et tout le monde s'est mis à rire et à lui prodiguer force encouragements... et quelques insultes.

Tout s'est passé tellement vite ! On aurait dit que tout était terminé avant même d'avoir commencé. Merlin a reculé de dix pas puis, bondissant sur ses pieds légers, il est arrivé jusqu'à la corde et s'est élevé loin au-dessus du sol. Quinze mètres ! Merlin a fait un saut de quinze mètres ! Dans l'assistance, certains se sont caché les yeux derrière leurs mains, d'autres ont applaudi à tout rompre en poussant des hourras.

« Encore une fois !

— Recommencez, Merlin !

— Incroyable !

— C'est de la magie !

— Encore !

— Une fois suffit amplement, a-t-il répondu posément. Une gorgée bue dans le calice des prouesses.

— Des prouesses ? ai-je fait, intrigué.

— Oui. Jongler avec neuf pommes, l'élan de la vitesse, la bouche qui se referme brusquement, le pas sur une lance volant dans l'air, le coup qui estourbit l'adversaire, et puis enfin ceci : le saut de saumon. »

Oliver a frotté ses lèvres rouges avec le dos de sa main, mais il n'a pas pipé mot.

« Tout cela, vous en êtes capable ? a demandé mon père à Merlin. Ces exploits, vous pouvez les accomplir ?

— Mais bien sûr ! a-t-il répondu sans un soupçon de forfanterie.

— Pourtant, jamais je n'ai entendu personne parler de tout ça..., ai-je remarqué.

— Non, en effet... »

Et, réfléchissant un instant, Merlin m'a expliqué :

« Eh bien, vois-tu, tout comme toi tu apprends le maniement de l'épée, l'art de la joute et le tir à l'arc, moi j'ai appris à accomplir ces prouesses. Dans le temps jadis...

— Mais ce saut-là ! ai-je insisté. C'est de la magie !

— Ah bon, tu crois ? » s'est-il contenté de dire.

À l'automne, Oliver a demandé un jour à Merlin s'il niait l'existence du Christ et celui-ci lui a répondu que non, jamais de la vie, mais que nous serions tous bien inspirés d'invoquer les neuf esprits, dont chacun possède un calice sans fond.

« Quintessence de bouse de vache ! avait répliqué Oliver, je m'en souviens. Il n'y a pas de place pour neuf esprits dans la maison du Christ ! »

Mais, qui sait, et s'il y en avait, justement, de la place ? Et s'il était possible de croire à l'existence des neuf esprits comme on croit à celle du Christ ? Merlin y croit bien, lui... À moins que ce ne soit un hérétique ? Est-ce vrai que si mon père n'était pas là pour le protéger, il finirait sur le bûcher ?

Je sais qu'aujourd'hui c'est la nuit de Noël, et que Jésus doit renaître dans mon cœur qui l'attend, mais je pense que Merlin comprend plus de choses que n'importe lequel de ceux qui vivent sur les terres de notre manoir, et qu'une part de son savoir remonte à la nuit des temps et est tout aussi magique que ma pierre prophétique. Ou du moins ce qu'il dit et fait semble tenir du miracle. L'homme au capuchon a bien dit à l'archevêque que nombreuses sont les choses qui paraissent miraculeuses jusqu'au moment où on les comprend, et qu'il en est de si merveilleuses qu'elles mériteraient d'être qualifiées de miracles.

Ainsi donc, la première des choses qui ont rendu ce Noël très différent de ceux qui l'ont précédé, c'est le saut de saumon qu'a effectué Merlin. La seconde, ce sont les roses rouges...

Hier, trois visiteurs se sont présentés au manoir. Il y a eu d'abord trois musiciens, un homme qui avait un violon à cinq cordes, accompagné de sa fille. Celle-ci avait mon âge. Elle avait le visage très pâle, et des cernes bistre sous les yeux, mais sa voix était limpide et haut perchée.

Amour sans dol au cœur, amour sans peur
N'est que feu sans flamme, flamme sans chaleur.
Dulcis amor !

Amour sans dol au cœur, amour sans peur
Est jour sans soleil, ruche sans miel en son cœur.
Dulcis amor !

Amour sans dol au cœur, amour sans peur
N'est qu'hiver sans gel, n'est qu'été sans fleur.
Dulcis amor !

Telles étaient les paroles de sa chanson, et elle n'avait pas encore fini de les chanter que notre troisième visiteur est arrivé. C'était Thomas, le messager de sire William et de Lady Alice, qui venait nous remettre des présents de leur part. Pour ma mère, un peigne d'ivoire avec trente-cinq dents blanches, une pour chacune des années de sa vie ; pour mon père, un mouchoir de lin avec, dans l'un des coins, son initiale, J, brodée avec un fil écarlate par Grace ; pour Serle, un ceinturon de cuir clouté, pour Sian, une petite bague d'argent sertie d'une pierre bleue. Et pour moi, cinq roses rouges sur le point d'éclore.

« Lady Alice m'a dit de dire qu'il leur faut de l'eau – de l'eau de la fontaine qui se trouve au milieu de la forêt, m'a recommandé Thomas.

— Quelle forêt ? s'est étonné mon père. Que veut-elle donc dire ?

— C'est parce que je lui ai parlé d'une fontaine magique...

— Toi et ton imagination ! » a-t-il commenté non sans quelque humeur.

Noël est comme un enclos ceint de murs. Un bercail. Nous sommes à l'intérieur de l'enclos, nous mangeons, nous buvons, nous nous tenons bien au chaud, nous chantons, mais nous n'oublions pas pour autant que toutes les faims et les terreurs de l'année écoulée, ses enseignements, ses angoisses, ses opportunités et ses chagrins nous attendent au-dehors. Nous savons bien qu'elles nous attendent, à l'affût, tout comme le chevalier de l'Enclume Noire guette, attendant le cavalier qui s'aventurera jusqu'à la fontaine au milieu de la forêt. Non, nous n'avons rien oublié.

C'est la première fois que je me fais cette réflexion – que la nuit de Noël est l'unique pause que nous marquons dans la longue danse des mois de l'année. Et c'est justement cette réflexion la seconde des choses qui ont rendu ce Noël-ci différent.

Oui, l'enclos de Noël – pour la plupart d'entre nous, nous nous trouvons à l'intérieur, mais il y en a qui n'y sont pas... Tanwen, par exemple. La pauvre Tanwen... Elle n'est pas venue au banquet au manoir. Elle n'est pas venue non plus assister aux jeux sur la lice. Je ne l'ai même pas vue une seule fois depuis qu'elle s'est enfuie de la grand-salle en courant. Elle n'a ni père, ni mère. Qui veillera sur elle ? Serle est-il allé la voir ? Lui a-t-il apporté de la viande, une miche de pain blanc et de la bière blonde, pour elle et pour l'enfant qu'elle porte ? Lankin non plus n'est pas avec nous dans l'enclos. Depuis le jugement, il reste cloîtré dans sa cabane, et Jankin et Johanna sont les deux seules personnes à l'avoir vu. Les fiançailles de Jankin et de Gatty auront-elles lieu quand même ? Lankin et Hum y consentiront-ils un jour ? La blessure de Lankin ne va-t-elle pas s'infecter, ne va-t-il pas en mourir ?

Et puis par ailleurs, que va devenir Serle ? Il a prié pendant la messe de Noël, il a pris place à la table du banquet et il a participé aux jeux sur la lice, mais il est resté très silencieux, et les langues vont bon train derrière son dos. Pauvre Serle ! Ce Noël-ci, il était à la fois à l'intérieur et à l'extérieur de l'enclos...

Nous étions tous les deux assis près de l'âtre à siroter de la bière, et alors je lui ai serré très fort le coude droit.

« Serle..., ai-je dit tout doucement.

— Quoi ? » a-t-il répondu d'une voix morne et blanche.

Il s'est tourné lentement vers moi, il m'a regardé, et moi je lui ai rendu son regard et je lui ai souri. Il a baissé les yeux sans rien dire.

88

◆

LE CHEVALIER KAÏ

Voilà, Kaï a ainsi parcouru à cheval les derniers milles de sa vie d'écuyer. Il se tient debout devant le maître-autel dans l'église Saint-Paul, et Arthur-dans-la-pierre est debout à ses côtés. Sire Ector et l'archevêque de Canterbury nous font face, et tout autour de nous, dans la demi-obscurité, je distingue une troupe serrée de chevaliers – le chevalier de l'Enclume Noire, le chevalier au teint et aux cheveux cuivrés, le chevalier à la face plate comme une bêche, les dix chevaliers qui ont monté la garde auprès de l'épée fichée dans la pierre, et puis encore plusieurs centaines de chevaliers qui ont rejoint Londres à cheval.

Par contre, je ne vois Merlin nulle part. Bah ! Il nous avait prévenus qu'il ne ferait route avec nous que jusqu'à Oxford, mais je m'étais dit que peut-être il changerait d'avis. Kaï se frotte sans arrêt le sommet du crâne. La peau doit être douloureuse, car on lui a rasé une partie des cheveux, et il a maintenant une tonsure circulaire de la taille d'un jaune d'œuf. Il est vêtu d'une robe blanche et porte par-dessus un manteau écarlate à ceinture blanche, parce qu'il est prêt à verser son sang en combattant pour l'Église, et qu'il s'efforcera toute sa vie durant de préserver la pureté de son corps et de son esprit.

« Kaï, commence l'archevêque d'une voix forte et grave, dont le son se répercute dans toute l'église. Pour quelles raisons désires-tu devenir chevalier ? »

À cette première question, Kaï ne répond pas.

« Est-ce pour amasser des richesses ? demande le prélat. Pour faire main basse sur le butin pris à l'ennemi ?

— Pour amasser..., reprend l'écho. Pour faire main basse...

— Ou bien encore est-ce le désir de voir autrui s'incliner bien bas devant toi qui t'anime ? poursuit l'archevêque.

— Non, répond cette fois Kaï d'une voix qui ne tremble pas. Je désire être fait chevalier afin de pouvoir servir le Christ notre Seigneur, et de demeurer pur de corps et d'esprit. Afin de vivre pour le Christ comme Il est mort pour moi.

— Qui protégeras-tu ?

— Tous ceux qui auront besoin d'être protégés.

Dans ce royaume, trop nombreux sont ceux qui sont victimes d'injustices. Les riches dépouillent les pauvres, les forts piétinent les faibles. Nul ne défend la veuve et l'orphelin. Je combattrai le mal partout où je le trouverai sur mon chemin.

— Voilà qui est dit, et bien dit, approuve l'archevêque.

— Dit..., reprend l'écho dans la vaste église. Dit... bien dit... »

Voici qu'à présent Kaï met le genou droit en terre, et sire Ector prend l'épée de son fils, posée sur le maître-autel. Il la soulève et elle demeure l'espace d'un instant comme en suspens au-dessus de l'épaule droite de Kaï, sa pointe scintille comme l'aile d'une libellule. Par trois fois, mon père donne un coup léger du plat de l'épée sur l'épaule de Kaï.

« Au nom de Dieu et par saint Edmond, dit-il solennellement, je te fais chevalier. Sire Kaï, sois brave. Sois courtois. Sois loyal. »

Aussitôt tous les chevaliers assemblés dans l'église crient en chœur :

« Sire Kaï ! Sire Kaï ! »

Puis ils rompent les rangs et se pressent autour de nous, gratifiant le nouveau chevalier de cordiales claques dans le dos avant de lui serrer la main droite. Et voici que Kaï, sire Kaï, se tourne vers moi...

Et alors, ma pierre prophétique est soudain devenue noire. Noire comme l'aile d'un corbeau. Comme la tête d'un vieux clou rouillé. Noire comme la terre fraîchement remuée sur la tombe du petit Luc.

89

◆

LE QUATRIÈME FILS

Au déjeuner de midi, Slim a servi de la carpe froide nappée d'une sauce chaude bien épicée. Nous venions de terminer lorsque Will est entré d'un pas pesant dans la grand-salle.

« S'cusez-moi d'vous déranger et tout, j'sais ben qu'c'est Noël et tout ça, mais j'ai fini, et la coutume veut qu'on la mette en place, la pierre, avant la fin de l'année... »

Il a alors posé la pierre tombale pour Luc au bout de la table afin que ma mère et mon père puissent l'examiner à leur aise.

« Voilà de la belle ouvrage ! a fait mon père. Viens un peu voir ça, Arthur ! Will a gravé si profond ce que tu avais écrit que l'inscription sera encore lisible dans cent ans ! »

Cent ans ! 1299... Ce manoir sera-t-il encore debout ? Les Caldicot en seront-ils encore les seigneurs et maîtres ? Dans cinq générations ?

« Dites fils ! Dites frère ! C'est vraiment très bien, Arthur. Il faudra que tu lises ton poème à voix haute lorsque nous dresserons la pierre. Nous allons le faire cet après-midi même, et ensuite je veux que Sian et toi vous m'aidiez à faire une glacière.

— Et Gatty, elle peut venir ?

— Bonne idée ! Au cas où il faudrait une seconde fois repêcher Sian !... »

C'est alors que j'ai examiné la pierre tombale du petit Luc.

« Mais père ! me suis-je écrié. Ça ne va pas du tout !

— Comment ça, qu'est-ce qui ne va pas ?

— Eh bien, regardez ! Will a gravé "quatrième fils". Luc n'était pas votre quatrième fils ! »

Mon père s'est penché sur la pierre en poussant un léger soupir.

« Oui, ma foi, c'est vrai. Enfin, a-t-il dit, et il s'est redressé et m'a regardé, c'est moi, n'est-ce pas, qui ai écrit ceci pour que Will puisse graver les lettres... Cela n'a pas d'importance...

— Pas d'importance ! me suis-je récrié. Serle, moi, Matthieu, Marc, Luc... »

Et je me suis mis à frissonner des pieds à la tête sans pouvoir me contrôler.

Comment mon père a-t-il bien pu oublier ainsi l'un de ses fils ? Ou alors, était-ce bien « quatrième » qu'il voulait effectivement écrire ? Si tel est le cas, cela ne peut signifier qu'une chose et une seule, c'est que l'un de ses fils n'est pas vraiment son fils. Il ne s'agit pas de moi, tout de même ? Ne suis-je donc pas le fils de mon père ? Comment en avoir le cœur net ? Peut-être puis-je poser la question à ma mère, ou à ma grand-mère Nain. Inutile de demander à mon père, jamais il ne répond.

Tanwen aimait beaucoup le petit Luc et souvent, quand il était si mal, elle passait toute la nuit à le veiller et à le soigner. Ma mère a donc envoyé Ruth jusqu'à la chaumière où vit la jeune fille pour lui demander de nous rejoindre sous le porche de l'église et d'assister ensuite avec nous à la mise en place de la pierre tombale du petit Luc. Mais Tanwen a commencé par refuser, si bien que ma mère s'est rendue elle-même à la chaumière et est venue au cimetière en compagnie de la jeune fille. Elle lui avait passé un bras autour de la taille.

Peut-être cependant qu'il aurait mieux valu, finalement, qu'elle ne vienne pas. Serle l'a saluée d'un bref signe de tête, mais après, il s'est tenu aussi loin d'elle qu'il a pu, de l'autre côté de la tombe, les pieds sur la tombe voisine, celle de Marc, et il n'a pas cessé, tout le temps de la cérémonie, de se mordiller la lèvre inférieure. Nain, elle, a carrément tourné le dos à Tanwen et, lorsque j'ai lu à haute voix les mots du poème, la jeune fille a été saisie de frissons et elle s'est mise à pleurer silencieusement, et je savais qu'elle pensait à son bébé à elle, au sort qui attend cet enfant.

« Une mère à qui son enfant est ravi ne doit pas pleurer, a dit solennellement Oliver. Notre Seigneur fait preuve d'une infinie bonté lorsqu'il arrache un jeune enfant à ce monde corrompu. Enfants ou bébés, ils demeurent vivants. Ce sont des anges. »

En l'entendant prononcer ces paroles, je me suis soudain souvenu que Merlin m'a dit un jour qu'Oliver est dans l'erreur, que c'est un hérétique. Je lui ai lancé un regard, mais il avait passé un bras autour des épaules de la pauvre Tanwen, et il n'a pas regardé dans ma direction.

Will a creusé une petite fosse juste derrière l'endroit où est la tête du petit Luc, et il y a placé la base de la pierre tombale. Puis nous avons tassé tout autour de la terre noire, et j'ai lu mon poème, et nous avons tous effleuré la pierre l'un après l'autre. Mon père et ma mère ont fait ce geste les premiers – mais est-ce donc vrai ? N'ont-ils eu que quatre fils, et non cinq ? Après eux, c'est Nain qui a touché la pierre, et elle a dit ces mots :

« Que les oiseaux de Rhiannon chantent au-dessus de toi. »

Ensuite, c'était le tour de Serle, puis le mien et celui de Sian. Oliver nous a suivis, puis Merlin et Tanwen.

Et si nos larmes et nos regrets ont quelque pouvoir, la pierre tombale de Luc restera debout jusqu'à la fin des temps.

Il ne reste plus que deux jours avant que ce siècle ne s'achève – aujourd'hui et demain –, et il me semble que le temps confère de l'autorité aux mots. « Luc. Quatrième fils de sire John et Lady Helen de Caldicot. » Dans un siècle, les passants croiront ce qui est inscrit sur cette pierre tombale, que ce soit ou non la vérité. Mais je suis encore en vie, moi, et il faut absolument que je sache.

90

LE TOURNANT DU SIÈCLE

« Il est grand temps que nous parlions un peu tous les deux... »

C'est ce que m'a soudain dit mon père, là-haut, au sommet de Tumber Hill.

Un gigantesque feu de joie flamboyait. Jamais je n'ai rien vu d'aussi éclatant et sombre à la fois que le cœur de ce brasier qui crachait des lucioles dorées et orangées à la face des étoiles. Tout autour de nous, une foule de visages blancs et de visages noirs, des cabrioles, des cavalcades, des gambades, des cris et des chants.

Dans les ombres mouvantes, j'ai vu Gatty et Jankin ; leurs yeux brillaient très fort. J'ai vu Sian qui courait autour du cercle embrasé comme une petite furie, en tapant dans ses mains et en bondissant. J'ai aussi vu Merlin qui suivait à grandes enjambées la crête de la colline, son manteau noir flottant derrière lui.

Au nord, je voyais des feux allumés à Wart Hill, à Woolston, à Black Knoll et à Prior's Holt. Au sud, d'autres feux encore à Brandhill, Downtown-on-the-Rock, au manoir de Leintwardine et tout au bout de Stormer. Enfin, dans la direction du sud-ouest brûlait un neuvième feu de joie, si loin, celui-là, qu'il clignotait, blanc et froid, doutant de lui-même, tel un arbre déchu. D'après mon père, ce feu-là, c'était à Stonage, ou alors à Stow Hill.

Neuf feux de joie, plus notre feu à nous, grondant et crépitant. Par contre, au loin à l'ouest, devant nous, il y avait seulement un rideau d'obscurité – Pike Forest et les vastes étendues désolées du pays de Galles.

Mon père et moi nous tenions là debout, épaule contre épaule, les yeux perdus au loin devant nous. Soudain, en contrebas, dans la vallée, Oliver a sonné le glas. Chaque note grave était comme une profonde respiration, suivie d'un long silence. La vieille année se mourait.

Puis la cloche s'est tue, et là-haut sur la colline, nous avons tous fait silence un moment. Humains, animaux, oiseaux, arbres, chacun retenait son souffle. Mais voilà que soudain, Oliver a fait sonner la cloche à la volée. Les carillons succédaient aux carillons ;

nous avons poussé force hourras et nous nous sommes tous embrassés joyeusement. Le siècle nouveau avait commencé !

Rien n'avait changé, et pourtant tout paraissait différent. Le cadeau que fait le siècle tout neuf à chacun d'entre nous, c'est de nous donner de l'espoir, des projets et de l'énergie, et ce sont là des choses susceptibles d'engendrer des changements considérables.

« Il est temps que nous parlions, tous les deux, a répété mon père.

— De vos projets concernant mon avenir, voulez-vous dire ? ai-je demandé d'une voix mal assurée.

— C'est cela. Car enfin, quand on est dans le noir, on n'y voit goutte, n'est-ce pas ? »

Sur ces mots, il m'a pris par le bras droit, qui me fait encore souffrir et, s'étant muni au préalable d'un brandon enflammé en guise de torche, il m'a guidé d'une main douce mais ferme, et nous avons descendu ensemble le versant de Tumber Hill.

« Bien, nous parlerons donc demain matin, alors..., m'a-t-il dit. Le premier matin du siècle nouveau. Tu vas pouvoir patienter jusqu'alors ? »

91

UNE FAROUCHE DÉTERMINATION

Ma pierre brillait à travers le tissu jaune safran crasseux. Je jure que c'est vrai.

Je savais que je n'arriverais pas à trouver le sommeil. Pas après la promesse que m'a faite mon père – de me parler demain... Aussi, dès que j'ai entendu la respiration égale et profonde des dormeurs, j'ai allumé deux chandelles et je suis monté ici, dans mon bureau.

J'ai aussitôt extrait mon obsidienne de la fissure où je la cache, et je l'ai sortie du tissu qui l'enveloppe. Elle était vivante. Elle voyait et parlait de nouveau, et voici que cette fois elle m'a fait voir une scène absolument merveilleuse. Un miracle pour inaugurer l'année nouvelle.

Sire Ector, sire Kaï et Arthur-dans-la-pierre longent au petit galop le mur d'enceinte de Londres, et je porte la bannière aux armes de mon père. Une foule de chevaliers et d'écuyers chevauchent à nos côtés, devant nous, derrière nous. Tous les chevaliers sont vêtus d'une armure étincelante, et les écuyers portent chacun la bannière de son seigneur.

« Aujourd'hui sera jour de tournoi, annonce mon père à Kaï. Et demain nous jouterons.

— Volontiers ! » crie Kaï.

Tout le monde est de belle humeur, et le vent d'ouest n'est pas en reste. Il hurle de rire en malmenant les innombrables bannières, et il siffle à travers la visière du heaume des chevaliers.

Je vois à présent le terrain où va se dérouler le tournoi : une foule dense de dames, de chevaliers, d'écuyers et de chevaux s'y presse, de grands pavillons et de petites tentes à rayures de couleur y ont été dressés. Un incroyable brouhaha me parvient aux oreilles – des conversations, des rires, des chants, le son strident des trompettes.

« Oh, non ! » hurle soudain Kaï.

Et il tire si brusquement sur les rênes que son cheval Gwinam rejette la tête en arrière en hennissant et se cabre.

« Qu'y a-t-il donc ? lui demande mon père.

— Mon épée ! Je l'ai oubliée !

— Sire Kaï ! s'exclame mon père d'un ton de reproche.

— Arthur ! C'est toi qui m'as habillé. Tu as sûrement remarqué !

— Non, Kaï, le reprend sire Ector. Tu ne dois t'en prendre qu'à toi-même...

— S'il te plaît, Arthur, je t'en prie ! Tu veux bien retourner me la chercher à notre hôtellerie ?

— Nous t'attendrons à côté de la tente des arbitres », tranche mon père.

Sur-le-champ je fais faire volte-face à Pip, mon cheval. Tournant le dos à cet arc-en-ciel de couleurs et au son éclatant des trompettes, je regagne au grand galop la grisaille des rues de Londres.

Je sais qu'Arthur-dans-la-pierre ne voulait surtout pas faire défaut à Kaï. Celui-ci venait d'être fait chevalier, c'était le premier tournoi auquel il allait prendre part, mais moi, si Serle oubliait ses affaires, je n'irais certainement pas les lui chercher, parce qu'au cours de l'année qui vient de s'achever, il a été si souvent méchant avec moi. Non ! Donc, Arthur-dans-la-pierre et moi sommes à la fois une seule et même personne, et deux personnes différentes.

Je descends à grand fracas la grand-route, je dépasse l'église Saint-Paul, puis je me fraye un chemin dans le labyrinthe des ruelles étroites, je tourne à droite, puis à gauche, puis de nouveau à droite et à gauche, jusqu'au moment où j'arrive enfin à notre logis. Sans même descendre de cheval, je me penche sur ma selle et frappe énergiquement à la porte. Je frappe une seconde fois, de toutes mes forces. Je tambourine une troisième fois de plus belle. Mais la maison est vide. La porte est fermée à clef et la barre de bois est mise en travers des fenêtres. Si ça se trouve, tous les habitants du logis sont allés assister au tournoi...

Je me demande tout haut :

« Que faire ? Il n'est pas question que Kaï se retrouve sans épée aujourd'hui ! »

À cette idée, Arthur-dans-la-pierre se tire sur les cheveux, exactement comme moi quand je réfléchis, et soudain il s'écrie :

« Je sais ! Je sais ce que je vais faire ! »

Ma voix retentit d'un mur à l'autre tout au long de cette rue, qui n'est qu'une venelle très étroite.

« Sire Kaï a besoin d'une épée, et il l'aura, cette épée ! Je vais retourner au cimetière. »

Et je retourne au grand galop jusqu'au portail de l'église, mets pied à terre, et attache Pip à un anneau fixé au portail.

« Attends-moi là ! »

Pip me regarde avec cette expression morne qu'ont les chevaux qui ont l'habitude d'attendre patiemment.

J'ai filé comme l'éclair de l'aire du tournoi jusqu'à notre logis, puis de notre logis jusqu'au porche de l'église, mais voici qu'à présent je me comporte comme si rien ne pressait. Je ne sais trop comment, je suis conscient que, si je ne reste pas parfaitement maître de moi, je n'arriverai pas à faire les choses comme je l'entends. Il ne faut pas que j'agisse à la va-vite, que je fonce sur ma proie. Je dois toujours me garder d'agir avec précipitation.

Regarde-toi, Arthur ! Me voici qui pénètre dans la pénombre de la vaste église ; je me dirige vers la partie est de l'édifice, puis vers le cimetière. Je vais droit à l'énorme bloc de pierre taillée sur lequel se détache l'inscription en capitales dorées, et sur lequel est posée l'enclume où est fichée l'épée. Lentement, je grimpe sur le socle de pierre. Le cimetière est désert. Il n'y a là qu'Arthur-dans-la-pierre, et une dizaine de pigeons londoniens aux yeux roses et au jabot mauve.

Je fixe longuement l'épée, et je me dis que je dois avoir l'air presque courroucé, et pourtant très calme en même temps. Je reste ainsi le regard rivé sur l'épée jusqu'au moment où plus rien n'existe au monde en dehors d'elle et de moi-même.

J'ouvre toute grande la main gauche, j'empoigne fermement la garde glaciale. Je ferme les yeux, puis je les rouvre. Sans effort, je tire sur l'épée, et celle-ci sort sans résistance de la fente dans la pierre.

92

DE PIED EN CAP

À l'aube, il faisait terriblement froid dans mon antre, et encore plus froid dehors. Mais je me sentais brûlant.

Oliver était déjà debout. Je l'ai vu sur le chemin qui mène à l'église, et je l'ai hélé et rejoint. Nous avons échangé nos vœux de Nouvel An, et je lui ai dit que de là-haut, au sommet de Tumber Hill, nous avions entendu la cloche de l'office de minuit du dernier jour de l'année.

Alors le prêtre, sortant sa bible d'une poche intérieure de son aumusse, m'a dit :

« Tu vas désigner une page au hasard, mais d'abord, ferme les yeux ! »

Décrivant un cercle dans l'air du bout de l'index, je l'ai ensuite posé au hasard sur une page.

« La lettre de saint Paul aux Éphésiens, a annoncé Oliver. "Prends le heaume du salut et l'épée de l'Esprit-Saint, qui est la parole de Dieu." Eh bien, Arthur, que t'évoque cette phrase ?

— C'est la vérité ! me suis-je écrié. Je me suis saisi de l'épée. C'est vrai ! Je l'ai arrachée à la pierre !

— Mais que me chantes-tu là ? a fait le prêtre, interloqué.

— J'ai été témoin d'un miracle ! ai-je poursuivi. Une lumière brillant dans l'obscurité avant le jour !

— C'est la folie du Nouvel An..., s'est-il contenté de dire en refermant brusquement la bible. Et tu n'es pas le premier malade atteint de cette folie que je rencontre, de surcroît. Hier au soir, j'ai croisé Joan et Brian qui descendaient de la colline, et ils se sont agrippés à moi en me suppliant de leur donner la bénédiction.

— Pourquoi donc ?

— Ils étaient terrifiés. Ils prétendaient avoir vu Merlin redescendre en volant du sommet de Tumber Hill...

— Tumber Hill ! Effectivement, il s'est littéralement évaporé sous mes yeux, et il est capable de faire ce qu'il nomme le saut de saumon, mais je ne pense pas qu'il puisse voler...

— Merlin n'a pas d'ailes, que je sache ! Évidemment qu'il ne peut pas voler, voyons ! Bien, à présent,

Arthur, tu as désigné ces mots, et eux t'ont désigné à leur tour.

— Oui, Oliver...

— Passe autour de ta taille le baudrier de la vérité et revêts la cuirasse de la droiture. Tel est le message de saint Paul. Tiens levé bien haut le bouclier de ta foi. Brandis l'épée de l'Esprit-Saint, qui n'est autre que la parole divine. Telle est la vie que tu as décidé d'embrasser, Arthur. Arme-toi de pied en cap, revêts l'armure de Dieu ! »

93

ROI DE BRETAGNE

Comment peut-on dormir aussi longtemps ? On dirait des écureuils, ou alors des loirs.

Nain, Serle, Sian, Ruth, Slim et Martha, tout le monde dormait encore lorsque je suis revenu en courant dans la grand-salle, et mon père et ma mère étaient encore dans leur chambre, si bien que, poursuivant ma course sur ma lancée, j'ai gravi l'escalier, j'ai longé la galerie, toujours courant, et je me suis précipité dans mon bureau !

Dans ma pierre comme dans ma vie, le siècle dernier s'est achevé, le siècle nouveau a commencé, et tout se précipite soudain. À moins que tout ne se mette à voler ? Les yeux de Brian et de Joan ont dû leur jouer des tours, sûrement. N'auraient-ils pas par hasard abusé de la bière blonde, là-haut ?

Ma pierre commence par scintiller comme des étoiles qui dansent par une nuit glaciale. Puis elle s'apaise, s'assombrit, se fait profonde. Elle m'invite à pénétrer dans ses profondeurs. J'y vois mes oreilles décollées. Ma bouche qui reste ouverte comme la gueule d'un poisson. Mes narines épatées. Je ricane ; puis je fronce les sourcils d'un air féroce et montre les dents à ma pierre...

Et soudain, le voici. Il s'avance dans ma direction à cheval, brandissant son épée. Arthur ! Arthur-dans-la-pierre ! Emmène-moi ! Mon homonyme arrive au trot sur l'aire du tournoi et passe devant sept chevaliers vêtus tous les sept d'orangé et d'or. Chacun d'eux est retenu captif par une dame qui tient une longue corde orange attachée à la bride de chacun de leurs chevaux. Brandissant bien haut l'épée, je parcours au petit trot les lices, je passe devant le grand pavillon, et je parviens enfin jusqu'à la tente des arbitres. Je vois Kaï qui m'attend, et je me dresse sur ma selle en brandissant l'épée, qui scintille tel un quartier de soleil aveuglant ! Kaï regarde l'épée, se rend compte que ce n'est pas la sienne, et comprend aussitôt d'où elle vient. Il se mordille la lèvre inférieure, comme Serle quand il est nerveux. Courtoisement, je retourne l'épée afin d'en présenter la garde à Kaï.

« Merci, Arthur ! Merci infiniment !

— Je n'ai jamais assisté à un tournoi. Je veux tout voir !

— Eh bien alors, fais le tour du champ clos à cheval, me suggère-t-il. Moi je vais aller chercher père, et nous te rejoindrons ici. »

Je m'éloigne donc à cheval, mais ma pierre, elle, continue à voir Kaï. Il parcourt une partie de la lice au trot et finit par trouver sire Ector à l'autre extrémité du pavillon de toile, devant la seconde tente des arbitres. Stupéfait, sire Ector regarde fixement l'épée.

« Comme j'étais las d'attendre le retour d'Arthur, explique Kaï, je suis retourné moi-même en ville.

— Mais... ce n'est pas ton épée !

— Non, en effet ! Je suis passé à cheval devant l'église et... bref, c'est moi le roi, père.

— Toi ?

— Mais oui, je suis le roi, il ne peut en être autrement... »

À cet instant précis, voici que je reviens, toujours à cheval, dans la pierre. Je retrouve sire Ector et Kaï près de la vaste tente qui a des allures de château fort, avec tous ces chevaliers agitant des oriflammes qui montent la garde, et les petites tourelles vertes, du vert des feuilles de hêtre. Mon père me regarde, puis regarde Kaï.

« Suivez-moi, tous les deux ! » nous enjoint-il, et il éperonne son cheval Anguish et quitte au galop l'aire où va se dérouler le tournoi pour prendre la direction de l'église Saint-Paul.

Je lui crie :

« Père ! Je vous en prie ! J'ai tellement envie de voir le tournoi ! »

Peine perdue... Mes mots n'ont pas plus de poids que des bouffées d'air. Une fois que nous sommes tous les trois dans l'église, mon père s'adresse à Kaï et lui dit :

« Pose la main droite sur la Bible... Bien, alors ! Comment cette épée se trouve-t-elle en ta possession ?

— C'est Arthur qui me l'a apportée..., avoue-t-il en se mordant la lèvre comme tout à l'heure.

— Dans ce cas, rends-la-lui, lui ordonne mon père. Arthur, comment cette épée s'est-elle trouvée en ta possession ?

— Eh bien, je suis retourné jusqu'à notre logis, mais je n'y ai trouvé personne. Pas même un serviteur. La porte était fermée à clef et il y avait des barres de bois en travers de toutes les fenêtres.

— Et ensuite ?

— Je ne savais quoi faire. C'est alors que j'ai pensé à l'épée qui se trouvait dans le cimetière. Je suis donc allé là-bas aussi vite que j'ai pu. J'ai sorti l'épée de la pierre...

— Quelqu'un montait-il la garde ?

— Non personne, père.

— Kaï, fait sèchement sire Ector. Cesse donc de te mordiller la lèvre ! Tu vas la réduire en bouillie, si tu continues ! »

Puis voici que mon père fixe les yeux sur mon visage, et plonge son regard dans le mien. Ses yeux gris argent ne cillent pas...

« Eh bien alors, je pense que tu es le roi, conclut-il gravement.

— C'est impossible !

— Nul n'aurait pu arracher cette épée à l'enclume s'il n'était le vrai roi.

— Mais non, ce n'est pas moi !

— Montre-moi ! fait alors mon père qui, ouvrant la marche, se dirige vers le cimetière. Es-tu capable de remettre l'épée dans la pierre et de l'en faire sortir une seconde fois ?

— Je pense que oui... »

Et je fais glisser l'épée, que j'enfonce presque jusqu'à la garde dans la pierre. Sire Ector grimpe sur le socle et tente de retirer l'épée. Il s'arc-boute et s'escrime, mais en vain : l'épée reste obstinément fichée dans la pierre.

« À ton tour, Kaï, fait-il alors, et ce dernier, lui aussi, s'efforce désespérément d'arracher l'épée. Bien, à toi maintenant ! » m'ordonne-t-il alors. Je grimpe une nouvelle fois sur le socle où est placée l'enclume et je concentre mon attention sur l'épée jusqu'au moment où plus rien n'existe au monde hormis moi-même et l'épée. Puis je l'empoigne par le pommeau. Tout autour de nous, une nuée de moineaux volette en tout sens dans le cimetière. L'acier mordant et la pierre rugueuse murmurent et soupirent doucement, comme soupire un brin d'herbe quand on l'arrache à son fourreau vert, et je fais glisser une seconde fois l'épée, que j'extrais de la pierre sans le moindre heurt.

Aussitôt sire Ector met le genou droit en terre – celui justement qui le fait parfois souffrir – et Kaï à son tour s'agenouille à son côté.

« Père, je vous en prie ! dis-je, faisant un pas en avant.

— Non... Je ne suis pas ton père...

— Que voulez-vous dire ?

— Tu n'es pas mon fils, tu n'es pas de mon sang.

— Père !

— Écoute-moi bien, Arthur. Avant ta naissance, du temps où le roi Uther était encore de ce monde, un inconnu est arrivé à cheval à Caldicot. Son visage était masqué par un capuchon. Cet homme nous a demandé, à ta mère et à moi, d'accepter d'être tes parents nourriciers. "D'être les parents nourriciers d'un enfant encore à naître", telles étaient ses paroles exactes. "Et qui sont les parents de cet enfant ?" lui avons-nous alors demandé. Mais cela, ou bien l'homme au capuchon ne le savait pas, ou bien il ne voulait pas le révéler. Malgré tout, ta mère et moi-même avons accédé à sa requête avec joie. En effet, ta mère avait été malade et ne pouvait plus avoir d'enfants, et nous étions heureux de donner ainsi à Kaï un frère de lait. "Je viendrai vous le confier lorsqu'il sera âgé de deux jours, a ajouté l'homme au capuchon, et vous devrez l'élever exactement comme s'il était votre fils. Baptisez-le Arthur, mais surtout, ne lui révélez pas qu'il est votre enfant adoptif tant que ce siècle ne sera pas achevé. Je veillerai sur lui. Je viendrai le chercher lorsque l'heure sera venue."

— Père ! ne puis-je m'empêcher de m'écrier encore.

— À présent je sais qui tu es, poursuit sire Ector. Tu es le fils dont le roi Uther m'a révélé l'existence au moment où je me suis agenouillé à son côté lorsqu'il était sur son lit de mort. Tu es le fils du roi Uther et de la reine Ygerne. »

Je tends le bras et relève sire Ector et sire Kaï. Devrais-je être heureux ? Je me sens infiniment triste...

« Vous êtes mon père, néanmoins. Vous êtes et resterez l'homme à qui je dois le plus au monde. »

Sire Ector et sire Kaï restent un peu à l'écart. Que nous le voulions ou non, il y a désormais entre nous cette distance...

« Vous m'avez élevé avec autant d'affection que Kaï, dis-je encore, et si jamais je deviens roi, ainsi que vous le dites, vous pourrez me demander ce qu'il vous plaira. Jamais je ne décevrai votre attente. Oui, que Dieu me préserve de jamais décevoir votre attente !

— Sire, répond mon père. Je ne vous demanderai qu'une seule chose. Kaï est votre frère de lait. Lorsque vous serez roi, accordez-lui les honneurs qu'il mérite. »

94

LES LIENS DU SANG

Mon cœur s'est mis soudain à battre plus vite lorsque j'ai suivi mon père dans la chambre. Il m'a fait signe de m'asseoir d'un côté du grand lit conjugal, puis il a pris place lui-même dans son fauteuil.

« Tu te demandes, n'est-ce pas, pourquoi je te parle maintenant, a-t-il fait en guise d'entrée en matière, pourquoi pas hier ou demain ? Je sais que tu étais fort impatient, sûrement...

— En effet, père.

— J'étais comme toi quand j'avais ton âge, a-t-il dit en se levant. Eh bien, la première raison, c'est qu'il m'a fallu prendre des décisions et organiser diverses choses, et tout cela demande du temps. Et la deuxième raison, c'est que je me suis solennellement engagé...

— Auprès de mère, voulez-vous dire ?

— Voyons, un peu de patience ! Tu comprendras le moment venu pourquoi j'ai dû prendre cet engagement, et auprès de qui. Bien ! Certaines des choses que j'ai à te dire vont te faire plaisir, d'autres non. Il va falloir te montrer courageux, Arthur, et le courage exige que l'on regarde la vérité en face, et qu'on l'accepte.

— Oui, père, ai-je répondu à mi-voix.

— Je me suis efforcé d'agir au mieux de ton intérêt. C'est ce que j'ai toujours fait et c'est ce que je ferai toujours. Bien. Tu te souviens que je t'ai dit un jour que tu ferais un bon clerc ? »

Mon cœur s'est mis à cogner très fort dans ma poitrine.

« Eh bien, Arthur ?

— Oui, père, je m'en souviens..., ai-je répondu à voix basse.

— Et je continue à le penser. Tu es suffisamment intelligent pour cela. C'est l'avis d'Oliver, et c'est aussi l'avis de Merlin. Oui, et je pense également que tu ferais un bon prêtre. Mais mon opinion personnelle, c'est que la fonction d'écuyer te conviendrait encore mieux.

— Père ! me suis-je écrié, ravi, en me levant d'un bond.

— Assieds-toi ! Tu pourrais devenir écuyer, puis chevalier. C'est bien ce que tu désires, n'est-ce pas ?

— Oh, oui !

— En ce qui concerne les arts de la lice, tu t'en sors de manière honorable. Enfin, tout juste honorable !... Par contre, il faut que tu deviennes plus expert dans le maniement de l'épée, tu en conviendras...

— Je vais m'améliorer ! me suis-je écrié avec empressement.

— Quoi qu'il en soit, savoir combattre ne suffit pas pour être chevalier, tant s'en faut, même si un certain nombre de chevaliers semblent d'un autre avis. Mais commençons par le commencement. Tu feras d'abord trois ans comme écuyer.

— À votre service, père ?

— Tu voudrais être mon écuyer ? Je pensais, moi, que tu souhaitais que je te fasse engager par un chevalier, comme Serle.

— Cela n'a aucune importance..., me suis-je empressé de dire.

— Eh bien dans ce cas, je me demande bien pourquoi je me suis donné toute cette peine..., a fait mon père en souriant, amusé.

— Vous voulez dire...

— C'est en effet ce que je veux dire...

— Je serai au service de sire William ?

— Il n'en est pas question ! a répondu mon père

d'un ton sans réplique. J'ai pris mes dispositions pour que tu entres au service de Lord Stephen.

— Lord Stephen ! Mais vous aviez dit, pourtant, qu'un fils de Caldicot devrait lui suffire amplement...

— C'est vrai, Arthur. Mais tu te souviens des assises qui se sont tenues ici, au manoir ? Ta manière de plaider la cause de Lankin a plu à Lord Stephen. "Votre jeune fils, m'a-t-il dit après, c'est quelqu'un qui sait ce qu'il veut !"

— Ah bon, il a dit ça ?

— Et il a demandé si je consentirais à ce qu'il te prenne à son service comme écuyer.

— Il m'a demandé, moi ?

— Bien, ainsi cette proposition te convient ? »

Je me suis levé à nouveau d'un bond, et cette fois mon père ne m'a pas rappelé à l'ordre. Je me suis incliné devant lui avant de le serrer très fort dans mes bras.

« Quand vais-je commencer ?

— À Pâques. Ton bras est presque guéri à présent, n'est-ce pas ?

— Oui, père.

— Eh bien, maintenant, il te reste à t'entraîner !

— Oh, oui ! Je m'entraînerai tous les matins !

— Bien ! Et maintenant, rassieds-toi... »

Traînant son lourd fauteuil et s'asseyant à côté du lit, il a commencé à parler :

« Ce que j'ai à te dire maintenant n'est pas facile... »

Et, tendant le bras vers moi, il m'a pris la main droite et m'a annoncé :

« Arthur, tu n'es pas mon fils par le sang. Tu es mon fils adoptif. Et Lady Helen est ta mère nourricière. »

Stupéfait, j'ai tout d'abord regardé fixement le visage de mon père en priant intérieurement pour que ce qu'il venait de me dire ne soit pas vrai. Puis j'ai baissé les yeux.

« Je le savais plus ou moins... »

Ma voix me paraissait étrange, comme si elle émanait non de mon corps, mais d'ailleurs.

« Quatrième fils... C'est ce que disait l'inscription sur la tombe de Luc. Qui est-ce, alors ? Qui est mon vrai père ?

— Sire William, a répondu mon père en s'éclaircissant la gorge.

— Sire William ! ai-je littéralement glapi, et j'ai retiré ma main de la main tiède de mon père.

— Oui, mon frère..., a confirmé mon père en hochant la tête.

— Mais alors... mais alors, Grace est ma sœur !

— Ta demi-sœur, a rectifié mon père.

— Et qui est ma mère, alors ?

— Calme-toi..., a fait doucement mon père en posant sa main ferme sur la mienne. Sire William est ton père par le sang. Quant à ta mère, je suis incapable de te dire qui elle est, car je l'ignore moi-même. C'est une femme qui vit sur les terres de son manoir, c'est tout ce que je sais.

— À Gortanore ?

— C'est en tout cas ce que je crois.

— Vous voulez dire qu'il y a eu quelque chose... comme entre Serle et Tanwen...

— Oui, d'une certaine manière. La différence, c'est que Sire William était déjà marié à l'époque. Avec Lady Tilda. Et donc elle et sire William ont jugé qu'il était préférable, étant donné les circonstances, que le bébé – c'est-à-dire toi, Arthur – soit confié à quelqu'un.

— Préférable ? ai-je repris.

— Oui.

— Pour qui ?

— Pour tous les intéressés...

— Pas pour ma mère ! ai-je dit d'un ton triste.

— Et c'est ainsi que sire William nous a demandé, à Lady Helen et à moi, si nous acceptions de t'adopter. Et c'est ce que nous avons fait, Arthur. Nous étions heureux de donner ainsi un frère à Serle, car Lady Helen avait été gravement malade, et nous pensions à l'époque qu'elle n'aurait pas d'autre enfant. Et par ailleurs, je souhaitais vivement sortir mon frère d'embarras.

— Mais Grace, alors...

— Oui, je sais. Tout ceci signifie, bien évidemment, qu'il n'est pas question de fiançailles entre vous deux, et je sais que tu le désirais.

— Nous le désirions tous les deux..., ai-je précisé, tout triste.

— Mais tu ne vas pas la perdre pour autant ! C'est ta demi-sœur. Nous trouverons une autre épouse pour toi...

— Sire William sait-il que vous me faites toutes ces révélations ?

— C'est précisément pour cette raison que Lady Alice et lui sont venus nous rendre visite un peu avant Noël. Nous voulions mettre les choses au point ensemble.

— Et il voulait me blesser, aussi...

— Oui, enfin..., a fait mon père d'un ton sinistre.

— Et moi qui me disais que vous étiez en train de parler de nos fiançailles, à Grace et à moi, et du moment où j'entrerais au service d'un chevalier...

— Sire William et moi-même étions convenus dès le départ que Lady Helen et moi aurions toute liberté de t'élever comme nous l'entendions, à une seule condition toutefois – que je ne te révèle rien jusqu'à ce jour.

— Et pourquoi maintenant ?

— Parce que tu es assez grand pour comprendre les choses. La nuit d'hier était un passage, un lieu intermédiaire. Aujourd'hui est un point de départ.

— Qui sait que je suis le fils de sire William, à part vous-même et ma mère ?

— Nain. Nain et Merlin. Personne d'autre.

— Serle ne le sait pas ?

— Non. Il n'avait que trois ans lorsque sire William t'a amené chez nous. Et nous avons fait en

547

sorte que tous les habitants de nos terres pensent que tu étais l'enfant de Lady Helen.

— Il y a Lady Alice... Elle le sait, elle.

— Eh bien oui, maintenant, elle le sait, a dit mon père lentement, en faisant une moue embarrassée. Écoute-moi, Arthur, je crois que je ferais mieux de te dire toute la vérité là-dessus. Ta tante Tilda est morte en donnant le jour à Grace et, peu de temps après, sire William s'est remarié. Il a épousé Lady Alice, et il a pensé qu'il valait mieux ne pas l'informer de tout...

— Vous voulez dire, de mon existence ?

— Oui, de cela... et de tout le reste.

— De quoi exactement, père ? »

Il a froncé les sourcils, puis il a poursuivi en reniflant, embarrassé :

« Ta vraie mère, Arthur, ta mère par le sang, vois-tu, elle était mariée. Mais tu sais que sire William ne souffre pas qu'on lui résiste...

— Oui, père...

— Eh bien, voilà qu'un dimanche matin, à l'église, le jeune époux de ta mère s'est levé et a accusé publiquement sire William, et il l'a même menacé. Tu imagines ? À l'église ! Devant tous ses métayers !

— Et comment a réagi sire William ?

— Peu de temps après, ce jeune homme a disparu. Il a tout simplement disparu du jour au lendemain. »

Lentement, très lentement, mon père a pris une

profonde inspiration ; on aurait dit de l'eau qui commence à frémir dans une casserole.

« Je ne sais pas bien... Je ne sais vraiment pas ce qu'il en est ! Toujours est-il que des accusations très graves ont été portées contre sire William. Ce que je sais, c'est que le bruit a couru que le jeune homme avait été assassiné.

— Assassiné par sire William...

— Mais personne n'a été en mesure de le prouver, a ajouté mon père. Malgré tout, tu comprends pourquoi il ne tenait pas du tout à ce que Lady Alice soit au courant de toute cette affaire... Ses parents étaient morts, mais son oncle, qui était aussi son tuteur, n'aurait jamais consenti à ce mariage. Si bien qu'il a choisi de se taire. Mais naturellement, le mariage n'était pas célébré depuis longtemps que Lady Alice a eu vent de la naissance d'un enfant confié aussitôt à des parents adoptifs, et de la disparition inexpliquée du jeune homme. Néanmoins, je ne pense pas qu'elle ait jamais fait le rapprochement entre sire William et ces deux événements.

— Je pense personnellement qu'elle l'a peut-être fait, le rapprochement.

— Ah bon, tu crois..., a fait mon père, et il m'a regardé d'un air pensif.

— Père, lui ai-je alors demandé, comment êtes-vous au courant de tout cela – les menaces proférées par le jeune époux à l'église, et toutes ces rumeurs ?

— C'est Thomas ! a répondu mon père. Il a beau être le messager de mon frère, il est loyal envers moi.

— Je n'aime pas sire William ! Et qu'il soit mon père ou pas, ça n'y change rien !

— Je comprends, m'a-t-il répondu sans hausser la voix. Mais l'heure est aux faits, et non aux sentiments. Lady Helen et moi-même t'avons élevé, mais c'est de sire William que dépendent toutes les décisions concernant ton héritage. Tu m'écoutes ?

— Oui, père.

— Comme tu le sais, sire William est propriétaire de trois manoirs – il y a celui de Gortanore, et puis un autre à Catmole et un troisième sur le continent, en Champagne. Il te destine le domaine de Catmole, Arthur. Et sans cette part d'héritage...

— Je sais, Serle m'a dit que vous ne vouliez pas que je devienne écuyer parce que si je le devenais – c'est ce qu'il a dit... – vous seriez obligé de me léguer une partie des terres de Caldicot, ce qui affaiblirait le possesseur du manoir. Il a dit aussi que jamais je ne pourrais épouser une riche héritière. Et puis il a dit...

— Quoi donc ? a demandé mon père sans me brusquer.

— Il a dit que je suis... »

Ma gorge s'est nouée.

« Il a dit que je suis... que je suis un coucou qui vole le nid des autres... »

Et dès que j'ai réussi à prononcer ces mots, j'ai fondu en larmes.

Mon père s'est assis sans rien dire à côté de moi, la main droite posée de nouveau sur la mienne, et il a attendu que je cesse de renifler comme une taupe lugubre.

« Serle est jaloux, m'a-t-il expliqué alors. Ce qu'il craint, c'est que tu ne lui prennes les terres où il a ses racines.

— Vous lui avez tout dit ? Tout ce que vous venez de me dire ?

— Non, a fait simplement mon père en secouant la tête.

— Est-ce que je peux le lui dire, moi ?

— Non, je vais lui en parler moi-même. Et toi, va rejoindre Lady Helen et console-la de ton mieux. Je crois vraiment qu'elle a le sentiment qu'elle va perdre un de ses fils.

— C'est Lady Helen ma mère ! me suis-je écrié avec énergie, c'est une femme à qui je devrai tout, toute ma vie. Et vous êtes mon père.

— Et toi, tu n'as rien d'un voleur de nid ! Tu es un jeune homme qui sait ce qu'il veut et ne demande rien à personne. »

J'ai tendu la main, et mon père m'a relevé.

« Je suis fier de toi. Ce que nous sommes ne dépend pas seulement de ce que nous confère la naissance, ce qui importe c'est ce que nous faisons de ce que le sort nous a donné. Et toi, Arthur, tu es digne de devenir roi ! »

95

LE FILS D'UTHER

Le bercail, l'enclos de Noël ! Ses murs ne sont plus une protection. Pendant quatre jours entiers, les paroles de mon père ont résonné sans arrêt dans ma tête et dans mon cœur. Elles me poursuivaient partout, où que j'aille – dans la grand-salle, dans mon bureau, dans les écuries, à l'église, quand je longeais la berge de la rivière. La seule manière pour moi d'y échapper, c'est de me réfugier dans mon autre monde – celui de mon obsidienne.

Mais peut-on parler vraiment d'un refuge ? Arthur-dans-la-pierre n'est pas davantage le fils de sire Ector que je ne suis celui de sire John. Mais cela, je ne m'en doutais nullement jusqu'au moment où j'ai arraché l'épée de la pierre, et où sire Ector m'a alors révélé que mon père n'était autre que le roi Uther et que ma mère était la reine Ygerne. Lorsque je me suis vu dans mon obsidienne, priant instamment sire Pellinore de me faire chevalier, et faisant s'envoler des papillons, par l'intensité de ma rêverie, des poings fermés de sire Lamorak et de sire Owain, puis gagnant Londres à cheval, je n'ai pas pressenti un seul instant que j'étais aussi ce nouveau-né que l'homme au capuchon avait remis entre les mains de sire Ector et de son épouse. Mais je comprends enfin, à présent, pourquoi ma pierre m'a fait voir le roi Uther et Ygerne. C'est avec eux que commence ma propre histoire-dans-la-pierre.

Dans l'obsidienne, sire William a tenté de me tuer en m'attendant au pied de l'arbre où j'avais grimpé pour attraper le faucon de sa femme. Mais c'est moi finalement qui l'ai tué. Et après, lorsqu'il est venu ici au manoir avant Noël, il m'a blessé volontairement. Ainsi parfois ce qui m'arrive dans la vie reproduit et répète ce qui arrive dans ma pierre, mais parfois aussi c'est l'inverse qui se passe. En outre, mon obsidienne me laisse voir des personnes et des lieux dont j'ignore tout – la forteresse de Tintagel, le roi Uther, la reine Ygerne, l'homme au capuchon...

Dans ma pierre, l'archevêque est debout à côté de l'épée, entouré de tous les grands personnages de Bretagne et, autour d'eux, dans le cimetière ainsi que sur la grand-route, se presse en foule le menu peuple de Londres.

L'un après l'autre, barons, seigneurs et chevaliers grimpent sur le socle de marbre qui supporte l'enclume. Ils ahanent, s'escriment, hurlent, crachent dans leurs mains ; ils poussent des grognements furieux, leurs articulations craquent, ils jurent comme des charretiers – en vain, aucun d'entre eux ne parvient à faire bouger d'un pouce l'épée fichée dans la pierre massive.

L'archevêque intervient alors :

« Sire Ector affirme que son écuyer Arthur est capable de cet exploit.

— Je le jure, dit mon père gravement.

— Prouvez-le-nous ! crient tous ensemble cent chevaliers au moins, sur un ton qui n'a rien d'amical...

— Montre-nous ce dont tu es capable, Arthur ! » m'enjoint le prélat.

Je grimpe donc sur le socle de marbre pour la troisième fois. Je sais ce que je dois faire. Je contemple fixement l'épée jusqu'au moment où les barons qui trépignent d'impatience, les seigneurs qui me huent, les chevaliers qui sifflent en signe de mépris et tout le petit peuple de la capitale semblent soudain se détacher littéralement de moi, et un vaste espace vide se crée. Je reste ainsi à fixer l'épée jusqu'au moment où plus rien n'existe au monde hormis elle et moi-même...

Alors tous – les barons, les seigneurs, les chevaliers – retiennent leur souffle, stupéfaits, on dirait cent lames d'épées tranchant l'air glacial. Puis le silence règne un bref instant, et ils se mettent à crier comme un seul homme, furieux, incrédules.

Mais voici que l'homme au capuchon se détache de la foule compacte des habitants de la ville de Londres. Je ne m'étais même pas aperçu de sa présence...

« Un adolescent ! crie-t-il d'une voix grave et majestueuse qui résonne dans la foule massée en rangs serrés. Un adolescent capable d'arracher cette épée à la pierre, alors que vous qui êtes des hommes dans la force de l'âge, vous qui êtes des puissants de ce monde, en êtes incapables. Ceci ressemble fort à un miracle ! Et c'est en effet ainsi que les chrétiens nomment des faits semblables ! Un miracle ! » poursuit-il après une brève pause.

Des voix s'élèvent alors comme un océan qui roule et déferle dans l'enceinte du cimetière, puis s'apaise et reflue. L'homme au capuchon, levant la main droite, lance d'une voix puissante :

« Je suis venu en aide à quatre souverains de Bretagne. Accordez-moi toute votre attention ! Le roi Uther n'eut pas plus tôt posé les yeux sur la belle Ygerne qu'aussitôt il s'éprit passionnément d'elle, et il la suivit, elle et son époux le duc Gorlais, jusques en Cornouailles. Cette même nuit Gorlais trouva la mort au combat. Je modifiai alors l'apparence d'Uther, en sorte qu'il ressemblait trait pour trait à l'époux d'Ygerne, jusqu'au moindre détail de son corps. Alors Uther s'en fut rejoindre Ygerne dans la chambre conjugale – dans la forteresse de Tintagel. Et durant cette nuit-là, Ygerne conçut un enfant de lui.

— Impossible ! crie un chevalier.

— Sornettes ! raille un autre.

— Prouvez-le-nous ! lance un troisième.

— Mettez-vous donc en doute les paroles de votre propre souverain ? rétorque l'homme au capuchon. Nombreux ici sont ceux qui ont entendu les paroles prononcées par Uther sur son lit de mort : "J'ai un fils qui fut et qui sera." Telles étaient les paroles de votre roi. "Je demande à Dieu de bénir mon fils. Qu'il soit l'héritier de ma couronne !" »

L'homme au capuchon lance alors un regard courroucé aux barons, seigneurs et chevaliers.

« Vous vous laissez aveugler par votre ambition ! fait-il d'une voix forte. Par votre jalousie. Écoutez-moi ! Ygerne a donné le jour à un fils et, fidèle à la promesse qu'il m'avait faite, le roi Uther m'a confié le nouveau-né. Il me l'a remis en mains propres, enveloppé dans un brocart d'or, le jour même où il est venu au monde. Je sais ce que vous ignorez, vous, je vois ce qui reste invisible pour vous, poursuit l'homme. Rien au monde n'est impossible, mais il y a toujours un prix à payer. J'ai donné au roi Uther le moyen de voir réalisé son désir le plus cher, mais jamais il n'a revu son fils. Ygerne ne l'a pas revu, elle non plus. J'ai trouvé pour l'enfant des parents nourriciers, un châtelain et son épouse qui étaient loyaux envers leur souverain et capables de rigueur et de bonté. Ils avaient déjà eux-mêmes un jeune fils âgé de presque trois ans, et sa mère l'a alors sevré pour allaiter elle-même l'enfant d'Ygerne. Mais je ne leur ai jamais révélé l'identité de l'enfant qu'ils élevaient. Eh bien, ce père adoptif, ce loyal chevalier, est ici devant vous, de même que son premier-né ! Sire Ector ! Sire Kaï, avancez ! »

Et voici qu'à présent l'homme au capuchon se tourne vers moi et incline la tête. Il ouvre toute grande sa main droite.

« Voici le fils du roi Uther, le fils d'Ygerne ! proclame-t-il solennellement, d'une voix de tonnerre. Voici Arthur, le vrai roi de toute la Bretagne ! »

Aussitôt de nombreux citadins se mettent à applaudir à tout rompre et à lancer des vivats, mais la plupart des chevaliers hochent la tête, dubitatifs.

« Et quand bien même ce serait vrai ? hurle l'un d'entre eux.

— Un roi enfant ?

— Cela, jamais !

— Un enfant pour lutter contre les Saxons ? »

La voix de l'homme au capuchon s'élève à nouveau au-dessus de la foule en effervescence.

« J'ai promis au roi Uther que je viendrais quérir son fils quand l'heure serait venue. Et je vous le dis à tous, sujets du royaume de Bretagne, je vous le dis à tous : l'heure du roi Arthur est arrivée ! »

96

DU SANG SUR LA NEIGE

Hier soir, nous avons fêté l'Épiphanie.

Nous avons commencé par mettre la dernière des énormes bûches de Noël dans l'âtre, et puis nous avons décroché toutes les guirlandes de lierre et de houx, le romarin et le laurier, et nous avons tout mis sur le bois qui brûlait. Cela fait, nous avons demandé à Nain de nous raconter encore une fois l'histoire qu'elle nous conte chaque année ce soir-là, l'histoire d'un autre feu, à une autre époque.

Lorsque ma mère et ses frères étaient enfants, ils avaient mis par accident le feu à la grange à foin, et leur père, le Dragon, avait dû accourir pour les arracher aux flammes.

« Au beau milieu de la grange, elle était, Helen, a

commencé Nain, et tout près des flammes ! Elle avait les joues rouges comme des coquelicots, ses yeux étaient tout injectés de sang, et elle était là à genoux, elle criait bien fort les mots et les sons...

— Des sons ? Quels sons ? ai-je demandé.

— Les sons venus des temps très anciens, qui ordonnent au feu de dévorer le feu.

— Helen croyait qu'elle arriverait à éteindre le feu simplement en prononçant des mots ? s'est exclamé mon père, stupéfait.

— Mais oui.

— Elle se trompait, a fait mon père.

— Mais non, elle ne se trompait pas, a répliqué Nain, et peut-être qu'elle y serait arrivée, en effet, si seulement les flammes avaient été moins affamées. Mais il était trop tard. Elles se sont mises à rugir et elles n'ont fait qu'une bouchée du foin de la grange. »

Une fois l'histoire terminée, Hum a joué de la cornemuse tout en marquant le rythme sur son tambourin et nous avons tous dansé, bu et chanté à cœur joie. Ensuite, mon père a annoncé à la compagnie que Lord Stephen a demandé que je sois son nouvel écuyer, et la nouvelle a été accueillie par des hourras. Mais Gatty, elle, est restée silencieuse et, quand je lui ai fait un large sourire ravi, elle a baissé les yeux.

La plupart des convives avaient fait tellement honneur à la bière qu'ils sont sortis péniblement de la grand-salle en titubant. Will et Dutton sont partis les derniers, à quatre pattes et en poussant des grognements de cochon, des meuglements et des bêlements !

« Il y a de la neige dans l'air, » a observé mon père avant de mettre le verrou sur la porte de la grand-salle.

Et voilà, c'était fini, Noël...

Serle, Sian et moi avons échangé des poignées de main avec nos parents et notre grand-mère Nain. Nous avons prié pour que Dieu veille sur nous pendant notre sommeil. Et puis nous nous sommes pelotonnés douillettement autour de l'âtre.

« Moi je voudrais..., a fait Sian en bâillant.

— Qu'est-ce que tu voudrais ? » ai-je chuchoté au bout de quelques secondes.

Mais elle a laissé ma question sans réponse. Elle avait passé toute la soirée à courir comme une petite folle dans la grand-salle mais, dès que ma petite sœur a cessé de s'agiter et qu'elle s'est étendue, elle a sombré dans un profond sommeil.

Par contre, moi, je n'avais pas la moindre envie de dormir. Tandis que Nain et Serle atteignaient ce lieu intermédiaire, à mi-chemin entre veille et sommeil, ma tête et mon cœur à moi étaient encore pleins de tout ce qui s'est passé, et de tout ce qui est encore à venir.

Au fait, et Tanwen ? Elle n'était pas avec nous dans la grand-salle, à chanter et à danser. Quand même, sûrement mon père va lui permettre de rester à Caldicot, avec son bébé, j'espère. Je comprends pourquoi sire William désirait que je ne reste pas vivre à Gortanore, mais la situation est différente, Serle n'est pas marié, et Tanwen non plus...

Et puis il y a Grace... Elle aussi sera triste quand son père lui dira la vérité... Lorsque nous sommes allés tous les deux en haut de mon arbre, nous avons parlé, parlé sans fin, et Grace m'a pris le bras, et elle m'a dit que jamais elle n'épouserait Serle, et que ça lui plairait que nos parents nous fiancent. Elle m'avait demandé d'essayer de savoir quels projets mes parents avaient pour moi, et voilà, maintenant je sais...

Je n'aime pas du tout sire William, et rien ne me fera changer d'avis. C'est un vrai tyran. Il donne des gifles à Lady Alice, et il l'oblige à s'occuper de tout ce qui concerne la vie de tous les jours au manoir et à faire les comptes... Elle a de bonnes raisons d'avoir peur de lui ! Elle sait qu'il est l'assassin du mari de ma mère... Pauvre Lady Alice ! Et dire qu'elle n'a découvert la vérité qu'après s'être mariée ! Et à qui pouvait-elle se confier, la pauvre ? Son père et sa mère étaient déjà morts, et elle n'avait ni frères ni sœurs. Il n'était pas non plus question de parler de tout cela avec Tom ou Grace, puisque sire William est leur propre père. Et c'est pour cela qu'elle s'est confiée à moi – là-haut, au sommet de Tumber Hill, là où le vent-loup pouvait se jeter sur ses mots dès qu'il les entendait, et les déchirer aussitôt en lambeaux. « Sire

William a assassiné un jeune homme. Il a enterré le corps dans la forêt... », m'a-t-elle dit ce jour-là.

Et voilà ! Ces mots, j'ai fini par les écrire. C'est mon troisième chagrin ! Sire William est un assassin ! Mon propre père est un meurtrier ! Je n'en ai soufflé mot à personne, et jamais je ne le ferai, puisque j'ai promis à Lady Alice de garder le secret. Mais quand même, j'ai bien failli en parler à mon père !

Il dit que je dois quitter Caldicot pour Gortanore avant Pâques. Il trouve qu'il est temps que Sire William et moi nous parlions comme un père parle à son fils et réciproquement. Mais je suis aussi le fils de ma mère ! Peu importent les conséquences, je réussirai bien à découvrir qui elle est avant d'entrer au service de Lord Stephen.

« Seigneur bien-aimé, ai-je murmuré à voix basse, dans le désert de la nuit et dans la nuit de mes craintes, dans mes craintes de l'inconnu, accompagne-moi ! »

À ce moment-là, mes chiens Orage et Tempête, qui étaient couchés près de l'âtre, sont sortis de leur sommeil et se sont mis à grogner. C'est alors que j'ai entendu les moutons, parqués dans leur enclos qui bêlaient et poussaient de petits cris aigus. Je me suis levé d'un bond, et mes chiens en ont fait autant.

« Serle ! Les moutons ! »

Il a bredouillé quelque chose, mais il était plongé dans un lourd sommeil.

« Les moutons ! » ai-je répété, plus fort cette fois, en le secouant par l'épaule.

Et sans plus attendre, j'ai chaussé mes bottes et j'ai déverrouillé la porte de la grand-salle.

Il neigeait ! La neige tombait à gros flocons doux. Le ciel était bourré de plumes, et semblait se vider sous l'œil écarquillé de la lune. Durant tout le mois de décembre, il avait gelé à pierre fendre ; le bassin était couvert d'une épaisse couche de glace et le gel parcourait presque chaque nuit le manoir de son pas de seigneur. C'était donc la toute première chute de neige de l'hiver, et je me suis élancé, plein tout à la fois de crainte et de joie. Gatty m'avait devancé, elle était déjà là, debout près de l'enclos. Les moutons se serraient les uns contre les autres, et poussaient de faibles bêlements plaintifs. C'est alors que Gatty m'a montré quelque chose du doigt. À ses pieds, il y avait du sang sur la neige. Et une touffe de laine. Et puis une trace qui formait un chemin, la trace de quelque chose de lourd qui venait d'être traîné sur le sol.

« Ils ont réussi à avoir ce qu'ils voulaient ! s'est-elle contentée de dire.

— Un mouton entier !

— Les loups ne demandent pas, ils se servent. Y a plus rien à faire, maintenant ! »

Mais Orage et Tempête n'étaient pas de cet avis, pour leur part. Ils se sont élancés aussitôt sur cette piste en direction de la forêt.

« Ben c'est normal..., a fait Gatty. Si nous on a faim, les loups aussi ils ont faim...

— Mais où sont-ils donc tous passés ? Je n'ai pas réussi à réveiller Serle...

— Ils cuvent leur bière ! a-t-elle répondu laconiquement, et elle m'a regardé droit dans les yeux, dans la lumière de la lune. Arthur, tu t'en souviendras, dis ?

— De quoi donc ?

— De Harold et Brice...

— Évidemment que oui !

— Et puis de Sian, tu sais, sur la glace...

— Oui, je me rappelle. Et puis toi avec l'armure sur le dos. Nous deux, c'est pour toujours !

— Tu vas t'en aller...

— Oui, c'est vrai, ai-je répondu à mi-voix.

— Là où tu vas, on peut y aller à pied ?

— Évidemment ! Ce n'est pas de l'autre côté des mers, ce n'est pas comme Jérusalem !

— Tu avais dit qu'on irait tous les deux à la foire de Ludlow.

— Oh, Gatty, ne dis rien ! »

Des milliers de petites perles de neige brillaient dans ses boucles, et d'autres se posaient furtivement sur ses longs cils.

« Tu avais promis...

— Mais oui, on ira. Avant Pâques, je te promets. Tu verras ! Tous ces étals, les crieurs, la foule, et puis les monstres ! Ça vaut largement la peine qu'on récolte une raclée tous les deux !

— Et le tour qu'on devait faire le long de la rivière, alors ?

— Mais oui, ça aussi, on le fera. On remontera à pied le long des berges jusqu'à Wistantow. »

Gatty a baissé la tête.

« Et puis voilà, ce sera tout... », a-t-elle murmuré d'une voix blanche.

J'ai regardé le sang. La neige qui continuait à tomber. J'ai écouté le bruit que faisaient les moutons terrifiés.

« Je le dirai à mon père, que tu as mis les loups en fuite, lui ai-je dit. Qu'on les a chassés, toi et moi.

— Ça change rien, de toute façon... », a-t-elle marmonné confusément.

J'ai pris ses mains entre les miennes.

« Et Jankin, alors, ça ne compte pas ? »

Gatty s'est contentée de hausser les épaules.

« Il veut toujours se fiancer avec toi, non ? »

Elle a fait oui de la tête.

« C'est Lankin qui ne veut pas..., a-t-elle dit tristement.

— Oh, Gatty ! »

Et alors, sous la lune entourée de son halo vert, nous avons tendu les bras l'un vers l'autre et nous nous sommes serrés très fort l'un contre l'autre.

97

LE VISAGE DE L'HOMME AU CAPUCHON

« Mais c'est un béjaune ! lance le chevalier au visage plat comme une bêche.

— Eh bien, dans ce cas, il a besoin de votre aide ! réplique l'homme au capuchon.

— Il n'a jamais encore fait couler le sang ? s'enquiert le chevalier de l'Enclume Noire.

— Il n'a fait couler que du lait, répond le chevalier au teint et aux cheveux cuivrés.

— Non, ce n'est pas la vérité, déclare Arthur-dans-la-pierre. J'ai tué un homme.

— Toi ? s'exclame le chevalier au teint cuivré, railleur. Et avec quoi donc ? Avec un plumeau ?

— Je l'ai d'abord assommé avec une branche d'orme, puis je l'ai tué avec sa propre épée.

— Balivernes ! rétorque le chevalier au visage aplati.

— Ce n'est qu'un enfant ! s'esclaffe le chevalier de l'Enclume Noire.

— Comment ! Et vous êtes ceux-là mêmes en qui le roi Uther avait une confiance absolue ? leur reproche l'homme au capuchon. Par trois fois Arthur a arraché l'épée à la pierre, et vous continuez à nier sa légitimité ! Cet adolescent est bien le fils du roi Uther. »

En entendant ces mots, la foule énorme qui entoure comtes, seigneurs et chevaliers recommence à pousser des cris d'acclamation. Les spectateurs agitent les bras. Ils brandissent des gourdins et des bâtons au bout taillé en pointe. Ils tapent frénétiquement des pieds.

« Le roi ! Le roi Arthur ! crient-ils à pleins poumons.

— Que la volonté de Dieu soit faite ! » proclame solennellement l'archevêque en levant bien haut son crucifix.

Le bon peuple redouble de cris et d'acclamations.

« Arthur ! Couronnez Arthur ! crient les gens à tue-tête, et ils s'avancent lentement vers les chevaliers en agitant leurs gourdins d'un air menaçant et en brandissant leurs bâtons.

— Vous tous, nobles chevaliers, qui êtes armés d'épées et de boucliers, lance d'une voix forte l'homme au capuchon, allez-vous donc en faire usage contre votre propre peuple ?

— Ayez seulement la foi ! déclare le prélat de son côté. Tout ceci est une affaire de foi !

— Est-ce donc ce que vous vous apprêtez à faire ? insiste l'homme au capuchon.

— Arthur ! Le roi Arthur ! scande la foule.

— Je vous avertis ! fait l'homme au capuchon, poursuivant son discours. Pour chaque homme que vous tuerez, douze autres se dresseront devant vous et ils triompheront de vous ! »

Les nobles, se tournant les uns vers les autres, parlementent entre eux, pesant le pour et le contre...

Sans faire de bruit, je me suis laissé glisser de mon siège dans l'embrasure de la fenêtre, j'ai mis le genou droit en terre et j'ai fermé les yeux. Je me suis retiré en moi-même, silencieux et compact comme une noix dans sa coquille, tenant toujours mon obsidienne, qui est tiède à présent, entre mes paumes. J'ai attendu un long moment.

« Arthur, mon roi !

— Je vous jure allégeance !

— Je serai votre homme lige !

— À présent et à jamais ! »

Lorsque j'ai enfin rouvert les yeux, tous les puissants du royaume de Bretagne, comtes, seigneurs et chevaliers, étaient en train de mettre genou en terre devant moi : des hommes courageux et des despotes, des hommes rusés et des hommes à l'esprit obtus, des hommes aux idées confuses, des hommes loyaux, des hommes honnêtes, et puis aussi des hommes injustes et des hommes cupides, et encore des hommes que rien n'arrête – les menteurs, les assassins.

Cinq aigles pourpres déploient leurs ailes pour moi, le lion de couleur pourpre rugit pour moi, trois lévriers aboient en mon honneur, et un banc de menus poissons, rose et argent, nage pour moi. Sept étoiles scintillantes brillent pour moi.

« Vous avez tous prêté serment d'allégeance, dis-je d'une voix limpide, et je vous fais à mon tour serment devant le Christ notre Seigneur que je vous serai loyal. Ma justice s'étendra aux riches et aux pauvres pareillement. J'éradiquerai le mal partout où je le verrai sur mon chemin. Je serai votre chef à tous en vous servant et vous servirai en demeurant votre chef, et ceci jusqu'à la fin de mes jours. »

Me tournant ensuite vers l'archevêque, je lui adresse une requête :

« Monseigneur, je n'ai encore jamais vu ma mère depuis le jour où je suis venu au monde. Voulez-vous bien mander la reine Ygerne de se rendre en ce lieu afin qu'elle soit présente le jour de mon couronnement ?

— Par le Christ notre Seigneur qui aima sa propre mère, acquiesce le prélat en inclinant la tête, il sera fait selon votre désir. Et le Christ notre Seigneur vous guidera.

— Ton propre sang te guidera ! lance en écho

l'homme au capuchon. Et les neuf esprits te nourri-
ront. »

Levant alors la main droite, il rejette en arrière son
ample capuchon. C'est Merlin ! L'homme au capuchon n'est autre que Merlin !

Mais bien sûr ! Le même regard bleu ardoise, la
même voix puissante et grave. Comment ai-je donc
pu ne pas le reconnaître plus tôt ? Merlin ! Vous
m'avez donné ma merveilleuse obsidienne, ma pierre
prophétique et, durant tout ce temps, vous étiez là,
dans ma pierre, à attendre que je vous trouve enfin.
C'est vous qui avez conseillé au roi Vortigern d'assécher le lac, vous aussi qui avez modifié l'apparence
extérieure du roi Uther. Le jour de ma naissance, c'est
vous encore qui m'avez confié à sire Ector et à son
épouse. Enfin, c'est vous qui avez promis au roi
Uther, mon père par le sang, de veiller sur moi et de
venir me chercher quand l'heure serait venue.

« Merlin ! » dis-je, ému, en lui tendant les bras.

Sur ses lèvres apparaît et s'éteint aussitôt un sourire.

« Arthur ! Le roi ! Mais quelle sorte de roi seras-
tu ? Non, mon rôle auprès de toi n'est pas encore terminé... Il ne fait que commencer... »

98

UNE NOUVELLE INATTENDUE

À peine avais-je ouvert la porte de la grand-salle que mon père m'a aussitôt demandé :

« Où étais-tu donc ? »

— Avec Lankin.

— Lankin ! Et pourquoi ?

— Gatty m'a dit qu'il refuse de laisser Jankin se marier avec elle. Ni maintenant ni jamais ! Alors je me suis dit que j'arriverais peut-être à le persuader de revenir sur sa décision.

— À cette heure-là, tu aurais dû être sur la lice !

— Je sais bien, mais...

— Pas un mot ! Un fils doit obéir à son père. Un écuyer doit obéir à son seigneur.

— Je vous demande pardon, père... »

Il a tendu les mains vers la chaleur de l'âtre, puis il les a longuement frictionnées.

« C'était quand même courageux de ta part, je dois dire... Comment va Lankin ?

— Il est absolument buté, et plein de rancœur. Il dit que Hum ira rôtir en enfer !

— Et son poignet ?

— J'ai l'impression que ça s'est infecté. Il y a une odeur épouvantable dans la cabane.

— Au fait, un messager est venu, c'est toi qu'il voulait voir.

— Moi ?

— C'est Lord Stephen qui l'avait envoyé. Nous t'avons cherché partout ! »

Mon cœur a commencé à battre très fort.

« Il n'a pas changé d'avis, j'espère ?

— Eh bien... si, Arthur. Si, en un certain sens...

— Oh, non, ce n'est pas possible ! me suis-je écrié.

— Non, non, ce n'est pas ce que tu crois, m'a rassuré mon père calmement. C'est seulement que Lord Stephen désire que tu entres sur-le-champ à son service.

— Tu te souviens du frère Fulk, celui qui est venu ici nous exhorter à partir en croisade ?

— Bien sûr !

— Eh bien, Arthur, Lord Stephen a décidé de partir.

— Père ! me suis-je exclamé, ému.

— Mais oui, et il m'a demandé si je l'autorisais à t'emmener. »

Mon père a alors pris mon bras, et nous avons ainsi arpenté la grand-salle bras dessus, bras dessous pendant un bon bout de temps.

« Lord Stephen souhaite que tu le rejoignes d'ici trois jours. Ton départ va nous coûter une petite fortune, bien évidemment... Il faudra te faire une armure complète sur mesure, mais ça, je pense que sire William te l'offrira. Et puis il te faudra aussi un cheval !

— Mais pourquoi ? Pip est un bon cheval, non ?

— Oui, certes, mais ce n'est pas un cheval de bataille ! Il ne pourrait jamais t'amener jusqu'aux portes de Jérusalem ! Mais commençons par le commencement... Il faut que tu voies avec ta mère quels vêtements emporter. Will est en train de te fabriquer un coffre en bois, et Ruth t'aidera à préparer ton harnois.

— Et mon arc !

— Je vais demander à Will de te tailler d'autres flèches, on pourra te les faire parvenir chez Lord Stephen. Et celui-ci aura sûrement plus que suffisance d'épées, de lances et d'écus.

— Mais c'est que j'aurais voulu voir Lady Alice, et puis Grace aussi, et puis vous aviez dit qu'il faudrait que je m'entretienne en tête à tête avec sire William...

— Eh bien, ce n'est pas possible, le temps presse. »

Soudain, à ce moment-là, j'ai pensé à cette mère dont j'ignore tout... Est-ce qu'elle aimerait savoir ce que je suis devenu ?

« Et puis j'aurais voulu...

— La situation est ce qu'elle est, m'a interrompu mon père. Et d'ailleurs, je ne serais guère surpris que tu retrouves Sire William au nombre des croisés. Il a cela dans le sang, cette passion de l'aventure et ce désir de libérer la Terre sainte. Tu te rappelles sur quel ton il nous a incités, Serle et moi-même, à nous engager à ses côtés ?

— Je me souviens des paroles du frère Fulk...

— Oui, l'indulgence papale... Même si un homme a commis un crime abominable, il sera totalement pardonné s'il vient à mourir sur le champ de bataille au cours de la croisade, ou s'il sert dans l'armée des soldats qui combattent pour notre Seigneur un an durant. »

Mon père n'en a pas dit davantage, et moi de mon côté je me suis tu, mais chacun savait à quoi l'autre pensait...

« Trois jours ! me suis-je écrié soudain. Mais j'avais promis à Gatty...

— Quoi donc ? »

Je m'apprêtais à répondre lorsque ma mère est arrivée de la cuisine presque en courant, Sian sur les talons.

« Arthur ! s'est-elle exclamée, tout émue. Mon fils, mon fils, le voilà croisé ! »

Et ouvrant tout grands les bras, elle m'a attiré contre sa poitrine et m'a étreint de toutes ses forces.

« Arrête, maman ! Tu m'étouffes ! ai-je protesté.

— Non et non ! a fait soudain Sian d'une voix énergique.

— Qu'y a-t-il, Sian ? lui a demandé ma mère, interloquée.

— Moi je dis qu'Arthur, il ne peut pas partir ! a-t-elle déclaré avec conviction. Serle n'a qu'à y aller, lui !

— Allons, allons ! a fait mon père. Nous avons fort à faire ! Bon, les vêtements... ton arc de guerre... les flèches... Je vais prendre mes dispositions pour qu'un armurier se rende au manoir de Holt pour prendre tes mesures, et je vais aussi voir avec Lord Stephen, pour le cheval, ce qu'il compte faire.

— Et Merlin ? Il faut absolument que je lui parle !

— Slim t'attend dans les cuisines, est intervenue ma mère, tu peux décider avec lui du menu qui te ferait plaisir pour le déjeuner de demain midi.

— Oh ! Une tourte à la viande ! me suis-je écrié aussitôt, et puis du poulet, des écrevisses et du millet !

— Et moi je vais demander à Oliver de rassembler tous les fidèles à l'église, pour que tout le monde prie pour toi. Et ensuite, tu pourras aller faire tes adieux.

— Mais, et Serle, alors ? Moi qui allais lui demander de tout me dire !... Je voulais qu'il me parle de Lord Stephen, qu'il me dise quel genre d'homme c'est, et ce qu'il attendra de moi. Et puis aussi, je voulais lui expliquer... Vous lui avez dit la vérité, père ?

— Oui, je l'ai fait, et vous aurez le temps d'avoir une conversation sur tout cela avant ton départ. Il y a un certain nombre de choses que tu auras le temps de faire, et d'autres non, c'est ainsi. Mais tout d'abord, Arthur, avant toute autre chose... Tu m'écoutes, Arthur ?

— Oui, père.

— Retire-toi en toi-même. Mets les choses au clair dans ta tête et dans ton cœur. Allez, prends les chiens, pendant qu'il fait encore jour, et grimpe jusqu'au sommet de Tumber Hill. Reste un moment là-haut, et contemple tour à tour tous les points de l'horizon. Une fois cela fait, lorsque tu redescendras, tu te sentiras prêt.

— Merci, père. »

Et j'ai quitté la pièce après m'être incliné devant lui et devant ma mère.

99

L'ESSENTIEL

« Gatty... Tu sais, je t'avais promis qu'on irait là-bas tous les deux avant Pâques...

— Où ça, à la foire ?

— Oui.

— Et puis je t'avais dit qu'on irait le long de la rivière, aussi...

— Je sais, Gatty... Mais ce n'est pas possible. Lord Stephen a envoyé un messager à Caldicot, et il me fait dire que je dois le rejoindre au manoir de Holt dans trois jours... »

Pour toute réponse, elle a fait une moue boudeuse.

« J'avais vraiment envie qu'on fasse tout ça, je t'assure !

— Ben, si on y allait demain, alors ?

— Mais je ne peux pas ! Il y a tant de choses à faire avant le départ. Mais un jour, on fera tout ça, Gatty, je te promets. »

Elle s'est contentée de repousser les boucles qui lui retombaient sur le front.

« Tu te rappelles ce frère qui est venu prêcher la croisade ? Eh bien, Lord Stephen et moi, on va partir en croisade ! »

Gatty m'a lancé un regard de dessous ses longs cils qui frémissaient.

« Tu pars à Jérusalem..., a-t-elle dit d'une voix morne et lointaine, comme si elle prononçait le nom de quelque chose qu'elle savait avoir perdu à tout jamais.

— Oh, Gatty, je t'en prie...

— Ça fait rien..., a-t-elle dit tout doucement, et elle a fait un pas en arrière. Jankin, y m'a dit qu't'es allé voir Lankin...

— C'est vrai.

— Et de quoi vous avez parlé ?

— De toi. De toi et de Jankin.

— C'est pour moi que t'y es allé, alors ?

— Oui, Gatty.

— Tiens, voilà Serle ! De toute façon, je m'en vais. »

Et elle a fait un brusque mouvement de la tête, et ses boucles se sont mises à danser. Je l'ai regardée s'éloigner.

« Je passerai te voir avant de partir ! lui ai-je lancé.

— Alors, on fait ses adieux ? a raillé Serle, en levant les sourcils.

— Serle ! Notre père t'a tout dit, alors...

— Oui.

— Et tu sais que Lord Stephen part pour la croisade ?

— Et comme ça, tout s'arrange pour toi...

— Mais, c'est pour toi que ça arrange tout ! Tu m'as dit que j'étais comme un coucou voleur de nid, et que j'essayais de prendre ta place. Mais ce n'est pas vrai, c'est toi qui vas hériter de Caldicot. De tout Caldicot.

— Sire William est un homme fortuné, a répliqué Serle sur un ton acerbe, beaucoup plus fortuné que son frère cadet. Tom héritera de Gortanore, mais c'est à toi que reviendra l'autre manoir, celui de Catmole, qui est beaucoup plus vaste que celui-ci...

— Mais il y a suffisamment de biens pour nous deux, et pour Tom aussi. Tu ne trouves pas cela merveilleux ? »

Serle n'a pas daigné répondre.

« Et Tanwen ? ai-je repris. Si seulement tu m'en avais parlé, j'aurais pu au moins essayer de vous aider... »

Toujours pas de réponse...

« Est-ce qu'elle ne veut pas rester à Caldicot ? Après tout, c'est ton enfant, aussi !

— Mon père veut qu'elle parte, a-t-il fait en secouant la tête.

— Mais toi, qu'est-ce que tu souhaiterais ?

— Peu importe ce que je souhaite. Et d'ailleurs, je n'en sais rien moi-même.

— Enfin, Serle... Nous ne sommes pas frères par le sang, mais nous sommes cousins. Il ne devrait y avoir entre nous aucun sujet de discorde, voyons ! Ne veux-tu pas que nous fassions la paix, toi et moi, avant mon départ ?

— Évidemment, tout va très bien, pour toi..., a-t-il fait d'une voix pleine d'amertume.

— Comment ça, tout va très bien pour moi, ça alors ! ai-je répliqué, indigné. Tu aimerais, toi, avoir sire William pour père ? Tu aimerais ne pas savoir qui est ta mère, ni même où elle est ? Tu ne penses qu'à toi ! »

Et le plantant là, je me suis éloigné à grandes enjambées, accompagné d'Orage et de Tempête, qui bondissaient joyeusement à mes côtés. Je me suis mis à courir. J'ai laissé derrière moi le bassin aux poissons, le verger, le hêtre pourpre. Au bout d'un moment, l'inclinaison du flanc de la colline a commencé à se faire sentir sous la forme de tiraillements dans mes mollets et dans mes cuisses, et je me suis vu obligé de ralentir le pas. J'étais hors d'haleine, et la neige avait bien trois pouces d'épaisseur. Il n'y a aucun raccourci qui permette d'arriver au faîte de Tumber Hill.

Lui était déjà là, assis sur une grosse pierre.

« Merlin ! ai-je lancé. Il faut que je vous parle !

— Je suppose que c'est nécessaire, en effet...

— Vous êtes dans la pierre ! ai-je annoncé, encore tout essoufflé.

— Ha ! ha !... Ainsi tu as fini par me trouver... »

Je me suis laissé choir près du gros rocher.

« Assieds-toi donc à côté de moi ! a-t-il fait, en se poussant un peu pour me faire de la place.

— C'est vous, l'homme au capuchon, n'est-ce pas ?

— Mais toi, qui es-tu ? Et qui vas-tu être ? C'est cela qui importe. »

Nous sommes restés ainsi un certain temps au sommet de la colline, et le ciel clair et brillant respirait, luisait et fleurissait au-dessus de nos têtes, à l'infini.

« Je suis le roi Arthur ! ai-je alors déclaré. Et je suis l'écuyer de Lord Stephen. Je suis le fils adoptif de sire John et Lady Helen de Caldicot. J'ai deux pères et deux mères... Et deux vies, ma vie ici, et ma vie dans la pierre ! Que signifie donc tout cela ?

— Quelle est ta propre opinion là-dessus ?

— Ma pierre est parfois emplie de brouillard, parfois elle pétille et crépite, mais son œil finit toujours par s'ouvrir. Elle me laisse voir une partie des événements qui vont avoir lieu ou qui ont déjà eu lieu, et elle me fait accomplir d'incroyables périples. Je n'en connais pas la raison. »

En disant ces mots, je me suis soudain souvenu des recommandations de mon père, et j'ai regardé dans la direction du nord, puis dans celle du sud, plus loin encore que lorsque j'avais cherché à repérer les feux de joie, au Nouvel An. J'ai regardé en direction de l'ouest, au loin, dans les profondeurs sombres et brillantes du pays de Galles.

« Merlin, ai-je dit alors, ma pierre m'a fait voir des dragons qui se battaient, une passion dévorante, des sortilèges et des querelles, des paroles de sagesse et des complots déloyaux, des actes d'extrême gentillesse, et de cruauté aussi. Elle me montre ce qu'il y a de pire et de meilleur, elle me montre le bien et le mal, et je fais partie de tout cela.

— Et cela ne te suffit pas ?

— Eh bien, il me semble qu'elle m'indique que je dois entreprendre une quête, mais je ne sais pas bien où je dois aller.

— Et lorsque tu auras trouvé, a répondu Merlin, le temps t'aura appris à assumer le nom que tu portes.

— C'est exactement ce que m'a dit sire Pellinore, me suis-je écrié, quand je l'ai rencontré dans la forêt !

— En effet. Et moi, j'ai ajouté qu'un être qui n'a pas de quête à entreprendre est perdu pour lui-même.

— Ah, je vois...

— Tu commences à voir, a fait Merlin, mi-souriant mi-sérieux. Fort bien, alors... Et tu emporteras ta pierre. »

100

LE CHANT DE L'ÉTOILE POLAIRE

Bien sûr que je l'emporterai, mon obsidienne !

Mon crâne de loup, ma meurtrissure noire sur la face de la lune... Le cœur de Caldicot ! Elle est ma vie, une part de ma vie. Ma pierre prophétique...

Quand reviendrai-je m'asseoir sur mon petit banc dans l'embrasure de la fenêtre ? Les genoux relevés contre la poitrine, et le support de mon encrier, ma souche de pommier, près de moi, une page couleur ivoire sur mes genoux, cette plume d'oie à la main...

En bas, tout le monde dort encore. L'air de la grand-salle est comme duveteux, avec la chaleur des corps et les respirations, mais dans ce bureau, il fait un froid sépulcral. Il me semble que parvient à mes oreilles la musique de l'étoile polaire.

Écoutez ! Sa voix, c'est la voix limpide et haut perchée de la jeune fille au visage si pâle qui a chanté pour nous, à Noël. Feu et glace ! C'est ce que chante l'étoile. Le chant de mon moi-roi, le chant d'un écuyer qui s'apprête à prendre le chemin de Jérusalem.

Chacun de nous a besoin d'une quête,
l'homme qui n'en poursuit pas
est perdu à lui-même.

GLOSSAIRE

◆

ADOUBER : armer chevalier.

AFFRANCHI : serf déclaré libre par son maître.

ARBOLASTRE : comme l'indique le texte, il s'agit d'un mets considéré comme très raffiné, ainsi qu'en témoignent des archives décrivant des festins comportant ce plat, fait d'œufs brouillés au fromage parfumés d'herbes aromatiques.

ARCTURUS : étoile double de la constellation du Bouvier.

AUMÔNIÈRE : petit sac en forme de bourse que les femmes du Moyen Âge portaient attaché à la ceinture.

BAUDRIER : large bande de cuir ou d'étoffe pendant en écharpe et soutenant une arme ou le ceinturon.

BERCAIL : étable à moutons.

BIEF : canal conduisant l'eau sous la roue d'un moulin.

BLIAUT (ou BLIAUD) : robe de dessus, longue, tenant à un justaucorps ou corset. Ce vêtement était porté par les hommes et les femmes pendant les XIe, XIIe et XIIIe siècles.

BRAIES : caleçon plus ou moins long, plus ou moins serré.

BRANDON : flambeau fait de paille tortillée.

CAPARAÇON : harnachement d'un cheval de bataille ou de cérémonie.

CÉANS : ici dedans. (Ne se trouve plus que dans l'expression « le maître de céans ».)

CERVELIÈRE : coiffe de peau ou de toile rembourrée rendant moins inconfortable le port d'un heaume.

CHÂSSE : coffret de pierre, bois ou métal, où l'on conserve les reliques d'un saint.

CHOUCAS : nom vulgaire de la petite *corneille des clochers*, qui niche dans les ruines et dans les montagnes.

CLAYONNAGE : assemblage de pieux et de branchages soutenant de la terre. Technique utilisée pour faire des haies, des murs ou des toits.

CLERC : dans ce contexte, désigne un moine enseignant dans un monastère ou une École Cathédrale.

COTTE DE MAILLES : armure en forme de chemise, faite de mailles de fer (la cotte d'armes ou SURCOT désigne quant à elle, à proprement parler, une tunique d'étoffe ou de peau que l'on portait sur le haubert de mailles).

DÉLIVRE (ou *arrière-faix*) : placenta et membranes expulsés lors de l'accouchement ou de la mise bas.

DESTRIER : cheval de bataille par rapport à *palefroi*.

DIATRIBE : critique amère et virulente.

DOL : ruse, artifice, ou, comme ici, douleur.

DOUVE : fossé rempli d'eau entourant un château (ou une ville).

ÉCHARNER : enlever la chair qui adhère aux peaux à tanner.

ÉCUYER : gentilhomme qui portait l'écu d'un chevalier.

EMPENNES : plumes garnissant la flèche pour éviter qu'elle ne dévie de sa trajectoire.

ÉPINOCHE : petit poisson armé de fortes épines.

FERMAIL : sorte d'agrafe retenant les vêtements.

FLEUR DE SOUVENANCE : fleur véritable ou bijou en forme de fleur orné de pierres précieuses, qui avait valeur de souvenir.

FRITILLAIRE : genre de liliacées.

FURLONG : mesure de longueur (201,17 mètres).

FUTAINE : tissu croisé très solide, à chaîne de fil et trame de coton.

GOGONIANT : exclamation galloise signifiant « Seigneur ! » ou « Grand dieu ! ».

GONFALON ou GONFANON : au Moyen Âge, bannière ornée de pendants ou *fanons*.

GRIFFON : animal fabuleux, moitié aigle et moitié lion.

GUIMPE : sorte de voile qui recouvrait entièrement la chevelure des femmes à cette époque.

HAMPE : manche d'une lance, d'une hallebarde, etc.

HAQUENÉE : cheval ou jument facile à monter.

HARNOIS (ou HARNAIS) : équipement complet d'un homme d'armes.

HASE : femelle du lièvre, du lapin de garenne.

HAUBERT : tunique de mailles des hommes d'armes au Moyen Âge.

HAUT-DE-CHAUSSES : partie du vêtement de l'homme, qui le couvrait de la ceinture aux genoux.

HEAUME : casque porté au Moyen Âge et couvrant la tête et le visage. Les différentes parties de l'armure à cette époque sont énumérées au chapitre XIX. Le sens est suffisamment clair pour qu'il ne soit pas nécessaire d'en donner une définition.

HERSE : grille armée de pointes qui défend une porte fortifiée.

INCUBE : démon mâle, par opposition au *succube*, démon femelle.

INDULGENCE : remise totale ou partielle de la peine temporelle attachée aux péchés.

JAQUE (ou JACQUE) : vêtement de guerre garantissant le torse et les bras. Il s'agit ici, comme l'indique le texte, d'une sorte de tunique de toile ou de peau, dans la doublure de laquelle sont cousues des plaques de métal.

JUSTAUCORPS : vêtement étroit, à manches, descendant jusqu'aux genoux.

JOUTE : combat à cheval d'homme à homme avec des lances.

LAI (FRÈRE) : frère servant non destiné aux ordres sacrés.

LICE : a) espace réservé à l'entraînement aux tournois dans les châteaux forts, entouré par une forte palissade.

b) lieu où se disputaient les tournois.

LIGE : qui a promis fidélité à son seigneur par *l'hommage lige*, comportant dévouement sans restriction au suzerain.

MALACHITE : minéral d'une belle couleur verte, employé entre autres pour l'ornementation.

MANDER : prier quelqu'un de venir.

MONTE-EN-L'AIR : terme plaisant désignant un cambrioleur prêt à toutes les escalades pour commettre son larcin.

MOUCHER (une chandelle) : ôter en le coupant le bout carbonisé d'une bougie pour qu'elle ne fume pas.

MOUCHETER : garnir le fleuret, à l'escrime, d'une petite boule de cuir pour le rendre inoffensif.

NOVICE : celui ou celle qui subit un temps d'épreuve dans un couvent avant d'être admis à prononcer ses vœux définitifs.

OBSIDIENNE : pierre noire ou verdâtre d'origine volcanique. Très dure, elle raye même le verre. On lui prête des vertus magiques.

ORIFLAMME : drapeau terminé en pointe.

PAGE : jeune homme de famille noble placé auprès d'un seigneur pour faire le service d'honneur et apprendre le métier des armes.

PALSAMBLEU : juron signifiant littéralement « par le sang bleu », atténuation de « par le sang de dieu ».

PELIÇON : vêtement porté par les deux sexes. Il était à l'origine, comme son nom l'indique, fait de peaux conservant le poil, et était destiné à garantir du froid.

PLOMMÉE : masse d'armes garnie de pointes.

POURPOINT : vêtement masculin qui couvrait le corps du cou jusqu'à la ceinture

PRIEURÉ : communauté religieuse dirigée par un prieur (ou une prieure), supérieur (ou supérieure) de certains monastères.

PROVERBE (LIVRE DES) : un des livres hagiographes de la Bible, c'est-à-dire les livres de l'Ancien Testament constituant la troisième partie du canon juif, notamment les Proverbes, les Psaumes, le Cantique des Cantiques, l'Ecclésiaste et les Chroniques.

PUÎNÉ : né après un de ses frères ou une de ses sœurs.

QUINTAINE : poteau fiché en terre, supportant un mannequin mobile contre lequel les cavaliers s'exerçaient à la lance. Ce mannequin tenait un bâton de façon telle qu'il en donnait un coup sur le dos des maladroits. Au manoir de Caldicot, un simple sac de sable en faisait apparemment office.

SCRIPTORIUM : pièce où les moines copistes copiaient et enluminaient les manuscrits.

SURCOT : cotte couvrant le haut de l'armure.

TANAISIE : plante composée, dite aussi *sent-bon*, réputée pour avoir des vertus purifiantes. (Elle servait aussi de vermifuge).

TERCES : l'un des offices du jour, célébré au milieu de la matinée. Les autres offices sont, entre autres, LAUDES/ MATINES, SEXTE, NONE, VÊPRES et COMPLIES.

TOURNOI : joute de chevaliers armés au Moyen Âge. Ils donnaient lieu à de grandes fêtes, bruyamment annoncées par les hérauts. Ils opposaient deux troupes de chevaliers en de vraies batailles.

TROCARDER : utiliser un trocart, instrument métallique dont on se servait pour faire dégonfler l'abdomen des vaches qui avaient mangé trop de luzerne.

VERGE : l'arc se compose d'une *verge* de bois plus épaisse au milieu qu'aux extrémités, courbée au moyen d'une corde fixée aux deux extrémités.

KEVIN CROSSLEY-HOLLAND

Kevin Crossley-Holland est né en 1941 et a passé son enfance sur la côte nord du Norfolk. Alors qu'il fait ses études à Oxford, il se découvre une véritable passion pour les mythes et les légendes de l'Angleterre médiévale. Après avoir enseigné de nombreuses années à l'Université du Minnesota et animé des émissions à la BBC, il se consacre à l'écriture. Connu pour ses poèmes destinés aux adultes, Kevin Crossley-Holland est aussi parvenu à se faire une vraie place dans la littérature pour la jeunesse. Il a obtenu de nombreux prix, dont le Carnegie Medal en 1985. Sa fascination pour la légende arthurienne culmine dans *Arthur et la pierre prophétique*, premier volet d'une trilogie, qui connaît déjà un très grand succès en Angleterre.

TABLE

◆

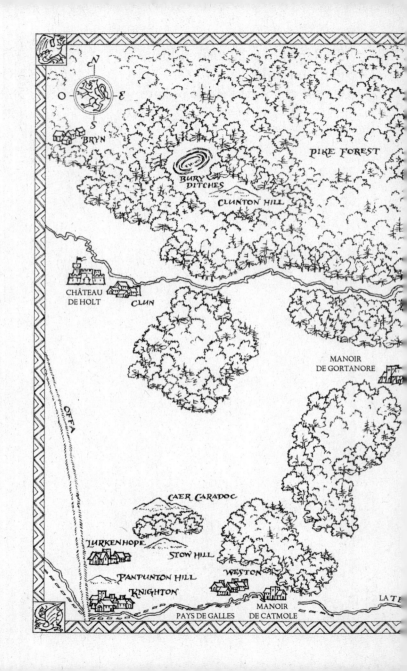

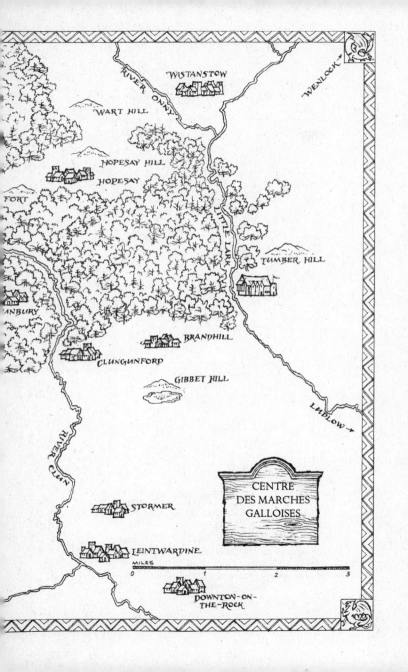

Composition JOUVE – 53100 Mayenne
N° 333144s
Imprimé en France par HÉRISSEY - 27000 Évreux
Dépôt imprimeur : 95807 - éditeur n° 41091
32.10.1907.8/01 - ISBN : 2-01-321907-5
Loi n° 49-956 du 16 juillet 1949 sur les publications destinées à la jeunesse
Dépôt légal : avril 2004